금강산
유람록

윤호진尹浩鎭

현 국립경상대학교 한문학과 교수. 한국한문학 전공. 성균관대학교 한문학과 문학박사. 저역서로는『총계당시집』(역주),『시화총림』(공역) 등이 있으며, 연구논문으로는「인재의 회화와 이에 대한 조선 초기 문인들의 제화시」,「오호도에 대한 인식과 형상화 연구」,「송재 노숙동의 생애와 시세계」등이 있다.

최석기崔錫起

현 국립경상대학교 한문학과 교수. 한국경학 전공. 성균관대학교 한문학과 문학박사. 저서로는『조선시대 대학도설』·『조선시대 중용도설』등이 있으며, 번역서로는『선인들의 지리산 유람록』(공역)·『선인들의 지리산 기행시(공역) 등이 있으며, 연구논문으로는「성호 이익의 시경학」·「조선시대 사인들의 지리산·천왕봉에 대한 인식」등이 있다.

황의열黃義洌

현 국립경상대학교 한문학과 교수. 한국한문학 전공. 태동고전연구소 수료. 성균관대학교 한문학과 문학박사. 역서로는『당촌한화』,『지천집』,『퇴재집』등이 있고, 간찰집『최근첩』을 탈초·번역하였다. 연구논문으로는「한국 비지류 연구」,「당촌 황위와 당촌한화」,「대화체 문장의 번역에 대하여」등이 있다.

강정화姜貞和

현 국립경상대학교 한문학과 조교수. 한국한문학 전공. 국립경상대학교 한문학과 문학박사. 저역서로는『선인들의 지리산 유람록 1~6』(공역),『선현들의 지리산 기행시 1~3』(공역),『금강산 유람록 1~7』(공역),『유일문학(遺逸文學)의 이해』등이 있으며, 연구논문으로는「조선시대 문인의 지리산 청학동 유람과 공간인식」,「서강 안익제의 문학에 나타난 몇 가지 특징」등이 있다.

전병철全丙哲

현 국립경상대학교 경남문화연구원 교수. 한국경학 전공. 국립경상대학교 한문학과 문학박사. 저역서로는『남명의 심학』·『두류전지』등이 있으며, 연구논문으로는「순암 안정복의『남명집』차기에 나타난 남명 조식에 대한 인식」,「심출입에 대한 역대 논변과 면우 곽종석의 심출입집설」등이 있다.

이영숙李永淑

현 국립경상대학교 한문학과 강사. 한국한문학 전공. 국립경상대학교 한문학과 문학박사. 저역서로는『한문의 세계』(공저),『선인들의 지리산 유람록 1~6』(공역),『금강산 유람록 1~7』(공역) 등이 있으며, 연구논문으로는「회봉 하겸진의 화도시와 동파 소식의 화도시 비교 연구」,「해기옹 김령의 한시에 나타난 단성농민항쟁」,「17세기 이전 금강산 유람의 경로 및 특징」등이 있다.

강동욱姜東郁

현 진주교육대학교 강사. 한국고전문학 전공. 국립경상대학교 국문학과 문학박사. 저서로는『남명의 숨결』,『역주 교방가요』등이 있으며, 연구논문으로는「심재 조긍섭의 학문성향과 문론」,「남명의 연보와 편년 고찰」등이 있다.

문정우文虹釪

현 국립경상대학교 한문학과 강사. 한국한문학 전공. 국립경상대학교 한문학과 문학박사. 저역서로는『의령의 인물과 학문』(공저),『한국의 옛집 상·하』(공역) 등이 있으며, 연구논문으로는「19~20세기 강우문인의 금강산 유람과 한시」,「19~20세기 강우지역 간재문인의 문예창작과 내함」등이 있다.

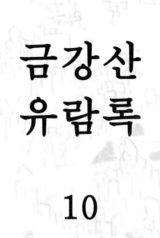

금강산
유람록

10

엮 음 경상대학교 경남문화연구원
번 역 윤호진 · 최석기 · 황의열 · 강정화
      전벽철 · 이영숙 · 강동욱 · 문정우

민 속 원

머리말

이 책은 경상대학교 경남문화연구원이 2014년부터 3년 동안 한국학중앙연구원 토대연구지원사업의 일환으로 수행한 『금강산유람록』 번역 시리즈의 열 번째 성과이다. 당초 본 사업에서 10권을 기획해 진행하였으니, 이로써 우리가 발굴한 금강산유람록 전체 분량의 절반이 번역 출간된 셈이다. 시기적으로는 1800년대 이전까지의 금강산유람록 번역이 마무리되었다. 사업 시작부터 꼬박 5년의 시간이 걸렸고, 8명 역자의 열정과 고뇌가 켜켜이 쌓여 있는 성과이다. 그 사이 남·북한 정세는 금강산의 변덕스런 날씨만큼이나 맑음과 흐림이 오락가락 하였다. 변덕스런 날씨는 금강산 유람에서 유람자가 감당해야 할 난제 중 하나였다.

이 책에는 모두 9편의 작품을 실었다. 1778년 8~10월까지 3개월에 걸쳐 유람했던 진택震澤 신광하申光河에서부터 1806년 9월 초에 금강산을 찾았던 죽석竹石 서용보徐榮輔에 이르기까지, 불과 20년 남짓의 짧은 기간에 이루어진 유람이다. 그럼에도 불구하고 이 책에 실린 작품에는 몇 가지 뚜렷한 특징을 찾을 수 있다.

먼저 유람록 작자층이 매우 확대되어 나타난다. 여느 시기와 마찬가지로 신광하를 비롯해 송환기宋煥箕·유정문柳鼎文·이병운李秉運 등 사대부가 문인이 주를 이루었고, 이들은 대개 한양을 중심으로 활동했던 조선 후기 문장가이다. 다만 이들 외에 당시 한양에서 크게 이름났던 화가 강세황姜世晃과 여항문인閭巷文人 박영석朴永錫의 유람은 주목해 볼 만하다. 특히 강세황의 유람에는 단원檀園 김홍도金弘道를 포함한 당대의 화가들이 참여했는데, 이들은 유람 도중 곳곳에서 각자의 스타일로 금강산의 모습을 화폭에 담아내었다. 이들의 금강산 그림을 함께 연구한다면 금강산의 다양한 모습을 확인할 수 있을 것이다.

또한 박영석의 유람에는 제주도가 낳은 기녀妓女이자 장사꾼이었던 만덕萬德(1739~1812)을 장안사 산영루에서 만나는 일화가 잠깐 실려 있다. 우리에게 잘 알려져 있듯, 그녀는 기근이 든 제주 백성을 위해 자신의 재산을 나누어 구휼하였고, 그녀의 선행을 치하하기 위해 한양으로 불러올린 정조 임금이 그녀의 소원을 들어주어 금강산 유람을 하게 되었다. 그녀가 당시 얼마나 회자膾炙되던 인물이었는지, 또한 금강산 유람이 모든 이들의 소망이었음을 여실히 알 수 있는 대목이다.

문화적 관점에서 보자면, 앞 시기에 보이던 많은 사찰이 이 시기에 이르러 없어지게 되는데, 유정문의 기록에서 유독 쇠락해진 유점사의 모습을 확인하는 것도 특징 중 하나로 꼽을 수 있겠다. 무엇보다 금강산 유람 도중 다양한 이름의 객점客店이 아주 많이 확인되는데, 이는 대개 주점을 중심으로 하는 숙박시설·화폐사용 등 조선후기 경제·사회·문화 방면의 연구에 크게 도움이 될 것으로 기대한다.

끝으로 이번 사업에서 미처 다루지 못한 나머지 절반 분량의 금강산 유람록도 조속한 시일 내에 모두 번역 및 출간될 기회가 있기를 간절히 바란다. 또한 근년의 남북한 관계가 원만히 진행되어 모든 국민이 이 책을 손에 들고 금강산 구석구석을 찾아가 선현들의 그 감회를 현장에서 느끼는 유람 기회가 제공될 수 있기를 진심으로 바란다.

2019년 8월 역자 일동

장안사와 대금강 전경

차례

01

동유기행東遊紀行

신광하, 『진택집』권11, 「동유기행」
신광하 문중 소장

진택 신광하

신광하申光河(1729~1796)의 자는 문초文初, 호는 진택震澤이고, 본관은 고령이다. 1786년 조경묘 참봉肇慶廟參奉에 제수되고 이후 의금부 도사義禁府都事·형조 좌랑·인제 현감麟蹄縣監·우승지·공조 참의를 거쳐 첨지중추부사僉知中樞府事·좌승지 등을 역임하였다.
산수를 좋아하여 일생 전국을 유람하고 많은 작품을 남겼다. 『남유록南遊錄』·『사군록四郡錄』·『동유록東遊錄』·『북유록北遊錄』·『백두록白頭錄』·『풍악록楓岳錄』·『서유록西遊錄』 외에도 2천여 수의 유람시가 현전한다. 목만갑睦萬甲·이헌경李獻慶·정범조丁範祖 등과 함께 당대 사문장四文章으로 일컬었다. 저서로는 『진택집』이 있다.

기행일정

1778년 8월 20일 ~ 10월 17일

(동행) 없음

8월

20일 한양

21일 한양-창동

22일 창동-호동-동소문-수유현-누원 주막

23일 누원-덕정-초촌-자교-가사평-연천

24일 연천

25일 연천-개성점-철원부-북관정-창랑정
　　 -정연

26일 정연-김화읍-금성읍

27일 금성읍-창도역-관음굴-서진강-통구

28일 통구-단발령-신원-철이령

29일 철이령-장안사-황천강-옥경대-귀문
　　 -송라암-망고대-명연-장안사

9월

1일 장안사-백화암-표훈사-정양사-표훈사

2일 표훈사-만폭동-내원통암-청호담-곡룡
　　 담-우화동-태상동-자운담-영랑재-
　　 진불암-수미탑-원통암-사자항-마하
　　 연암-만회암-백운봉-백운동-마하연암

3일 마하연암-묘길상-비로암-마하연암

4일 마하연암-화룡담-선담-귀담-진주담
　　 -분설담-보덕굴-분설담-벽하담-만
　　 폭동-표훈사

5일 표훈사-만폭동-팔담-마하연-묘길상
　　 -이허대-내수재-은신대-상암-유점
　　 사-오탁정

6일 오탁정-중내원-박달치-불정대-신계
　　 사-송림굴-송림암-원통암-효양령-
　　 신계사-천불동

7일 천불동-옥류동-사자항-신계사

8일 신계사-천불동-양진읍-대호정-해산
　　 정-삼일호-단서암-사자암-사선정-
　　 칠성석-몽천암

9일 몽천암-감호-해산정-해금강-선주암
　　 -간성

10일 간성-명파역-건봉사

11일 건봉사-보림굴-보림암-봉암-상원암
　　 -반야암-봉암

12일 봉암-육송정-간성읍-청간정-영랑호
　　 -양양

13일 양양-낙산사-상운역-양양읍-청연당

14일 청연당

15일 청연당

16일 청연당-취산루

17일 취산루-낙산사

18일 낙산사-의상대-관음굴-취송정-광연
　　 사-청연당

19일 청연당

20일 청연당

21일 청연당-현산-청연당

22일 청연당-태평루-청연당

23~29일 청연당

30일 청연당-취산루-동산창

10월

1일 동산창-호해정-강릉읍

2일 강릉-대관령-횡계역

3일 횡계역-진부역-모노령-태화창

4일 태화창-운교역-원주

5일 원주

6일 원주-송현

7일 송현-안창강-지평읍

8일 지평읍-백치-대탄-월계강-마호

9일 마호-한양

10일 한양

11일 한양

12일 한양-과천

13일 과천-중담

14일 중담-시포

15일 시포-방산

16일 방산-대흥

17일 대흥-동대

동유기행*

1778년 8월 20일. 나는 동쪽으로 유람할 것을 결정하고 목유선睦幼選[1]-에게 알렸다. 목유선이 서문을 지어 전송하였고, 혜환惠寰 부자[2]- 또한 한시와 같은 서문을 지어 주었다. 저녁에 홍수민洪壽民에게 가서 묵었다.

21일. 홍수민을 따라 앞쪽 거리로 나가 임금의 수레가 명릉明陵[3]-에서 돌아오는 것을 보았다. 밤에 창동倉洞[4]-으로 돌아와 위상渭相·위석渭奭 두 조카와 더불어 고적高適[5]-의 운자를 사용해 함께 작별시를 지었다.

22일. 밥을 먹은 후 창동에서 출발하여 호동壺洞을 경유해 조신백趙信伯[6]-

*   이 글은 한국역대문집총서 1118집에 수록된 신광하의 『진택집』권11 「동유기행」을 저본으로 하여 번역하였다.

1_   목유선(睦幼選) : 목만중(睦萬中, 1727~1810)을 가리킨다. 1759년 별시문과에 급제하여 돈녕 도정(敦寧都正) 등을 지내고, 관직이 판서에 이르렀다.

2_   혜환(惠寰) 부자 : 혜환은 이용휴(李用休, 1708~1782)의 호이다. 그의 아들인 금대(錦帶) 이가환(李家煥, 1742~1810)을 함께 일컫는다.

3_   명릉(明陵) : 제19대 임금 숙종(1661~1720)과 인현왕후(仁顯王后) 민씨·인원왕후(仁元王后) 김씨의 능으로, 현재 경기도 고양시 용두동에 있다.

4_   창동(倉洞) : 양곡 창고가 있던 곳으로, 현 서울시 도봉구 창제동 일대를 가리킨다.

5_   고적(高適) : 702(?)~765. 당나라 때 시인이다.

6_   조신백(趙信伯) : 조정옥(趙鼎玉, 1733~?)을 가리킨다.

에게 들렀다. 조신백은 포천에 가고 허공저許公著가 그의 집에 있었다. 행로를 묻기에 내가 느긋하게 말하기를 "동소문東小門 밖으로 나갈 것이네."라고 하니, 허공저가 정릉貞陵[7]과 손가장孫家庄[8]에 대해 차례차례 거론하였다. 내가 말하기를 "더 먼 곳이네."라고 하니, 비로소 금강산으로 가는 것임을 알고 크게 웃으면서 말하기를 "우활하십니다. 갈 수 없으니 중지하십시오. 올해 농사는 영동지역이 매우 흉년인데 회양淮陽과 금성金城은 더욱 심합니다. 그대의 옷을 보니 매우 얇은데 고갯마루는 일찌감치 추워졌고, 금강산에는 이미 두 번이나 눈이 내렸다고 합니다. 그대는 얼고 굶주릴 요량입니까? 단풍도 다 졌는데 그대는 무얼 보려는 겁니까?"라고 했다.

내가 말하기를 "이번 유람은 이미 30년 동안 이루지 못한 것이네. 그동안 이루지 못한 것은 결단을 내리지 못했기 때문이네. 지금 결단을 했으니, 가는 것에 대해 말을 많이 하지 말게."라고 했다. 가려고 일어서자, 허공저가 마침내 옹이가 져서 파진 나무로 표주박을 만든 것을 작별 선물로 주며 말하기를 "이 표주박은 이미 세 번이나 금강산에 들어갔었습니다."라고 했다. 나는 웃으며 말하기를 "옹이 진 표주박도 세 번이나 들어갔는데, 옹이 없는 허공저는 아직 한 번도 들어가 보지 못했으니, 허공저는 일찍이 옹이 진 표주박만도 못하구나."라고 했다. 서로 더불어 크게 웃었다.

마침내 동소문을 나서자 가을기운이 서늘했고 구름은 아득히 흘러갔다. 푸른 소나무와 하얀 모래는 이미 산에 있다는 상상이 들게 했다. 오래도록 객지를 떠돌던 나그네의 수심은 도성 문을 벗어나 10리를 가니 곧바로 잊어버렸다. 여기서부터 비로소 금강산이다. 마음이 홀가분하여

7_ 정릉(貞陵) : 조선 태조의 계비 신덕왕후 강씨(康氏)의 능으로, 현 서울시 성북구 정릉동에 있다.
8_ 손가장(孫家庄) : 손씨 마을이었다고 한다. 현 서울시 동소문 밖 정릉 청수장 일대였다고 전해진다.

마치 바람을 타고 가는 듯하였다.

수유현水踰峴[9]에 이르자 가랑비가 간간이 내렸고, 조금 더 멀어지니 빗방울도 점점 굵어졌다. 누원樓院[10]에 이르자 해가 이미 져서 주막에 머물러 묵었다. 밤에 비가 더욱 세차게 내렸고 계곡은 콸콸 소리 내며 흘렀는데, 자못 진흙 길을 가게 될까 걱정스러워 잠들지 못했다. 이날 40리를 갔다.

23일. 새벽녘에 비가 그치니 하늘의 별은 더욱 밝고 깨끗했다. 재촉하여 말을 먹이고 주막 문을 나서니 이미 날이 밝았다. 만장봉萬丈峯을 올려다보니 아침안개가 짙게 끼었고, 가끔 봉우리 끝이 드러나기도 했다. 잠깐 사이 아침안개가 흩어지자 해가 수락산水落山을 따라 솟아나왔다. 밝은 햇빛과 서리꽃은 비쳐서 영롱하였고, 단풍잎이 한창 흐드러져 황록색이 많으니 마치 아홉 겹의 구름 병풍인 듯하였다. 도봉산道峯山은 더욱 험준하였다. 40리를 가서 덕정德亭[11] 주막에서 조반을 먹었다.

종전에 큰 형님이 연천 현감漣川縣監으로 부임할 때[12] 이 길을 따라 지나 갔었는데, 길가의 풍광이 예전 그대로 눈에 들어오니 홀연 서글픈 생각이 들었다. 큰 형이 연천으로 부임할 때 말하기를 "금강산은 내가 너와 함께 유람하고 싶은 곳인데, 한산韓山[13]이 금강산까지 1천 리 길이라 거리가 너무 멀고 경비도 많이 들어, 머리카락이 희끗해질 때까지 실행하지 못했다. 다행히 내가 연천에 부임했고, 연천은 사흘만 가면 곧 금강산이다. 올해는 다 저물었으니 내년 봄에 출발해 보개산寶蓋山에 올랐다가 이어 동쪽으로 가서 금강산으로 들어갈 것이니, 나보다 앞서 가거나 뒤에

9_ 수유현(水踰峴) : 현 서울시 강북구 수유동 앞에 있던 고개이다. 고개가 낮아 이쪽 물이 고개 저쪽으로 넘어간다고 하여 '무너미'라고 했는데 이를 한자로 차명한 이름이다.

10_ 누원(樓院) : 현 서울시 도봉구 도봉동과 의정부시 경계에 있던 마을로, 다락으로 된 원(院)이 있어 다락원이라 하였고, 이를 한자로 차명한 이름이다.

11_ 덕정(德亭) : 현 경기도 양주시 회정동(檜亭洞) 일대이다.

12_ 때 : 큰형은 신광수(申光洙, 1712~1775)를 말하며, 그는 1771년 연천 현감이 되었다.

13_ 한산(韓山) : 충청남도 서천의 옛 지명으로, 신광하의 고향이다.

가지 말거라."라고 하였다.

이듬해 봄 과거시험에 합격하여 연천을 떠난 후 영월 군수寧越郡守로 부임했고, 다시 함께 유람하기로 약속했으나 또한 실행하지 못했다. 6,7년 사이에 세상사가 바뀌어 종잡을 수 없었다. 지금은 나만 살아남아 3년 후에 홀로 유람하게 되었으니 거의 눈물이 주체할 수 없이 흘러내렸다.

또한 생각해 보건대 둘째 형[14]은 곤궁함이 심할수록 문장이 더욱 높아졌고, 유람은 나보다 더 좋아하였다. 그러나 강호江湖에 스스로를 풀어놓고 살았고, 근자에는 쇠약한 병이 도져서 대문을 나서지 못한 것이 한 해 남짓 되었다. 빈 산 허름한 집에서 가을을 상심하며 병을 앓다가, 내가 이번에 금강산을 유람한다는 것을 알았지만 함께 떠나지 못하는 아쉬움이 있었으니, 단지 시편으로만 스스로를 달랠 뿐이었다. 멀리서 그 뜻을 받들지 못해 매우 안타까웠다. 마침내 감회가 일어 시 한 수를 지어 마음을 드러내었다.

식사를 마치고 포천으로 가는 길을 버리고 곧장 북쪽으로 연천 길을 따라 30리를 가서 초촌樵村에서 잠시 말을 먹였다. 자교紫橋를 건너 다시 10리 못 미쳐서 큰 여울을 건넜는데, 그 위쪽의 바위 벼랑에 단풍 빛이 흐드러지게 한창이어서 강 한가운데도 온통 붉었다. 강은 밤비가 내려 크게 불어났지만 물빛은 맑고 푸르렀다. 바람이 물위를 스치자 주름이 생겼고, 쪽빛이 단풍에 비치자 갑자기 홍록색으로 변했으니, 그 모습이 각양각색이었다. 위아래의 뭇 산은 고요하고 그윽하여 자못 단양丹陽과 영동永同 산수의 정취가 있었다.

40리를 가서 가사평袈裟坪을 지나고, 저물어 연천에 도착했다. 비가 다시 내려 옷자락이 다 젖었다. 옛날 고을 아전이었던 노경식盧景植의 집

14_ 둘째 형 : 신광연(申光淵, 1715~1778)을 말한다. 지리·음양·의술에도 밝았고, 시문(詩文)에도 능하였다.

을 방문해 잠시 앉았는데, 연천 군수 이혁주李赫胄 —자는 여화汝華이다—가 내가 아전의 집에 이르렀다는 소식을 듣고 즉시 사람을 보내 여정을 묻고, 또 말하기를 "병이 심하여 찾아가 뵙지 못하지만 제가 어찌 노경식만 못하겠습니까. 뵙기를 청합니다."라고 하였다. 마침내 들어가 만났는데 병중이라 예를 갖출 수 없었지만 반가운 낯빛으로 말하기를 "어쩐 일로 오신 겁니까?"라고 하였다. 금강산 가는 길이라고 대답하니 이 군수가 만류했는데, 또한 허공저의 말과 똑같았다. 밤이 깊어서야 나와 노경식의 집에서 잤다. 이날 90리를 갔다.

24일. 밤이 깊어 비가 내리더니 아침에도 그치지 않았다. 느지막이 약간 개어 떠나려니 이 군수가 만류하였다. 조반을 들기도 전에 정언正言 윤재덕尹在德[15]이 둘째 아들 윤동한尹東翰과 함께 내가 왔다는 소식을 듣고 곧장 찾아와 만났다. 못 본 지 이미 3,4년이 되었는지라 매우 기뻤다. 조반을 먹은 뒤 이 군수의 부친을 뵈었는데, 어른은 연세가 매우 많았으나 피부가 윤기 나고 근력이 강하였다. 그의 아우인 진사 어른이 나보다 먼저 한양에서 도착한 지 이미 며칠이 지났다. 산중의 일을 자주 말하였고, 편안한 마음으로 이야기를 나누며 날을 보내고 있었다.

이 군수가 큰 거북 하나를 꺼내 보여주었는데, 찬찬히 들여다보니 대개 나무의 오래된 뿌리를 밟아 옹이 져서 울퉁불퉁 뒤엉킨 것이 큰 거북과 매우 흡사하였다. 그 가운데를 파내고 벼루와 먹을 넣어 책상에 놓아두니 글방의 도구로 갖출 만했다. 시로써 이를 표현해 달라고 청하기에 즉석에서 율시를 지었더니 이 군수가 매우 칭송했다. 저녁에 윤 정언이 먼저 읍으로 돌아갔다. 한양으로 가는 인편이 있어서 창동倉洞으로 편지를 부쳤다.

25일. 일찌감치 밥을 먹고 출발하니 이 군수가 1백 냥을 노자로 주었고,

15_ 윤재덕(尹在德) : 1710~?. 본관은 파평, 자는 백함(伯涵)이다.

노경식과 논의하여 삼백 냥을 빌렸다. 철원으로 가는 길을 잡아 동쪽으로 7리를 가서 윤 정언을 방문해 잠시 이야기를 나누었다. 개성점開城店을 지나 정언박鄭彦樸 어르신의 산장을 바라보니, 단풍나무가 보일 듯 말 듯하고 못 물은 검푸르고 맑아 자못 그윽한 정취가 있었다. 정언박 어르신은 참되고 박실하여 옛사람의 풍모가 있었다. 이미 세상을 떠났다고 들었지만 갈 길이 바빠 한 번 곡하지도 못하니 안타까웠다.

보개산을 바라보고 동북쪽으로 갔다. 보개산은 금학산金鶴山과 더불어 기세가 웅장하고 험준해 서로 겨룰 만했다. 붉은 단풍나무와 푸른 향나무가 깊은 골짜기에서 빛나고 맑은 달빛이 경물에 비치니 더욱 신선하게 느껴졌다.

여기서부터 백성의 습속은 경기도 근교와 크게 다르고 말소리도 경솔하여 이미 관동지방의 모습이 있었다. 새로 개간한 밭의 기장과 조는 때 이른 서리와 세찬 바람에 망가져 하얗게 말라버린 것이 많았고, 이따금 무논에 느지막이 옮겨 심은 벼가 있었지만 애초에 이삭이 나오지 않거나 이삭이 나온 것도 아직 여물지 않았다. 대개 금성의 동쪽지역이 더욱 심했다. 영동지역은 호랑이의 피해가 많아 대낮에 사람을 해치는 일이 하루에도 2,3번씩 있는데, 근래에는 조금 뜸하다고 했다.

40리를 가서 철원부에서 점심을 먹었다. 철원부는 관동의 방어 진지인데 북쪽으로 함길도와 통하는 외길이다. 민가는 자못 크고 넉넉했으며, 습속은 사납고 장사하기를 좋아하였다. 50리를 가서 북관정北寬亭에 올랐다. 북관정은 옛 태봉泰封 왕 궁예弓裔[16]의 궁궐 터였다. 그 옛날 방자하고 포학함이 고양高洋[17]과 거의 비슷하고, 끝내 나라를 망하게 하는데 이르렀다. 오만하고 넘치는 위세로 위태롭게 하여 멸망에 이르게 하지 않

16_ 궁예(弓裔) : 후삼국시대 후고구려를 건국한 임금이다. 태봉은 후고구려의 수도이다.
17_ 고양(高洋) : 중국 남북조시대 북제(北齊)를 세운 사람이다.

은 자가 드물었으니, 어찌 천명이 아니라고 하겠는가. 넓은 들이 확 트였고 많은 산이 에워싸고 있으니, 진실로 패왕霸王의 나라였다.

30리를 가서 멀리 바라보니, 맑은 강이 둘러 있고 남쪽 언덕의 소나무와 상수리나무가 당당하게 하늘로 치솟아 정자연亭子淵[18]임을 알 수 있었다. 선비 황상언黃尙彦의 집을 방문하였다. 그는 마침 약을 달여 복용하고 있었는데, 평소 일면식도 없었지만 물어서 나를 알아보고는 자못 정성스럽게 맞이해 주었다. 해가 저물자 몇몇 사람이 그물을 가지고 뜰을 지나 강가로 가려 했다. 황상언은 나에게 따라가기를 권하고 한 소년에게 같이 가도록 명했는데, 그의 조카라고 하였다.

마침내 앞 언덕으로 걸어가니 동남쪽에 푸른 절벽이 빙 둘러 마치 활을 당기고 있는 듯하고, 하늘로 솟구치고 깎인 절벽이 위아래로 5리 정도였다. 단풍나무와 여지荔支가 색색이 뒤섞여 불그레하고 푸른빛이 물결과 함께 흔들리는데 저녁노을이 거꾸로 내리비치니 더욱 기이한 절경이었다. 그물질하는 사람이 작은 배를 저어 모래사장으로 나가고 드디어 우리도 배에 올라 노를 저었다. 강물은 급히 흘러 소리가 좋았고, 하늘은 푸르고 파란 노을빛이 있었다. 절벽 위의 나무꾼은 땔나무를 지고 바위가에 앉아 배를 기다리고, 모래 가에서는 마을 아낙네 4,5명이 빨래를 하고 물 뿌리며 즐기고 있었다. 한 소년이 배 뒷머리에 서서 그물을 던지는데, 그물이 마치 고리처럼 물속으로 들어가 커다란 바위 입구를 싸면서 퍼졌다. 잠시 후 크고 작은 고기 1백여 마리를 들어 올리는데, 어린아이들이 박수를 치며 웃고 즐거워하니, 또한 깨끗하고 산뜻하여 볼만했다.

온 마을이 황씨黃氏였다. 집들은 웅장해 한양의 집 규모만한 게 많았다. 교목과 큰 소나무가 마을에서 은은하게 비쳤다. 북쪽 언덕의 가장 높은 곳은 강가인데 새로 지은 정자가 있고 이름이 창랑정滄浪亭이었다. 황

18_ 정자연(亭子淵): 강원도 평강군 남면 정연리에 있는 명승이다.

씨의 7대조가 강원도 관찰사가 되어 가다가 이 강가에 이르렀는데, 이때는 마른 감나무와 여기저기 떡갈나무가 서로 뒤덮어 숲을 이루었고, 처음엔 거주하는 사람도 없었다. 공이 이곳을 매우 좋아하여 마침내 나무와 덤불을 베어내고 작은 정자를 얽어 창랑정이라 이름하고 드디어 만년의 거처로 삼았는데, 자손들이 대대로 이곳에 살았다. 정자가 오래되어 폐허가 되자 제주 목사를 지낸 황최언黃最彦[19]-이 집안사람과 도모하여 힘을 합쳐 중건했다고 한다.

마을은 철원·김화·평강으로 통하는 요충지에 자리 잡고 있다. 그러나 평강에 있는 정연亭淵은 평소 명성이 있었는데 진실로 헛된 소문이 아니었다. 영평의 금수정金水亭에 비교하면 맑고 아름다움은 혹 못하나 웅장함은 훨씬 나았다. 밤에 집주인의 조카인 황기경黃基敬이 찾아와 만났는데, 이미 진사시에 합격하고 글 잘하는 선비였다. 함께 자기를 청하기에 마침내 같이 그의 집으로 갔더니 책과 바둑판이 깨끗하게 정리되어 있었다. 마침내 마음을 터놓고 이야기를 하다가 밤늦게 잠자리에 들었다.

이날 황씨 두 사람이 나를 만류했는데 또한 이혁주의 말만큼이나 심하였다. 좌중에는 막 금강산에서 온 사람이 있는데, 거문고 연주자였다. 그가 말하기를 "단발령이 정유년丁酉年(1777)의 수해 이후에 돌길이 깎여서 떨어져 나가 사람도 새도 다닐 수 없으니, 여기서 수레를 돌리시는 것만 못할 것입니다."라고 하였다. 나는 웃으며 "내가 한양을 출발할 때부터 권하는 사람은 적고 막는 자가 많아, 나 또한 반드시 금강산을 가야겠다고 생각하지 못했는데, 도성 문을 나서면서 이번 유람을 결정하게 되었네. 연천에 이르니 연천 수령이 극구 만류하였고, 철원을 지나서는 이미 바다와 산 사이에 있다고 여겼네. 이곳에 이르자 또 이 군수의 말이 있었

19- 황최언(黃最彦) : 1711~?. 본관은 창원(昌原), 자는 양백(良伯)이다. 1735년(영조 11) 증광문과에 병과로 급제하였으나 1751년(영조 27)에야 정언으로 등용되고, 이어 지평·장령을 지냈다.

으니, 이런 말들이 금강산으로 가기 어려운 까닭일세."라고 하여, 서로 마음껏 웃었다. 삼백 냥을 빌려 유람 비용으로 충당했다. 이날 80리를 갔다.

26일. 정연에서 출발해 30리를 가서 정오에 김화읍에서 말을 먹이고, 50리를 가서 금성읍에서 묵었다. 함흥의 한씨韓氏와 영흥永興의 주씨朱氏가 먼저 주점 방을 차지하고 있는데, 나이는 둘 다 서른이 못 되었다. 용모는 맑고 빼어나 북쪽지방의 사람 같지 않았고 말씨도 좋아할 만했다. 모두 문과 출신으로 훈도訓導를 맡고 있는데 말미를 얻어 고향으로 내려간다고 했다. 주 훈도는 술을 잘 마셔 출발하려는데 술을 억지로 권했다. 이날 80리를 갔다.

27일. 30리를 가서 창도역昌道驛에서 아침밥을 먹고, 한씨·주씨와 작별하였다. 동쪽으로 20리를 가서 큰 고개 하나를 넘었는데 관음굴觀音窟이라고 했다. 이어서 10리를 가니 골짜기의 강이 맑았다. 뱃사람이 이르기를 "이곳이 서진강西津江인데, 강은 맥탄麥灘 하류에서 출원하여 춘랑春狼으로 흘러 들어갑니다."라고 했다. 강을 건너 10리를 가서 통구通溝에서 묵었다. 이날 70리를 걸었다.

28일. 30리를 가니 곧 단발령이었다. 양정택梁廷澤의 부친 집을 방문했는데, 나무껍질 집을 새로 얽어 자못 높고 넓으니, 그가 풍족하게 살고 있음을 알 수 있었다. 양정택은 무과에 급제하여 한양에 거주하면서 우리 집을 수십 년 간 출입하였다. 금강산으로 올 때 양정택이 자기의 부친 집을 방문해 달라고 청했는데 매우 간절하였다. 그러므로 통구에서부터 물어서 알게 되었고, 도착해서는 노파가 이를 막아서 매우 괴로웠다.

마침내 김사달金士達을 방문했는데, 바로 양정택의 이웃이다. 비록 골짜기에 사는 사람이나 온후하고 신중하고 문장에 능하며, 금강산 유람객을 잘 대접한다고 사대부들에게 소문이 나 있어, 김사달의 집에 들러 많은 시를 남기고 가지 않는 사람이 없었다. 이 때문에 승차하여 풍헌風

憲[20]_이 되었다고 한다. 어린아이가 있어 응대하고 대접하는 것이 자못 정성스러웠다. 대접을 마치고 시축詩軸을 내어왔는데 공경대부의 이름이 많았다. 나 또한 시 한 수를 써서 주었다.

드디어 마을 사람을 불러 그에게 신원新院에 알리게 했다. 신원에서 장안사와 표훈사로 통하는 것이 일반적이었다. 식사를 마치고 고갯길로 나서니, 길은 높고 가파르고 꼬불꼬불하게 얽혀 있으며, 어지럽게 깔린 돌은 울퉁불퉁하여 말발굽이 벌벌 떨었다. 마침내 말을 두고 남여를 타고 조심해서 정상에 이르니, 홀연 겹겹의 봉우리가 칼처럼 서 있고 치아처럼 벌여 있는데, 하얗기는 서리나 눈과 같았다. 바라보면 바라볼수록 이미 금강산임을 알겠고, 사람의 정신을 왕성하게 하여 마치 생각 속의 사람을 만난 듯하여 나도 모르게 목놓아 탄성을 질렀다.

구불구불 10여 리를 가니 고개 아래 계곡에 어지러운 돌들이 들쭉날쭉한데 빛깔은 모두 깨끗하고 희었다. 이곳 사람들이 말하기를 "이곳에서 장안까지는 예전부터 계곡에 돌이 있는데 색깔은 그다지 희지 않고 좌우에는 밭두둑이 많았습니다. 정유년의 홍수가 진흙을 말끔히 씻어가 돌부리가 다 드러났고, 돌과 물이 마찰을 일으켜 더욱 하얗게 되었으니, 거의 이전의 모습이 아닙니다."라고 하였다. 길 옆 민가에 들어가 조금 쉬었는데, 신원이었다. 3,4명의 손님이 말을 타기도 하고 걸어서도 왔다. 그들에게 물어보니 "내금강에서 돌아와 산으로 들어온 지 사흘째입니다."라고 했다.

서북쪽으로 5리를 가니 평탄한 모래사장과 긴 시내가 구불구불 왔다 갔다 하여 이루 다 건널 수가 없었다. 길가는 사람이 모래와 시내를 가리키며 말하기를 "이곳은 모두 좋은 논이었는데 개간하기 전에는 더이상

20_ 풍헌(風憲) : 조선시대 지방 수령의 자문과 보좌를 위해 향반(鄕班)들이 조직한 향청(鄕廳)에서 각 면(面)의 수세(收稅)·차역(差役)·금령(禁令)·권농(勸農)·교화(敎化) 등의 행정 실무를 주관하는 직책이다.

농사를 지을 수 없습니다. 산사람 중에 유랑하여 떠나는 자가 많은데 금년 여름에 또 홍수가 났으니, 하늘은 백성들이 금강산 아래에 살기를 원치 않나 봅니다."라고 하며 오래도록 탄식하였다.

마침내 철이령鐵伊嶺을 넘었다. 고개는 작으나 험준하기는 마니산摩尼山보다 심했다. 그늘을 따라 내려가 샛길을 가니 말이 발을 내딛지 못했고, 곧장 절벽 위를 따라 올라가 계곡물 속으로 나아가니 여러 번 넘어졌다가 일어나곤 했다. 사람은 나무 잔교를 따라 손발에 아울러 힘을 주며 자주 계곡을 건넜다. 거의 5리를 가서야 말과 만났고, 수십 번을 건너니 해가 이미 저물어 장안사에 도착할 수 없었다. 산모퉁이 인가의 불이 물속에 비쳤고, 남자는 땔나무를 하고 여자는 기장을 찧는데 매우 정취가 있었다. 마침내 시내를 건너 들어가니 늙은 할미는 성내지 않았고 몸가짐이 매우 순박하고 예스러웠다. 말을 잘 먹였고, 저녁에 조밥을 차려주었다. 이날 50리를 갔다.

29일. 다시 긴 시내를 건너는데, 물은 더욱 힘차고 돌은 더욱 기이했다. 모두 30번을 건너고서야 마침내 장안동長安洞 입구에 이르렀다. 기이한 봉우리와 가파른 절벽이 왼쪽에서 맞이하고 오른쪽에서 읍하듯 하여 사람으로 하여금 하나하나 구경할 겨를이 없게 했다. 대개 벼랑 밑의 바위 색깔은 밝고 하얘서 마치 막 씻어낸 듯했다.

10여 리를 가니 삼나무와 회나무가 높이 솟아 있고, 그 가운데에 큰 길이 나 있었다. 잠시 뒤에는 큰 시내가 가로로 뻗쳐 있고, 시냇가에는 다리 비석이 있는데 만세교萬歲橋였다. 비석의 기록을 보니 '옛날에 다리가 있었는데 정유년 홍수 때 무너졌고, 경신년에 중수했는데 또 작년에 무너졌다.'는 것이었다. '정유년 홍수'라고 한 것은 또한 이상한데,[21] 이

---

[21] 정유년 …… 이상한데: 신광하가 유람한 1년 전인 1777년은 '정유년'이다. 그렇다면 앞의 정유년은 60년 전인데 작년에 무너졌다고 했으니, 이전의 '정유년 홍수'가 이상하다고 생각한 것이다.

때 무너진 다리가 바로 비홍교飛虹橋였다. 다리 옆에 누각이 있어 산영루
山暎樓라 하였다. 지금은 다리와 산영루가 모두 없어졌다. 처마 사이에는
옛사람과 지금 사람들이 읊은 수백 개의 시판詩板이 있는데 함께 깎여 나
갔으니, 장안사는 그 면모를 잃어버렸다.

　절은 옛날에 장엄하고 화려했는데, 전각과 회랑이 비어 거의 허물어
진 절과 같다고 들었다. 오직 대웅전만 층각層閣이 기이하고 단청이 휘황
찬란하며 구조가 교묘하여 일찍이 본 적이 없는 것이었다. 거처하는 승
려들은 한창 가을이라 대부분 통구와 고성 사이로 시주를 받으러 나가고
늙은 승려만 있었다. 홍수 이후에 많은 승려가 흩어져 달아났다고 한다.

홍수의 상황을 물으니, 노승이 대답하기를 "지난해 8월 25일 아침에 비가 조금 내리고 동풍이 매우 거세더니, 오후에는 비가 더욱 거세져 마침내 동이로 퍼붓는 듯했습니다. 저녁 무렵이 못 되어 사방의 산들이 무너지는데 마치 하늘이 울부짖는 소리와 같았습니다. 잠시 후 만폭동과 백천동에서부터 그 아래로 큰 물결이 휘몰아쳐 골짜기가 막히게 되었습니다. 오래지 않아 산영루와 비홍교가 한꺼번에 허물어졌고, 조금 있다가 표훈사의 네 방과 여러 골짜기의 암자들이 나무와 돌과 함께 휩쓸려 내려갔습니다. 물은 높은 봉우리와 나란했고 거주하는 승려들은 나무 꼭대기에 올라가 물을 피했는데, 밤이 깊어서야 그쳤습니다. 아침에 보니 온 산이 개벽한 듯하고, 골짜기는 한 번 빗질하여 씻어낸 듯하며, 웅덩이는 구릉이 되고 솟았던 것은 물이 흘러가며, 못과 폭포는 바뀌어서 이전의 모습을 찾을 수가 없었습니다. 을해년의 홍수도 이처럼 사납지 않았습니다. 신원에서부터 골짜기 입구에 이르기까지 매몰된 주민도 수백 명이라고 합니다."라고 하였다.

대개 지난해 수해는 거의 근년에 없던 것으로 온 나라에서 동시에 발생했지만, 영동지역이 더욱 심해 인제獜蹄는 고을이 잠기는 데에 이르렀다. 금년 봄에 나는 태백 아래를 따라 남쪽으로 청송까지 갔다가 돌아오는데, 좋은 논이 변하여 자갈밭이 되었고, 아득히 눈에 보이는 거라곤 바람과 모래여서 사람으로 하여금 탄식만 나오게 했다. 호남과 호서 지역은 심하지 않았지만, 관동과 관서 지역은 이변이 컸다.

밥을 먹고 홀로 절문을 걸었다. 동북쪽에 세 봉우리가 촘촘하게 서 있어 마치 칼날과 같은데, 그 형세가 내리누르는 듯했다. 왼쪽은 지장봉地藏峯이라 하고, 오른쪽은 보현봉普賢峯이라 하고, 가운데 봉우리는 석가봉釋迦峯이라고 했다.

동쪽으로 몇 리를 가서 큰 시내 하나를 건너자 길에 하얀 너럭바위가 많았다. 조금 더 가니 못이 하나 있었다. 못의 넓이는 수백 평이나 되었고, 맑고 푸르러 깊이를 헤아릴 수 없었다. 못 옆의 돌은 모두 밝고 깨끗하고 평평하게 펼쳐 있어 수백 명이 앉을 만했으며, 이름은 황천강黃川江이라고 했다. 오른쪽에 기이한 바위가 있어 겹겹으로 쌓여 높게 솟았는데, 옥경대玉鏡臺라고 하였다. 못을 따라 올라가 왼쪽으로 바위틈을 통해 가니 폐허가 된 성城이 있었다. 세속에서는 신라 태자가 피난했던 곳이라고 일컬었다. 구멍 같은 휑한 문이 있는데 귀문鬼門이라고 했다. 입구에서 고개를 숙이고 들어가 가운데를 거쳐 나오면 평평하고 너른 바위가 있는데, 어떤 사람이 그곳에 '동경고풍 북지영명東京高風 北地英名'이라는 여덟 글자를 새겨 놓았다. 봉우리와 바위와 골짜기는 앞으로 갈수록 더욱 기이하니, 갑자기 보면 사람의 정신과 넋이 깜짝 놀라 달아나게 하였다.

이곳을 지나가면 영원동·백탑동 등 여러 골짜기가 있다. 일찍이 한 성빈韓聖賓에게 들으니, 두 골짜기는 그윽하지만 별로 기이한 볼거리가 없다고 하였다. 또한 급히 망고대望高臺에 오르고 싶어서 지름길로 골짜기 입구를 나와 석가봉釋迦峰 아래를 경유해 북쪽으로 꺾어 10리를 갔다. 예전에는 현불암顯佛庵이 있었는데 지금은 터만 남아 있었다.

작은 고개를 넘어 곧장 북동쪽으로 5리를 가서 잠시 송라암에서 쉬었다. 10리를 가니 봉우리가 있는데, 칼이 서 있는 듯 험준하여 숙연히 경외敬畏하는 마음마저 들었으니, 바로 망고대였다. 구불구불 망고대 북쪽으로 가니 돌길이 계단 같았고, 계단을 따라 오르니 갑자기 앞으로 가다가 홀연 뒤로 가고, 왼쪽으로 돌고 오른쪽으로 돌아가면서도 스스로 높은 곳에 올랐음을 느끼지 못했는데, 뭇 봉우리를 굽어보니 이미 발아래에 있었다. 남쪽의 바위를 돌아서 약간 벌어진 틈을 메워 놓았는데 엄지손가락을 용납하기에도 부족했으며, 그 아래로 쇠줄 두 가닥이 내려져 있는데 10여 길이나 되었다. 손으로 줄을 잡고 몸을 구부려 내려가니 줄이 거의 다한 곳에서 평평한 돌이 넘어지는 것을 받쳐 주었다.

마침내 절벽을 끌어안고 동쪽으로 올라가 돌아드니, 동굴 안이 수백

무武이고 꼭대기에서 드리운 쇠줄은 또 10여 길이나 되었다. 몸을 솟구쳤다가 붙이고는 왼손을 먼저 사용해 오른쪽으로 절벽에 손발을 대고, 다음에는 오른손을 먼저 사용해 왼쪽으로 손발을 줄에 대고 18,19번쯤 손을 사용하니 이미 바위 위에 있었다. 마음을 안정시키고 잠깐 올려보다가 다시 북쪽으로 수십 보를 가니 또 나무를 가로지른 잔교가 있었다. 잔교가 다하자 쇠줄이 10여 길이나 드리워 있는데, 만약 오른쪽으로 오르면 정상에 닿을 수 없었다. 또 7,8길의 쇠줄이 간들간들 절벽에 드리워 있는데 무릇 쇠줄을 지나서 40여 길을 가니 정상이었다. 정상은 조금 평평하여 수십 명이 앉을 수 있었다.

여기에서 일만 이천 봉우리, 예컨대 비로봉 꼭대기도 내려다 볼 수 있었다. 석가봉 · 보현봉普賢峰 · 지장봉 · 백마봉白馬峰 · 차일봉遮日峰 등의 봉우리가 붙어 있는데 마치 어린아이가 엄마의 젖을 올려보는 듯하였다. 동북쪽은 장애물이 많아 바다가 보이지 않았고, 서남쪽은 넓고 아득하여 아무 것도 없었다. 바로 앞은 혈망봉穴望峰인데 그 구멍이 마치 작은 문과 같아 하늘빛이 조금 보였다. 오유청吳幼淸[22]의 시에서 "바위 꼭대기에 하늘이 둥근데, 구멍 하나가 푸르구나巖頂天團, 一竅靑者"라는 구절이 바로 이를 말한 것이다.

두 승려가 따라왔는데 산을 가리키며 말하기를 "춘천의 청평산, 철원의 보개산, 김화의 금학산입니다."라고 하였고, 또 "강릉의 오대산, 원주의 치악산입니다."라고도 했다. 강을 가리키며 말하기를 "낭천강狼川江이고 금성강입니다."라고 하였고, 또 "정선강旌善江이고, 양구강楊溝江입니다."라고도 했다. 내가 손가락을 펴서 이르기를 "아득한데, 그러한지 그렇지 않은지를 어찌 아는가?"라고 했다.

두 승려가 종횡으로 반복하며 평지를 밟는 듯하였는데, 또한 용기를

22_ 오유청(吳幼淸) : 중국 원나라의 학자 오징(吳澄, 1249~1333)을 말한다. 유청은 그의 자(字)이다.

북돋우어 위태로움을 잊게 할 만하였다. 잠시 후 올라갔던 길을 따라 천천히 내려가니 마치 하늘에서 떨어지는 듯하였다. 마침내 삼일암三日庵과 안양암安養庵으로 가는 지름길을 취해 명연鳴淵에 들렀다. 못이기 때문에 웅덩이가 깊었고, 바위가 매끄러워 위험하다고도 소문났는데, 모래가 반쯤 깔려서 바닥이 보였다. 길이 끊어지자 나무 잔교로 이어 놓았고, 잔교가 끝나니 바위였다. 어두워져 장안사로 돌아와 동쪽 요사채에서 묵었다. 밤새도록 백천동의 물소리가 거세게 부딪치며 흘러가는데, 마치 베개 위로 넘치는 듯하여 잠을 이룰 수 없었다.

눈을 뜨고 창문의 밝은 틈으로 보니 반짝이는 것이 마치 새벽달이 하늘에 떠 있는 듯하였다. 급히 옷을 걸치고 나가니, 별들이 찬란하여 구슬을 꿰고 옥을 엮어 놓은 듯하였다. 열 지은 봉우리가 엄숙하게 서 있고, 기상은 고요했다. 하늘 그림자 가운데 돌부리가 번갈아 나타나니, 마치 두 손을 마주 잡고 인사하는 듯했다. 밝기는 새벽빛과 같고, 여러 승려의 코 고는 소리가 이어졌다. 한 노승이 일어나 경쇠를 치니 여러 산에 다 메아리쳐서 사람의 심기로 하여금 문득 귀의함을 깨닫게 했다. 노승과 함께 세상의 경치에 대해 대략 이야기를 나누었다. 이날 대략 60,70리를 걸었다.

9월 초하루. 식사를 끝내고 하인과 말을 잘 갖추어서 그들로 하여금 사령沙嶺을 넘어 산 밖으로 돌아 나가, 다시 고성 양진역에 도착해 머물며 일행을 기다렸다가 신계사에 도착하게 했다. 대개 내산과 외산의 사이는 바위 모퉁이가 철벽과도 같아 말이 갈 수 없기 때문이었다. 사람과 말을 아울러 보내고 몸이 홀가분하여 얽매이는 게 없으니 더욱 맑고 상쾌하게 느껴졌다.

북쪽으로 3리를 가서 명연의 잔도를 건너 백화암白華庵에서 쉬며 휴정休靜의 부도와 묘갈을 보았다. 여기서부터 위로는 시내가 맑고 돌은 깨끗해 굽이굽이 앉을 만했다. 잠시 후 돌문에 이르자 좌우에 큰 불상을 새겨

놓았다. 왼쪽 뒤에는 53개 불상을 새겼는데 조각 기법이 정밀하고 섬세했다. 오른쪽 문에는 연옹蓮翁 윤장尹丈[23]의 이름이 적혀 있는데, 글의 기세가 기이하고 웅장해 종이에 쓴 것보다 훨씬 뛰어났다.

표훈사의 승려 4,5명이 와서 맞이하기에 여러 승려를 따라 절에 도착했다. 표훈사는 자못 컸다. 마침내 완월당翫月堂에 앉았다. 완월당은 홍수가 난 후에 다시 지었는데 정밀하고 깔끔해 마음에 들었다. 대개 홍수에 훼손된 것이 네 방인데 모두 다시 지었으니, 힘이 대단하다는 것을 알 수 있었다.

점심을 먹고 마침내 천일대天逸臺에 올랐다. 천일대 옆에는 소나무 · 잣나무 · 참대나무 · 측백나무가 많아 얽히고 서려 있으며, 땅의 형세는 울퉁불퉁하였다. 대향로봉 · 소향로봉 · 중향성봉은 뾰족하게 솟아 신기했는데, 모두 눈과 서리 색깔이었다. 비로봉 · 망고봉 등 일만 이천 봉우리가 하나하나 드러나자 호랑이가 되기도 하고 사자가 되기도 했다. 말이 되고, 소가 되고, 매가 되고, 나는 난새가 되고, 춤추는 봉황이 되고, 주나라 그릇이 되고, 한나라 솥이 되기도 했다. 혹은 고관대작이 되어 면류관을 쓰고 옥을 차고는 팔을 펴고 손을 모아 천천히 걸어가는 듯도 했다. 혹은 대부에 책봉된 사람이 출정하면서 깃발 · 부절 · 도끼 · 검 · 창 · 칼 · 방패 등을 정돈하여 삼엄한 모습이기도 했다. 혹은 석가모니가 영산회靈山會[24]를 여니 8만 4천의 담무갈이 두 손을 받들어 올리고 이마를 땅에 대고 절하는 모습이기도 했다. 그 특이한 모양과 자태는 모두 기록할 수 없었다. 오랫동안 앉았으니 저녁이 되었다. 석양이 봉우리 정상을 비스듬히 밝게 비추니 모두 현란한 은빛이 되었고 휘황찬란함이 시선을 빼앗았다. 그 기이한 빛과 빼어난 경관은 더욱 형용하기가 어려웠다.

---

[23] 윤장(尹丈) : 조선시대 화가 윤덕희(尹德熙, 1685~1776)를 가리킨다. 공재(恭齋) 윤두서(尹斗緖)의 아들로, 연옹은 그의 호이다.

[24] 영산회(靈山會) : 석가여래가 영취산에서 제자들을 모아 설법하던 모임을 일컫는다.

마침내 북쪽으로 꺾어 수백 보를 가서 절에 들어서니, 바로 정양사正
陽寺였다. 헐성루에 앉았다. 누에서 보는 경관은 대동소이했으나, 대臺에
서 보는 경관은 조금 모자라는 듯하였다. 잠깐 앉았다가 드디어 육각형
집을 둘러보니, 구조가 자못 기이하고 교묘하였다. 사방의 벽에는 모두
불상이 그려져 있는데, 세상에서는 오도자吳道子의 솜씨라고 전하니 참으
로 망령된 것임을 알겠다. 그러나 필법이 정밀하고 기묘하여 자못 살아
서 움직이는 느낌이 있었으니, 또한 근래의 훌륭한 솜씨였다.

두 서생이 있어 그들에게 물으니, 조금 늙은 사람은 이씨李氏이고 이
름은 연오延五이며, 나이가 적은 조생趙生은 이름이 경규景逵인데 바로 흡
곡歙谷 현감 조영필趙榮弼의 아들이었다. 나는 홀로 몇 날을 유람하여 매
우 무료함을 느끼고 있었는데, 드디어 그들과 몇 마디 이야기를 나누고는
다음날 팔담八潭과 만폭동을 유람하고 이어 수미동須彌洞을 찾아가기로
약속했다.

승려가 헐성루 앞의 나무 한 그루를 가리키며 말하기를 "계수나무인
데 한 해에 두 번 피어나고 두 번 시듭니다."라고 하였다. 꺾어서 찬찬히
살펴보았더니, 비록 계수나무는 아니지만 또한 기이한 나무였다. 날이 저
물어 조씨와 이씨는 정양사에서 묵고, 나는 표훈사로 돌아왔다.

초2일. 이른 아침 두 서생은 정양사에서 내려와 함께 남여를 타고 만폭동
으로 향했다. 길옆에 바위 두 개가 있는데, 위는 합쳐 있고 중간은 횅하
게 뚫려 있었으니, 이른바 금강문金剛門이었다. 문을 통해 조금 올라가니
여러 물이 모이는 곳에 큰 너럭바위가 평평하게 깔려서 깨끗하고 희며,
무늬와 결이 매우 매끈하여 수백 명이 앉을 만했다. 석문에 '봉래풍악 원
화동천蓬萊楓嶽 元和洞天' 여덟 글자가 새겨져 있는데, 바로 양사언의 글씨
였다. 필력이 거의 비로봉과 웅장함을 겨루려는 듯했으니, 참으로 고금의
뛰어난 글씨이고 또한 양사언이 작정하고 쓴 글씨였다. 조금 왼쪽에 '만
폭동萬瀑洞' 세 글자가 있는데 또한 웅장하여 볼만했다. 일찍이 판서를 지

낸 백하白下 윤순尹淳[25]이 썼다고 들었으나, 그렇지 않았다.

조금 올라가니 바위 가에 '천하제일강산天下第一江山六' 여섯 글자가 새겨져 있고 그 옆에 '김곡운金谷雲[26]이 쓰다'라고 새겨져 있는데, 농암農巖이 이 말을 기록하지 않았으니,[27] 괴이한 일이다. 어떤 사람은 곡운의 글씨가 농암의 유산기遊山記보다 뒤라서 그렇다고 하였으나, 그렇지 않다. 이때 물이 매우 많아 폭포가 더욱 장관이었는데, 두 물줄기가 양사언의 글자를 경유해 흘러가지 않아 아쉬웠다. 일찍이 들으니, 여덟 자 큰 글씨가 주홍색으로 쓰여 있어 물이 그 위로 흘러가면 마치 붉은 용이 꿈틀거리며 살아 움직이는 듯하여, 매우 기이한 볼거리였다고 한다.

팔담을 마저 보고자 했으나 두 서생이 재촉하는 바람에 마침내 그만두었다. 바위 길로 가서 내원통암內圓通庵을 지나 조금 쉬고, 동쪽으로 꺾어 3리를 가서 시내를 따라갔다. 하얀 바위가 비늘처럼 이어지고 물이 그 위를 흐르다가 떨어져 폭포가 되었고, 모여서 연못이 되었다. 굽이돌아 흘러가니 물은 모두 자금색으로 깊고 맑아 옥 소리를 내며 흘렀다. 바위에는 청호담靑壺潭이라 새겨져 있었다. 조금 올라가니 더욱 기이한 것은 곡룡담曲龍潭이고, 조금 더 오르니 또 더욱 기이한 것으로는 맑고 차가운 여울인데 우화동羽化洞·태상동太上洞·자운담慈雲潭이라고 했다. 연못 좌우는 기이한 바위와 가파른 절벽이 곳곳마다 특이한 경관이었고, 계곡 남쪽은 더욱 기이하고 웅장했다. 소나무와 향나무가 바위틈에서 어렵게 자생했는데, 또한 모두 우뚝하고 빼어났다. 향기로운 등나무와 푸른 덩굴이 서로 얽혀 갈고리처럼 이어졌고, 바람과 구름, 물과 돌은 번갈아 여기저

25_ 윤순(尹淳) : 1680~1741. 자는 중화(仲和), 호는 백하 외에도 학음(鶴陰)·만옹(漫翁)이 있으며, 본관은 해평(海平)이다. 조선후기를 대표하는 화가로 우리나라 역대 서법과 중국 서법을 아울러 익혀 한국적 서풍을 일으켰다.

26_ 김곡운(金谷雲) : 김수증(金壽增, 1624~1741)을 말한다. 곡운은 그의 호이다.

27_ 농암(農巖)이 …… 않았으니 : 농암은 김창협(金昌協, 1651~1708)의 호이다. 그는 1671년 금강산을 유람하고 「동유기(東遊記)」를 남겼는데, 이 작품에 기록되어 있지 않다는 말이다.

기에서 나타났다.

8,9리를 가서 계곡을 벗어나 오른쪽으로 가니 영랑재永郎岾가 나왔다. 그 아래에 암자 터가 있는데, 승려가 진불암眞佛庵이라고 했다. 암자를 경유해 한 번 돌아가니, 바위 봉우리가 홀로 빼어나고 겹겹이 쌓여서 마치 다보탑多寶塔과 같고 빛깔은 푸르고 하얬는데, 이것이 수미탑須彌塔이었다. 탑 아래에는 맑은 웅덩이와 작은 폭포가 있고 그 위에 큰 반석이 있었다. 바위에는 예나 지금의 친척과 벗들의 이름이 많아 황홀하게도 그들을 직접 보는 듯했고, 또한 삶과 죽음의 감회가 없지는 않았으니 사람 마음이 본디 그런 것이리라.

바위를 거쳐 남쪽으로 오르는데, 바위를 밟고 나무를 붙잡으며 몸을 기울여 건넜다. 어지러운 돌들이 섞여 있는데, 대개 물의 힘에 의해 굴러온 것들이었다. 바위에 걸터앉으니 또 두 개의 수미탑이 있는데, 가운데 것이 조금 작았다. 두 개의 수미탑 뒤쪽에는 가파른 봉우리가 나란히 서 있어 마치 휘장을 드리운 듯하고, 그 형상은 대개 불상이 많은 듯하였다. 이는 금강산이 지닌 공통점이기도 하고 특이한 것이기도 했다. 그 근원을 끝까지 찾아가 보려 했으나 동행자가 급히 돌아가고자 하여, 마침내 옛길을 찾아 가 다시 원통암에서 쉬었다.

점심을 먹은 후 향로봉 아래로 나가 사자항獅子項 위를 넘어 마하연암摩訶衍庵에 이르러 잠시 앉았다. 저녁밥을 차리게 하고는 동쪽으로 가서 만회암萬灰庵을 경유하니, 어지러운 숲속의 오솔길은 매우 희미했다. 5리를 가서 작은 고개를 넘어 의관을 벗고 옷을 편하게 하여 절벽을 따라 갔다. 절벽 위에는 두 가닥의 쇠줄이 드리워져 있었다. 쇠줄을 손으로 잡고 비틀거리면서 돌을 밟고 세 번 힘차게 뛰어오르니 조금 넓어졌다. 산 중턱을 따라 남쪽으로 가니, 중턱이 매우 좁아 발을 디딘 밖의 반걸음이 허공이었다. 좌우에 우뚝 솟은 절벽을 바라보니 예측할 수가 없어 사람을 두렵게 했는데, 망고봉에 비할 바가 아니었다. 다만 아래를 내려다보지 않으면 아찔하지 않고, 아찔하지 않으면 그저 하나의 산중턱에 난 미미한 오솔길일 뿐이었다. 승려를 시켜 길을 인도하게 하고 뒤따라 달려가 곧장 꼭대기에 올랐더니, 꼭대기는 조금 우뚝했다. 나무에 의지해 앉으니 중향성을 직면하고 있었다. 옥 같은 봉우리와 벽 같은 산이 뾰족뾰족 솟아 있어 정양사의 전망보다 훨씬 뛰어났다. 정양사에서 중향성을 보면 대향로봉과 소향로봉 뒤쪽에서 하얗고 가파르게 솟아있을 뿐이고, 산봉우리가 흩어졌다 모이는 특이한 형상을 볼 수 없었다.

백운봉白雲峰에 올라 바싹 다가가 보니 뾰족한 것, 치솟은 것, 높은 것, 낮은 것, 붙어있는 것, 떨어져 있는 것, 거대한 것, 가느다란 것이 있고, 청학봉靑鶴峰 · 학소봉鶴巢峰 · 대향로봉 · 소향로봉이 각자 봉우리를 이루어 서로 기대지 않고 있었다. 망고봉 · 혈망봉 · 지장봉 · 차일봉 · 백마봉 등을 바라보니 빙 둘러 모여서 하나의 큰 골짜기를 이루었고, 봉우리 꼭대기에는 모두 눈이 덮여서 마치 분을 바른 담장이 주위를 둘러싸고 있는 듯하였다. 그 기묘하고 심오함이 온 산의 광경을 포괄하는 것으로는 수미봉과 정양사에 비할 바가 아니었다.

대개 금강산의 여러 봉우리는 곳에 따라 다르게 보였다. 석가봉과 지장봉은 장안사에서 보면 웅장하고 준엄하며, 표훈사에서 보면 우뚝 솟아 가파르며, 정양사에서 보면 신령스럽게 날아 솟구쳐 오르는 듯하며, 백운봉에서 보면 아득히 어렴풋하여 기이하고 빼어났다. 여러 번 느껴서 여러 차례 물어보았는데, 다른 뭇 봉우리도 다 그러했다.

나는 금강산을 보지 않았을 때 늘 홍원심洪元心에게 말하기를 "금강산은 너무 조각한 듯하고 너무 뾰족하여 기묘하니, 마치 현달한 사람의 집에 있는 박산동로博山銅爐[28]와 같아 눈과 귀를 즐겁게 하기에 충분할 뿐

28_ 박산동로(博山銅爐) : 박산향로(博山香爐)를 말하는데, 윗부분에 바다에 있다는 전설 속의 박산을 새긴 향로이다. 박산은 연꽃처럼 생겼다고 전한다.

이고, 태산의 형상과 같이 깊고 엄중하고 온화하고 중후함은 전혀 없다. 이를 사람에 비유하자면 절개 있는 한 선비라 말할 수 있지만 덕을 이룬 군자는 아니다."라고 하였다. 홍원심 또한 그렇다고 여겼는데, 지금 보니 과연 그러했다. 그러나 신령스럽고 빼어나고 맑고 기이함은 비록 천태산天台山·안탕산雁宕山·무당산武當山·광려산匡廬山이라도 아마 이 산에 미치지 못하니, 대개 천하에 금강산과 같은 산이 둘도 없을 것이다. 중국인이 '고려에 태어나기를 원한다'[29]고 한 말은 또한 괴이할 것이 없다.

대臺의 동쪽에 골짜기가 있어 백운동白雲洞이라고 했다. 그 옛날 백운암이 있었는데, 암자는 폐허가 된 지 오래되었고, 정유년 홍수 때 이미 모두 쓸려 내려갔다. 조씨와 이씨 두 유생이 나를 따라 산 중턱에 이르러 갑자기 머리를 숙여 아래를 보더니 크게 두려워하여 나무를 부여잡고 서서 꼼짝하지 못했는데, 족히 한 번 웃을 만했다. 마침내 함께 쇠사슬을 부여잡고 내려가 북쪽 절벽 아래에 이르러 의관을 챙겨 입고 마하연암에 돌아와 유숙했다. 다음날 비로봉을 보기로 하니, 조생은 따라가겠다고 했다. 이생은 다리가 피곤하다며 사양하고 마침내 표훈사로 내려갔다. 다음날 오후에 비로봉에서 내려와 만폭동에 이를 것이니, 마땅히 표훈사에서 와서 팔담에서 기다리겠다고 약속했다.

초3일. 조반을 먹고 장차 비로봉을 오르려는데, 승려들이 서로 번갈아 말리며 아뢰기를 "비로봉 길은 매우 험준합니다. 홍수가 난 뒤로 바위 길이 붕괴되어 절대 발을 내디딜 수 없고, 힘을 다해 가더라도 중도에서 반드시 돌아올 것입니다. 또한 비로봉은 처음엔 청명하여 구름도 바람도 없지만, 정상에 도달하면 반드시 바다 안개가 공중에 잔뜩 끼여 원근을 분별하지 못합니다. 하물며 오늘은 이내와 안개가 자욱하여 정오가 되기

29_ 고려에 …… 원한다: 중국 명나라 사신이 '고려국에 태어나서, 금강산 한번 보고 싶네.[願生高麗國, 一見金剛山]'라고 한 구절이 유행하였다. 이는 금강산을 대표하는 문구로 회자되었다.

전에 비가 내릴 것인데, 장차 어찌 하시렵니까?"라고 했다. 나는 웃으면서 말하기를 "비로봉은 금강산의 주봉主峰이다. 만약 남의 집에 들어가 어린아이와 예를 갖추고 큰 주인을 만나지 않는다면 옳겠는가? 내가 비로봉을 보고자 하는 것은 금강산의 주인을 만나려는 것이다. 또 날씨가 흐리다고 늘 흐리지 않을 것이며, 갰다고 하더라도 항상 맑지 않을 것이니, 맑던 날씨가 흐리다면 흐린 날씨가 청명해지지 않을 줄 어찌 알겠는가? 신神이 만약 나를 허락한다면 맑고 흐린 것 또한 잠깐일 것이다."라고 했다. 이날 구름과 안개가 더욱 자욱하여 어두웠고 비도 많이 쏟아질 듯하여, 비록 강한 어투로 승려들의 말을 막았지만 또한 걱정스럽지 않을 수 없었다.

마침내 조생과 바삐 걸어 묘길상 앞길을 따라가니 커다란 바위벽에 큰 불상을 새겼는데, 모습은 단단했지만 생동감이 있어 또한 묘한 볼거리였다. 시내 하나를 건너 왼쪽으로 가다가 또 꺾어서 북쪽으로 가서 덩굴을 걷어내고 잡아당기며 계곡 바위를 지나 15리를 가니 암자 터가 있는데, 바로 비로암毘盧庵 옛터였다. 암자를 따라 북쪽으로 가니 산세가 험준하고 가파르며, 어지러운 돌 비탈길이 서로 이어져 가끔 물이 고여 못이 되기도 하고, 거꾸로 떨어지며 폭포가 되기도 했다.

또 10여 리를 가니 어지러운 돌이 쌓여 있고 측백나무와 덩굴 소나무가 뒤엉켜서 자라고 있었다. 길가는 사람이 바위에 의지해 솟아오르니 그 높이가 대략 배꼽이나 어깨에 닿았다. 수십 계단을 거쳐서 한 번 쉬었고, 모두 예닐곱 번을 쉬었다. 바위에 붙어서 올라가 시야가 보이는 곳으로 나가니 갑자기 탁 트여, 마치 처음부터 구름과 안개가 없었던 듯하였다. 마침내 서로 크게 웃으며 말하기를 "하늘이 일을 해결해 주어 등주登州에는 신기루가 생겼고 형산에는 구름이 걷혔는데,[30] 조물주가 보잘 것

30_ 등주(登州)에는 …… 걷혔는데 : 중국 송나라 소식(蘇軾)이 등주 자사(登州刺史)로 부임했을 때 등

없는 선비도 아껴주시니 예나 지금이나 한결같구나."라고 하였다. 따르던 승려도 하례하며 말하기를 "전에 회양 부사가 반드시 올라서 관망하고자 해서 고생스레 걸어 거의 아래 돌 비탈길까지 이르렀는데, 구름과 안개가 자욱해서 지척도 보이지 않았습니다. 부사가 술을 뿌려 하늘에 빌었지만 끝내 밝게 개지 않아 결국 상심하고 원망하며 돌아갔습니다. 이제야 처음 끼었던 안개가 걷히고 맑아졌으니 산신령이 도왔음을 알 수 있겠습니다."라고 하였다.

마침내 돌을 따라 나란히 가는데, 응달진 곳에는 눈이 쌓여 정강이가 빠질 뻔했다. 나무는 휜칠하게 자라 들쭉날쭉했고 모두 흰색이었다. 승려가 말하기를 "봉우리 정상은 매우 높아, 산 위의 나무는 5월에야 비로소 잎이 나고 7월이면 이미 시들어 떨어지는데, 약한 것들은 대개 말라 죽기 때문에 하얗게 변한 나무가 많습니다."라고 하였다. 마침내 동쪽으로 수백 보를 가니 작은 돌이 쌓여 있는데, 바로 정상이었다.

시야에 보이는 것으로는 망고대가 더욱 돌출되어 광활하였다. 함길도의 여러 고을이 수십 수백 리인데 하나하나 가리킬 수 있었고, 성진成津·원산元山·학포鶴浦·국도國島가 모두 우뚝 솟아 바다 속으로 들어가 있었다. 남쪽으로는 오대산五臺山·대관령大關嶺·춘랑산春狼山 등에 이르고, 서쪽으로는 보개산寶蓋山·금학산金鶴山에 이르고, 멀리는 5,6백 리 가깝게는 수십 리에도 못 미쳐 산과 강이 환히 보여, 마치 손바닥을 가리키는 것 같았다. 길을 안내하는 승려가 헤매는 것이 심하여 하나하나 들어서 상세히 설명할 수 없음이 크게 아쉬웠다.

동쪽에는 두 봉우리가 우뚝 서 있으니 일출봉日出峯과 월출봉月出峯이었다. 잠시 앉아 조망하다가 오래지 않아 정상에서 구불구불 돌 비탈길

주 바닷가의 신기루를 볼 수 없게 되자 해신(海神)인 광덕왕(廣德王)의 사당을 찾아 기도하고 다음 날 보게 되었다고 한다. 이때 소식이 지은 시가 유명한 「등주해시(登州海市)」이다. 당나라 한유(韓愈)는 형산에 올랐을 때 기도를 한 덕분에 운무가 걷혀 일출을 보았다고 한다.

을 내려와 다시 올라온 길을 찾아가다가, 봉우리 정상을 돌아보니 이미 안개가 자욱했다. 마치 장막을 올리고 손님을 맞이했다가 손님이 나가자 다시 장막을 내리는 듯하여, 또한 기이하였다. 비로암 앞 냇가 바위 가에 이르자 몇 명의 승려가 점심을 지고 이르렀고, 마침내 물을 떠서 먹었다. 밥을 먹은 뒤 마하연암에 돌아와 묵었다. 60리 길을 왕복하였다.

초4일. 마하연에서 동쪽으로 시내 가를 경유해 몇 리를 가니 못이 있었다. 화룡담火龍潭인데 물이 맑고 푸르며 깊었다. 화룡담을 경유해 1리를 가니 선담船潭이었다. 선담은 위쪽의 못물을 받는데 바위를 가로놓아 그 가운데를 물이 도려내어 그 모양이 배와 같았다. 또 그 아래가 귀담龜潭이다. 귀담을 따라 수십 보를 내려가니 사방이 하얀 너럭바위인데 가지런히 잘라서 마치 칼로 벤 듯하고, 모양은 곡식을 되는 됫박과 같으며, 물은 더욱 맑고 성대했다. 위의 못물을 받아 와폭을 이루고, 폭포수가 흩어져 마치 1만 섬의 진주와 같았으니, 진주담眞珠潭이라고 했다. 진주담 아래의 평평한 바위가 물을 받아 뿜어내면 부서지는 눈과 같아 분설담噴雪潭이라고 했다. 분설담 옆에는 큰 바위가 있어 집을 덮어씌운 듯했는데 십여 명을 수용할 만했다. 분설담 왼쪽에는 너른 바위가 층층이 쌓여 계단과 같고, 아래에서 올려다보면 더욱 높으며, 그 높이는 수십 길이나 되어 밟을 수 없을 듯하였다. 바위가 끝나면 계단이고, 계단은 모두 40개였다. 계단이 끝나자 보덕굴普德窟이었다. 굴에 시렁을 얹어 집을 만들었는데, 집은 삼면이 바위에 의지해 있고 앞 기둥은 붙일 곳이 없어 구리 기둥을 붙여 받쳤다. 기둥은 옛날부터 36길이라 일컬었고, 쇠줄을 이용해 가로로 바위에 묶어 처마와 난간을 이었고, 처마의 들보 두 개는 쇠줄을 사용해 판자를 이어 놓았다. 마침내 조생과 함께 보덕굴 안으로 들어가 앞 난간에 앉아 널빤지를 걷어내고 굽어보니 텅 빈 골짜기가 아득하여 헤아릴 수 없었다. 두려움에 소름이 돋고 오래 볼 수 없어서 급히 닫게 하였다. 집의

大香炉

小香炉

普德窟

金剛臺

渾霞澤

보덕굴

지붕에는 수백 년 동안 옛사람의 이름이 많이 쓰여 있었다.

마침내 지나왔던 길을 따라 내려가니 이생이 이미 먼저 너럭바위 위에 앉아 있었다. 분설담을 경유하여 내려가니 또 벽하담碧霞潭이었다. 벽하담 속 거대한 바위는 크기가 집채만 했다. 바위에 거꾸로 기댔는데 바위 위에는 고금 인물들의 이름이 쓰여 있었다. 예컨대 연옹 윤씨 어른이나 채 상서蔡尙書의 성명은 또한 모두 거꾸로 쓰여 있었다.

만폭동의 큰 너럭바위는 가운데가 갈라져 거의 엄지손가락이 들어갈 만했다. 대개 작년 수해 때 온 계곡의 큰 바위들이 부서지기도 하고 떠내려가기도 하고 뒤집히기도 하여, 수만 명도 옮길 수 없는 것인데 터럭을 옮기듯 가볍게 해버렸으니, 물의 힘이 웅대함을 볼 수 있었다. 조금 아래에 비파담琵琶潭·흑룡담黑龍潭·백룡담白龍潭·청룡담靑龍潭 등이 있었다. 대개 만폭동의 수석이 이 산에서 가장 그윽하고 맑고 웅장하고 기이하고 깨끗하여 거의 인간 세상이 아니었다. 비록 매우 속되고 나쁜 사람일지라도 거의 속세의 얽매임을 잊을 만했다. 표훈사로 돌아와 점심을 먹었다. 두 선비가 장안사로 떠나니 매우 서운했다.

초5일. 아침에 다시 천일대天逸臺에 올랐다. 일만 이천 봉우리 정상이 아침 햇빛을 받아 백암동白巖洞이 오히려 어두웠다. 마침내 절에 들어가 헐성루에 잠깐 앉았다가 표훈사로 돌아 내려가 조반을 먹었다. 식사를 마치고 다시 만폭동과 팔담을 경유해 마하연에 들러 노승에게 시를 주었다. 묘길상을 경유해 비로봉 오솔길을 버리고 동쪽으로 이허대李許臺 길을 잡아 내수재를 넘었다. 돌 비탈길이 울퉁불퉁하여 남여를 탈 수 없어 마침내 지팡이를 짚고 갔다. 맑은 못이 있는데 자못 깊고 넓었으며, 매우 그윽한 운치가 있었다. 남여 메는 승려가 말하기를 "이 백헌담白軒潭은 옛날 백헌이라는 사람이 이 못가에서 쉬어가서 이름이 지어졌습니다."라고 했다. 아마도 이백헌李白軒[31]이 이름을 붙인 것이리라. 아니면 백헌이라는 자가 또 있었던 것인가. 상세히 알 수 없다.

20리를 가니 수재水站였다. 고개는 자못 험준했는데 정상에 도착하자 유점사의 승려들이 가마를 가지고 기다리고 있었다. 그늘진 길을 따라 동북쪽으로 내려가니 바위 봉우리들이 험준하고 가파르게 하늘을 찌르고 있었다. 승려가 이곳을 만경대萬景臺라고 하였다. 15리를 가니 승려가 점심을 지고 왔다. 마침내 풀을 걷어내고 앉아 냇가에서 먹었다. 샛길을 잡아 7,8리를 가니 험한 바위가 우뚝 솟았고, 그 위에 조그마한 대가 있는데 은신대隱身臺였다. 마침내 가마를 두고 올라보니 바위의 형세가 기이하고 웅장하며 아래로 바닥이 없었다. 저 멀리 성문천聲聞川의 십이폭포를 바라보니, 폭포가 봉우리 꼭대기에서 날아 쏟아졌다. 모두 12층으로 비단을 걸어놓은 듯하며, 매우 기이하고 웅장했다. 홍수로 변해서 다섯 개 폭포가 이미 메워졌고, 지금은 일곱 개 폭포가 아래로 흘러가 원통동圓通洞 입구가 된다고 했다. 마침내 은신대를 내려와 곧장 유점사를 향해 5리를 갔다. 빙천砯川 속에 큰 바위가 있는데 돌이 푸르고 하얬다. 주름진 것이 마치 치마와 같아서 상암裳巖이라고 했다. 자못 웅장하고 기이하여 볼만했다.

5리를 가니 유점사였다. 절은 그 옛날 웅장하고 걸출하여 3대 사찰 중 으뜸이었다. 여러 번 화재를 겪어 좌우 요사채가 대부분 불탔다. 불전에는 53개 불상을 안치했다. 나무를 새겨놓았는데 큰 느릅나무 가지와 줄기였다. 구불구불한 가지 사이에 작은 금불상을 안치했는데 또한 53개를 채우진 않았다. 불상 앞에는 검은 구리 화로가 있었다. 동쪽에는 작은 바위 우물이 있는데, 물이 매우 찼다. 바로 노춘盧偆의 오탁정烏啄井이었다. 오탁정 남쪽의 조그마한 전각에는 노춘의 소상을 안치했다. 앵무배鸚鵡盃와 호박잔琥珀盞을 꺼내 보여주는데, 제작 기법이 매우 기묘했다. 둘 다 세조가 하사한 것이라고 했다.

31_ 이백헌(李白軒) : 백헌은 이경석(李景奭, 1595~1671)의 호이다.

초6일. 바람이 심했다. 만경대에 오르고자 하여 중내원中內院에서 머물렀다. 밤에 사찰 승려의 경고京庫에 불이 났는데, 산길에 바람이 크게 부니 불도 점점 거세졌다. 날이 밝기도 전에 순라 도는 승려가 급박함을 알리니, 절이 크게 떠들썩했다. 마침내 급히 문을 밀치고 바라보니 거센 불길이 하늘까지 닿았고, 산의 나무는 타닥타닥 소리를 냈으며, 바람이 그 힘으로 돌을 튀어 오르게 하며 소리를 지르니, 그 형세를 강제로 막을 수 없었다. 새벽녘에 불이 더욱 거세지자 경고·원통암·신계사의 승려들이 연기와 불꽃을 무릅쓰고 골짜기를 막아서서 크게 소리 지르며 불을 끄는데, 그 소리가 벼랑과 계곡에 진동하여 또한 장관이었다. 날이 저물자 바람이 더욱 거세져 높은 곳에 오르지 못했는데, 그 높이도 망고봉과 비로봉만 못했다. 그리고 가마꾼도 불을 끄느라 겨를이 없어 마침내 그곳에 머물렀다.

해가 저문 후 승려 몇 명을 얻어 박달치朴達峙를 넘으니, 고개가 매우 험준했다. 고개 위에서 북쪽으로 꺾어 5리를 가서 불정대佛頂臺에 올랐다. 불정대는 사자의 목과 같았는데, 목이 끊어져서 나무를 이어 놓았다. 옆은 싸리나무로 날개를 만들어 놓아 지나다니는 사람으로 하여금 허공을 보지 못하게 했다. 2칸 남짓 가서 정상에 이르렀다. 십이폭포를 바라보니 은신대에서 본 모습과 같았는데, 맑은 시내와 하얀 바위가 완연하여 살아있는 용과 같았다.

곧장 신계사에 이르렀다. 꼭대기에서 다시 고갯길을 찾아 10여 리를 가서야 비로소 고개 아래에 이르렀다. 고개 형세가 험준해 뒤에 가는 사람이 앞에 가는 사람의 정수리를 밟는 듯하고, 원숭이처럼 달라붙어서 내려왔다. 큰 냇물 하나를 건넜는데, 바로 십이폭포의 하류였다. 어지러운 자갈돌이 버티고 있으며, 물이 돌아서 내려가 신계사 골짜기 입구로 들어갔다. 송림굴松林窟을 두루 살펴보니 굴이 깊어서 헤아릴 수 없었다. 굴 옆에는 송림암松林庵이 있는데 암자에는 승려가 없었다. 점심 때 원통암에 도착했다. 유점사에서 20리 길이었다.

점심을 먹고 효양령孝養嶺을 넘으니 험준함은 박달치와 같았으나 길은 조금 평평했다. 박달치 아래가 발연鉢淵인데 시내 바위는 깨끗하고 평평하고 넓었다. 바위 사이는 오목하게 패였고 물이 그 가운데로 흘러 구불구불 내려가 그 아래에서 못이 되었는데, 못이 바리때와 같아서 발연이라고 했다. 발연 위는 평평하게 펼쳐 있고, 바위는 흰색이었다. 외산의 수석 중에서 발연은 구룡연九龍淵의 다음이라고 한다. 일 만들기를 좋아하는 사람들이 승려에게 치폭놀이를 하게 했다. 이날은 날씨가 매우 추워 사람이 놀이를 할 수가 없었으므로 마침내 중지시켰다. 발연 옆에는 이전에 발연암鉢淵庵이 있었는데, 지난해 산불에 불타서 없어졌다.

평탄하게 20리를 가서 숙고稤庫로 가는 길을 버리고 북서쪽의 소나무와 참나무 사이 가운데로 10리를 가서 어두워서야 신계사에 도착했다. 진사 윤광안尹光顔[32]이 나보다 먼저 산에 들어와 며칠을 이 절에 머물렀다고 했다. 그는 곧 감역監役 윤동미尹東美의 아들이다. 윤 감역은 한시로 이름이 났는데 우리 큰형과 만년에 교유가 매우 좋았다. 나도 과거시험장에서 한 번 만났는데, 진정한 문인이었다. 그 아들 또한 뛰어난 선비였다. 비록 처음 만났으나 정성스러운 대접은 마치 오래 전에 아는 사람과 같았다.

이날 천불동千佛洞을 구경하고 돌아왔다. 천불동은 세상에서 말하는 만물초萬物草이다. 그다지 기이한 볼거리가 없었다. 바위 색은 희지 않았고, 많은 것의 모양새도 내산의 찌꺼기여서, 이름이 너무 지나쳐서 실상과 부합하지 않았다. 유람객들은 그 이름이 실상보다 넘치는 것을 꺼려하여 거짓으로 말하기를 "이곳은 만물초가 아니다."라고 한다. 이 길을 따라 50리를 가면 백정봉百井峰 아래에 또 진짜 만물초가 있는데, 오는 자

32_ 윤광안(尹光顔) : 1757~1815. 자는 복초(復初), 호는 반호(盤湖)이다.

가 드물다고 했다. 다음날 윤생과 구룡연을 구경하기로 약속했다.

초7일. 조반을 먹고 윤생과 가마를 나란히 하고 서쪽으로 10여 리를 가서 시내를 건넜다. 좌우의 가파른 절벽에 꽃이 피어 번갈아 자라고, 냇물은 벼랑을 돌아 빠르게도 느리게도 마음대로 흘렀고, 그것이 못이 되고 폭포가 된 것은 이루 다 셀 수 없었다. 걸어서 5리를 가니 길이 끊어져 큰 검은 바위를 따라 옆으로 지나가는데, 바위에 틈이 있어 사람의 발이 들어갈 만했다. 바위 형세는 곧장 아래로 떨어졌고 그 밑에 깊은 연못이 있어 조금이라도 발을 잘못 내디디면 연못에 떨어질 듯 매우 위험했다. 구부려서 나무 잔도로 나아갔다. 잔도는 모두 열두 계단으로 부여잡고 내려갔다. 냇물을 건너 남쪽 절벽을 따라가니 절벽에 나무 잔도를 세워놓았다. 잔도는 모두 27개 계단으로 붙어서 올라갔다.

이곳을 지나가니 돌 비탈길과 나무 잔도가 구불구불하고 험준하였다. 5리를 위태롭게 가니 너럭바위가 새하얗고 평평하게 펼쳐져 있는데, 물이 그 바위를 따라 흘러내려 밝고 깨끗하기가 마치 백옥과 같았다. 바위 표면에는 옥류동玉流洞이라 새겨져 있었다. 기이한 봉우리가 사방을 웅위하여 마치 연꽃이 갓 피어난 듯하나, 다만 내산의 하얀 것만 못했다. 양쪽 벼랑은 단풍 빛이 찬란하고 은은하여 피가 흐르는 듯했는데, 아쉽게도 만폭동과 중향성에서 보는 것만 못하였다.

옥류동의 솟구친 바위를 따라가서 비스듬히 남쪽 절벽 길로 5리를 가니 두 폭포가 있어, 곧장 정상에서 1백여 자의 비단을 펼쳐 놓은 듯 흩어져 쏟아졌다. 그 아래에 네모난 못이 있는데 비봉담飛鳳潭·무봉담舞鳳潭이라고 새겨져 있었다. 두 폭포가 한 번 꺾여서 내려가 구룡연九龍淵이 되고, 구룡연의 벽엔 쇠를 쌓아 놓았는데 우뚝 솟은 모습이 마치 쇠를 녹여 부어놓은 듯하였다. 물길은 술 단지에 귀가 달린 듯하고 물이 술 단지 귀를 따라 곧장 쏟아지는 모습은 무지개를 뿜어내는 듯했다. 바위 웅덩이가 폭포를 떠받치는 것은 마치 가운데가 빈 큰 가마솥이 그 물을 받아 모으고 있는 듯했으며, 둘레는 수레바퀴와 같았다. 소리는 쏟아지는 기세에서 생겨나 바위 골짜기로 메아리치는데, 은은한 것은 가늘게 퍼져나갔다가 되돌아왔고, 다시 세찬 물소리와 함께 요란하게 흘러가니, 골짜기에는 항상 우레와 벼락소리가 나고, 날리는 물거품은 수십 보 밖의 사람 소매를 마구 적셨다. 그 높이를 추정해 보면 40,50길은 됨직하니 박연폭포 朴淵瀑布33-에 비하여도 두 배나 되었다. 반석 위에 비스듬히 누워 올려다 보면 하늘이 물과 맞닿아 있고 그 너머가 보이지 않았으니, 바로 이른바 '은하수가 하늘에서 떨어진다銀河落九天'34-라고 한 것이었다.

위쪽 못의 가로지른 바위가 아래쪽 못의 폭포 물길이 되어 안팎으로 물을 받아들이고, 그 물은 내려오며 바위를 갈아내니 미끄럽기가 심했다. 일 벌이기 좋아하는 사람들은 가끔 가로지른 바위 끝까지 갔다가 실족하여 아래쪽 못에 빠져서 결국 나오지 못하기도 한다. 어떤 사람이 전하기를 "수사水使35- 오명수吳命修가 떨어져 못 속에서 빙빙 돌다가 얼마 후 물이 솟구쳐 밖으로 나왔다."라고 했는데, 이치가 그럴듯했다. 대개 바위 기운이 음산하여 차갑고 물소리는 요란해 사람으로 하여금 움츠러들게 하여 한적하고 조용한 느낌이 적었다.

돌아서 옥류동에 이르니 승려가 점심을 차려 바위 위로 내어 왔다. 나는 윤생과 반석을 나누어 식사를 했다. 그 옆으로 작은 오솔길을 취해 5리를 가서 곧장 사자항獅子項으로 올라가니 거의 6,7백 보쯤에 바위로 이루어진 대臺가 있었다. 몸을 솟구쳐 올라가니, 위쪽이 조금 날카로워서 바위를 끌어안고 비스듬히 서서 곁눈질로 바라보았다. 비로봉에서부터

33_ 박연폭포(朴淵瀑布) : 황해북도 개성에 있는 폭포로, 우리나라 3대 폭포 중 하나이다. 조선시대 서경덕(徐敬德) · 황진이와 더불어 송도삼절(松都三絶)로 유명하다.
34_ 은하수가 …… 떨어진다 : 중국 당나라 때 시인 이백(李白)의 「망여산폭포(望廬山瀑布)」에 "나는 듯한 물줄기가 삼천 길 높이로 곧장 쏟아지니, 아마도 은하수가 하늘에서 떨어지는 듯하네.[飛流直下三千尺 疑是銀河落九天]"라고 하였다.
35_ 수사(水使) : 수군절도사(水軍節度使)를 줄여서 이른 말이다.

그 중간 부분이 움푹 패여 바위 골짜기 하나를 이루고 있었다. 골짜기 밑은 온통 흰 바위이고, 바위는 가끔 오목하여 못을 이루기도 했다. 못은 큰 가마솥과 같고, 가마솥에는 귀가 있는데 물이 가마솥에 가득 차면 귀를 따라 떨어졌다. 위쪽의 못물이 아래쪽 못으로 떨어지는 것이 모두 여덟 개였다. 못이 점점 커질수록 물도 점점 장대해지고 그 물이 모여서 구룡연이 되는데, 천하의 기이한 경관이라고 할 만했다. 승려가 말하기를 "예전에는 비로봉 뒤쪽으로 난 길을 따라 외팔담外八潭으로 통했고 허공에 다리를 설치해 놓았었는데, 다리가 무너진 지 이미 30년이 되어 지금은 더이상 통하지 않습니다."라고 했는데, 또한 믿을 수 없었다. 날이 저물어 신계사로 돌아왔다. 하인과 말이 양진역에서 와서 기다리고 있었다.

초8일. 식사를 한 후 천불동千佛洞으로 향하려는데 윤생이 애써 말리기를 "그다지 볼 것이 없다고 합니다."라고 했다. 마침내 그만두고 곧장 고성읍高城邑을 향하여 동쪽으로 20리를 가서 양진역을 지났다.

산에 들어와 10일 동안 늘 막히고 좁아서 고생스러웠는데, 비로소 산 밖으로 나와 동쪽 바다가 하늘에 닿아 막힘이 없으니, 가슴이 자못 탁 트이고 상쾌해져서 마치 바지를 걷어 올리고 넓은 파도를 건너고 싶어졌다. 다만 머리를 돌려 산중을 바라보니 비로봉 등 일만 봉우리가 사람과 이미 멀어졌고, 30년 동안 꿈속이나 생각으로만 왕래하던 것을 대충 보고 지나침을 면치 못했으니, 한 무제漢武帝가 이 부인李夫人을 잠깐 본 것[36]과 같아서 특히 서운한 생각이 들었다.

양진읍 앞으로 난 길로 10리를 가서 읍내에 도착해 지름길로 대호정帶湖亭을 찾아 갔다. 대호정은 양진읍 서쪽에 있었다. 호수 언덕에서 내려다보니 맑은 호수는 거울인 듯 현의 앞쪽으로 가로 둘러서 동쪽 바다로

36_ 한 무제(漢武帝)가 …… 것 : 한 무제가 사랑하는 이 부인을 잃은 뒤에 몹시 그리워하다가 이 소군(李少君)의 방술로 이 부인의 혼을 불러와 얼굴을 잠깐 보게 되었다고 한다.

흘러 들어갔다. 그 서쪽은 금강외산이 기이하고 험준하게 나란히 솟아 있었다. 정자에서의 조망은 더욱 빼어나고 특이했으나 정자의 규모는 소박하고 누추하여 이름에 걸맞지 않았다.

마침내 주막에서 말을 쉬게 했다. 점심을 먹은 후 성 모퉁이 쪽으로 수백 보를 걸어 드디어 해산정海山亭에 올랐다. 정자는 성의 북쪽에 있었다. 객관을 내려다보니 대체로는 대호정과 같았다. 그 동쪽은 길게 뻗은 들판이 평평하고 광활하며, 들판 너머에는 작은 산이 빙 둘러 있었다. 산이 끝나는 곳은 바다 빛이 허공과 닿아 있고, 바닷가 하얀 돌은 겹겹이 쌓이고 깎여서 기이한 봉우리를 이루어 칠성석七星石이라고 하는데, 곧 해금강海金剛이었다.

그 서쪽은 풍악산의 뭇 봉우리가 마치 용이 날고 봉황이 춤추는 듯했고, 그 북쪽은 감호鑑湖와 삼일호三日湖인데 호수 빛이 소나무 숲 사이로 은은하게 비쳤으며, 그 남쪽은 한 줄기의 긴 강이 숲에서 보일 듯 말 듯했다. 지세는 높아서 상쾌하고 넓고 광활하니 또한 매우 그윽하고 한적하였다. 가만히 고개를 돌려 조망해 보니 모든 것이 알맞아 조금도 치우치거나 부족함이 없었다. 이름난 산과 넓은 들판, 기다란 강과 큰 바다, 읍성과 누각, 숲과 마을이 뒤섞여서 함께 펼쳐 있으나 제각각 그 마땅함을 차지하고 있으니, 참으로 천하의 절경이라고 이를 만했다. 영동지역 아홉 개 군郡에서 마땅히 해산정을 제일로 여기는 것은 참으로 거짓이 아니었다. 해산정의 북쪽 문미門楣에 참의參議 박사해朴師海[37]의 시가 걸려 있었다. 박 참의는 나의 큰형과 매우 친했다. 나 또한 그와 함께 백운산白雲山과 부석산浮石山을 유람했는데, 한 달 뒤에 임지에서 세상을 떠났다. 그의 시를 보니 자못 서글픈 마음이 들었으니, 인정상 참으로 이러했다.

37_ 박사해(朴師海) : 1711~?. 자는 중함(仲涵), 호는 창암(蒼巖)이고, 본관은 반남(潘南)이다. 1772년 동지부사가 되어 청나라에 다녀왔으며, 그림에 조예가 매우 깊었다.

윤생 또한 그의 평생에 대해 자세히 말해 주었는데, 대개 그는 세속의 속된 사람이 아니었다.

얼마 후 말이 먹이를 다 먹었다고 알려 와, 이윽고 윤생과 함께 고삐를 나란히 하여 북동쪽으로 10리를 가서 삼일호에 이르렀다. 호수는 깊숙하고 오목한 곳에 있는데, 가서 호수 가에 이르러서야 비로소 호수가 있는 줄 알게 된다. 호수의 남쪽에는 커다란 바위가 우뚝 솟아 있고, 바위 면에는 '천하제일호산天下第一湖山'이라는 여섯 글자가 새겨져 있었다. 맑은 호수는 물결이 넘실대며 언덕을 따라 구비지고 있었다. 건너편 언덕에서 몽천암夢泉庵의 승려를 부르자, 승려가 배를 가지고 이르렀기에 마침내 배에 올랐다. 호숫가에는 말을 둘 곳이 없어 마침내 하인과 함께 다시 고을 주막으로 돌려보내면서 내일 아침에 와서 기다리게 했다. 물가를 따라 돌아서 단서암丹書巖에 올랐다. 바위에는 그 옛날 '영술도남석행永述徒南石行'이라는 여섯 글자가 있었는데, 붉은 글씨는 세월이 흘러도 마멸되지 않았다. 어떤 사람이 전하기를 "단사丹砂로 쓴 것인데, 후인들이 그것을 오래도록 전하고자 하여 깎아 새기고 붉은색으로 메웠습니다. '영술'이란 옛 글씨 흔적은 모두 없어져 버렸습니다."라고 하였다. 속인들이 하는 일이란 게 매우 한심스러웠다.

꼭대기에 올라 매향비를 보았다. 고려 성종 때 세운 것으로 지금과의 시대가 이미 7백여 년이 흘러 글자가 닳아 분간할 수 없었다. 서쪽 절벽에 배를 대고 양봉래楊蓬萊의 이름이 쓰인 곳을 보았는데, 창의사倡義使 김천일金千鎰[38]의 이름이 있고 그 옆에 칠언절구가 쓰여 있었다. 시어가 경계시키면서도 상쾌하고 필력이 강건하고 뛰어나며, 그 풍류와 고아한 운치가 호수와 산에 비치는 듯한데 그와 함께 유람하지 못하는 것이 안

---

[38]_ 김천일(金千鎰) : 1537~1593. 자는 사중(士重), 호는 건재(健齋)이고, 본관은 언양(彦陽)이다. 전라도 나주 출신으로, 임진왜란 의병장으로 활약하였다.

타까웠다.

　마침내 물길을 거슬러 올라가 사자암獅子巖을 구경하고 이어 사선정四
仙亭에 정박했다. 정자는 큰 바위 뒤쪽에 있는데 바위 모양이 배를 엎어
놓은 듯하였다. 호수의 넓이는 아득히 멀고, 길이는 넓이의 두 배나 되었
으며, 36개의 봉우리가 둘러싸고 있었다. 그 봉우리는 모두 높지도 낮지
도 멀지도 가깝지도 않았으며, 모두 아름답고 묘하고 빼어나고 뛰어났다.
호수는 모두 열두 굽이로, 사이사이에 작은 언덕이 있어 마치 됫박을 눌
러놓은 듯, 구부리기도 하고 반듯하기도 하여 일정하지 않았다. 물가를
지나가니 마름과 갈대와 물억새가 사각사각 소리를 내고, 몇 무리의 갈매
기와 해오라기가 날며 울다가도 사람에게 다가왔으며, 이따금 알록달록
한 새가 마른 등걸 위에 서서 조잘대니, 매우 아름다운 모습이었다. 바다
입구의 칠성석은 하얀 바위가 수면과 이어져 있어 또한 매우 기이한 경
관이었다.

　대략 비교하자면, 그윽함도 지극하고 절묘함도 지극하여 오래 앉아
있으면 도리어 흥취가 일어나는데, 마치 아리따운 사람이 휘장만 걷으면
바로 그 안에 있어 가까이 할 순 있지만 친압할 수 없는 것과 같았으니,
이것이 네 신선이 사흘 동안 떠나지 못했던 까닭이다. 저녁이 되자 초승
달이 강가 억새풀 사이로 막 떠올라 반짝반짝 파도 빛을 만드니, 배를 타
고 달빛 바다 위를 떠다니고 싶어졌다.

　이윽고 몽천사夢泉寺의 승려가 식사를 하라고 고하기에, 마침내 작은 배
를 보내 밥을 싣고 와서 정자 동쪽으로 가서 바위를 밥상 삼아 먹었다. 그
옆에는 깨진 비석이 있는데, 바로 태학사太學士 홍귀달洪貴達이 지은 「유사
선정기遊四仙亭記」가 새겨져 있었다. 식사를 마치니 달빛은 이미 강에 그
득했고, 잔물결도 일지 않았으며, 바위 벼랑에서는 가늘게 졸졸졸 물소리
가 들렸다. 36개 봉우리가 섬과 물가 사이에서 보였다 숨었다 하는데, 장
차 의향이 있는 사람을 맞이해 모두가 손을 모으고 읍을 하는 모습이었

다. 배는 원근으로 정해진 방향도 없이 유유히 가고, 시든 갈대 사이에서 커다란 물고기가 이따금 배 뒷머리로 뛰어올라 지나갔다. 배를 젓는 승려가 상앗대로 물을 치자, 물고기가 놀라 다신 뛰어오르지 않았다.

사방을 돌아보아도 사람 소리가 없고, 몽천암의 등불이 솔숲 사이로 반짝거렸으며, 한두 번의 풍경소리가 가끔 지나갔다. 배에 있던 윤생이 전대 속에서 당시집唐詩集과 왕유王維·맹호연孟浩然의 전집을 꺼내, 그들이 배를 타고 가면서 지은 여러 작품을 골라 낭랑하게 한 차례 소리 높여 읊었고, 이어서 초사楚詞의 「구장九章」을 읊으니, 맑은 바람에 씻은 듯 한문寒門에 날아오른 듯한 뜻[39]이 들었다. 만약 신라시대의 영랑과 술랑이 다시 온다면 반드시 어깨를 치며 허물없이 서로 맞이하여 놀다가 1백 일이 되도록 돌아가지 않을 것이다. 각각 몇 수의 시를 짓고 밤이 깊어서야 배를 돌려 몽천암 아래에 정박했다. 솔숲을 따라 수백 보를 가니 암자는 빈약해 볼 만한 것이 없었고, 승려 5,6명도 무식하여 이야기를 나눌 만한 자가 없었다. 승려가 말하기를 "암자의 북쪽 석문에 오르면 일출을 볼 수 있습니다."라고 말했다.

초9일. 일찍 일어나 석문에 올랐다. 조금 늦게 작은 봉우리 위에서 해가 떠올랐는데, 바다에서 보는 것보다 못했다. 대개 봄과 여름에는 해가 북쪽에서 석문으로 가서 바다에 닿고, 가을과 겨울의 낮이 짧은 때에는 해가 작은 산에 가려지는데 절의 승려 중에는 봄과 여름으로 오인하여 알려주기도 했다. 다시 배를 타고 정자 위에 이르러 이리저리 멀리 조망하다가 마침내 윤생과 작별하였다. 처음에는 윤생과 함께 북쪽으로 가서 통천으로 나가 총석정叢石亭을 보려고 했으나, 1백여 리를 거슬러 가서

39_ 맑은 …… 뜻 : 중국 송나라의 주희(朱熹)가 공풍(鞏豐)에게 준 편지에 "이 무더운 여름철을 다해 한문에 날아올라 시원한 바람에 씻은 듯하다.[當此炎燠, 灑然如亙寒門而濯淸風也.]"라고 하였다. 『초사』 「왕일(王逸)」의 주석에서 "한문은 북극에 있는 차가운 곳이다."라고 하였다. 『주자전서(朱子全書)』, 「답공중지(答鞏仲至)」.

종일 시간을 소요하며 즐겼으니 돌아갈 기약은 더욱 요원하게 되었다.

마침내 마음을 굳히고 양양으로 향했고, 윤생은 곧장 총석을 향해 가다가 방향을 바꿔 국도國島로 들어갔다. 윤생은 안변 군수 이숭우李崇祐의 생질이다. 배와 말이 길을 달리해 아득히 서로 보이지 않았고, 사이사이의 갈대와 억새풀이 특히 생기가 없는 듯 느껴졌다. 동쪽으로 몇 리를 이어 가니 호수 가의 마을 모습이 소쇄했는데, 바로 감호鑑湖였다. 양사언이 살던 곳이고 양씨 자손들이 사는 마을인데, 긴 호수가 둘러 있었다. 호숫가에는 이름난 배가 열을 지어 심어 있고, 배나무 잎이 호수 가운데에 붉게 비쳤다. 대개 봄날에는 배꽃이 호숫가에 무성하게 피어 마치 하얀 명주를 펼쳐 놓은 듯하고, 가을에는 배가 무르익어 호수 속으로 떨어지면 마을 아이들이 배를 타고 호수로 마구 들어가 이를 줍는데, 그 모습이 대단히 볼 만하다고 한다.

감호에서 10리를 가서 다시 마을 속으로 들어가 홀로 해산정에 올랐다. 현의 뜰에는 국화 몇 송이가 쓸쓸하게 피었는데 관청의 하인에게 꺾어주기를 청하여 보고, 마을 막걸리를 사서 약간 취하니 오히려 중양절에 마시는 술인 듯하였다. 현의 동쪽을 거쳐 넓은 들을 지나니, 바로 바닷가 10리의 나루 마을이었다. 이른바 칠성석을 보고, 북쪽으로 굽이굽이 5리를 가서 해금강을 구경하니, 크고 작은 36,377개의 바위 봉우리가 들쭉날쭉 뒤섞여 있는데 대향로봉·소향로봉과 완전 똑같았다.

대개 동해의 빼어난 기운이 맺혀 금강산이 되었고, 금강산이 구불구불하고 우뚝 솟은 나머지 동쪽으로 바다까지 닿아 돌아갈 바가 없어 가끔 막히고 쌓여서 국도·총석·해금강·칠성석이 되었으며, 남쪽으로 동래東萊에 이르러서도 그러했으니, 또한 기이할 만하다. 다시 읍 안을 향하여 현의 남쪽을 경유해 배를 타고 남강을 건넜으니, 남강은 대호정의 하류이다. 바다를 따라 10리를 가니 모래톱에서 말발굽이 사각사각 소리를 냈다. 선주암仙舟巖에 올랐다. 선주암은 삼면이 바다와 접해 있는데,

유점사

깊고 넓어 산과 같았다. 세상에 전해지기를 "53개의 불상이 중국에서 돌로 된 배를 타고 바다를 건너와 이곳에서 배를 버리고 금강산 유점사로 들어갔다."라고 하는데, 그 말의 허탄함이 대개 이와 같았다. 20리를 가니 푸른 소나무와 백사장이 서로 간격을 두고 이어졌다 끊어졌다 하였고, 종종 헤엄치는 고래가 파도에 올라타서 웅장함을 보여주면 배는 아득하니 보이지 않을 지경이었다. 밤에 간성에 속하는 갯마을에서 묵었다.

초10일. 일찍 일어나 마을 서쪽의 작은 언덕에 올라 일출을 보려 했는데, 새벽안개가 바다에 자욱하고 약간 붉은 햇무리가 일더니 잠깐 사이 해가 이미 높이 떠버렸다. 80리 모래톱을 거쳐 명파역明波驛을 지나고, 또 30리를 가서 건봉사乾鳳寺로 들어갔다. 건봉사는 동북지역의 큰 사찰이다. 동서쪽의 승려가 묵는 건물로는 14개의 방이 있고, 중간에 넓은 시내가 있어 큰 무지개다리를 가로로 걸쳐 놓았으며, 위아래로 물레방아가 거의 30틀이나 있었다. 승려는 배와 말로 장사를 많이 하여 생활이 제법 풍족하였다. 밤에 명월료明月寮에서 잤다.

11일. 점심을 먹고 보림굴寶林窟과 보림암寶林庵을 두루 찾았는데, 암자가 있는 곳이 가장 높았다. 명월료를 경유해 북쪽으로 10리를 가서 방향을 꺾어 봉암鳳巖·상원암上院巖·반야암般若巖 등을 찾아갔다. 봉암의 승려 대인大仁은 금강산과 설악산의 절경에 대해 잘 알고 있었으며, 사람됨 또한 정묘精妙하여 이야기를 나눌 만했다. 저녁 후 찾아와 밤이 늦도록 이야기를 나누니 들을 만했다.

12일. 이불에서 밥을 먹고 절을 나서 남여를 타고 육송정六松亭에 이르니 10리가 조금 못 되는 거리였다. 말을 타고 10여 리를 가서 간성읍杆城邑에 도착했는데, 읍은 매우 쇠락했다. 40리를 가서 정오에 마을 객관에서 말을 먹이고, 10리를 가서 청간정淸澗亭에 올랐다. 청간정은 간성의 창고로 사용되는 정자이다. 큰 바다에 임해 있고, 그 옆에는 돌로 쌓아 만든 축대가 있는데 그다지 볼 게 없었다. 울진의 망양정望洋亭과 흡사했다.

20리를 가니 맑은 호수가 말 앞에 나타나 아득히 허공까지 이어졌다. 크기는 삼일호에 비해 더욱 웅장한 느낌이 들었는데, 마음속으로 영랑호永郎湖라고 짐작했지만 주위에 사람이 없어 확인하지 못했다. 5리를 가서 포구마을에서 묵었는데, 양양 경내였다. 포구마을에서 물어보았더니, 과연 영랑호였다. 날이 저물고 바람도 불어 추위가 심해지니 대강 둘러볼 수도 없어 안타까웠다. 세상에 전하기를 "한漢나라 장수가 이 호수에 와서 '천하제일'이라 여겼고, 떠날 적에 사흘을 통곡하여 말하기를 '이제부터 다시 볼 수 없겠구나.'라고 했다."라고 하는데, 이 또한 시인들의 좋은 이야깃거리이다. 이는 또한 김창흡金昌翕[40]의 『삼연집三淵集』에 실려 있다.

13일. 일찍 출발하여 모랫길을 20리나 가서 낙산사落山寺에 이르렀다. 절은 해안에 붙어 있는 이름난 사찰이다. 불사와 불전이 올봄에 불탔고, 동쪽과 서쪽의 요사채는 한창 새로 건립 중이며, 제법 크고 아름다운 절이었다. 옛날에는 익조翼祖[41]가 후사를 바라며 정성껏 빌어 얼마 후 도조度祖[42]를 낳았고, 세조께서 친히 왕림하기도 했다. 빈일루賓日樓에는 숙종대왕이 지은 한시가 있는데 학사學士 채팽윤蔡彭胤[43]이 왕명을 받들어 썼다. 빈일루가 불탔지만 유독 시판詩板만은 불타지 않았으니, 왕이 지은 글은 훌륭하여 또한 용과 코끼리가 꾸짖어서 지켜주는 것인가. 무너진 담장과 깨져 떨어진 기와가 눈에 가득하여 서글펐는데, 마치 한 번의 작은 전쟁을 겪은 듯했다. 의상대義相臺는 국토의 정동쪽에 위치하여 일출이 천하의 제일이라고 한다.

종이를 찾아 육언절구 1수를 지어 성명과 자호字號를 쓰지 않고 어린 승려를 재촉해 양양도호부襄陽都護府에 급히 전하게 했다. 양양 부사는 정법정丁法正[44]이다. 그가 즉시 하인을 시켜 편지를 보내와 이르기를 "비록 성명과 자호를 쓰지 않았으나 내가 어찌 나의 신문초申文初[45]를 모르겠는가? 그대가 오기를 바야흐로 서서 기다리겠네. 내일은 나와 함께 일출을 볼 수 있도록 이화정梨花亭의 쓸쓸한 나그네가 되지 말게나."라고 했다. 이화정은 낙산사의 남쪽 대臺의 커다란 느릅나무 아래에 있는데, 상쾌하여 바다를 조망하기에 적합하였다. 사찰은 양양부와 10리나 떨어져 있어 매우 멀었다. 솔숲 사이를 경유해 한수漢水를 끼고 상운역祥雲驛을 지났

40_ 김창흡(金昌翕) : 1653~1722. 서울 출신. 자는 자익(子益), 호는 삼연(三淵)이고 본관은 안동이다. 김상헌(金尙憲)의 증손자이고, 아버지는 김수항(金壽恒)이며, 김창집(金昌集)과 김창협의 동생이다.
41_ 익조(翼祖) : 태조 이성계의 증조부 이행리(李行里)를 일컫는다.
42_ 도조(度祖) : 이성계의 조부 이춘(李椿)을 가리킨다.
43_ 채팽윤(蔡彭胤) : 1669~1731. 자는 중기(仲耆), 호는 희암(希菴)·은와(恩窩)이고, 본관은 평강(平康)이다.
44_ 정법정(丁法正) : 정범조(丁範祖, 1723~1801)를 말한다. 자는 법세(法世), 호는 해좌(海左)이며, 정시한(丁時翰)의 현손이다. 그는 1778년 양양 부사가 되었다.
45_ 신문초(申文初) : 문초는 신광하의 자이다.

다. 길에서 진사 최창적崔昌迪을 만났는데, 옛 벗이다. 대단히 놀랍고 반가웠지만, 바람이 불고 날도 어두워져 허물없이 회포를 풀며 이야기를 나눌 수 없었다. 마침내 다른 날 양양부에서 만나기로 약속하고, 인사하고는 말에 올라 작별했다.

말을 재촉해 양양읍에 도착하여 해가 지기를 기다렸다가 청연당淸讌堂으로 들어갔다. 양양 부사가 대단히 반가워하며 급히 내가 산속에서 지은 시들을 청해 읊어 보곤 칭찬하였다. 정 부사는 근자에 하나뿐인 손자를 잃고 마음이 슬퍼서 울적함을 쏟아낼 수 없다가 나를 보고 매우 좋아하였으니, 어찌 다만 빈 골짜기에 찾아온 손님일 뿐이었겠는가. 재촉해 촛불을 밝히고 식사를 준비하게 했고, 식사를 마치자 공무에 바빴다. 마침내 운자를 불러 각자 오언율시 15수를 지으며 동쪽이 환하게 밝아오는 것도 알지 못했다.

14일. 일찌감치 동지중추부사 정 어르신께 인사를 드렸다. 어르신은 나이가 여든한 살인데도 정력이 왕성하여 대자大字를 쓸 수 있고, 필력이 웅건하여 젊은 사람 못지않았다. 스스로 말하기를 "등잔불 아래에서 깨알 같은 글씨를 쓸 수 있으니, 시력이 쉰 살 이전에 비해 더욱 밝아졌네. 어려서부터 기이한 병을 앓았으나 집이 가난해 약을 먹지 못했는데, 쉰 살 이후에 병이 날로 나아지더니 60,70세 이후에는 마침내 무병하게 되었네."라고 했는데, 또한 기이한 일이다. 팔순 된 사람은 대개 이와 같은 경우가 많다. 모습은 매우 공손했고 더욱이 덕이 높은 분이었다. 부사의 아우 정광신丁光新이 원주에서 이르렀는데, 또한 맑고 순박한 사람이었다. 이날 밤 각각 칠언율시 10수를 지었다.

15일. 관찰사 이형규李亨逵[46]가 지역을 순시하다가 양양부에 들어와 부사

46_ 이형규(李亨逵) : 1733~1789. 자는 중우(仲羽)이고, 본관은 전주(全州)이다. 1774년 대사간에 오른 뒤 의주부윤·강원도 관찰사·동지의금부사 등을 지냈다.

를 통해 내가 머무르고 있다는 소식을 듣고, 곧장 사람을 보내 안부를 묻고 함께 밤새 시를 짓기를 청했다. 내가 드디어 나가서 만나보니 이 관찰사는 매우 정성스러웠고, 내가 금강산에서 지은 시를 보여 달라 청하고, 또 그 시 중에서 6,7수를 직접 읊조렸다. 닭이 세 차례 울고서야 마침내 파하였다. 그가 다시 말하기를 "돌아가는 길이 원주로 나 있으니 응당 감영의 아전에게 명하여 기다리도록 하겠습니다."라고 하였다.

이 관찰사가 일찍이 강릉 부사로 있을 때 내가 영월에서 출발해 삼척의 죽서루竹西樓를 구경하고 방향을 바꿔 강릉에 가서 경포대鏡浦臺를 구경했는데, 그가 주인으로서 자못 정성스럽고 곡진하게 대해 주면서 임영관臨瀛館에서 율랑栗郎으로 하여금 술을 대접하게 했다. 하루를 머무르며 서로 더불어 시를 지었는데, 내 큰 형님은 늘 그의 시를 칭찬했다. 이 일이 벌써 6,7년이나 되었다. 내가 한양에 있을 때 금강산 유람을 계획하고 편지를 써서 뜻을 전했고, 김화와 철원을 지날 때 물어보았더니 아전이 순행 나간 감영에서 관찰사의 기별이 없었다고 하여, 마음속으로 의아하게 여겼었다. 양양에 도착했더니 이 관찰사가 말하기를 "횡성에서 서신을 받았는데 길 떠난 날을 꼽아보니 이미 지나간 뒤여서 유람 도구를 도와주지 못해 아쉬웠습니다."라고 하였다.

16일. 관찰사 행차를 통해 한양에 서신을 보냈다. 밤에 부사 형제와 함께 취산루醉山樓에 올랐다. 누대는 고을 앞에 있고 누대 앞엔 두 개의 못이 있었다. 이날 밤 달이 더욱 밝았다. 각자 오언율시 6,7수를 지었다.

17일. 오후에 동지중추부사 어르신을 모시고 부사 형제 및 부사의 아들 정약형丁若衡과 함께 낙산사로 가니 날이 이미 어두워졌다. 이화정에 잠시 앉아서 달이 뜨기를 기다리는데, 바다는 지극히 푸르고 하늘은 끝이 없었다. 잠깐 사이 서늘한 바람이 불어 숲속 나무들이 흔들거렸다. 한 줄기 커다란 황금빛이 선명하게 밝게 비추는데, 눈을 부릅뜨고 올려다보니 먼저 물밑에서 살며시 퍼지다가 갑자기 다시 흩어져 일만 개의 수은 방울이 되었고, 잠깐 사이 커다란 달이 바다를 벗어나 떠올라 있었다.

둥글고 편안하고 변화무상한 색채의 달이 4,5장의 높이로 공중에 떠올라 그 빛이 바다와 마주하고 있었다. 이에 선명하게 밝게 비추던 것, 눈을 부릅뜨고 올려다보던 것이 비로소 일정한 빛으로 되었고, 상하 1만 리로 허공에서 맑게 비추니 별이 뜨는 것으로 하늘인 줄 알겠고 그 끝을 알 수 없었다. 가끔 파도가 저절로 일어나고 빛이 파도와 함께 구불구불 가서 뒤에서 두드리고 앞에서 부딪쳐서 철썩거리며 수중의 생물들이 다 모여도 소리가 들리는 듯 들리지 않는 듯한데, 가만히 들어보면 신령스럽고 괴이함이 각양각색이었다. 밤이 깊어 신이한 기운이 주위를 감싸자 곧장 파도를 타고 멀리 가보고 싶었다. 법정과 함께 각자 오언율시 1수와 20운 연구聯句를 짓고 자정이 되어서야 잠자리에 들었다.

18일. 일찍 일어나 의상대에 올라 일출을 기다렸다. 서광이 처음에 평평하고 구름 낀 바다가 하늘에 닿아 밝아지니 마치 어떤 기운이 있는 듯했다. 이윽고 1만 가닥의 붉은 햇무리가 사방으로 흩어지자, 바다 물결이 그 빛을 받아 흔들리고 부딪쳐서 그 불꽃이 올라가 하늘을 비추니, 구름 끝에서 치솟은 것들은 가운데가 붉은데 겉은 누렇고, 비취빛 금빛이 겹겹으로 주위를 둘러싸더니 갑자기 변하였다가 갑자기 흩어졌다. 얼마 후 태양이 공중에 솟구치니 만상이 다 드러나고, 빛이 미치는 곳은 으슥한 곳도 밝아지지 않음이 없고, 바다 빛은 빙빙 돌아 붉은 구리거울이 되었다. 최립崔岦이 이른바 '꿈틀거리는 온갖 괴물 다 입에 불을 머금고, 황금 바퀴를 황도 속으로 떠밀어 보내네.'[47]라고 한 것은 제대로 말한 것이다.

관음굴觀音窟을 보았다. 웅장한 바위가 바다에 기대 솟구친 모습이 마치 발우를 엎어놓은 듯하였다. 돌이 떨어져 나가 속이 우묵하게 패였고,

---

47_ 꿈틀거리는……보내네 : 최립의 『간이집(簡易集)』 권8 동군록(東郡錄) 「열이렛날 아침[十七朝]」에 보인다.

밀려오는 바닷물을 받아들여 그 안에서 파도가 일어났다. 암자가 바위 뒤쪽에 의지하고 있으니 불탑 아래에서는 늘 벼락 치는 소리가 났고, 물이 이따금 바람에 의해 부딪쳐 튀어 올랐는데 그 높이가 난간과 똑같았다. 승려가 말하기를 "의상대사가 동쪽 대臺에 앉아 있은 지 28일 만에 관세음보살이 모습을 드러내는 꿈을 꾸었고, 다음 날 두 대의 대나무가 바위에서 솟아나고 다섯 마리 용이 구슬을 바쳤습니다. 마침내 바위 위에 작은 암자를 지어 그 안에 관세음보살상을 모셨습니다."라고 하니, 참으로 허탄하였다.

조반을 먹은 후 돌아서 취송정에 도착해 진사 최소동崔少東을 방문하고 광연사廣淵祠를 참배했는데, 바로 동해묘東海廟이다. 한강에 이르러 그물을 쳐서 물고기를 잡았는데, 한 번 그물을 던져 연어 36마리를 잡았다. 큰 것은 진흙과 모래 사이에서 버둥거리고, 작은 것도 뛰어 오르며 거품을 내어 서로 적셔주니, 또한 볼 만했다. 최 진사도 따라왔다가 냇가에서 마치고 돌아갔다. 밤에 청연당에서 각각 오언율시와 칠언율시를 지었다.

19일. 종일 비가 내렸다. 각각 오언율시와 칠언율시 20수를 지었다.

20일. 종일 비가 내렸다. 저녁에 최 진사가 도롱이를 입고 찾아왔다. 밤새 시를 지었다.

21일. 현산峴山에 올랐다. 현산은 태평루太平樓 서쪽의 작은 언덕이다. 한강과 무산巫山이 깨끗하고 푸르고 아름답고 오묘했다. 서쪽으로 바라보니 설악산이 우뚝 솟아있는데, 최고봉은 청봉晴峯이다. 밤에 청연당에서 시를 지었다.

22일. 태평루에 올랐다. 누각은 매우 웅장하고 컸으나 단청을 하지 않았다. 학사 이몽서李夢瑞48-가 부사로 있을 때 중건했다. 기문과 상량문이 있는데, 글씨 또한 크고 훌륭했다. 밤에 청연당에서 시를 지었다.

48_ 이몽서(李夢瑞) : 1556~1608. 자는 응길(應吉), 본관은 완산(完山)이다.

23일. 설악산을 유람하려 했으나 눈이 있어 실행하지 못했다. 밤에 청연
당에서 시를 지었다.

24일. 밤에 청연당에서 오언고시五言古詩를 지었다.

25일. 밤에 청연당에서 오언배율五言排律을 지었다.

26일. 밤에 청연당에서 칠언고시七言古詩를 지었다.

27일. 밤에 청연당에서 오언·육언·칠언 절구를 지었다.

28일. 밤에 청연당에서 오언의고시五言擬古詩를 지었다.

29일. 밤에 청연당에서 오언·칠언 고시를 지었다.

30일. 부사와 작별하니 그 마음이 매우 서글펐다. 부사가 말하기를 "내가
자네와 알고 지낸 지 이미 30년이 되었네. 대개 한양의 여관에서 만났고,
오래 있어도 4,5일을 넘지 못했으며, 세속도 많이 퇴폐해졌네. 내가 근자
에 소백산 아래 은풍현殷豊縣을 맡아 외지로 나갔고, 거듭 초상을 당해 관
직을 떠나 있어 자네를 보지 못한 지도 4,5년이나 되었네. 내가 자네의
큰형 석북石北[49]- 옹과 기분 좋게 여강驪江을 유람하며 1백여 편을 모은
창수록唱酬錄이 있으나, 또한 열흘도 안 되게 술을 마셨었네. 석북 옹이
세상을 떠난 후로는 이런 유람을 하지 못했으니 꽤나 오래 되었구려. 그
런데 뜻밖에도 지금 자네가 조랑말을 타고 온 산을 넘고 물을 건너 쏜살
같이 이르러, 구름 낀 파도 속 먼바다에서 서로 만나 질탕하게 마시고 즐
기기를 수십 일이나 했네. 무릇 산과 냇물, 구름과 연기, 해와 달, 누대,
신선과 노래와 춤, 새와 짐승과 벌레와 물고기 등 깜짝 놀랄만한 것들과,
무릇 존망과 쇠락과 즐거움, 교유와 만남과 헤어짐, 뜨고 가라앉음과 얻
고 잃음, 옳고 그름과 순정하고 사악한 것 중 기복이 있는 것들을 모두
발현시켜 문장을 지어 답답한 기운을 풀어내고, 남석랑南石郎·영랑永郎·
술랑述郎의 무리와 함께 속세의 밖에서 노닐고자 하니, 내가 그대인지 그

49_ 석북(石北) : 신광하의 형 신광수(申光洙, 1712~1775)의 호이다.

대가 나인지 알 수 없었네. 비록 이를 일러 우리가 마음껏 노닐었다고 해도 괜찮을 것이네. 나보다 앞서 이 나라의 대부가 된 자는 문초를 빈객으로 얻지 못했고, 또한 그대보다 앞서 금강산을 유람한 사람이 나를 주인으로 삼지 못했네. 가령 이 두 가지를 얻었다 한들 또한 어찌 수십 일을 함께 할 수 있었겠는가. 아아! 나와 그대는 둘 다 중년이네. 이 이후로 이런 즐거움을 어찌 다시 누릴 수 있겠는가. 다시 누릴 수 없음을 알고도 궁벽하고 적막한 바닷가에서 서로를 전송해야 하니, 어찌 슬프지 않겠는가."라고 했다. 내가 말하기를 "예예, 그렇지요."라고 했다.

마침내 취산루에 올라 하늘거리는 공중의 연기로 곡조를 연주하고 동해의 달빛으로 술자리의 분위기를 돋우게 하였다. 술이 세 순배 돌자 일어나 현의 관문을 나섰다. 5리를 가서 한수교漢水橋를 건너 곧장 남쪽으로 50리를 가서 동산창洞山倉을 지나고, 또 10리를 가서 남애南厓 민가에서 묵었다. 이날 밤 큰 비가 내렸고, 나그네의 수심과 이별의 서글픔에 대단히 무료했다. 마침내 칠언절구 6수를 지어 나루터 아전으로 하여금 다음날 청연당 주인에게 전하도록 했다.

10월 초1일. 아침에 날씨가 갰다. 50리를 가서 강릉의 호해정湖海亭에 올라 그곳 인사人士의 활쏘기 모임을 참관하고 이어 경포대에 올랐는데, 모두 5,6년 전에 노닐었던 곳이다. 안팎의 호수가 하늘과 맞닿아 아득했고, 갈대와 물억새와 갈매기와 백로는 완연히 예전 그 모습이어서, 마치 오래전에 헤어진 정인情人을 다시 만나 옛이야기를 하는 듯 희비喜悲가 마음속에서 교차하였다. 이날 눈비가 내려 매우 추워서 오래 앉아 있을 수 없었다. 드디어 비를 무릅쓰고 강릉읍 10리 못 미치는 곳에 이르렀다.

초2일. 아침에 비가 잠깐 그쳤다. 마침내 출발해 30리를 가서 대관령을 넘었다. 대관령 위에 쌓인 눈이 거의 3척이었다. 고개 등성에서 점심을 먹고 20리를 가서 횡계역橫溪驛에서 묵었다.

초3일. 횡계역에서 출발해 40리를 가서 정오에 진부역珍富驛에서 말을 먹이고, 30리를 가서 모노령毛老嶺을 넘고, 20리를 넘어 태화창太和倉에서 묵었다.

초4일. 태화창에서 고개를 넘어 50리를 가서 정오에 운교역雲橋驛에서 말을 먹였다. 20리를 가서 원주에 도착해 관찰사에게 양양 부사 정법정의 시와 서찰을 전했다. 관찰사는 내가 도착한 것을 알고 곧바로 사람을 시켜 안부를 물었다. 나는 마침내 들어가 만났고, 밤에 오언시와 칠언시를 지었다. 즐겁게 이야기를 하다가 밤이 깊어서야 끝냈다.

초5일. 만류를 당했다. 밤에 시를 지었다.

초6일. 느지막이 출발해 북쪽으로 30리를 가서 송현松峴의 진사 정후鄭垕 - 자는 후이厚而이다. -의 집을 방문했다. 한양에 있을 때 정 진사는 내가 금강산 유람을 떠난다는 이야기를 듣고 말하기를 "돌아오는 길이 만약 원주로 나오게 되면 송현으로 저를 찾아 주십시오."라고 했다. 내가 이를 수락했기 때문에 길을 돌아서 그를 찾아갔다. 그의 간절한 정성을 매우 고맙게 여겨 행낭 속에서 술 한 병을 꺼내 주었는데 그가 단번에 다 마셔 버렸으니, 그는 술을 잘 마시는 사람이었다. 마침내 칠언율시 한 수를 주고, 그가 머무는 곳의 벽에 썼다.

정 진사의 별장이 있는 곳을 물으니, 거리가 7,8리였다. 정 진사는 자신의 조카를 보내 병이 들어 나아와 만날 수 없다는 뜻을 전했고, 나 또한 일정이 너무 바빠 일부러 찾아갈 수 없었으니 매우 아쉬웠다. 정 진사는 시인이고, 나보다 10여 세 연상이다.

초7일. 송현을 출발해 안창강安昌江을 건너고, 두 개의 송치를 넘어 저물어 지평읍砥平邑에 도착했다. 이날 70리를 걸었다.

초8일. 지평읍에서 출발하여 백치白峙를 넘어 양근읍楊根邑의 집안사람과 진사 권성거權聖居를 두루 방문했는데, 권성거는 성묘를 가서 아직 돌아오지 않았다. 마침내 대탄大灘에 이르러 진사 이정기李鼎基 - 자는 군실君實이다-를 방문하니 점심을 내왔다. 안타깝게도 늦어서 머물지 못하고 월계

강월계江月溪을 건너 마호馬湖의 정화순丁和順-자는 기백器伯이다-을 방문하니, 그의 아들이 마침 한양에서 돌아왔다. 이때 밤이 깊었다. 이날 90리를 걸었다.

초9일. 마호에서 출발해 80리를 걸어 한양에 이르러 한경선韓景善의 집에 묵었다.

초10일. 창동倉洞에 머물고 있는데 목유선이 찾아왔다. 동유시축東遊詩軸을 꺼내 보이고 금강산과 아홉 개 군의 산수에 대해 즐거이 이야기를 나눴다. 이숙승李叔昇과 윤성옥尹聖玉도 찾아와 만났다.

11일. 이숙승의 집에서 묵었다.

12일. 늦게 출발해 과천果川 30리 못 미친 곳에서 묵었다.

13일. 70리를 가서 중담中潭에서 묵었다.

14일. 일찍 출발해 80리를 가서 시포市浦 진사 김훈金塤의 집에서 묵었다.

15일. 80리를 가서 방산方山에 이르러 이씨 집안으로 시집을 간 딸의 집에서 묵었다.

16일. 늦게 출발하여 30리를 가서 대흥大興 후계後溪의 한씨韓氏 집안으로 시집을 간 딸의 집에 묵었다.

17일. 80리를 가서 동대東臺에 이르렀다. 8월 20일 한양을 떠나 10월 17일 집으로 돌아왔으니 56일간이고, 왕복한 거리는 2천여 리라고 하겠다.

동유일기東遊日記

성담 송환기

송환기宋煥箕(1728~1807)의 자는 자동子東, 호는 심재心齋·성담性潭, 시호는 문경文敬, 본관은 은진恩津이며, 송시열宋時烈의 5대손이다.

1779년 음보蔭補로 경연관經筵官이 되었으며, 이후 예조 판서·공조 판서·이조 판서·의정부 우찬성 등을 지냈다. 성리학계의 심성心性 논쟁에서는 한원진韓元震의 주장을 지지하였고, 학문과 덕행을 겸비하여 존경을 받았다. 저술로 『성담집』이 있다.

기행일정
1781년 7월 29일 ~ 9월 29일
(동행) 송환질, 황세영

7월			송림굴－풍혈대－유점사
29일	문산	29일	구연동－효운동－은신대－안문재－이허
30일	서원읍－봉암		대－묘길상－마하연－표훈사
8월		9월	
1일	진천읍－법왕촌	1일	만폭동－표훈사－정양사－헐성루－백화
2일	장후원		암－명운담－장안사
3일	여주－보은사	2일	신원－단발령－통구
4일	안창－원주	3일	창도역
5일	봉래각	4일	서운－상복령－산양역
6일	강무청	5일	낭천읍－마현－모진－인람역
7일	봉래각	6일	소양강－춘천읍－원창역
8일	강무청	7일	홍천읍－삼올치－창봉
9일	부평각－감영	8일	횡성읍－강원 감영
10일	감영	9일	봉황산
11일	감영	10일	강원 감영
12일	감영－오원역－회현－안흥역	11일	봉래각
13일	운교역－방림	12일	강원 감영
14일	대화－모노현－오대산	13일	강원 감영
15일	유현－횡계－대관령－오봉사	14일	완월루
16일	송담서원－경포대	15일	강원 감영
17일	경포대－해운정	16일	강원 감영
18일	오죽헌－사월촌	17일	장대
19일	연곡－동산－상운정－양양읍－낙산사	18일	봉래각
20일	관음굴－의상대－청간정－선유담－간성읍	19일	강원 감영
21일	열산－명파－고성	20일	귀석정
22일	중대－대호정－해산정－삼일포－사선정	21일	문막
	－단서－계월촌	22일	흥원창－장후원
23일	양진－성직촌－옹천－쌍인암－조진－문	23일	법촌
	암－통천읍	24일	진천읍－봉암
24일	총석정－금란굴－조진	25일	승천－금곡
25일	선생대－옹천－쌍인암－성직촌－신계사	26일	금곡
26일	옥류동－비봉폭	27일	금곡
27일	장안사	28일	덕평－갈길
28일	발연－발연사－상대－효양치－원통사－	29일	마포－집

동유일기*

    금강산의 빼어난 경치는 온 세상에 널리 알려져 먼 나라 사람들도 한 번 구경하기를 원하여 문학작품에 표현되기도 하고, 혹은 그림을 걸어놓고 예를 올리는 사람도 있었다. 이러한 우리나라에 태어나 평소에 운치가 적으면 그만이지만, 만일 고아한 정취가 있는데도 끝내 이 산의 진면목을 모른다면 먼 나라 사람들에게 비웃음을 당하지 않을 수 있겠는가? 나는 산수에 대해 유암游巖의 천석고황泉石膏肓[1]과 다르지 않지만, 항상 허연許椽[2]의 뛰어난 경치 구경이 나에게는 없는 것을 한스러워했다. 젊은 시절의 청량산淸凉山 유람은 마침 종형宗兄이 선성宣城[3]의 수령으로 있어서 오랜 소원을 대략 풀었다. 계룡산鷄龍山과 속리산俗離山 같은 곳은 가까워서 교외에 해당되고, 멀다 해도 하룻밤 묵을 양식을 찧어서 준비하

---

* 이 자료의 번역은 한국문집총간 244~245책에 실린 송환기의 『성담집(性潭集)』 권12 「동유일기(東遊日記)」를 저본으로 하였다.

1_ 유암(游巖)의 천석고황(泉石膏肓) : 유암의 지나친 산수 사랑을 뜻한다. 유암은 당(唐)나라의 은사(隱士) 전유암(田游巖)을 가리킨다. 여러 차례 불러도 출사하지 않아 고종(高宗)이 직접 찾아가자, 산수를 지나치게 사랑하여 불치병이 되었다는 뜻으로 '천석고황'이라고 답하였다.

2_ 허연(許椽) : 동진(東晉) 때 허순(許詢)으로 산수명승의 유람을 즐긴 인물이다.

3_ 선성(宣城) : 안동 예안현의 옛 이름이다.

면 되지만[4]- 아직 한 번도 올라 조망하지 못했다. 금강산에 대해서는 생각해 보니 아득하여 1만 리 밖에 있는 것 같은데 더욱이 어찌 지팡이 하나를 짚고 갈 수가 있겠는가?

경자년(1780) 여름 김선지金善之[5]를 마주하고 웃으며 말하기를 "그대가 만약 관동지역 안절사按節使가 된다면 나는 당연히 부절符節 아래의 나그네가 되는 것을 꺼리지 않고 풍악산을 유람하겠네."라고 하였다. 다음 해(1781) 봄에 김선지가 과연 관동의 관찰사가 되었다. 곧장 내게 편지를 보내 전에 했던 말을 실천하라고 했는데, 말하는 것이 친절하고 은근했다. 하지만 훌쩍 빨리 떠날 수가 없어서 다시 누차 개탄하기에 이르렀다. 또한 돌아가신 선생의 유고遺稿에 관한 일로 더욱 부지런히 권하니, 이 뜻을 또 어찌 저버릴 수 있겠는가? 먼저 자유子有[6]를 보내 초벌 원고를 가지고 동영東營[7]으로 가서 내가 갈 때까지 머무르며 기다리게 했다. 서늘한 가을이 되고 나서 비로소 출발 날짜를 정하였다. 혼자 가면 매우 무료하겠다 생각하고 있었는데 마침 장문長文[8]이 함께 유람하고자 하여 기뻤다.

7월 29일. 조금 늦게 출발하였다. 황세영黃世英이 따라 왔다. 행장에 다른 물건은 없고 다만 여지도輿地圖[9]- 한 폭을 종이 상자 속에 넣었을 따름이니, 대개 이것은 한창려韓昌黎[10]가 도경圖經을 빌린 뜻이다. -창려의 시에 이

4_ 가까워서…… 되지만 : 비교적 거리가 가깝다는 의미이다. 원문의 '창망(莽蒼)'은 세 끼 정도 밥을 먹고 올 수 있는 가까운 들판을 가리키고, '숙용(宿舂)'은 미리 양식을 찧어 준비하여 자고 올 수 있는 정도의 거리라는 뜻이다. 『장자(莊子)』 「소요유(逍遙遊)」에 "교외에 가는 자는 세 끼 밥을 준비해서 갔다가 돌아와도 배가 그대로 충분하고, 1백 리를 가는 자는 미리 양식을 찧어 놓고, 천 리를 가는 자는 삼 개월 동안 양식을 모은다.[適莽蒼者, 三湌而反, 腹猶果然, 適百里者, 宿舂糧, 適千里者, 三月聚糧.]"라고 하였다.

5_ 김선지(金善之) : 선지는 김희(金熹, 1729~1800)의 자이다. 호는 근와(芹窩), 시호는 효간(孝簡), 본관은 광산(光山)이다. 우의정 · 영중추부사 등을 지냈다.

6_ 자유(子有) : 송환기의 재종제인 송환장(宋煥章)의 자이다.

7_ 동영(東營) : 강원도의 감영을 가리킨다.

8_ 장문(長文) : 송환질(宋煥質)을 가리킨다.

9_ 여지도(輿地圖) : 조선시대 종합 지도책으로, 편찬 연대와 제작자는 알 수 없다.

르기를 '곡강의 산수를 오래전부터 들었지만, 이름을 모르니 찾기가 더 어려우리라. 바라건대 도경을 빌려 가져가서, 아름다운 곳 만날 때마다 펼쳐 확인해 보리.[曲江山水聞來久, 恐不知名訪倍難, 願借圖經將入界, 每逢佳處便開看.]'라고 하였다. ―11_ 날씨가 맑고 화창했으며, 들판은 툭 트여 넓었다. 동네를 나가 몇 리를 지나가니 이미 마음이 초연하여 자줏빛의 상서로운 구름 속에 들어간 것과 같음을 깨달았다. 장문과 동행하여 저물녘에 문산文山에 이르렀다.

30일. 일찍 출발했다. 서원읍西原邑의 주막에서 말에게 먹이를 먹이고 길을 떠나 10리를 가서 장문이 다른 길로 비홍飛鴻을 경유하여 여강驪江에서 서로 만나기로 약속하였다. 저녁에 봉암鳳巖에 이르러 이모를 찾아뵈었다. 밤에 송화 군수松禾郡守를 지낸 이숙姨叔12_께서 지난 봄 관동지역을 유람했을 때의 아름다운 경치와 정취에 대해 일일이 말해 주는 것을 들었는데, 황홀하여 마치 내 몸이 벌써 금강산과 동해 사이에 있는 듯했다.

8월 1일. 화창함. 일찍 일어나 문을 나가서 바위틈의 단풍과 시냇가의 국화를 보았다. 가을이 한창 무르익어 우리의 아름다운 흥취를 더욱 재촉하였다. 이숙이 관동지역을 유람했을 때 수창한 시를 꺼내 보여주며 말하기를 "옛날부터 풍악산을 유람한 사람들이 기록을 남기지 않은 경우가 드문데, 농암農巖이 기록한 것13_이 참으로 좋다네. 이 작품 이후로는 거칠고 졸렬한 문장으로 빼어난 경치를 묘사하고자 하였으니, 참으로 이해하기가 어렵네. 나의 선고께서도 「해산록海山錄」을 남기셨는데 매우 자세하게 기록해놓았으니, 내가 어찌 군더더기 말을 쓸 수 있겠는가? 그러므

10_ 한창려(韓昌黎) : 창려는 당나라 한유(韓愈, 768~824)의 호이다. 자는 퇴지(退之), 시호는 문공(文公)이다. 당송8대가(唐宋八大家)의 한 사람으로, 정치가・사상가이기도 하다.

11_ 창려의 …… 하였다 : 한유가 곡강에 들어가기 전에 도경을 빌리고 지은 시로, 제목은 「소주로 가려는데 먼저 장단공 사군에게 편지를 보내 도경을 빌리다[將至韶州 先寄張端公使君 借圖經]이다.

12_ 이숙(姨叔) : 채지홍(蔡之洪, 1683~1741)의 아들 채복휴(蔡復休, 1701~1778)를 가리킨다.

13_ 농암(農巖)이 …… 것 : 1671년에 유람하고 쓴 농암의 「동유기(東遊記)」를 가리킨다. 농암은 김창협(金昌協, 1651~1708)의 호이다. 자는 중화(仲和), 시호는 문간(文簡), 본관은 안동이다. 대사성 등의 관직을 지냈으나 기사환국으로 아버지 김수항이 사사되자 은거하였다. 저술로 『농암집』이 있다.

로 다만 수백 구의 고시를 지어 둘러본 차례대로 대략 기록했네. 그 외
여러 편은 함께 유람한 사람들이 수창한 것인데 억지로 지었다는 느낌을
절로 면치 못하네. 그대의 이번 유람에는 반드시 시 주머니가 풍부할 테
니, 돌아갈 때 내가 그것들을 얻어 볼 수 있겠는가?"라고 하여, 내가 웃으
며 말하기를 "저는 소견이 얕을 뿐만 아니라, 장자長者께서 논하신 곳입
니다. 저는 평소 시를 읊조리고 문장을 짓는 데 소홀하였으니, 억지로 지
으려 해도 어찌 지을 수가 있겠습니까?"라고 하였다. 「해산록」은 봉암鳳
巖14_이 남당南塘15_・병계屏溪16_와 함께 관동지역을 유람할 때 기록한 것
인데 상당히 좋은 이야기가 많으니, 단지 빼어난 경치를 유람한 것을 기
록한 것만은 아니다. 유람 중에 펼쳐보기 위해 빌려서 가져갔다. 출발할
때 벗 정덕환鄭德煥17_과 채규섭蔡奎燮을 방문하였다. 길을 떠나 진천읍鎭
川邑 아래에 도착하니 해는 이미 정오였다. 여관의 주막에서 말에게 먹이
를 먹이고, 저물녘에 법왕촌法旺村으로 들어갔다. 외가의 여러 친척들이
찾아와 이야기를 나누었다.

2일. 아침에 흐리고 늦게 비. 아침밥을 먹고 곧 출발하였다. 도중에 비를 만나
유의油衣를 입고 수십 리를 갔다. 장후원長厚院에 있는 인척 정씨의 집에
들렀다가 비에 막혀 머물러 묵었다.

3일. 밤에 비. 아침 일찍 출발하여 구불구불한 길을 따라 여강으로 향했다.
정오 무렵 여강에 이르러 고을의 주막에서 밥을 해먹었다. 이흡곡李歙谷
의 집으로 장문을 찾아갔다. 장문과 함께 청심루清心樓18_에 올랐는데, 누

14_ 봉암(鳳巖) : 봉암은 채지홍의 호이다. 자는 군범(君範), 본관은 인천(仁川)이다. 부여 현감・형조
　　좌랑 등을 지냈으며, 저술로 『봉암집』이 있다.
15_ 남당(南塘) : 한원진(韓元震, 1682~1751)의 호이다. 자는 덕소(德昭), 시호는 문순(文純), 본관은
　　청주이다. 이조 판서에 추증되었으며, 저술로 『남당집』이 있다.
16_ 병계(屏溪) : 윤봉구(尹鳳九, 1683~1767)의 호이다. 자는 서응(瑞膺), 시호는 문헌(文獻), 본관은
　　파평(坡平)이다. 사헌부 집의・찬선 등을 지냈으며, 저술로 『병계집』이 있다.
17_ 정덕환(鄭德煥) : 본관은 연일(延日)이다. 충청북도 진천군에 살았으며, 채지홍의 문인이다.
18_ 청심루(清心樓) : 여주 관아 내의 남한강변에 있던 누각이다.

각이 매우 크고 아름다웠다. 임금의 행차가 막 지나간 터라 강과 산이 빛깔을 더하였다. 난간과 창을 둘러보았는데 상감의 향기가 아직 사라지지 않았음을 느낄 수 있었다. 더구나 두 왕릉[19]의 소나무와 잣나무를 바라보고 선현의 시가 새겨진 현판을 어루만지며 감상하니, 친애하고 공경하고 감격하고 서글픈 감정이 마음속에 번갈아 절실해짐을 금할 수 없었다. 그래서 맑고 빼어난 경치의 정취를 논할 겨를이 없었다. 여주驪州라는 고을은 국도의 상류에 자리하고 있는데, 맑고 기이한 산수가 경기 지역에서 으뜸일 것이다. 임원준任元濬[20]의 기문記文을 보면 대략 알 수 있다. ─임원준의 기문에 대략 이르기를 "고을의 빼어난 지세를 말하자면, 중원의 월악산月岳山으로부터 흘러내린 물이 강원도 오대산五臺山의 물과 합류하여 수백 리를 흘러 고을의 북쪽에 이르며, 깊고 맑으며 넘치도록 흘러서 연못이 된다. 우뚝 푸른빛이 모아 비취빛을 억누르며 동북쪽을 진압하고 있는 것이 용문산龍門山이다. 높이 구름 위로 솟은 것이 나는 듯 춤을 추는 듯하며 난간에 엿보이는 것이 치악산雉岳山의 봉우리이다. 벽사甓寺[21]는 강물 속에 그림자를 거꾸로 비치고, 마암馬巖은 요해처에서 물을 막고 있다. 북쪽으로 한양과는 이틀이면 도달하는 거리이며, 남쪽으로 삼도三道[22]와 분기되는 길이 고을 아래쪽에서 통한다. 실로 국도의 상류 지역을 제어하고 있으며, 경기 지역의 깊숙한 곳이 된다."라고 되어 있다. ─ 고을의 마을은 상당히 홍성하고 또한 공신功臣 집안도 있다. 관아와 마을의 형세와 제도는 반드시 볼 만한 것이 많았지만, 우리의 형편이 바쁘고 급하여 골목과 거리를 말을 달려 지나가느라 경계를 거의 분간하지 못했으니 한스러워할 만하였다.

심정진沈定鎭[23]이 회덕 현감懷德縣監에서 교체된 지 겨우 며칠 만에 만

19_ 두 왕릉 : 조선시대 세종(世宗)과 효종(孝宗)의 왕릉을 가리킨다.
20_ 임원준(任元濬) : 1423~1500. 자는 자심(子深), 호는 사우당(四友堂), 시호는 호문(胡文), 본관은 풍천(豊川)이다. 예조 판서·의정부 우참찬 등을 지냈으며, 저술로 『창진집(瘡疹集)』이 있다.
21_ 벽사(甓寺) : 경기도 여주에 있는 사찰이다. 고려 때 경내의 다층전탑(多層塼塔)을 벽돌로 만들어 벽사라 불린다. 보은사(報恩寺) 또는 신륵사(神勒寺)라고도 한다. 신라 진평왕 때 원효대사(元曉大師)가 창건했다고 전해지며, 고려 말 나옹선사(懶翁禪師)가 머물렀던 곳으로 유명하다.
22_ 삼도(三道) : 충청도·경상도·전라도를 가리킨다.
23_ 심정진(沈定鎭) : 1725~1786. 자는 일지(一志), 호는 제헌(霽軒). 본관은 청송(靑松)이다. 호조 좌랑·송화 현감 등을 지냈으며, 저술로 『제헌집』이 있다.

아들을 데리고 혼행婚行을 하다가 마침 강가를 지나게 되어 서로 만나 매우 기뻤다. 이직보李直輔의 집에 모였는데, 그는 바로 지촌芝村²⁴의 방손傍孫으로 일찍이 심임沈稔을 통해 문장과 식견이 거칠지 않다는 것을 들었다. 지금 우연히 세 사람이 모여 이야기를 나누니 참으로 행운이다. 작별에 임하여 심정진이 매우 슬픈 마음을 드러내며 말하기를 "지금 내가 비록 얽매인 관직에서 풀려났으나 아직도 문서를 처리하는 복잡한 일을 면하지 못했습니다. 도리어 명승지를 둘러보며 감상하는 유람을 따라갈 수 없으니 또한 부끄럽고 한스럽습니다."라고 하였다. 나는 심정진과 늘 그막에 뜻이 맞아 정이 두터워져 서로 기대하고 권면함이 얕지 않았다. 이제 한 번 작별하면 외롭게 지낼 것이다. 시내의 누각과 호수의 정자에서 만났던 일을 떠올려 보니 텅 비고 슬픈 마음을 견딜 수 없었다.

해가 저물려 하여 강을 건너 보은사報恩寺로 들어갔다. 절은 강의 동쪽 봉미산鳳尾山에 있는데 바로 옛날의 신륵사神勒寺이다. 절에는 벽돌로 쌓아 만든 부도浮屠가 있으므로 속세에서는 벽사甓寺라고 부른다. 동쪽 누대는 평소 기이한 절경이라고 일컬어져 말에서 내려 곧장 가보니 참으로 빼어난 정취가 있었다. 석양빛이 피어나려고 하여 '단지 황혼에 가까워졌네.[只是近黃昏]'²⁵라는 구절을 읊조리니, 완연히 시구에서 노래한 실제의 경치였다.

층층으로 된 바위는 대가 되어 있는데 상·중·하의 대가 있었다. 중간에 있는 대가 조금 넓고 평평하여 10여 명이 앉을 만했다. 마침 유람객이 둘러앉아 그 안에 술자리를 펼쳐 놓고 있었는데 몇 사람은 장문과 잘 아는 사이였다. 그중에는 나에게 다가와 말을 붙이는 자가 있었는데, 바

24_ 지촌(芝村) : 이희조(李喜朝, 1655~1724)의 호이다. 자는 동보(同甫), 호는 지촌(芝村), 시호는 문간(文簡), 본관은 연안(延安)이다. 대사헌·이조 참판 등을 지냈으며, 저술로 『지촌집』이 있다.
25_ 단지 …… 가까워졌네 : 당나라의 시인 이상은(李商隱, 812~858)의 「등락유원(登樂遊原)」의 구절이다.

로 택당澤堂²⁶_의 후손들이었다.

　물이 대 아래로 감돌았는데 굽어보니 맑고 푸르며 한 줄기 긴 흐름이 10리에 걸쳐 보였다. 잠깐 거닐다 보니 참으로 마음이 후련했다. 대 위 몇 개의 비석에 옛날의 사적이 상세히 쓰어 있었으나, 날이 어두워져 읽을 수가 없었다. 오직 나옹懶翁²⁷_의 사리와 석종石鍾은 승려가 직접 알려주어 볼 수 있었다. 수십 년 전 흥원興元에서 배를 타고 한양으로 가다가 이곳을 지났는데, 물 가운데에 홀연히 석대石臺와 산의 누각이 석양 속에서 은은히 비치는 것이 보였다. 황홀한 신선세계가 지척에 있으니 젊은 나이에 매우 흥에 겨워 나도 모르게 황급히 소리를 쳤다. 그리고 노를 저어 절 아래에 배를 대게 하려 했지만 함께 탔던 여러 사람이 웃으면서 응하지 않았다. 순식간에 꿈속처럼 지나갔지만 오랫동안 마음속에서 잊을 수 없었다.

　지금 올라와 바라보니 옛날의 아름다운 경치는 변함이 없으나 흥취는 그다지 전과 같지 않았다. 안목이 젊은 시절에 알고 보았던 것보다 높기 때문에 그런 것이 아니겠는가? 그렇지 않다면 혹여 멀리서 바라보는 것이 가까이서 보는 감상보다 나은 점이 있어서일 것이다. 오래된 절이 강에 가까이 있는 것은 내가 많이 보지 못했는데, 부여 강가의 고란사皐蘭寺가 만약 황폐해지지 않았다면 이와 서로 겨룰 만할 것이다. 그 밖에 빼어난 경치가 이와 같은 곳을 어찌 쉽게 다시 볼 수 있겠는가? 밤에 절의 누각에 앉아 있는데 강물 위로 비가 세차게 뿌려 가슴속의 운치가 상쾌해짐을 느꼈다.

4일. 승려를 따라 일찍 아침밥을 먹고 비가 잠깐 갠 틈을 타서 길을 떠났

26_ 택당(澤堂) : 이식(李植, 1584~1647)의 호이다. 자는 여고(汝固), 시호는 문정(文靖), 본관은 덕수 (德水)이다. 대제학·이조 참판 등을 지냈으며, 저술로 『택당집』이 있다.
27_ 나옹(懶翁) : 1320~1376. 고려 공민왕(恭愍王) 때 왕사(王師)로, 법명은 혜근(惠勤)이다. 중국 서 천(西天)의 지공(指空)을 따라 심법(心法)의 정맥을 이어받았다. 서예와 그림에도 뛰어났다.

다. 10리쯤 지나자 옷이 흠뻑 젖었다. 석지현石池峴과 분지현盆池峴이라는 두 개의 큰 고개를 넘자 빗줄기가 상당히 굵어졌다. 유의를 입고 험한 시내를 건너 안창安昌 - 원주 땅으로 감영과 40리 떨어져 있다. -의 창촌倉村[28]-으로 들어갔다. 쌀을 사서 밥을 해 먹었는데 매우 힘들고 고생스러웠다. 창고가 없는 마을이었다면 비록 돈을 많이 가져왔더라도 끼니 거르는 것을 면하기 어려웠을 것이다. 이곳 백성의 생활이 기호지역과 다름을 알 수 있었다.

비를 무릅쓰고 출발하여 다시 마을 앞의 시내를 건넜다. 물이 불어나 전에 건넜을 때보다 깊어져 거의 건널 수가 없었다. 여기서부터는 큰길을 따라갔는데 중간에 가파르고 험준한 길을 지나 30여 리를 가서 작은 고개를 넘었다. 동쪽을 바라보니 매우 높고 큰 산 하나가 운무 속에 살짝 모습을 드러내고 있었다. 송강松江[29]-의 악사樂詞에 나오는 '치악산雉嶽山이 이곳이네.'라는 구절을 문득 나도 모르게 입으로 외었다. 저물녘에 원주 감영 아래에 도착했는데, 관찰사가 밖에서 우리를 맞이했으며, 그 다음 자유가 나왔다.

5일. 종일 바람이 불고 또 비. 이 고을의 수령 신영申談이 찾아와서 만났다. 저물녘에 감영 안으로 들어갔는데 난간 계단과 궤석几席의 사이에 번잡한 기운이 전혀 없어 대체로 마음에 들었다. '관동방면關東方面'이라는 네 개의 큰 글자가 선화당宣化堂에 걸려 있는데, 바로 나의 선조 우암尤菴[30]-의 필적이라고 하였다. 나는 장문·자유와 함께 봉래각蓬萊閣에서 묵었다. 봉래각은 선화당 북쪽의 작은 못 가운데에 있었는데, 외나무다리를 따라 들어가니 매우 고요한 정취가 있었다.

28_ 창촌(倉村) : 배로 운반할 곡식을 보관하는 곳집이나 각종 창고가 있는 마을이다.
29_ 송강(松江) : 정철(鄭澈, 1536~1593)의 호이다. 자는 계함(季涵), 본관은 연일(延日), 시호는 문청(文淸)이다. 강원도 관찰사·대사헌 등을 지냈다. 저술로『송강집』이 있다.
30_ 우암(尤菴) : 송시열(宋時烈, 1607~1689)의 호이다. 자는 영보(英甫), 시호는 문정(文正), 본관은 은진(恩津)이다. 이조판서·좌의정 등을 지냈으며, 저술로『송자대전』이 있다.

6일. 아침에 비가 내리다가 늦게 갬. 강무청講武廳에 숙소를 정했다. 친구 윤응렬 尹應烈과 진사 유덕현柳德顯이 와서 인사했다. 그들과 이야기를 나누었는 데 매우 안온했다. 새로 옮겨 쓴『운평유고雲坪遺稿』[31]를 가져다 보니, 책 을 만들고 고치는 일이 매우 많음을 헤아릴 수 있었다.

7일. 아침에 안개가 끼다가 낮에 흐림. 중군中軍 이관징李寬徵이 와서 인사했다. 정선旌善 군수 정일환鄭日煥이 찾아와 옛 정을 이야기하고 회포를 푸니 참 으로 기뻤다. 밤에 봉래각에 모여 그 아래의 네모난 못에 배를 띄웠다. 못은 2, 3묘畝에 불과했고, 배에는 예닐곱 사람이 탈 수 있었다. 어린 하 인이 노를 저으니 흔들거리며 앞으로 나아갔다. 작은 섬을 몇 바퀴 돌다 가 그만두었다. 감영의 사람들이 매우 즐거워하면서 '촛불을 들고 노니는 유람이 이보다 훌륭했던 적이 없었다'고 말했다.

8일. 잠깐 흐림.

9일. 나는 장문·자유·윤응렬-자는 사서士瑞이다.-과 함께 부평각浮萍閣에 올랐다. 부평각은 객관客館의 동쪽에 있는데, 못의 물이 두르고 있으며 교외의 들판이 넓게 통하여 막힌 기운과 답답함을 풀기에 매우 충분했 다. 이백주李白州[32]가 관찰사가 되었을 때 창건하였는데, 걸려 있는 현판 의 여러 시는 대부분 명류名流의 작품이라서 나로 하여금 기쁘게 보게 했 다. 안홍적安弘迪·조말계趙末啓·이일중李一中도 풍악산으로 유람을 가고 있었는데, 우연히 평수회萍水會[33]가 이루어져 기쁘게 회포를 풀 수 있었 다. 한참 뒤에 파하였다.

　감영의 형태와 규모, 마을의 형세를 대략 살펴보니, 배치가 호남과 영

31_ 『운평유고(雲坪遺稿)』: 송능상(宋能相, 1709~1758)의 문집이다. 송능상의 자는 사능(士能), 호는 운평(雲坪), 본관은 은진이다. 송시열의 현손이며, 장령·집의 등을 지냈다.

32_ 이백주(李白州) : 백주는 이명한(李明漢, 1595~1645)의 호이다. 자는 천장(天章), 시호는 문정(文靖), 본관은 연안(延安)이다. 이조 판서·예조 판서 등을 지냈으며, 저술로『백주집』이 있다.

33_ 평수회(萍水會) : 부평초가 떠돌다 물 한구석에 모이는 것과 같은 모임으로, 객지에서의 우연한 만남을 가리킨다.

남 사이의 큰 고을만 못하였다. 이곳은 신라시대 북원北原34-의 소경小
京35-으로 성곽·성문 같은 견고한 건물이 당연히 있었겠지만, 평원에 쌓
은 담장은 몇 길 되는 높은 것이 없었다. 산천의 빼어난 형세에 대해 말하
자면, 동쪽에는 치악산이 서려 있고, 서쪽에는 섬강蟾江이 흐르고 있으니
어찌 아름답지 않겠는가? 그러나 관아를 둘러싼 산천은 한 굽이의 아름다
운 곳도 없으니, 누대의 경치가 굉박하고 화려함이 없는 것도 괴이할 게
없었다. 관아의 부엌에서 제공한 음식으로는 매끼 식사에 송이버섯을 소
반에 내어왔고, 아침식사나 점심식사마다 칡가루와 뽕나무 오디 반찬이
있었다. 이는 모두 산속의 맛있는 음식으로 다른 감영에는 없는 것이다.

10일. 비. 관찰사가 순행을 떠났다. 먼저 영월寧越로 향했는데 금강산에서
만나기로 약속하였다.

11일. 비가 흩날리며 무지개가 나타남. 장문이 병나서 집으로 돌아가니 매우 걱
정스럽고 서글픈 마음이 들 뿐이 아니었다. 진사 김도증金道曾이 감영에
와서 답답한 회포를 풀자 매우 기뻤다.

12일. 아침에 안개. 나는 자유와 함께 출발 준비를 하여 바다를 구경하고 산
을 유람할 행차를 시작하였다. 유람에 필요한 도구는 모두 감영에서 준
비했는데, 특히 밀랍을 칠한 나막신이 아니었더라면 행색이 부끄러울 뻔
했다. 이 고을 수령이 말린 고기 꾸러미와 종이 묶음을 전별 선물로 주었
는데, 그는 병으로 함께 유람하지 못하여 한탄해 마지않았다. 사람들은
모두, 금강산 유람은 내산을 따라 외산으로, 산에서부터 바다로 유람해야
바야흐로 운치가 더욱 빼어남을 알 수 있다고 말하는데, 지금 나의 유람
은 그렇게 할 수가 없다. 그러나 만일 하나의 산과 하나의 물에 대해 눈
으로 보고 마음으로 이해한다면 이리저리 지나가더라도 마땅하지 않은

34_ 북원(北原): 현 강원도 원주시를 말한다.
35_ 소경(小京): 통일신라시대 정치·군사적으로 중요한 지역에 작은 서울을 설치하여 통치거점으로
　　삼았다. 5개의 소경은 김해·충주·원주·청주·남원이다.

곳이 없을 것이니, 내산과 외산과 바다를 먼저 보고 나중에 보는 것을 어찌 굳이 따지겠는가? 안홍적 - 자는 순지順之이다. - 과 사람들은 홍천洪川과 춘천春川으로 가는 길을 잡아 떠났다. 오직 김도증 - 자는 군술君述이다. - 만이 나와 고삐를 나란히 하여 나갔다. 황생黃生은 짐을 실은 말을 타고 따라오고, 고생高生이란 자는 군술을 따라 왔다. 동쪽을 향해 40리를 가 오원역烏原驛 마을 - 횡성橫城 땅으로 관아와 35리 떨어져 있다. - 에서 점심을 해 먹었다. 회현檜峴을 넘어 저물어 안홍역安興驛에 투숙하였다. - 횡성 땅으로 관아와 65리 떨어져 있다. - 역 앞 시내의 물이 깊어 마을의 소를 타고 건넜다.

13일. 잠깐 흐림. 아침 일찍 출발하여 몇십 리를 갔다. 견여肩輿를 타고 문재門岾를 넘어 운교역雲交驛 마을 - 강릉江陵 땅으로 관아와 195리 떨어져 있다. - 에서 아침밥을 먹었다. 온종일 좁은 골짜기 속을 지나갔는데, 벼랑의 돌이 안장에 걸리고 숲의 넝쿨이 모자를 건드려 답답한 생각이 들지 않을 수 없었다. 저녁에 방림芳林 - 강릉 땅으로 관아와 170리 떨어져 있다. - 에 이르렀는데, 시냇물이 깊고 넓어 마을 사람들이 남여를 들고 부축하며 보호해서 건넜다.

여관에 들어 묵었는데, 듣자 하니 관찰사가 오전에 지나갔다고 한다. 나는 이번 유람에서 나의 여정을 알리고 싶지 않았지만, 산길에 여관이 드물어 부득이 역원의 마을로 들어갔다. 데리고 간 감영의 노비들은 행색이 저절로 드러나 마을 백성들로 하여금 견여를 메고 맞들며 바삐 걷는 수고를 면하지 못하게 하였으니, 특히 미안한 마음이 들었다. 오원을 지난 뒤로는 방림 한 구역에서 비로소 시내와 들판이 조금 트인 것이 보였다. 인가의 연기가 서로 이어져 있어 사람의 시야를 탁 트이게 했다. 평평한 밭과 기름진 땅에서 순무가 새로 났는데 연한 잎과 부드러운 싹이 나서 자라고 있었다. 내가 웃으면서 그것을 가리키며 말하기를 "이 순무가 잎이 무성하고 뿌리가 두텁다면 어찌 아름답지 않겠는가? 그런데 이처럼 늦게 심어놓고서 어찌 서리와 이슬이 내리기 전에 빨리 크기를 바라는가?"라고 하니, 종자가 대답하기를 "이 순무는 비록 서리나 눈 속에 있더라도 파릇파릇 저절로 싹이 틉니다. 뿌리는 가늘고 줄기는 굵어 김치로 잘 담그면 맛이 아주 좋으며, 다른 곳에는 없는 것입니다. 그러므로 감영과 고을의 요리사들이 다투어 먼저 사갑니다."라고 하였다. 마을 사람들의 집은 삼 줄기로 덮고 널판자로 막아 놓았으니, 산골짜기 풍속이 부지런히 길쌈하고 맹수를 엄격히 방어함을 알 수 있었다. 널판자로 막는 것은 영동과 영서 지역이 모두 그렇게 한다고 하였다.

14일. 구름이 끼고 추움. 새벽에 출발하여 대화大和-강릉 땅으로 관아와 150리 떨어져 있다.-에서 아침밥을 먹었다. 모노현毛老峴-강릉 땅으로 관아와 125리 떨어져 있다.-을 넘어 5리쯤 가자 끊어진 산등성이에 기이한 바위가 말머리처럼 우뚝 솟은 것이 보였는데 나도 모르게 기쁨이 솟구쳤다. 그래서 말고삐를 당기고 말에서 내려 돌비탈 길을 따라 오른쪽으로 갔는데, 오솔길이 가파르고 미끄러웠다. 신을 벗고 옷깃을 풀어헤치고 간신히 산꼭대기에 이르렀다. 바위로 된 대가 평평하고 널찍하여 앉아서 쉴 수 있었고, 바위 모서리가 나란하고 뾰족하여 서서 기댈 수 있었다. 열 길의 푸른 절벽과 한 줄기 맑은 시내는 굽어보니 매우 사랑할 만했다. 한스러운 것은 거처하는 사람들이 머무는 곳이 아니라 한갓 여행자들이 잠시 쉬는 곳이라는 점이었다. 군술은 앞서 떠나 이미 멀어졌고, 자유는 뒤에 쳐져 쫓아오기에 나는 홀로 한참을 서성였다. 어떤 사람을 만나 물어보니 청심대淸心臺라고 했다. 대가 이 이름을 얻은 것이 마땅했다. 오대산의 여러 봉우리가 우뚝 솟아 시야에 들어왔으니, 이 청심대는 바로 오대산의 한문捍門[36]이었다. 기이하고 기이했다.

저물녘에 오대산 자락 기슭 아래 마을의 민가에 투숙하였다. 관찰사가 사실史室[37]-을 봉심奉審[38]-하기 위해 바야흐로 월정사月精寺에 머물고 있

36_ 한문(捍門) : 방어하는 관문이다.

다고 들었다. 여기에서 월정사까지는 10여 리 떨어져 있는데, 군술은 이미 월정사로 향해 떠났다. 주인은 무지한 백성이었는데 메조로 만든 떡을 내왔다. 세시에 먹는 쌀로 만든 떡 모양과 같았는데, 옆에 한 그릇의 맑은 꿀을 곁들이니 참으로 산중의 별미였다. 산을 두른 소나무는 하늘로 솟아 해를 가렸다. 지나오는 길에 보니 이런 솔숲이 몇십 리에 늘어서 있었는데, 모두 황장목黃腸木으로서 금양禁養[39]하고 있었다. 관동지역의 오대산—동쪽의 포월봉蒲月峯·남쪽의 기린봉麒麟峯·서쪽의 장령봉長嶺峯·북쪽의 상왕봉象王峯·중앙의 지로봉知爐峯 등 다섯 봉우리가 빙 두르고 있다.—은 평소 금강산과 설악산雪岳山의 절경에 버금간다고 일컬어진다. 지금 오대산 아래를 슬쩍 지나면서도 일에 얽매어 월정사에 들어가 금강연金剛淵을 구경하고 정상에 올라 내려다보며 여러 절경을 감상하지 못하니, 나로 하여금 매우 슬프고 실망스럽게 하였다. 등불 밑에서 봉암의 『해산록』을 펼쳐보니 오대산의 장관을 매우 훌륭하게 일컫고 있었는데, 선배의 성대한 발자취를 이을 수 없어서 더욱 한스러웠다.

15일. 새벽에 비가 내려 먼지를 적심. 아침 일찍 출발하여 유현杻峴을 넘었다. 북쪽으로 향한 후 몇십 리는 들판이 황량하고 산기슭이 민둥민둥했는데, 바다가 가깝고 지대가 높으며 거센 바람이 항상 불고 된서리가 일찍 내려서 그러한 것이었다. 영서지역이 해마다 흉작이 드는 것은 오로지 바람과 서리의 재해 때문이다. 올해 가을 추수도 이미 서리를 맞아 절반 이상이나 열매를 맺지 못하여, 보고 있으니 매우 근심스럽고 참담했다.

횡계橫溪—강릉 땅으로 관아와 60리 떨어져 있다.—에서 아침밥을 먹었다. 관사 안에서는 순찰사의 행차를 맞이하느라 매우 분주하고 시끄러웠다. 잠

37_ 사실(史室) : 오대산사고(五臺山史庫)를 가리킨다. 강원도 평창군의 오대산 월정사 북쪽에 실록을 보관했던 사고이다.
38_ 봉심(奉審) : 임금의 명을 받들어 능이나 사당 등을 살피는 일이다.
39_ 금양(禁養) : 특정 산림지역에 수목의 벌채, 농지 개간, 분묘 설치 등을 금지하고 소나무 육성에 힘쓰는 일을 뜻한다.

시 앉아 있는 것도 괴롭게 느껴졌다. 남여를 타고 대관령大關嶺을 넘었는데 고개의 양쪽으로 드리운 길이 멀게는 20여 리 정도이며 매우 험준하였다. 일찍이 『지리지』를 살펴보고 대강은 알고 있었지만, 지금 직접 보니 참으로 그러하였다. -『지리지』에 "대관령은 관아 서쪽 45리 지점에 있는데, 곧 고을의 진산鎭山이다. 여진女眞의 장백산長白山에서부터 종횡으로 구불구불 길게 뻗어내려 남쪽에 서려 동해 바닷가에 웅거하고 있는 것이 몇 개인지 모르지만, 이 고개가 가장 높다. 산허리를 두르고 있는 오솔길은 모두 아흔 아홉 굽이이다. 서쪽으로는 한양과 통하는 큰 길이다."라고 하였다. 또 "원읍현員泣峴이 대관령 중턱에 있는데, 세상에 전하기를 '어떤 한 관원이 강릉으로 부임하여 갔다가 돌아오는 길에 원읍현에 이르러 돌아보며 슬프게 울었기 때문에 이 고개의 이름이 있게 되었다.'고 한다."라고 하였다. -

출발하여 절반 지점에 이르자 움집이 있어 견여를 멈추고 조금 쉬었다. 강릉의 바다와 산이 모두 한눈에 들어와 경포鏡浦와 송담松潭 같은 아름다운 곳도 행인이 가리켜 하나하나 지적에 있는 듯하여 장대했다. 내려와 평지에 이르러 고개의 정상을 돌아보니 거의 하늘과 접해 있어서, 실로 '오르기 어렵다'는 탄식이 있었다. 고개의 동서 지세도 높이와 깊이가 매우 다른 것을 알 수 있었다. 횡계 사람들은 '지대가 매우 높고 서늘하여 겨울마다 눈이 몇 길이나 쌓인다.'고 했는데, 과연 빈말이 아니었다. 고개 아래의 너럭바위와 폭포의 절경은 길옆에서도 아주 볼만했다.

10리쯤 가서 역로驛路를 벗어나 서쪽으로 꺾어 시내를 건너 1리 정도 들어가 오봉사五峯祠[40] - 구산서원丘山書院 - 를 배알하고 영정을 봉심하였다. 일찍이 한수재寒水齋[41]가 어떤 이에게 보낸 편지를 보니 "강릉의 구산서원은 공자孔子의 진영眞影을 봉안하고 있는데, 다만 향을 피우고 네 번 절

---

[40] 오봉사(五峯祠) : 강릉 구산의 오봉서원 사당이다. 오봉서원은 이천 부사를 지낸 함헌(咸軒, 1508~?)이 고향에 머무를 때 최수장 등이 서원 창건을 요청하고 강릉 부사 홍춘년 등의 도움으로 지었다. 공자의 진영이 봉안되어 있다.

[41] 한수재(寒水齋) : 권상하(權尙夏, 1641~1721)의 호이다. 자는 치도(致道), 호는 수암(遂菴), 시호는 문순(文純), 본관은 안동이다. 우의정·좌의정 벼슬을 내렸으나 출사하지 않았으며, 저술로 『한수재집』이 있다.

하는 예식만 행할 뿐 음식을 차려 올리는 의식은 없습니다."라고 되어 있었다. 옛날에 간직했던 진영이 바로 이 검은 비단의 그림인지 모르겠으며, 제향을 공경히 받든 것이 어느 해에 시작되었는지도 알 수 없었다.

한 시내가 서원 앞을 가로지르며 둘러 있고, 다섯 봉우리가 시내의 남쪽을 빙 둘러 늘어서 있었다. 언덕과 골짜기는 꽤 그윽하고 깊숙했으며, 고개 아래쪽에서는 물이 골짜기 입구를 돌아 흐르고, 바위와 누대와 못과 샘 또한 매우 아름다웠는데, 곧 골짜기로 들어갈 때 지나는 곳이다. 골짜기를 나가 몇 마장馬場을 가서 잠시 역촌에서 말에게 먹이를 먹이고, 저물녘에 강릉 읍치 관내에 도착하였다. 지나온 시내와 들판, 우물과 마을은 참으로 즐거운 곳으로 머물러 살 만했다.

16일. 바람 기운이 조금 차가움. 양양 부사襄陽府使 이진항李鎭恒과 울진 현감蔚珍縣監 고운서高雲瑞가 순찰사를 맞이하기 위해 관내에서 머물다가 나를 찾아와 반갑게 인사를 했다. 이진항은 자유와 이미 서로 알고 있었으며, 바야흐로 이 강릉부까지 겸임하고 있었다. 음식을 대접하려는 의사가 있었지만 사양하며 물리쳤다. 고운서는 무관武官인데, 그의 증조부는 우암의 문인이라고 했다. 그리고는 울진 고을의 놀랄 만한 습속과 우암의 영당을 다시 지은 이유를 말하였다. 그가 현인을 존모하고 학문을 흥기시키려는 정성이 참으로 아름답고 감탄할 만했다.

밥을 먹은 뒤 걸어서 문 밖의 조금 시원하게 트인 곳으로 나가 읍치의 형태와 규모를 살펴보니, 참으로 그윽한 곳의 큰 관아였다. 이곳은 본래 예국濊國－철국鐵國이라고도 하고 예국薉國이라고도 한다.－이었는데, 한漢나라 원봉元封[42]－ 연간에 우거右渠[43]－를 토벌하여 사군四郡을 정할 때 임둔臨屯으로 삼았는데, 땅이 말갈靺鞨과 이어져 있다. 일찍이 『후한서後漢書』에 이

42_ 원봉(元封) : 한 무제(漢武帝)의 연호로, BC110~BC105년까지 사용되었다.
43_ 우거(右渠) : 위만의 손자로, 위만조선의 마지막 왕이다.

곳의 아름다운 풍속을 일컬은 것이 많아서 괴이했는데, -예컨대 '기로와 욕심이 적고, 도적이 적다. 같은 성씨끼리는 혼인하지 않는다. 마를 심고 누에를 기른다.'는 유형의 내용들이다. - 이제 산천을 살펴보니 매우 아름답다. 신라와 고려 때 소경을 설치했으며, 우리 조정에서는 대도호부大都護府로 삼았으니, 어찌 이유가 없겠는가? 청춘경로회靑春敬老會의 풍속이 아직도 있는지 모르겠다. -옛 풍습에 노인을 공경하여 매번 좋은 때를 만나면 일흔이 넘은 노인들을 초대하여 경치 좋은 곳에서 모시고 위로하였는데, 이것을 '청춘경로회'라고 하였다. -

조금 늦은 시간에 나는 자유와 함께 송담서원松潭書院으로 가서 공경히 절을 올리고 봉심하였다. 마침 제향을 올리는 일이 내일 아침인지라 많은 선비가 입재入齋하였는데, 옛날의 자취를 자세히 볼 수 있어 행운이었다. 입재 시의 의식 절차는 대략 충청지역의 향교·서원과 다른 점이 있었다. 제물을 사당 안 탁자 위에 진설하고 나서, 제물을 지키는 사람이 홀로 중문 옆의 작은 마루에 있으며 문밖으로 한 걸음도 나가지 않았다. 여기에서 정성스러운 제향의 한 면모를 볼 수 있었다. 다만 선비에게 제공하는 음식-이른바 목욕상沐浴床이다. -을 내어 갈 적에 서열대로 앉는 의식이 없었으며, 특히 정숙함이 부족하였다.

사임당師任堂44-이 손수 그린 그림 여러 첩을 받들어 보았는데, 그 점과 획이 새로 그린 것처럼 생동감이 있었다. 그리고 병풍으로 만들거나 두루마리로 된 족자에 우리 선조와 수암遂菴45-·장암丈巖46-이 지은 여러 편의 글이 모두 그 안에 쓰여 있으니, 진귀한 보물이라 이를 만했다.

서원은 관아 남쪽 20리에 있는데, 골짜기가 그윽하고 깊숙하며, 시내와 못은 맑고, 긴 언덕의 성근 소나무는 푸르고 오래되어 사랑할 만했다.

44_ 사임당(師任堂) : 신사임당(申師任堂, 1504~1551)을 가리킨다. 본관은 평산(平山)이다. 조선의 학자인 이이(李珥)의 어머니로, 시·그림·글씨에 능했던 예술가이다.
45_ 수암(遂菴) : 권상하의 호이다.
46_ 장암(丈巖) : 정호(鄭澔, 1648~1736)의 호이다. 자는 중순(仲淳), 시호는 문경(文敬), 본관은 연일(延日)이다. 우의정·좌의정·영의정 등을 지냈으며, 저술로 『장암집』이 있다.

저물녘에 읍치 관내로 돌아오자, 순찰사도 막 임영관臨瀛館에 들어와 시끄럽고 소란스러움이 서로에게 미치지 않을 수 없었다.

저녁을 먹고 나서 달빛을 받으며 말을 달려 경포대鏡浦臺로 가는데 황생은 걸어서 따라왔으며, 자유는 혼자 읍내에 머물렀다. 경포대는 관아와 10리 떨어져 있어서 가까웠다. 달빛 아래 올라가 내려다보니 호수의 빛이 참으로 거울과 같았다. 정자가 탁 트이고 넓어서 밤이 깊도록 앉아 술병을 당겨 혼자 마셨는데, 정신이 맑아지고 매우 상쾌하였다. 경포대 옆에 마을이 없어 언덕 하나를 너머 수백 보쯤 떨어진 곳에서 경포대를 지키는 사람을 간신히 찾아 조그만 집에서 묵었다.

17일. 창으로 들어오는 바람과 벽의 좀벌레가 밤새도록 나를 엄습하였다. 설사 증세가 갑자기 생겨 기운이 다소 빠지고 피곤했지만, 일출을 보고 싶어 억지로 일어나 경포대에 올랐다. 조금 늦은 데다가 날까지 흐려 시원스레 볼 수 없어서 아쉬웠다. 경포호의 둘레는 수십 리로 물이 깨끗하고 잔잔했다. 물이 깊지도 얕지도 않아 겨우 사람의 어깨와 등이 잠길 정도였는데 사면과 중앙이 한결같았다. 서쪽 언덕에 산기슭이 있는데 그 위에 정자를 지어 놓았고, 동쪽 입구에 강문교江門橋가 있으며, 강문교 밖에 죽도竹島가 있었다. 죽도 북쪽에 5리쯤 되는 백사장이 있고, 백사장 너머의 푸른 바다는 아득히 끝이 없어, 참으로 호수와 바다가 어우러진 경치가 빼어난 곳이었다. 정자의 벽에 작은 감실龕室이 있고 두 임금이 친히 지은 시첩을 소장하고 있었지만, 자물쇠가 채워져 있어 구경할 수 없었다. 거울같이 맑은 물에 바람도 불지 않아 뱃놀이하기에 딱 좋았지만, 병이 나서 하지 못하니 마음이 매우 울적했다. 해운정海雲亭 주인 심박沈煿·심환沈煥·심엽沈燁 등 여러 사람이 나를 찾아와 조촐한 음식으로 대접해 주었다.

저녁이 되자 병세가 조금 나아져 해운정으로 옮겨서 머물렀는데, 주인의 뜻이 매우 두터웠기 때문만은 아니었다. 해운정은 바로 심어촌沈漁

村[47]-이 지은 것으로, 지금까지 수백 년이 지났지만 후손[48]-들이 아직도 조상의 유업을 잘 이어가고[49]- 있었다. 사방의 벽에 현판이 걸려 있어 거의 빈공간이 없었다. 예컨대 명나라 사람의 맑은 글과 힘 있는 글씨가 어찌 귀하지 않겠는가? 우리 선조의 시 두 수도 현판에 걸려 있는데, 한 시의 소서小序를 읽어보니 정자의 옛 자취 또한 자세하였다. -그 서문에 "가정嘉靖[50]- 16년 정유년(1537)에 명나라 황제가 한림원 수찬翰林院修撰 운강雲岡 공용경龔用卿과 호과 급사중戶科給事中 용진龍津 오희맹吳希孟을 보내 황태자가 탄생한 것을 알리는 조서를 반포하였다. 이때 어촌 심언광沈彦光 공이 접반사接伴使가 되어 경포호 정자의 절경을 이야기하고 빛을 더하도록 시를 청하니 운강이 마다하지 않았다. 지금도 그 시가 정자의 벽에 여전히 남아 있는데 지금 150년이 되었다. 어촌의 후손 심징沈澄-정이보靜而甫는 자이다. -이 원운原韻을 써서 보여주며 나에게 화답을 요청하였다. 아, 우리나라가 중국의 예를 보지 못한 것이 이미 오래되었다. 옛날의 일에 감동하고 오늘의 일에 상심하며 「비풍匪風」과 「하천下泉」의 염려[51]-를 애오라지 드러낼 뿐이다. 부디 인도人道를 벗어나지 말기를 바란다.[52]-"고 하였다. -

우리 선조의 필적이 적지 않았는데, 걸려 있는 병풍과 족자는 글자가 결락된 것이 많아 안타까웠다. 심씨 집안의 노소가 모두 와서 인사를 하였고, 밤이 깊어 파했다. 하남河南의 사당 문제가 곧 시골의 사소한 다툼이 되었는데, 들어보니 매우 놀랄 만했다. 저들이 사람을 모함하고자 우옹의 기문을 위작이라고 여기는 지경에까지 이르렀으니 매우 잘못되었

47_ 심어촌(沈漁村) : 심언광(沈彦光)의 호이다. 자는 사형(士炯), 시호는 문공(文恭), 본관은 삼척(三陟)이다. 지평·정언·장령 등을 지냈으며, 저술로 『어촌집』이 있다.

48_ 후손 : 원문의 '운잉(雲仍)'은 운손(雲孫)과 잉손(仍孫)을 가리키는 것으로 먼 후손을 말한다.

49_ 조상의 …… 이어가고 : 원문의 '긍구(肯構)'는 후손이 선대의 유업을 계승하여 발전시킨다는 뜻이다. 『서경(書經)』 「대고(大誥)」에 "만약 아버지가 집을 짓고자 하여 이미 그 규모를 정했다 하더라도 그 아들이 기꺼이 집터도 마련하지 않는다면 어찌 집을 지을 수 있겠는가[若考作室, 既底法, 厥子乃弗肯堂, 矧肯構.]"라고 한 데서 나온 말이다.

50_ 가정(嘉靖) : 중국 명(明)나라 세종(世宗)의 연호로 1522~1566년까지 사용되었다.

51_ 「匪風」과 …… 염려 : 「비풍」·「하천」은 『시경(詩經)』의 편명으로, 현자가 주(周)나라의 쇠망을 걱정하는 내용이다. 여기서는 멸망한 명나라를 그리워한 뜻을 나타내었다.

52_ 가정 …… 바란다 : 이 내용은 송시열의 『송자대전』 권3 「차공화사증심어촌운(次龔華使贈沈漁村韻)」의 서문에 보인다.

다. 그런데 심씨가 근년에 설치한 것까지 크게 공격하였으니 잘못이 너무 심하다. 내가 심씨 집안 노소와 마주하여 이와 같이 말을 하자, 심씨 집안사람들도 그렇지 않다고 말하진 않았다.

18일. 맑고 따뜻함. 숙식을 적절하게 했더니 설사증세가 말끔히 나았다. 일찍 일어나 오죽헌烏竹軒을 찾아 나섰다. 정랑正郞[53]- 권계학權啓學[54]-의 숙부와 조카가 맞이해 율곡栗谷[55]-선생의 유묵과 『격몽요결擊蒙要訣』[56]- 초본과 여러 장의 문건을 꺼내 보여주었는데, 『격몽요결』은 내 소견으론 율곡선생이 손수 쓴 것이 아닌 듯했다. 선생이 평소 사용했던 한 작은 벼루는 형질이 매우 질박했다. 매화꽃을 거꾸로 새겨 놓아 저절로 나로 하여금 아끼는 마음이 들게 하였는데 물건이 아름다워서가 아니었다. 율곡선생의 외가는 후손이 없어 권계학이 곧 율곡선생 이모의 자손으로 대대로 이 집을 지키며 유물을 보호하고 있었는데, 자기 집안 선조의 유적과 다름이 없었다. 현자가 사람으로 하여금 존숭하고 친하게 함에 이와 같은 점이 있었다.

오죽헌은 모두 6칸인데 선생은 그중 두 칸의 방에서 태어났다. 여러 차례 중창을 거쳤지만 마룻대와 들보는 고치지 않았다고 한다. 지금 썩은 서까래와 무너진 벽은 몇 년을 지탱하기가 어려울 듯하였다. 주인이 바야흐로 다시 지으려고 생각하지만, 미약한 힘이 매우 염려되었다. 뒤쪽 산등성이와 앞쪽 산기슭은 능선의 맥과 바라보이는 형세가 울룩불룩하고 단정하였다. 바다가 2,3리에 가깝지만 음산한 기운과 절로 격리되었으며, 멀리 수많은 봉우리가 조회하듯 기이하고 빼어난 모습을 다투어 드러내

53_ 정랑(正郞) : 조선시대 육조의 정5품 관직이다.
54_ 권계학(權啓學) : 자는 성집(聖集), 호는 죽암(竹岩), 본관은 안동이다. 오죽헌 권처균(權處均)의 후손으로 춘추시강원 문학을 지냈다.
55_ 율곡(栗谷) : 이이(李珥, 1536~1584)의 호이다. 자는 숙헌(叔獻), 시호는 문성(文成), 본관은 덕수(德水)이다. 이조좌랑·이조판서 등을 지냈으며, 저술로 『율곡집』이 있다.
56_ 『격몽요결(擊蒙要訣)』 : 이이가 학문을 시작하는 학생들을 위해 도학의 입문서로 저술한 책이다.

니, 바로 대현大賢이 큰 산의 정기를 받아 태어날 적에 절로 그에 적합한 터가 있음을 알겠다. 뜰 가에 무더기의 대나무는 전에 심어놓은 것이 아직도 그대로 있었다. 비록 매우 성대하지는 않았지만 또한 사랑할 만했다.

다시 해운정으로 돌아왔다. 주인이 나에게 글씨를 써서 선조의 필적 가운데 떨어져 나간 곳을 보충해 달라고 하였는데, 은근히 계속 요청하는 지라 글씨를 억지로 써서 보잘것없는 솜씨로 덧붙였다. 서울에 사는 서유도徐有陶가 마침 유람을 와서 나를 찾아왔는데, 젊고 아름다운 선비였다. 순찰사가 수행 길에 해운정 앞을 슬쩍 지나 경포로 향하고 있었는데, 자유가 들어왔길래 그대로 함께 출발하여 경포 가에 도착했다. 강원 감사가 우리를 맞이하여 웃으면서 말하기를 "금강산에서 만나기로 한 약속은 아직 멀었는데, 호숫가에서 만남이 우연히 이루어지니 매우 기이한 일입니다. 아까 해운정에 들어가지 않은 것은 하남의 사당 문제로 한창 송사 처리 중이었기 때문에 혐의와 장애의 단서가 있어서였습니다."라고 하였다.

저물녘에 앞 호수에 배를 띄웠는데 물결이 잔잔하고 배가 평온하니 매우 즐길 만했다. 중간쯤에서 조암鳥巖이 물 위로 솟은 것을 보았는데 높이가 한 길 정도로 또한 기이한 절경이었다. 권정랑이 함께 배를 탔는데, '강과 바다를 유람하는 것이 장쾌하지 않은 것은 아니지만 풍파가 두려울 만하다.'고 하였다. 오직 이 호수는 깊이가 목숨을 잃을 정도에 이르지 않아 비록 바람이 분다 해도 실로 염려할 것이 없었다. 오늘의 뱃놀이는 온종일 즐기지 못한 것이 한스러웠다.

북쪽 언덕에 호해정湖海亭이 있는데 소나무와 단풍나무 사이에서 은은히 비쳤으며, 바라보니 매우 깨끗하였다. 옛날 삼연옹三淵翁[57]이 이곳을

57_ 삼연옹(三淵翁) : 김창흡(金昌翕, 1653~1722)의 호이다. 자는 자익(子益), 시호는 문강(文康), 본관은 안동이다. 1673년 진사시에 합격하였으나 과거와 벼슬에 나가지 않았다. 저술로『삼연집』이 있다.

매우 사랑하여 오래도록 거처하였으니, 진경眞境이 됨을 알 수 있다. 노를 저어 배를 돌려대려고 하였는데 어둑한 빛이 이미 밀려왔고, 배에 탄 사람들이 모두 서둘러 가자고 해서 올라가 구경하지 못하고 지나치니 매우 아쉬웠다. 동쪽 언덕에서 배를 내려 바다를 따라 북쪽으로 갔는데 순찰사 일행보다 조금 뒤처졌다. 10리쯤 가서 사월촌沙月村에서 묵었다. 베갯머리에서 파도가 세차게 부딪치는 소리에 놀라 밤새도록 잠을 이루지 못했다.

19일. 새벽에 출발하였다. 말 위에서 일출을 보느라 천천히 갔다. 머리를 돌려 잠시 보았는데 기이한 경치를 형용할 수 없었다. 바닷가 바위는 여기저기 솟아 있는데 거의 천백 가지 형색이었다. 일행은 모두 일찍이 본 적이 없는 것이라 큰 소리로 기이하다고 소리치며, '비록 금강산의 봉우리라 할지라도 이보다 낫다고 보장하지 못할 것이다.'라고 하였다. 바다 가운데에도 거대한 바위가 많았는데, 파도가 부딪혀 물 밖으로 보이기도 하고 잠기기도 하여 마치 엎드린 듯 달려가는 듯했다. 따르는 자들이 다투어 가리키며 '큰 고래가 등을 드러내었다.'고 했는데, 또한 하나의 기이한 구경거리였다. 만약 연이어 쇠뇌를 쏘는 일이 있게 되면 반드시 화살이 깊숙이 박힌 바위[58]가 될 것이니, 나로 하여금 포복절도하게 했다.

연곡連谷 -강릉 땅으로 옛 현縣의 이름이며 관아와 30리 떨어져 있다. -에 도착하자 순찰사 일행은 출발하려고 하였다. 우리는 아침밥을 먹은 뒤 곧 길을 떠나 점심은 동산洞山 -양양 땅으로 관아와 45리 떨어져 있다. -에서 해 먹었다. 20리를 가서 상운정祥雲亭에 이르렀다. 가지가 늘어진 푸른 소나무가 바다를 따라 길을 끼고 거의 5리에 걸쳐 있었다. 그 가운데로 말을 몰고 가니 꽤 그윽한 절경이라고 느껴졌다. 설악산이 아득히 바라보였으나 오

58_ 화살이 …… 바위 : 초나라 웅거자(熊渠子)가 밤길에 바위를 범으로 착각하고 활을 쏘았는데 바위에 깊숙이 박혀 화살 끝의 깃털이 보이지 않았다고 한다. 여기서는 바위처럼 보이는 고래를 가리킨다.

만물상 오봉산

를 수 없었고, 물치촌勿緇村 터를 물어보았으나 상세히 알 길이 없으니, 모두 우울하고 한스러워할 만했다.

　큰길에서 벗어나 15리쯤 가서 양양 읍내에 이르러 잠시 말에게 먹이를 먹였다. 순찰사 일행이 도리어 뒤처졌다. 여기에서 7, 8리를 가자 울창한 송림이 10리에 이어져 그늘을 드리웠고, 서쪽을 향해 가는데도 석양빛이 보이지 않았다. 숲 사이에 오솔길이 이리저리 엇갈려 있었으며, 가운데 길로 숲 밖으로 나오니 오봉산이 몇 리 되지 않을 정도로 가까웠다.

　낙산사洛山寺 승려가 남여를 가지고 절 남쪽 기슭 아래에서 맞이하였다. 평탄한 길을 잡아서 서쪽 문으로 들어갔다. 한참 뒤에 순찰사 일행이 도착했다. 부사가 성찬으로 대접해 주었고, 또 저녁밥까지 제공했다. 성의가 매우 근실하여 사양할 수 없는 점이 있었지만, 분수에 맞지 않아 끝내 편안하기가 어려웠다. 밤에 절의 누각에 올라 월출을 구경했다. 노승이 늦게 알려주어 달이 바다 위로 솟아오르는 때 보지 못한 것이 애석하였다. 큰 바다가 하늘과 맞닿아 하늘 위와 바다 가운데에 모두 한 조각 달이 떴다. 나는 강원 감사와 오랫동안 앉아 함께 완상했는데 맑은 경치가 더욱 사랑할 만하여 파할 때 마주하여 한 잔 술을 마셨다.

20일. 새벽에 일어나 나가서 동쪽 누대에 앉아 일출을 기다렸다. 하늘 가 붉은 무리를 보니 뭉게뭉게 붉어지다가 옅은 구름이 빛을 받아 층층이 늘어선 산봉우리에 화염이 치솟는 것 같았다. 해가 나올 듯하면서 아직 나오지 않다가 거의 6, 7각이 지난 뒤에 기이한 모습이 만 가지로 변하였다. 아직 떠오르지 않았을 적에는 바닷물이 하늘과 맞닿아 홍몽鴻濛[59]이 나누어지지 않은 것과 같았다. 해가 나오려 할 때는 물결이 끓어오를 듯이 움직여 신물神物이 출몰하는 것이 아닌지 의심하였으며, 바라볼 적에 사람으로 하여금 숙연하고 경건하게 하였다. 해가 이미 나와 떠오르니 하늘이 높고 바다가 넓으며 환하게 밝고 맑게 트여, 우러러보며 나도 모르게 손뼉을 치며 뛰었다.

옛 사람들이 일출을 논한 것이 그 형상이 한 가지가 아니어서 일찍이 괴이하게 여겼는데, 지금 살펴보니 참으로 형언하기 어려운 점이 있다. 예컨대 삼주三洲[60]가 기록한 '해가 물속으로 밀려들다가 뛰어오르는 형상'이라고 한 것과 '구리 쟁반과 은빛 수은'으로 비유한 것은, 그렇게 여기는 사람도 있고 의심하는 사람도 있다. 현허玄虛[61]의 이른바 "대명大明[62]이

59_ 홍몽(鴻濛) : 하늘과 땅이 나뉘기 전 혼돈의 세상을 가리킨다.
60_ 삼주(三洲) : 김창협(金昌協, 1651~1708)의 호이다. 1671년에 유람하고 쓴 「동유기(東遊記)」에 다음과 같이 일출 모습을 묘사하였다. "무신일 새벽에 일어나 해가 뜨기를 기다리며 하늘 동쪽을 바라보니, 붉은 기운이 희미하게 퍼지다가 이윽고 빛깔이 점점 온통 붉은색으로 변하였다. 구름이 그 빛을 받아 오색을 띠고 농담의 차이에 따라 잠깐 사이에 천만 가지로 모습이 변하였다. 이윽고 해가 조금씩 바다에서 나오는데 그 크기가 자주색 구리 쟁반만 하였다. 그러더니 다시 쪼그러들어 파도 속으로 빠져 버렸다. 해는 이렇게 한참 동안 나왔다 들어갔다 하다가 비로소 뛰어올라 하늘에 떴다. 바다의 파도가 처음에는 금빛으로 붉었는데, 이때 이르러서는 마치 수은처럼 넘실대며 만 리가 온통 같은 색이었다."
61_ 현허(玄虛) : 서진(西晉)의 목화(木華)를 가리킨다. 그의 자가 현허이며, 사부(辭賦)에 뛰어났다.

고삐를 잡아당기고, 상양翔陽[63]이 빠르게 떠오르는데, 모래와 돌을 흩날리며, 섬 가에 바람이 빠르게 분다."[64]라고 한 것은 단지 기이한 장관을 말한 것일 뿐이다. 내가 보기에 「우서虞書」, '인빈寅賓'[65] 등의 말은 본래 기상 관측을 위해 한 것이지만 떠오르는 해를 볼 적에 마땅히 모두 공경함을 극진히 해야지, 어찌 한갓 장관이 되는 것만 볼 뿐이겠는가? 우이嵎夷는 바로 지금의 등래登萊[66] 사이로 중국의 가장 동쪽 끝이고, 우리나라는 그 동쪽 1만 리 밖에 있다.

일출을 볼 수 있는 곳이 매우 넓은데 낙산洛山이 가장 뛰어나다고 일컬어진다. 그러니 오늘의 일출 구경이 또한 장쾌하지 않은가? 해가 대나무 장대 3개만큼의 높이로 떠오른 뒤 관음굴觀音窟을 보러 갔다. 굴은 낙산사 동쪽 1리쯤에 있었다. 높이는 1백 자의 장대를 세울 정도로 높았으며, 크기는 1만 곡斛의 곡식을 싣는 배도 받아들일 만했다. 바다의 파도가 항상 들락날락하였고, 깊이를 헤아릴 수 없는 골짜기가 되었다. 물결이 빙 돌아 소용돌이치며 격해지고 합쳐져서 시끄러웠다. 작은 암자가 그 위에 걸쳐 있는데 방안에 앉아 있으니 항상 우레 치는 소리가 들리는 듯했다. 창으로 다가가 내려다보니 무너져 추락할 듯하여 두려웠다.

관음굴 남쪽 수십 보쯤에 의상대義相臺가 있어서 올라갔다가 잠시 뒤

현재 대해(大海)의 광활한 경치를 묘사한 「해부(海賦)」 한 편만 전한다.

62_ 대명(大明) : 달을 가리킨다.

63_ 상양(翔陽) : 해를 가리킨다.

64_ 대명(大明)이 …… 분다 : 「해부」의 내용은 "대명이 금추(金樞)의 굴에서 고삐를 잡아당기고, 상양이 부상(扶桑)의 나루에서 빠르게 떠오르는데, 모래와 돌을 흩날리며 섬 가에 바람이 빠르게 분다.[大明擔轡於金樞之穴, 翔陽逸駭於扶桑之津, 㲉沙礜石, 蕩飂島濱.]"라고 되어 있다. 금추의 굴은 달이 머무는 곳이며, 부상은 해가 뜨는 동쪽 바다를 가리킨다. '飂' 글자가 『성담집』에는 '潚'로 되어 있는데, '潚'은 바람이 빠르게 부는 모양의 의미다.

65_ 「우서(虞書)」, '인빈(寅賓)' : 「우서」는 『서경』의 편명이다. '인빈'은 뜨는 해를 경건히 맞이한다는 뜻이다. 「우서」의 요전(堯典)에 "희중에게 따로 명하여 우이에 살게 하였는데 그곳을 해 뜨는 양곡이라 한다. 떠오르는 해를 경건히 맞이하여 봄 농사를 고루 다스리도록 하였다.[分命羲仲, 宅嵎夷, 曰暘谷. 寅賓出日, 平秩東作.]"라고 하였다.

66_ 등래(登萊) : 중국 등주(登州)와 내주(萊州)를 가리키는 것으로 산동성(山東省) 일대이다. 중국과 우리나라 사이의 바닷길로, 사신이 경유하던 길이다.

에 돌아왔다. 세상에 전하기를 "신라 때 의상법사義相法師[67]가 이 절을 창건하고 법당에 단향목檀香木으로 된 관음보살觀音菩薩 한 구를 안치해 대대로 숭봉하여 상당히 영이靈異함이 있었다."고 한다. 고려 때 승려 익장益莊의 기문[68]과 같은 경우에는 더욱 괴탄하여 믿을 수가 없다. 절 안의 법당과 요사체는 매우 정치精緻하였다. 법당 오른쪽에 한 전각이 있는데 세조世祖·예종睿宗 두 임금의 위패를 봉안해 놓았다. 사체事體가 매우 편안하지 않았으니 참으로 무슨 법도인지 모르겠다.

늦게 출발하여 낮에 청간정淸澗亭[69]－간성杆城 땅으로 고성군과 40리 떨어져 있다.－에 도착했다. 정자는 역원의 길옆에 있는데, 바다에 임하여 매우 시원하게 트여 있었으며, 대략 바위 봉우리의 기이함이 있었다. 편액은 바로 우옹의 필체라고 하였다. 지나온 역참에는 모두 객사가 있었는데 마치 호수 가운데의 여관과 같았다. 이 정자는 곧 객사로 요사체도 있고 누각－누각 이름은 만경루이다.－도 있었는데, 잇닿은 누각 곁채가 커다란 건축물이었다.

30리쯤 가자 산기슭이 주위를 둘러 골짜기를 이루었다. 골짜기 안에 못이 있는데 선유담仙遊潭이라고 하였다. 작은 산등성이가 우뚝 솟아 절반이 못 안으로 들어갔다. 산꼭대기에 층층의 대臺와 작은 정자가 있어 대 위에 기대어 보니 참으로 기묘한 곳이었다.

저물녘에 간성읍으로 들어갔다. 간성읍에 성이 있는데 작아서 담장과 같았으며, 민가는 모두 겹처마 집이었다. 이는 사나운 바람과 폭설에 부서지고 무너지는 재난에 방비하기 위한 것으로, 바닷가 여러 고을이 모두 그러하다고 한다.

67_ 의상법사(義相法師) : 625~702. 신라의 고승으로 당나라에 유학하여 화엄(華嚴)의 묘지를 깨달았다. 제자로는 표훈대덕(表訓大德) 등이 있다.
68_ 익장(益莊)의 기문 : 고려의 승려 익장이 지은 「낙산사기」를 가리킨다.
69_ 청간정(淸澗亭) : 강원도 고성군 청간천 하구 언덕에 위치한 정자로, 관동팔경의 하나이다. 창건 연대는 알 수 없으나, 1520년 군수 최천(崔倩)이 중수했다는 기록이 있다.

21일. 아침 일찍 출발하여 열산烈山[70] - 간성 땅으로 고성군과 35리 떨어져 있다. - 에서 아침밥을 먹고, 점심은 명파明波 - 간성 땅으로 고성군과 50리 떨어져 있다. - 에서 해 먹었다. 길을 떠나 고성의 경계에 이르렀다. 바닷가 모래 색깔이 눈처럼 하앴다. 사람의 발과 말발굽 사이에서 사각사각 소리가 났는데, 사람들 중에 어떤 자는 경쇠 소리가 울리는 것처럼 쟁그렁거린다고도 했다. 간성 남쪽 20리 땅도 그러했는데, 바로 이른바 명사鳴沙라는 곳이었다. 옛사람의 시에 '찬 모래 저벅저벅 나를 좇으며 우네.'寒沙策策趁人鳴라고 한 것이 바로 여기이다. 『강목綱目』[71]-에는 '돌궐突厥[72]-의 묵철默啜[73]-이 명사에 침범하였다.[突厥默啜寇鳴沙]'라고 하였고, 주석에는 '이곳은 인마가 모래를 걸어가면 소리가 나는데 여타의 모래와는 다르기 때문에 명사라고 부른다.'라고 하였다. 일찍이 『강목』을 읽다가 이 부분에 이르러서는 마음속으로 이상하게 여겨 '우리나라 관동지역의 명사와 어찌 그리 매우 비슷할까'라고 생각했다.

모래사장에 해당화가 있는데 길가에 여기저기 나 있었다. 봄날 따뜻한 모래사장에 환하게 핀 꽃을 상상하니, 정취가 더욱 아름다웠다. 기다란 길이 바다와 나란히 펼쳐 있고, 높은 물결이 언덕에 출렁거렸다. 바닷물과 조약돌이 입을 벌릴 때마다 사람과 말이 놀라 달아나는 모습이 매우 볼 만했다. 목화의 이른바 '가벼운 먼지도 날지 않고 여파가 홀로 솟구친다.'라고 한 말이 어찌 이를 가리키는 것이 아니겠는가? 대저 서해는 달을 따라 조수가 일고, 동해는 바람이 없는데도 저절로 물결이 인다. 이것은 한 가지 이치인 듯하지만 끝내 알 수가 없다.

70_ 열산(烈山) : 열산현(烈山縣)을 가리키는 것으로 강원도 고성군 현내면 일대이다. 고구려 때는 승산현(僧山縣)으로 불리다가 고려 때 열산현으로 이름을 바꾸었다.

71_ 『강목(綱目)』 : 송(宋)나라 사마광(司馬光, 1019~1086)이 지은 『자치통감(資治通鑑)』을 주희(朱熹, 1130~1200)가 강(綱)과 목(目)으로 나누어 편찬한 『자치통감강목(資治通鑑綱目)』의 별칭이다.

72_ 돌궐(突厥) : 6세기에서 8세기 무렵 몽골 고원과 중앙아시아를 지배했던 나라이다.

73_ 묵철(默啜) : 돌궐의 골돌록(骨咄祿)의 동생으로, 골돌록이 죽자 그의 어린 아들로부터 찬탈하였다. 국경 지역에서 측천무후(則天武后)가 세운 무주(武周)를 자주 공격하였다.

황혼 무렵 길옆의 민가에서 쉬며 앞의 역참을 물어보니, 아직 20리가 남았다고 하였다. 민가의 백성이 횃불을 잡고 앞에서 인도하여 길을 갔다. 지나는 길의 아름다운 경관은 졸면서 지나간 것과 다름이 없었는데, 괘종암掛鍾巖을 지나면서 보지 못하여 한탄스러웠다. 53구의 부처가 종에 매달려 있다는 설[74]은 참으로 믿을 수 없었고, 천장봉千丈峯 꼭대기 기암의 절경은 일찍이 귀 기울여 들은 적이 있다. 2경에 남강南江을 건너 고성高城으로 들어갔다. 고성 군수 이부영李復永이 나의 유람을 벌써 알고 임시 숙소를 정해 놓고 기다리고 있다가 곧 나와서 인사했다. 한 번 만나도 오랫동안 알던 사이 같다고 말할 만했다. 공관에서 묵고 관아의 부엌에서 식사를 하니 마음이 불안하지 않은 것은 아니지만 또한 사양하지 못했다.

22일. 아침 일찍 일어나서 군술·자유와 함께 해금강을 구경하려고 하자, 권준權遵이 관아에서 나와 인사하며 대략 바다 유람의 빼어난 곳을 설명해 주었고 그대로 함께 동행하였다. 동문을 나가 10리를 가서 해안에 이르렀다. 우뚝 솟은 석봉이 파도 속에 빙 둘러 서 있는 것을 보았는데 그야말로 온통 바위였다. 배를 타고 두 바위가 마주하고 서 있는 입구로 들어갔는데, 마치 깊은 골짜기를 찾는 듯하여 아름다운 흥취가 남아돌았다.

강원 감사는 나보다 먼저 도착하여 봉우리에 있는 중대中臺에 올라가 앉아서 배 안을 내려다보고 장난하며 말하기를 "높고 낮음이 서로 동떨어져 있습니다."라고 하였다. 나는 웃으면서 말하기를 "옛날 나의 선조가 시남市南[75] 등 공들과 함께 황산黃山의 나암羅巖 아래에서 배를 타고 유람을 하였는데 어떤 이는 배 안에 있고, 어떤 이는 바위 위에 있으면서 서

74_ 53구의 …… 설 : 53구의 부처가 천축(天竺)으로부터 바위 배를 타고 건너와 종에 매달려 괘종암이 되었다고 한다.

75_ 시남(市南) : 유계(兪棨, 1607~1664)의 호이다. 자는 무중(武仲), 시호는 문충(文忠), 본관은 기계(杞溪)이다. 대사헌·이조 참관 등을 지냈으며, 저술로 『시남집』이 있다.

로 장난하며 웃은 것이 또한 오늘 일과 같은 점이 있습니다. 그때 저마다 시를 지어 지취를 드러냈는데 지금 나는 단지 선조의 시를 외어 답할 따름입니다."라고 하였다. -선조의 시에 '지치면 배안에 눕고 건강하면 산에 오르는 것이 마땅하니, 남과 나 사이의 고하를 논하지 마시게. 만약 윗자리에서도 이런 이치에 투철하다면, 행동거지에 따른 분쟁이 모두 한가해지리.病宜舟卧健宜山, 高下休論物我間. 若於 上面終能透, 行止分爭摠亦閑.'라고 하였다. -

이에 배에서 내려 중대에 올라 함께 조금 술을 마셨다. 서로 함께 올라가 거닐었는데 바위 봉우리의 기이한 형태와 괴이한 빛깔은 말로 형언할 수 없었다. 백향산白香山[76]의 「태호석기太湖石記」에 "삼산오악三山五岳[77]과 수백 수천의 골짜기가 자세하게 하나하나 빽빽하게 축소되어 모두 그 안에 있네."라고 했는데, 바로 이런 모습을 말하는 것이리라.

이곳으로부터 남쪽으로 몇 번 소리치면 닿을 만한 거리에 칠성봉七星峯이 있었다. 해안과는 멀지 않았으며 어지러이 빽빽하게 널려 있어서 바라보니 눈이 쌓인 듯 옥이 서 있는 듯하였다. 노를 저어 지나갔는데 특히 기이한 절경이라고 느껴졌다. 파도가 일지 않아 물고기는 셀 수 있었으며, 번성한 나무와 드날리는 꽃이 온갖 색으로 은은하기도 하고 선명하기도 하여 또한 볼 만했다. 대합조개의 모양을 처음 보는데 매우 기이하였다. 함께 배를 탄 젊은 사람들이 다투어 대합조개를 따다 껍질을 벗겨 먹었는데, 맛이 매우 좋다고 하였다. 해가 저물어 파하고 돌아왔다.

지나는 길에 대호정帶湖亭에 올랐다. 대호정은 강어귀의 작은 언덕에 있는데 성시城市와 마주하고 있고 흐르는 여울물이 비치며 시원하게 트인 경관을 꽤 갖추고 있었다. 앉아서 잠깐 구경한 뒤 숙소로 돌아왔다.

아침식사 소반에 오른 것이 대부분 해산물로 살조개 종류였다. 빛깔

76_ 백향산(白香山) : 당나라 시인 백거이(白居易, 772~846)의 호이다. 저술로『백향산시집』이 있다.
77_ 삼산오악(三山五岳) : 중국의 이름난 산으로, 삼산은 황산(黃山)·여산(廬山)·안탕산(雁蕩山)을 가리키고, 오악은 숭산(嵩山)·태산(泰山)·화산(華山)·형산(衡山)·항산(恒山)을 가리킨다.

이 깨끗하고 맛이 담백하여, 서해 물고기의 비린내가 코를 찌르거나 비위를 거스르는 것과는 달랐다. 밥을 먹은 뒤 권생과 함께 걸어서 나갔다. 관아를 지나 1백 보쯤 가서 해산정海山亭에 올랐다.

전방을 남강에 임해 있는데 마치 띠를 두른 듯했고, 북쪽으로는 풍악산楓岳山이 바라보였는데 지척 같았다. 대해가 동쪽에 있는데 10리가 안 될 정도로 가까웠다. 이른바 칠성七星바위라고 하는 것은 하나하나 가리킬 수 있고 한 점 한 점 사랑스러웠다. 대저 고을이 바위 기슭에 둘러싸여 쓸쓸하기가 시골 마을과 같아서 봉래선부蓬萊仙府라고 일컫는 것이 참으로 마땅하였다. 고을에 이 정자가 있어서 빼어난 경치를 더욱 더하였다.

편액은 곧 내 선조의 필체인데 글자의 체가 꽤 컸다. 선조의 풍악산 유람시78-도 시판에 새겨져 걸려 있었다. 오래된 정자가 꽤 크고 화려하며 게다가 객관도 되니, 실로 유연遊宴의 장소였다. 그런데 어느 돈을 아까워하는 자가 고을 원이 되어 유람객 접대를 괴로워해서 공공연하게 훼철하였다. 뒤에 부임한 자가 다시 지으면서 그 규모를 작게 하였다. 사람들은 모두 그 이야기를 전하면서 한스러워했다.

해가 기울자79- 출발하여 삼일포三日浦80-로 갔다. 삼일포는 고성군 북쪽에 있는데 주위 둘레가 10여 리는 될 만했다. 포구 안에 우뚝한 작은 섬이 있는데 푸른 바위가 널찍하였고, 사선정四仙亭이 그 위에 있으며, 36개의 봉우리가 해안 바깥을 빙 둘러 늘어서 있었다. 옛날에 사선四仙－신

78_ 선조의 …… 유람시:『송자대전(宋子大全)』권2「유금강산(遊金剛山)」에서 "기이한 봉우리 일만하고도 이천인데, 바다 위 구름이 다 흩어지자 옥같이 아름답네. 젊어서는 병이 많아 늙은 이제야 왔으니, 한평생 홀로 명산을 저버렸네.[一萬奇峯又二千, 海雲飛盡玉嬋娟. 少時多病今來老, 孤負名山此百年.]"라고 한 것을 말한다.

79_ 날이 기울자 : 원문의 '고용(高舂)'은 해 그림자가 서쪽으로 기울어 황혼에 가까워졌을 때를 말한다.『회남자(淮南子)』「천문훈(天文訓)」에 "해가 연우(淵虞)에 이르는 것을 일러 '고용'이라고 한다.[日至於淵虞, 是謂高舂.]"라고 하였는데, 연우는 고대 전설에서 태양이 술시(戌時:오후7~9시)에 지나가는 곳이라고 전해진다.

80_ 삼일포(三日浦) : 강원도 고성군에 위치하고 있다. 호수 풍경이 아름답고, 호수 가운데 와우도와 36개 봉우리가 유명하며, 여러 식물과 생물이 서식하고 있다.

라 때 사람 술랑述郎·남랑南郎·영랑永郎·안상安詳이다. -이 이곳을 유람하였는데 3일이 지나도 돌아가지 않았다. 삼일포와 사선정이 그 이름을 얻은 것은 이 때문이다. 강원 감사가 이미 먼저 도착하여 고성 군수와 함께 내가 도착하기를 기다리고 있었다. 이에 노를 저어 곧장 정자에 이르렀다. 황홀하여 마치 몸이 그림 속에 있는 것 같았으니, 참으로 선계의 별천지라고 할 수 있었다. 얼마 뒤에 양양 부사가 와서 만났고, 또한 다른 두서넛의 지방관도 있었다. 분잡하고 어지럽겠다는 생각이 없진 않았지만, 그윽하고 아득한 흥취에 무슨 해가 되겠는가?

사선정 남쪽의 작은 바위 봉우리가 매우 기이하여 그 아래에 배를 대고 벼랑을 부여잡으며 올라갔다. 바위 면을 보니 '술랑도남석행述郎徒南石行'이라는 붉은색의 여섯 글자가 있었다. 일찍이 삼주의 「동유기東遊記」를 보니 "세상에 전하기를 붉은 글자는 사선이 쓴 것으로 자획이 아직 없어지지 않았다. 오직 '도徒·행行' 두 글자가 조금 흐릿했지만 자세히 보니 또한 분변할 수 있었다."라고 되어 있었다. 지금 보니 점과 획이 대부분 거의 글자 모양이 아니었다. 근세의 어떤 사람이 마멸될 것을 꺼려하여 함부로 보충하고 새겨 넣어 참모습을 잃게 했으니, 슬프고 안타까운 마음이 들었다.

봉우리에 긁히고 깎이고 떨어져 나가 글자가 없는 작은 비석이 있었는데, 곧 미륵보살彌勒菩薩 매향비埋香碑[81]-였다. -『지리지』에 "원元나라 지대至大[82]- 2년(1309) 존무사存撫使 김천호金天皓 등이 승려 지여志如와 함께 해안의 각 고을에

81_ 매향비(埋香碑) : 삼일포 남쪽에 있다. 이원(李黿, ?~1504)의 「유금강록(遊金剛錄)」에 의하면 매향갈(埋香碣)이라고도 한다. "비석의 글에는 '고성의 어느 골짜기에 향목 1백 개를 묻었고, 간성의 어느 골짜기에 향목 1백 개를 묻었고, 강릉의 어느 골짜기에 향목 1백 개를 묻었고, 양양의 어느 골짜기에 향목 1백 개를 묻었으니, 미륵부처가 오는 시대에 향을 파서 부처에게 공양을 올릴 것이다.'라고 되어 있다. 그 내용이 황당무계하고 정도를 벗어난 것이 심하였다. 비석을 세운 사람을 상고해 보니, 고성 태수 아무개이며 글자가 빠져 있어 이름은 알 수 없었다. 노춘(盧偆)의 무리가 세우고 민지(閔漬)가 지은 것인 듯하다."라고 되어 있다.
82_ 지대(至大) : 중국 원나라 무종(武宗)에서 인종(仁宗) 즉위년까지 사용된 연호로 1308~1311년까지이다.

향목을 묻고 그 묻은 곳과 가지의 수를 기록하여 붉은 글자 옆에 세웠다."라고 하였다. -

배를 타고 북쪽 해안으로 가서 몽천암夢泉菴으로 들어갔다. 정자를 마주하고 앉으니 더욱 청정함이 느껴졌다. 되돌아와 정자에 이르니 홀연 뱃머리에서 퉁소와 노랫가락이 들렸는데 또한 절로 기뻐할 만했다. 떠날 즈음에 바위 위로 자리를 옮겨 소나무 아래에서 술잔을 기울이니 정신이 더욱 즐거웠는데, 하루도 머물지 못하여 한스러웠다.

10리를 가자 이미 날이 어두워져 계월촌桂月村에 투숙하였다. 마을 사람 중에 갓 스무 살이 된 자가 와서 인사하며 스스로를 '회송懷宋[83]으로 타향살이를 하고 있다'고 했는데, 그 말이 그다지 분명하지 않았다.

23일. 서리가 몹시 내림. 일찍 출발하여 양진養珍 -고성 땅으로 옛 현의 이름이다. 고성군과 25리 떨어져 있다. -에 도착했다. 순찰사 일행은 이미 출발하여 떠났다. 자유는 고단하고 지쳐서 바로 신계사新溪寺[84]로 향하고, 이에 황생으로 하여금 함께 가게 했다. 나는 두 종을 데리고 혼자 갔다. 고성군 관아의 종도 따라 왔다. 성직촌成直村에서 아침밥을 먹었다. 마을 사람 중에 향교의 유생이라는 자가 조촐한 음식을 내어왔다. 아마도 마을의 모임에서 나온 음식 같았는데 또한 후덕한 풍속이었다.

출발하여 옹천甕遷 -통천通川 땅으로 우리나라 풍속에서는 잔교를 '천遷'이라고 한다. -에 도착했다. 옹천의 남쪽 끝 쌍인암雙印巖에서 잠시 쉬었다. 옛날 고성 군수 심정로沈廷老와 통천 군수 심정구沈廷耈 형제가 동시에 지방관이 되어 이곳에서 서로 만났는데, 후대 사람들이 아름다운 일이라고 전송하여 바위가 이 때문에 쌍인암이라는 이름을 얻었다. 쌍인암이라고 새겨서 표시한 것은 근래의 일이다.

83_ 회송(懷宋) : 은진송씨를 가리킨다. 송유(宋愉, 1388~1446)가 회덕(懷德) 지역, 현 대전광역시 대덕구 송촌동(宋村洞)에 정착하면서부터 이렇게 불린다.

84_ 신계사(新溪寺) : 현 외금강 온정리에서 옥류동(玉流洞)으로 들어가는 길목에 있는 사찰로, 519년 신라의 승려 보운(普雲)이 창건하였다. 유점사·장안사·표훈사와 함께 금강산의 4대 사찰로 꼽힌다.

옹천의 길이는 수백 보였는데 걸음마다 몸을 벌벌 떨며 지나갔다. 바위산이 바다를 끼고 있는데 산의 통로를 보니 겨우 말발굽 하나를 받아들일 정도에 푸른 파도가 아래에서 우레가 치듯 부딪히고 있었다. 다가가니 두렵고 떨려 발걸음과 마음이 고되고 힘들었다. 전하는 속언에, 왜구가 이 길을 경유할 때 관군이 공격하여 왜구가 모두 바다에 빠져 죽었으므로 또한 왜륜천倭淪遷이라 한다고 하였다.

정오 무렵 조진朝珍－통천 땅으로 옛 현의 이름이다. 통천군과 50리 떨어져 있다. －에서 말에게 먹이를 먹였다. 몇 리를 지나가자 두 바위가 마주 서 있는데 사람이 그 사이를 통과하여 문과 같았다. 길 가는 사람들이 문암門巖이라 불렀다. 바닷물을 졸여 소금을 만드는 것을 둘러보았는데 물기가 빠지고 짜게 되는 이치는 참으로 가만히 볼 만한 점이 있었다. 장융張融[85]이 「해부海賦」에서 소금을 말하지 않은 것을 고개지顧愷之[86]가 한스러워했는데, 지금 바다를 보면서 소금 만드는 것을 구경하지 않았다면 또한 어찌 한스러울 바가 아니었으랴?

밤에 통천읍내로 들어갔다. 고성에서 통천에 이르기까지는 실로 풍악산의 등줄기인데 고개 위는 가파른 바위가 매우 험했으니, 이가정李稼亭의 기문 내용[87]이 참말이었다. 여관에서 숙식하였다. 순찰사가 나와서 잠시 이야기를 나누었는데, 군술이 이미 양진에서 신계사로 들어왔다고 하였다. 진사 이규운李奎運을 만나고 나서야 비로소 조진에 선생대先生臺가 있다고 들었다. 이규운은 곧 몇 해 전에 이곳에 임시로 정착한 주성酒城[88]의 인척 집안사람으로, 비록 초면이었지만 또한 놀라고 기뻐할 만했다. 누대에 비석이 있는데 산불에 그을려 오랫동안 덤불 속에 쓰러져 있었다. 이규운이 옛 고성 군수 및 지금의 고성 군수와 서로 의논하여 재력을 내어 다시 세웠다고 한다.

24일. 바람이 그치고 가랑비. 이른 새벽에 나가 동북쪽으로 20리를 가서 총석정叢石亭에 이르렀다. 정자 앞의 바위로 이루어진 대에 홀로 앉아 조물주의 오묘함을 묵묵히 헤아리다 보니 나도 모르게 손과 발이 들썩이며 춤을 추었다. 기이하고 장엄하도다. 결코 솜씨 있는 장인이 다듬어서 만들 수 있는 바가 아니니, 어찌 나의 졸필로 묘사할 수 있겠는가. 그 외면의 기이한 형태는 삼주옹이 기록한 것[89]에 다 묘사되어 있다. —삼주의 「동유기」에 "길게 이어진 산등성이가 구불구불 바다로 들어가서 높이 솟아 둥근 언덕이 되었는데,

---

85_ 장융(張融) : 444~497. 중국 남조 제(齊)나라 사람으로 사도좌장사(司徒左長史) 등을 지냈다. 바다를 건너 교주(交州)로 가면서 「해부」를 지었고, 저술로『장장사집(張長史集)』이 전한다.

86_ 고개지(顧愷之) : 중국 동진(東晉)의 화가이다. 자는 장강(長康)이며, 중국회화사에서 초상화와 인물화의 최고봉으로 일컬어진다.

87_ 이가정(李稼亭)의 …… 내용 : 가정은 이곡(李穀, 1298~1351)의 호이다. 자는 중보(仲父), 시호는 문효(文孝), 본관은 한산(韓山)이다. 도첨의 찬성사(都僉議贊成事) 등을 지냈으며, 저술로『가정집』이 있다. 이곡은 「동유기(東遊記)」에서 "통주에서 고성까지 150여 리는 실로 풍악산의 등줄기에 해당된다. 그곳의 산세는 가파르고 험준한데 사람들이 외산(外山)이라고 불렀다."라고 하였다.

88_ 주성(酒城) : 한산이씨를 가리킨다. 충청북도 청주시 흥덕구 일대 한산이씨 집성촌의 옛 지명이다.

89_ 삼주옹이 …… 것 : 김창협의 「동유기」를 가리킨다.

옛날에는 그 위에 정자가 있었으나 지금은 없어졌다. 그 앞에는 큰 돌기둥 네 개가 물 가운데 거리를 두고 서 있는데, 높이가 모두 열 길 이상이며 사선봉四仙峯이라 한다. 봉우리는 모두 수십 개의 작은 돌기둥이 한 덩어리가 된 것으로, 바위들은 모두 정육각 기둥이며, 그 돌 묶음들은 모두 빗살처럼 가지런하여 마치 먹줄과 자, 칼과 톱으로 다듬어 만든 것 같았다. 네 봉우리만 그런 것이 아니라, 정자를 둘러싸고 몇 리에 걸쳐 이리저리 넘어지고 흩어져 있는 것 중에 그렇지 않은 것이 없었다. 흙 속에 묻혀 있는 것까지 헤아려 보면 무수히 많은 것들이 이러할 것이니, 파도에 씻어 해안의 흙을 쓸어내고 다 드러낸다면 몇 천 몇 백 개의 총석이 될지 알 수 없다. 조물주의 솜씨가 어떻게 이런 경지에 이르렀단 말인가. 기이하고도 기이하구나."라고 되어 있다. -

정자 뒤 수십 보쯤에 작은 비석이 땅에 버려져 있는데 몇 글자를 겨우 알아볼 수 있었다. 세상에 전하기를, 사선이 유람하여 와서 그 낭도들이 비석을 세우고 기록한 것이라고 한다.

서쪽 언덕에 또 작은 정자가 있는데 쓰러지고 무너지려 하여 애석하였다. 바람과 파도가 크게 일어 총석 아래에 배를 띄울 수 없어서 금란굴金幱窟로 가니 매우 한스러웠다. 조금 취해 다시 대에 임하여 옆 사람에게 웃으며 말하기를 "미불米芾이 만약 이와 같은 석장石丈에 절을 하였다면 어찌 탄핵을 받았겠는가?[90]"라고 하였다. 바람과 흙비가 매우 차가워 오래 앉아 있을 수 없었다. 읍내로 돌아와 밥을 먹고 난 뒤 곧 출발했다.

올 때의 길을 따라 15리쯤 가자 송림이 있었다. 어제 저물녘에 지나가며 숲 너머 바라보이던 곳인데, 지금 보니 10여 리에 길게 연하여 뻗쳐 있었다. 솔숲의 푸른빛과 바다의 푸른색이 서로 접하여 참으로 삼주가 기록한 바와 같았다. 오직 옛날의 작고 어리며 약했던 나무가 이미 1백 년을 지났으니 의당 대부분 구부러진 가지와 단단한 줄기가 되었을 것이며, 도리어 그렇지 않은 것들은 아마도 이미 큰 집의 마룻대와 들보가 되

90_ 미불(米芾)이 …… 받았겠는가?: 송나라의 화가이자 서예가인 미불은 기이한 것을 좋아했는데, 벼슬을 받아 관아에 나갔을 때 기이한 돌이 있는 것을 보고 예복을 갖추고서 그 돌에 절하고 석장이라 불렀다. 이 때문에 미불은 파직을 당하였다.

었을 것이다.

툭 트이고 아득한 들판이 실로 강릉 이후에 처음 보였다. 메벼가 무성하고 빼어난 것을 보니 메마른 땅이 아니란 것을 알 수 있었으나, 여물지 못한 것이 횡계보다 더 심한 점이 있었다. 들판의 빛깔이 푸른 하늘색이었는데 이삭이 패자마자 말라버린 것이 열에 여덟아홉이나 되었다. 이곳은 넓고 탁 트인 땅이라서 바람에 의해 손상되기가 더욱 쉬웠다. 백성의 사정을 헤아려 생각해 보니, 세상 살아가는 길이 가엾고 슬펐다. 비가 내려 약간 젖었는데, 일사一舍91-쯤 지나가자 시냇물이 크게 불어나 다리가 모두 무너져서 근처 마을 사람이 도와주어 건넜다. 모두들 밤에 내린 비가 금강산 곁에서 크게 쏟아져 내린 것이라고 했다.

해가 저물어 조진에 이르니 순찰사 일행이 먼저 도착하여 한참을 쉬고 있었다. 객관 안이 분잡하고 시끄러운 것을 피하여 약간 궁벽한 곳을 찾았다. 주인은 왕씨王氏로 양반의 명칭이 있었다. 그에게 선생대를 아는지 물었는데, 매우 가까운 곳에 있었지만 비가 내리고 날도 저물어 올라가 구경하지 못했다. 밤에 잠을 이루지 못하자, 주인이 풍토와 습속에 대해 대략 이야기해 주었다. 백성의 삶이 매우 괴롭고 고생이 심하여 칡신을 신고서 서리를 밟는 탄식92-이 있었다. 날이 추울 때는 눈이 체로 치듯 쏟아져, 잠깐 사이에 쌓여 처마 끝과 나란해지고 문 앞으로 난 길을 막아버려 눈을 치우기도 힘들다고 한다. 사람들은 모두 신발을 삼태기 같이 만들고 붙들어 매어 끌고 나가는데, 여러 차례 밟고 다지면 곧 빙판길이 되어 왕래할 수 있다고 한다. 그래서 눈이 녹은 뒤 해진 짚신이 숲의 나뭇가지 끝에 많이 걸려 있다고 한다.

25일. 잠깐 흐림. 일찍 일어나 객관의 동쪽 산등성이에 있는 선생대에 올랐

91_ 일사(一舍) : 30리를 말한다.
92_ 칡신을 …… 탄식 : 칡나무 줄기로 만든 신발은 여름에 신는데 겨울에도 이를 신고 서리를 밟는다
  는 것으로, 본래는 지나치게 검소하다는 뜻이지만 여기서는 가난의 괴로움을 나타낸다.

는데 제사지내는 터의 섬돌이 대가 되어 있었다. 옆에는 열 아름 정도의 고송이 있었으니, 어찌 당시에 심은 나무가 아직도 남아 있는 것이 아니겠는가. 대 위에 있는 비석에는 지촌 이공이 음기陰記[93]를 지어 놓았는데, 선생이 남긴 자취의 사실이 여기에 상세하다. ─음기에 "숙종 원년 을묘년(1675) 여름 우암 송선생이 덕원德源에서 장기長鬐로 이배되었다. 길이 통천을 거쳐 가는데 물에 막혀 조진촌에서 머물렀다. 선생이 이곳의 산수가 맑고 빼어난 것을 사랑하여 작은 대를 짓고 올라 구경하였다. 41년이 지난 을유년(1705)에 내가 우연히 지나다가 이곳을 보고 선생대라 이름하였다. 이에 군수 황진黃鎭과 고을 인사들이 그 위에 비석을 세우고자 계획하였으나 이루지 못하고 세상을 떠났다. 지금 군수 심정구가 개연히 탄식하며 말하기를 '이는 나의 책임이다.'라고 하고서, 마침내 작은 비석 하나를 세워 '통천 조진촌 선생대비'라 새기고 나에게 기문을 부탁하였다. 내가 사양하지 못하여 일의 사정을 대략 기록하고 그대로 붙여서 새기게 하였다."라고 하였다. ─ 지난번에 이규운과 만나 이야기하지 않았더라면 결국 모르고 지나쳤을 것이다.

아침밥을 먹은 뒤 곧 남여를 출발시켜 옹천을 건넜는데 걸어서 지날 때보다 훨씬 더 무서웠다. 강원 감사가 쌍인암 아래에서 자리를 펴고 앉아 꽤 오랫동안 기다리고 있었다. 내가 웃으며 말하기를 "내가 길을 가는 것이 본래 느린데 하필 나의 한가한 정취를 망가뜨리려 하십니까?"라고 하자, 답하여 나에게 말하기를 "이것은 어찌 남을 더럽히는 것이겠습니까? 지금 한 관원도 따르지 않고 단지 저 막비幕裨[94]뿐인데 그 또한 형과 친한 사람이니, 무슨 번거롭고 괴로운 일이 있겠습니까? 어제의 유람을 한번 생각해 봅시다. 나에게 노형이 없었다면 흥취가 매우 없었을 것이고, 형 또한 홀로 갔다면 어찌 흥취가 많았겠습니까? 우리 두 사람이 이렇게 빼어난 곳에서 이런 멋진 유람을 하는 것은 실로 우연이 아닙니다."라고 하였다.

이에 서로 바라보며 웃고는 마주 앉아 몇 잔의 술을 마셨다. 나는 이

93_ 음기(陰記) : 비갈(碑碣)의 뒷면에 새긴 글을 가리킨다.
94_ 막비(幕裨) : 조선시대 지방관이나 사신을 수행하던 관원이다.

야기는 단지 산수를 평론하는 것뿐이었으니, 적어도 파선坡仙[95]_과 태백太白[96]_의 부화浮華함은 면할 수 있으리라. 바위산은 푸른빛으로 솟아 있고, 해안의 모래는 눈처럼 희며, 은빛 파도가 앉아 있는 자리 곁에서 넘실대었다. 갈매기가 울고 백로가 자맥질하고 있는데, 혹 사람과 한 길 남짓 떨어져 있어도 놀라 달아나지 않았다. 나로 하여금 상쾌하여 속세를 벗어난 기분이 들게 했다. 정오 무렵에 성직촌에서 말에게 먹이를 먹였다.

저물녘에 금강산으로 들어가자, 승려들이 남여를 가지고 고개 아래에서 기다리고 있었다. 5리쯤 가서 신계사에 이르렀다. 강원 감사가 이미 도착하여 잠깐 쉬고 있었는데 군술과 자유도 자리에 앉아 있었다. 안순지 등 여러 사람이 방금 내산으로부터 와서 약속대로 서로 만나게 되었으니, 또한 기뻐할 만했다. 고성 군수가 와서 이야기를 나누었다.

26일. 아침에 안개, 저녁에 비. 일찍 일어나 창을 여니 옥 같은 봉우리가 빽빽하게 서 있고, 은빛 폭포가 서로 비치며, 단풍나무 숲이 빙 둘러 붉은 비단 보장步障[97]_을 이루었다. 반걸음도 옮기기 전에 이미 기이한 정취가 있음을 느꼈다. 아침밥을 먹고 난 뒤, 나는 강원 감사와 함께 제군들을 데리고 나갔다. 가마를 메는 승려들이 모두 말하기를 "이곳에서 구룡연九龍淵까지는 30리나 떨어져 있어 멀기 때문에 아마도 저녁 무렵에야 도착할 것입니다."라고 하였다. 군술과 자유는 어제 이미 가서 구경하여 지쳐서 다시 갈 수 없었으니, 또한 탄식할 만했다.

시내를 따라 북쪽으로 향하다가 수목이 울창한 깊은 골짜기로 연이어 가서 벼랑을 따라 시내를 건넜다. 중간에 또 건너는 다리가 있었는데 몇

95_ 파선(坡仙) : 송나라 문인 소식(蘇軾, 1037~1101)을 가리킨다. 자는 자첨(子瞻), 호는 동파(東坡)이다. 서화에도 능했으며, 저술로『동파집』이 있다. 소식이 지은 「적벽부(赤壁賦)」에 자신이 속세를 벗어나 신선이 된 듯하다는 내용이 나오므로 파선이라고 한 것이다.

96_ 태백(太白) : 당나라 시인 이백(李白, 701~762)의 자이다. 호는 청련(靑蓮)이다. 시선(詩仙)으로 일컬어지며 현종(玄宗)의 궁정 시인이 되기도 했으나 대체로 일생을 방랑 속에서 불우하게 보냈다.

97_ 보장(步障) : 옛날 귀인(貴人)이 외출할 때 바람과 먼지를 막기 위해 길 좌우에 길게 둘러친 휘장을 가리킨다.

번이나 넘어질 뻔했는지 모른다. 위태로운 잔교와 험한 비탈길로 남여를 멜 수 없는 곳이 또한 몇 군데나 되었다. 구불구불 수십 리를 가서 옥류동玉流洞에 이르렀는데 골짜기가 조금 넓고 너럭바위와 못과 폭포가 희고 깨끗하며 그윽하였다. 10여 명의 사람이 서성이기도 하고 다리를 뻗고 앉아 있기도 하였다. 바위가 매우 미끄러워 넘어지고 자빠져서 포복절도하게 하는 자도 있었다. 나는 '이곳이 어찌 장난치며 웃을 곳이겠는가.'라는 생각이 들어, 서로 경계를 하고 삼가 방관하지 않게 하였다. 잠깐 큰 바위 위에 둘러앉아 함께 술과 안주를 먹었다.

남여를 놔두고 지팡이를 짚고서 시냇물을 따라 서쪽으로 수백 보를 갔다. 또 길을 꺾어 북쪽으로 가서 징검다리를 건넜다. 동쪽 벼랑을 따라 몇 리를 지나자 서쪽 봉우리의 깎아지른 절벽이 몇천 자인지 알 수 없었는데, 폭포가 그 꼭대기에서 아래로 쏟아졌다. 날아올라 춤추며 꿈틀거리는 것이 실타래를 흩어놓은 듯도 하고, 비단을 드리운 듯도 했다. 이리저리 부는 바람을 맞으면 떨어지는 작은 물방울이 연기가 떠가고 안개가 몰려오는 듯하였다. 이곳이 이른바 비봉폭飛鳳瀑이다. 앉아 쉬면서 마주하고 보니 매우 기이한 절경이었다. 잔도가 더욱 험해 붙잡고 오르기가 매우 힘들었는데, 옥류동 이전보다 힘들기가 몇 갑절 험할 뿐만이 아니었다. 갈증이 심해 바위굴의 샘물을 떠서 오미고五味膏를 타서 마셨다.

계곡에 접한 돌 비탈길을 따라가니 넘어져 떨어질 것 같았다. 또 몇 리쯤 가서 길을 꺾어 서쪽으로 갔다. 몇 길 남짓 구부리며 내려가 돌투성이의 시내를 건너 수십 계단의 나무 사다리를 밟고 올라갔다. 또 벼랑을 따라 북쪽으로 갔는데 길이 기울어지고 진흙으로 미끄러워 힘들고 위험하기가 비할 데가 없었다. 강원 감사는 천익千翼[98]을 입고 광대廣帶[99]를

98_ 천익(千翼): 예복으로 입던 도포이다. 첩리(帖裏·貼裏)·천익(天益·天翼)·철익(綴翼·膝翼)이라고도 한다. 조선 중엽 이후로는 보편화되어 평상시의 복장인 융복(戎服)으로 정착하였다.
99_ 광대(廣帶): 융복에 매는 띠이다.

옥류동

드리우고서도 경쾌하고 씩씩하게 걸어가니, 그 다리의 힘과 담력은 또한 내가 미칠 수 없는 바였다.

승려가 말하기를 "옛날에는 쇠사슬이 암벽에 매달려 있어서 사람들이 붙잡고 끌어당기며 허공에 매달려 지나가야 했기에 정력이 적은 자는 아찔하고 두려워 지나갈 수 없었습니다. 요즘에는 바위를 뚫고 길을 만들어 건널 수 있으며, 나무를 묶어 사다리를 만들어 오르내릴 수 있습니다. 이 때문에 붙잡고 매달리는 근심이 그리 심하지는 않습니다."라고 하였다.

구룡폭포九龍瀑布와 정면으로 마주하고 있는 석대石臺 하나가 있었다. 조금 쉬다가 너럭바위로 나아갔다. 여러 사람이 서로 붙들고 내려가 너럭바위가 조금 평평한 데로 가서 연못 · 폭포에서 10보쯤 떨어진 곳에 앉았다. 나의 선조 우옹의 필체가 그 옆에 새겨져 있었다. —'성난 폭포 못으로 쏟아지니, 정신을 아찔하게 하는구나.[怒瀑中瀉, 使人眩精.]'라는 여덟 글자이다. — 점과 획이 훼손되고 흐릿해져 몇 글자는 거의 분별할 수 없으니 안타까웠다. 봉우리 꼭대기에서 낙숫물처럼 조금씩 떨어지다가 1백 길의 푸른 절벽에 이르러서는 큰 시내 같은 폭포가 곧장 깊은 연못 속으로 떨어졌다. 마침 비가 내린 뒤라 물은 더욱 장관이었고, 소리는 방죽을 치는 듯 언덕을 무너뜨리는 듯 사람의 마음을 놀라게 하였다. 나도 모르게 큰 소리로 석만경石曼卿의 시 '옥 같은 무지개 땅에 드리워 빛나고, 은하수가 하늘에서 떨어지며 소리치네.[玉虹垂地色, 銀漢落天聲]'[100]—라는 구절을 외었다. 연못은 골짜기 위쪽 끝머리에 있는데, 검고 푸르러 깊이를 헤아릴 수 없으니 신물神物이 숨어 있는 듯했다. 그 가장자리의 흰 바위는 엉겨 미끄러운 것이 기름 같아서 사람으로 하여금 똑바로 서서 걸을 수 없게 하였다. 그곳에 가 보니 성난 폭포소리에 미혹되기 쉬워 가까이 갈 수가 없었다. 여러

100_ 석만경(石曼卿) …… 떨어지네 : 만경은 송나라 석연년(石延年, 994~1041)의 자이며, 이 시는 「폭포(瀑布)」의 구절이다. 석연년은 대리시승(大理寺丞) · 비각교리(秘閣校理) 등을 지냈으며, 저술로 『석만경시집』이 있다.

사람들이 모두 그러한 줄을 알면서도 오히려 위태롭게 다가가다가 한 소년이 바위 위에서 미끄러져 넘어짐을 면하지 못했으니, 위험한 곳이었다.

이곳에서 내려가니, 깊은 못이 되고 세찬 여울이 된 것이 거의 한둘이 아니었다. 여덟 번째 연못 이상은 뒤쪽 산등성이를 따라 찾아갈 수 있다고 하였으나, 아래에서 바라보니 아득하여 오를 수가 없었다. 해가 지고 바람이 거세져 오랫동안 거닐 수 없어서 비봉폭 아래로 되돌아왔다. 비봉폭은 다시 보아도 좋았다. 옛사람의 시문을 보면, 구룡폭은 여산廬山[101]의 폭포에 견줄 만하고 비봉폭은 안탕산雁宕山[102]의 폭포에 비길 만하다고 했는데,―이효광李孝光이 안탕산의 폭포에 대해 기록한 글에 '안탕산의 폭포는 푸른 연기처럼 뭉게뭉게 일어나다가 어느새 커지기도 하고 작아지기도 하는데, 문득 바람을 맞아 거꾸로 날리게 되면 서리어 돌며 한참 동안 흘러내리지 않는다.'라고 하였다.― 전후로 와서 유람한 사람들이 이 두 폭포를 논할 적에 혹 이처럼 보았는지 모르겠다.

다시 옥류동 바위 위에서 쉬면서 술병을 기울여 함께 마셨다. 생각이 매우 맑고 고요하여 지팡이 짚고 나막신 끌던 수고로움을 다 잊었다. 문득 숲속의 바람이 불더니 산꼭대기의 구름이 어두워졌다. 승려를 재촉하여 견여를 타고 1리 남짓 가자, 가랑비가 우수수 내렸다. 바위틈의 여울이 콸콸 쏟아지고 단풍나무에 맺힌 이슬이 어지럽게 떨어져 아름다운 흥취를 더욱 돋우었다.

절에서 3, 4리쯤 떨어진 곳에 이르자 소나무 횃불을 들고 맞이하며 길을 인도해 해 질 무렵 절에 도착했다. 우리 일행은 그다지 비에 젖지 않았다. 좌중의 어떤 사람이 "한낮에 안개가 걷히고 날씨가 화창하였으니, 저녁에 비가 갑자기 내릴 줄 누가 알았겠습니까?"라고 하였다. 고성 이 군수가 웃으며 말하기를 "이제까지 용연龍淵을 유람한 사람은 비를 만나

101_ 여산(廬山) : 중국 강서성 구강시에 있는 산이다.
102_ 안탕산(雁宕山) : 중국 절강성 온주시에 있는 산이다.

지 않는 경우가 드무니, 결코 예사로운 일이 아닙니다."라고 하였다. 나는 문득 지난가을 남악南嶽[103]을 유람하며 용추龍湫를 지났는데 또한 소나기로 고생한 생각이 났으니, 두 번 겪은 일이 매우 기이할 만했다.

봉암의 『해산록』에는 그가 남당·병계와 함께 용연에 들어갈 때의 일을 매우 상세히 기록해놓았다. 세 어른이 나아가고 물러남에는 같지 않은 점이 있고, 두려워하며 삼가는 도리와 용감하게 나아가는 의도가 즐거운 우스갯소리 속에 저절로 드러나, 그 기상을 대략 상상할 만했다. 우리들의 오늘 유람은 단지 늙은이는 나약하고 젊은이는 날래고 예리할 뿐이니, 참으로 그분들의 유람에 부끄러워할 만하다.

이 산에 한 골짜기가 있는데 이름이 만물초萬物草이다. 기이한 형상이 다 갖추어져 있는 것이 마치 풀이 만물을 빚어내는 것과 같기 때문이라고 한다. 나는 그곳을 찾아가 보고 싶은 마음이 있어서 승려를 불러 지나는 길이 먼지 가까운지를 물어보았다. 이 군수가 "만물초가 세상에 알려진 것은 대개 근세부터인데, 사람들이 전하여 일컫는 일이 많습니다. 더욱 이름나길 좋아하는 자들이 찾습니다."라고 하였다. 나는 또한 처음 들을 적에는 별천지라는 말로 이해했는데, 이르러 보니 전혀 일컬을 만한 것이 없었다. 사물의 이름이 실제보다 지나친 것이 이와 같다. 혹자가 말하기를 "만물초는 깊고 깊어서 쉽게 찾을 수 없으니, 이곳은 가짜입니다."라고 하였다. 이 말 또한 황당하니 참으로 알 수가 없었다.

27일. 비. 먼 길을 다니고 높은 곳에 올라 구경하는 고단함이 연이어 있었는데, 지금은 산속에서 비에 막혀 하루 정좌靜坐할 수 있으니, 또한 내 마음을 흡족하게 하였다. 고성 군수가 도회都會[104]의 시관試官으로 곧바로 나

103_ 남악(南嶽) : 일반적으로는 중국 호남성(湖南省)에 있는 형산(衡山)을 가리키나, 여기는 우리나라 지리산을 말한다. 지리산은 조선시대 때 남악이라고 불렸다.
104_ 도회(都會) : 유생의 면학을 장려하기 위한 강습회로, 우수한 성적을 거둔 사람에게는 향시를 면제해 주는 등의 혜택이 있었다.

가게 되어 매우 서운했다.

흡곡 현감과 상운승祥雲丞[105]이 인사하러 와서 꽤 오랫동안 앉아 이야기를 나누었는데, 산수의 절경에까지 말이 미치게 되었다. 내가 웃으며 상운승에게 말하기를 "우리나라 사람은 한라산漢拏山을 영주산瀛洲山이라 일컫고, 지리산智異山을 방장산方丈山이라 하며, 금강산을 봉래산蓬萊山이라 합니다. 지금 그대는 영주산으로부터 방장산을 거쳐 봉래산에 이르렀는데, 이처럼 장쾌한 유람은 거의 필적할 만한 짝이 없을 것입니다."라고 하였다. 그는 자못 스스로를 크게 여기는 생각이 있었다. 상운승은 제주濟州 사람이고, 흡곡 현감은 곧 영동永同 사람 홍광일洪光一이다. 일찍 문명이 있었는데 약간의 자작 율시를 내게 보여주었다. 해질 무렵에 조금 날이 개어, 나는 강원 감사와 함께 불당과 섬돌, 탑 사이를 거닐었는데 절 뒤의 관음봉이 조금 볼 만했다.

28일. 종과 말을 산 밖으로 내보내 장안사長安寺[106]에서 기다리게 하고, 나는 군술·자유와 함께 조반을 먹은 뒤 곧 출발했다. 김상언金相彦이 동행하였고, 황생과 고생이 걸어서 따라 왔다. 서남쪽으로 20리를 가서 발연鉢淵으로 들어갔다. 골짜기 입구에 너럭바위가 있는데 세찬 여울을 받아들이는 곳이 움푹하게 구덩이를 이루어 가마솥처럼 크고 깊은 웅덩이가 되어 있었다. 구덩이가 작아서 발우鉢盂와 같은 것도 많았으니, 발연이라는 이름은 이 때문에 붙여진 것이 아니겠는가? 남여에서 내려 나아가 내려다보니 의취가 매우 아름다웠다.

잠시 후 발연사鉢淵寺[107]에 이르렀다. 절 뒤쪽 큰 바위 위에 신라 진표

---

[105] 상운승(祥雲丞) : 상운도(祥雲道) 역승(驛丞)을 가리킨다.
[106] 장안사(長安寺) : 강원도 회양군 장양면에 있던 사찰로 신라 법흥왕(法興王) 때 창건되었다. 고려 광종 때 불탔는데 승려 회정(懷正)이 중건하였고, 원(元)나라 순제의 왕비인 기황후도 금과 목수를 보내 중건하게 하였다. 자연재해와 화재로 여러 차례 중창을 했으나, 6·25전쟁 때 불타버렸다.
[107] 발연사(鉢淵寺) : 강원도 고성군 금강산의 외금강에 위치하고 있었으나 지금은 그 터만 남아 있다. 신라 때 진표율사가 금강산에 머무르며 짓고 법회를 열었다고 전해진다.

율사眞表律師[108]-의 비석을 세워 놓았는데, 이 절은 곧 진표율사가 창건하였다. 불당을 중건하는데 대강 이루어져 아직 완성되지 않았고, 암자와 요사채 또한 낡은 한 채뿐이었다. 오직 산봉우리와 골짜기는 그윽하고 아득하여 매우 빼어났다. 걸어서 나가 수석을 구경하였다.

대체로 상중하의 세 대가 있었다. 하대는 곧 골짜기 입구의 너럭바위가 그곳이다. 중대는 너럭바위가 옆으로 비스듬하고 미끄러워 폭포의 흐름이 매우 맑고 빨랐다. 문득 한 승려가 옷을 벗고 다리를 펴고서 폭포가의 바위에 앉더니 갑자기 물길을 따라 아래로 내려갔는데 말이 달려가는 것보다 더 빨랐다. 웅덩이를 만나 멈추는 것이 마치 구유甌臾 속을 나는 탄환과 같았고, 몸을 뒤집으며 나오는 것은 소용돌이에서 자맥질하는 오리와 같았다. 그 모습이 매우 괴이했는데, 치폭馳瀑이라고 이름하였다.

내가 웃으며 말하기를 "이 놀이가 어떻게 유람객의 구경거리가 되었는가?"라고 하니, 곁에 있던 늙은 선사가 "옛날 진표율사께서 고개를 넘어 왕래하며 어버이를 봉양하였는데, 스스로 자신의 정성과 효성이 얕은지 깊은지를 시험해 보고자 국그릇을 들고 바위 위를 달려갔으나 국을 쏟지 않았습니다. 후인들이 율사를 사모하여 본받아 마침내 이 놀이가 만들어졌습니다."라고 하였다. 그의 말이 비록 믿기에 부족했지만 또한 떳떳한 윤리는 없앨 수 없음을 알 수 있으니, 저 불가의 가르침은 과연 무슨 법도란 말인가?

상대上臺를 찾아 갔는데 바위가 더욱 기이했다. 양봉래楊蓬萊[109]-가 쓴 '봉래도蓬萊島' 세 글자가 바위 면에 새겨져 있는데, 획이 굳세고 깊게 새겨져 있어 돌이끼가 끼지 않으니 기이하였다. 바위 가장자리의 나뭇가지

108_ 진표율사(眞表律師) : 신라시대 전라북도 김제 출신의 승려이다. 김제의 금산사(金山寺)에서 출가하여 여러 산에 머물며 불법을 닦고 중생을 교화하였다. 금강산에서 7년을 머무르며 발연암(鉢淵庵)을 짓고 법회를 열었다.

109_ 양봉래(楊蓬萊) : 봉래는 양사언(楊士彦, 1517~1584)의 호이다. 자는 응빙(應聘), 본관은 청주(淸州)이다. 회양 군수(淮陽郡守)를 지냈으며, 글씨에 뛰어났다. 저술로 『봉래집』이 있다.

끝에 다래가 있어서 손으로 따서 먹어보니 또한 맛이 좋았다.

동남쪽으로 가서 효양치孝養峙를 지나는데 견여가 매우 힘들고 위태로워 산꼭대기에 이르러 멈춰 앉았다. 큰 바다가 발아래에 있었고, 해산정과 삼일포를 뚜렷이 다시 굽어보았다. 승려가 말하기를 "이 고개가 효양치라는 이름을 얻은 것은 진표율사의 고사 때문입니다."라고 하였다. 고개를 내려가자마자 작은 시내를 따라 울퉁불퉁한 자갈길과 그늘이 우거진 사이를 1리 남짓 갔다. 길을 꺾어 서쪽으로 또 1리쯤 가서 원통사圓通寺에 도착했다. 산은 웅장하고 골짜기는 깊숙하며, 단풍나무 숲은 사랑할 만했다. 다만 수석은 그다지 기이하고 빼어난 것이 없었으며, 암자 또한 볼 만한 것이 없었다.

강원 감사가 신계사로부터 숙고稤庫[110]를 거쳐 이미 유점사楡岾寺에 도착해 건장한 승려와 견고한 남여를 가려 보내주었는데, 험한 박달령朴達嶺에서 엎어지고 넘어지는 일이 있을까 염려해서였다. 점심을 먹은 뒤 바위 벼랑을 따라 길을 꺾어 북쪽으로 가서 송림굴松林窟로 들어갔다. 굴은 두 개였다. 한 굴은 그다지 넓지 않았으며 나한羅漢 12구를 나열해놓았다. 또 한 굴은 커다란 너럭바위로 덮여 있는데 네모지고 평평한 것이 널판자와 같았으며, 옆의 절벽은 가지런하고 단정하여 병풍과 같았다. 곧 엄广 자 모양의 집으로 수십 명이 앉을 수 있고, 8척의 장신이 서 있을 수 있었으며, 북쪽 구석에 53불을 안치해 놓았다. 서쪽 절벽 아래에 샘이 있는데 감로수甘露水라 일컬었다. 작은 암자가 그 옆에 있는데, 불정대佛頂臺를 정면으로 마주하고 있었다. 경계가 매우 그윽하고 고요하여 고승이 살기에 알맞은 곳이었는데 마침 암자의 승려가 없으니 한스러워 할 만했다.

110_ 숙고(稤庫) : 나라에서 운영하는 창고이다. 각 도의 여러 고을에 설치하여 새 곡식을 거두어 저장해 두고, 묵은 곡식은 백성들에게 나누어 주었다.

암자를 거쳐 수십 보를 내려가 다시 길을 꺾어 서쪽으로 갔다. 시내의 바위가 삐죽삐죽하여 남여를 메거나 마주 들고 건널 수 없어서 남여에서 내려 걸었으며, 남들이 부축하고 보호해 주어 시내를 건넜다. 오래지 않아 박달령 아래에 이르러 남여를 타고 갔다. 고개를 오르고 또 오르는데 더욱 험준하여 바로 허공에 매달려 위태롭게 임한 것과 같았다. 매우 두려워 남여에서 내리고자 하였는데, 승려들이 말을 듣지 않고 더욱 건장하게 힘을 썼다.

중간에 이르러 승려들이 남여를 내려놓으며 말하기를 "이곳이 풍혈대風穴臺입니다."라고 하였다. 굴이 벼랑길 남쪽에 있는데 들여다보니 침침하여 사람으로 하여금 오싹하고 두려운 마음이 들게 하여 오래 서 있을 수가 없었다. 제군 가운데 도보로 걸어온 자는 퉁소를 분 듯 숨이 찼으며, 간장이 흘러넘치듯 땀을 흘렸다. 군술과 자유 또한 남여를 멘 승려가 건장하지 못하여 절반이나 걸어서 올라왔다. 바위 언덕 위에서 쉬며 무성한 나무숲 사이로 동쪽을 바라보니, 바다색이 아득하여 보일 듯 말 듯 하였다. 한참을 앉아 있으니 바람의 형세가 더욱 세차 사람을 흔들어서 떨어뜨리려 하는 것 같았다.

북쪽으로 1백 보쯤 가자 깎아지른 벼랑에 석대가 있는데 몇 길이 될 만하고 바라보니 추락할 것만 같았다. 거칠게 얽어진 솜털 둥지가 석대의 모퉁이에 걸려 털이 아래로 너덜거리며 드리워져 있었다. 부리로 쪼고 알을 품은 흔적이 그대로 남아 있는데, 학소鶴巢라고 하였다. 10리쯤 가서 꼭대기에 이르렀는데 꽤 넓고 평평하여 터를 닦은 마당과 같았다. 바로 견여를 메는 자가 어깨를 쉬고 다리를 쉬는 곳이었다.

모두들 갈증이 심해 산과山果를 먹고 싶어 했다. 승려들이 말하기를 "매년 이때는 산포도 종류가 숲 사이에 매달려 다 먹을 수 없을 정도로 있는데, 이번 가을은 열매를 맺은 것이 매우 드물고 시기도 늦어 남은 것이 없습니다."라고 하였다. 내가 웃으며 제군들에게 말하기를 "이 또한 먹을 운수와 관련이 있네. 아름다운 경치를 실컷 감상하였으니 목마르면 맑은 샘물을 마시면 이 또한 충분하네. 비록 산과를 먹지는 못하더라도 배는 오히려 부르네."라고 하였다.

이곳에서 불정대까지는 몇 리 되지 않을 정도로 가까웠지만, 해질 무렵이라 구경할 수 없었다. 속언에 전하기를 "옛날 불정 화상佛頂和尙이란 자가 경전을 설법하고 있는데 용녀龍女가 바위틈에서 나와 법문을 들었습니다. 지금도 구멍이 바위 위에 있는데 그 깊이는 바닥이 없을 정도로 깊습니다."라고 했다. 여기에서부터 구불구불 내려갔는데 그다지 힘들거나 험하지 않아서 승려가 나는 듯이 갔다. 10리를 가서 유점사에 도착했다.

29일. 일찍 일어나 사찰의 형태와 규모를 구경했는데, 참으로 거찰이라 일컬을 만했다. 노승이 말하기를 "승려들의 요사채와 선실禪室은 화재를 만나 중건하여 더 이상 예전의 모습이 없고 오직 불당만 크고 화려하게 남아 있습니다."라고 하였다. 불당 안에는 천축산天竺山을 본떠 나무에 새기고, 53구의 금불을 여러 가지 사이에 안치해 놓았다. 불당 앞 서쪽 편에 집 하나가 있는데 노춘盧偆의 영정 족자를 걸어 놓았다. 그 일이 매우 괴이하고 허탄한데 고려高麗의 큰 선비 민지閔漬가 기록한 글[111]에 보인다. ─그 기록에 대략 "53불이 월지국月氏國에서 철종鐵鍾을 타고 바다를 건너 안창현安昌縣의 포구에 정박하자, 수령 노춘이 관속들을 거느리고 갔다. 단지 작고 작은 여러 발자국이 진흙 속에 찍혀 있는 것만 보았고, 나뭇가지도 모두 산의 서쪽으로 향해 쓰러져 있었다."라고 되어 있다. 또 "종소리를 따라 골짜기 입구로 찾아들어 갔는데 큰 연못이 있고 연못가에 느릅나무가 있었으며 그 가지에 종이 걸려 있었다. 여러 불상은 연못가 언덕에 나열되어 있는데 이채로운 향기가 그윽하였다. 노춘과 관속들은 참배를 하고 돌아와 왕에게 아뢰어 절을 창건하고 안치하였다. 그로 인해 유점사라고 이름하였다."라고 하였다. ─

뜰 안에 있는 석탑은 푸르고 맑고 매끄럽고 윤기가 나며 제도가 정교

111_ 민지(閔漬) …… 글 : 민지(1248~1326)의 「유점기(楡岾記)」이다. 민지의 자는 용연(龍涎), 호는 묵헌(默軒), 본관은 여흥(驪興)이다. 세자로 있던 충선왕을 따라 원나라에 가서 한림직학사의 벼슬을 받았다. 저술로 『묵헌집』이 있다.

하였으나, 또한 번지는 불길에 탔고 몇 개의 단은 금이 가고 벗겨져 안타까웠다. 절의 동쪽 구석에 건물이 하나 있는데 '용선전龍船殿'이라고 편액을 걸어 놓았다. 낙산사의 고사처럼 세조대왕 위패를 봉안해 놓았다. 사체가 중대하니 참으로 미안한 점이 있었다. 작은 우물이 있는데 오탁정烏啄井이라고 불렀다. 절 뒤쪽 절벽 아래에 있는데, 비록 오래되었지만 까마귀가 이르지 않고 새도 없으니 맑고 차갑다는 것을 알 수 있었다. 승려가 호박잔과 앵무배鸚鵡盃를 꺼내 보여주었는데 임금께서 하사한 물건이라고 하였다. 매우 귀히 여길 만한 물건이었다.

조반을 먹은 뒤 절문을 나가 산영루山暎樓에 앉아 시내를 내려다보니 절경이었다. 서쪽으로 바위 절벽에 붙어 있는 작은 암자를 바라보았는데, 흰색 가사가 붉은 나무 사이로 나란히 나부끼고 있어 또한 기이한 경관이었다. 유람 온 자들이 손바닥만 한 작은 널판자에 이름을 쓰고 새겨서 대들보 사이에 걸어 두었는데, 물고기 비늘처럼 차례대로 즐비하여 하나도 빈 곳이 없었다.

이 절은 지세가 사방이 막혔고, 봉우리가 웅장하고 골짜기가 깊숙하여, 소와 말이 통행할 수 없다. 거처하는 승려는 산 밖에서 곡식을 구하는데, 모두 곡식을 운반해 숙고에 이르러 양식을 찧어 어깨에 메거나 등에 지고 가져온다. 지명이 숙고인 것은 아마도 이 때문인 듯하다.

나는 강원 감사와 함께 출발했다. 서북쪽으로 시내를 따라 3리를 가서 구연동九淵洞으로 들어가 선담船潭을 보았다. 커다란 바위 가운데가 움푹 패여 형태가 나무속을 파낸 것과 같았는데, 길이는 두 길쯤 되고, 깊이와 넓이는 모두 한 길이 될 만했다. 완연히 골짜기에 배가 저절로 가로놓인 것 같았다. 시냇물이 흘러내리며 흩어지고 세차게 쏟아져 그 가운데로 떨어지며, 모여서 맑은 하나의 못이 되었다. 못물이 네 모퉁이에서 떨어져 폭포가 되기도 하고 웅덩이가 되기도 했는데, 그 격조와 운치가 매우 아름답고 기이했다. 일찍이 삼주가 기록한 것을 보니, 이곳에서부터 위로는 수석이 더욱 맑고 장엄하여 거의 만폭동과 우열을 다투며, 또 만경대萬景臺가 꼭대기에 있는데 장관을 이루어 비로봉에 못지않다고 하였다. 그러나 지금은 모두 찾아가 볼 겨를이 없으니 한스러웠다.

돌아서 내려가 동쪽으로 가서 또 길을 꺾어 북쪽으로 가 상암裳巖과 효운동曉雲洞을 지났다. 시내를 벗어나 4,5리를 가 은신대隱身臺 아래에 이르렀다. 남여에서 내려 도보로 수백 보를 가서 벼랑을 부여잡고 간신히 올랐는데, 큰 바위가 떠받치고 있고 높은 대가 넓게 덮여 있었다. 큰 바다를 바라보고 깊은 골짜기를 내려다보니, 깎아지른 듯 빙 둘러 서 있는 천 길 석벽을 정면으로 마주하고, 폭포가 절벽 사이에서 쏟아져 흘러 층층이 쌓이며 서로 12층으로 이어져 흘러내렸다. 시작되는 곳도 모르겠으며 떨어져 멈추는 곳도 보이지 않아, 형세가 매우 기이하고 장엄했다. 승려가 말하기를 "비가 내려 물이 불어나 12층의 폭포가 길게 이어져 하나가 되니 더욱 볼 만합니다."라고 하였다.

대의 남쪽 몇 리쯤에 불정암佛頂巖이 있었다. 또 그 남쪽 몇 리쯤은 박달령朴達嶺이다. 하나의 산등성이가 올라갔다 내려갔다 서로 이어져 어제 지나갔던 곳을 은은히 가리킬 수 있었다. 비록 불정암에 오르지 못했지만 한스러워할 것은 아니었다. 한참을 앉아 있으니 매우 상쾌하였다. 따르는 사람 중에 퉁소를 부는 자가 있었는데 또한 흥취를 돋울 만했다.

술 몇 잔을 마시니 살짝 취기가 올라 가볍게 걸어서 내려갔다. 몇 리를 지나 시내를 건너고 조금 구불구불 가서 서쪽으로 향하자, 산은 더욱 깊고 나무는 더욱 오래되었다. 길게 뻗은 줄기와 무성한 나뭇가지가 하늘을 찔러 햇빛을 침침하게 하였다. 그 가운데 마른 나무가 바위 골짜기에 드러누워 용이 엎드린 듯 호랑이가 넘어진 듯한 것이 또한 몇 그루나 되는지 모르겠는데, 거의 사람이 사는 세계와는 달랐다.

길을 가서 안문재鴈門岾에 이르렀다. 한 산기슭이 가로막고 있는데, 문에 문지방이 있는 것처럼 내산과 외산이 나뉘는 경계였다. 이곳이 곧

회양과 고성의 경계이다. 두 고을의 관속들이 순찰사를 전송하고 맞이하
느라 매우 떠들썩하였다. 바위 언덕에 홀로 서서 내산의 여러 봉우리를
바라보니 더욱 절경으로 보였다. 삼주옹이 흰 바위로 험준한 것과 푸른색
으로 웅장한 것을 내산과 외산의 구별로 삼는다고 한 말이 참말이었다.

　　대저 백두산 남쪽 지맥이 회령會寧의 우라亐羅 · 한현漢峴과 갑산甲
山[112]의 두리산豆里山[113]으로부터 구불구불 몇천 리에 이어져 회양의 동
쪽과 고성의 서쪽에 이르러 이 산이 되는데, 그 이름이 5개 -금강산金剛山 ·
개골산皆骨山 · 열반산涅槃山 · 풍악산楓岳山 · 기달산怾怛山이다. -이다. 예부터 전하기
를 "봉우리로 일컬어지는 것이 1만2천 개이고, 사찰이 108개이며, 삼신산
의 하나로 지목되었다."고 하니, 어찌 웅장하지 않겠는가?

112_ 갑산(甲山) : 함경남도 갑산군이다.
113_ 두리산(豆里山) : 북한의 양강도와 함경남도 경계에 있는 산이다.

안문재 아래 돌길은 시내를 끼고 더욱 험하여 남여에 앉아 있는 것이 매우 불편하였다. 이허대李許臺에서 쉬었다. 이 대는 선배들의 유람기에서 일컬어지지 않았지만 다른 산의 수석과 비교하면 두 번째로 밀려나지 않을 듯하니, 이씨와 허씨의 지난 자취 같은 것을 따질 필요가 뭐에 있겠는가? 창려의 시에 "띠 같은 시내 길고 하얗게 흐르며, 칼 같은 바위산은 높고 푸르게 모여 있네.泉紳拖修白, 石劍攢高靑."[114]라고 하였다. 지금 이 산을 보니 시내 하나 바위 하나가 그렇지 않은 것이 없으니, 기이하도다.

길옆의 암벽에 미륵彌勒[115]의 형상을 새겨놓고 묘길상妙吉祥[116]이라고 하였는데, 그 모습이 매우 장대하여 처음 보면 놀랄 만했다. 저물녘 마하연摩訶衍[117]에 이르렀다. 안문재로부터 마하연까지는 모두 15리였다. 암자가 중향성衆香城 아래에 있고 혈망봉穴望峯·담무갈봉曇無竭峯 등 여러 봉우리가 앞쪽에 빙 둘러 늘어서 있는데, 마침 석양이 질 때라서 푸른 절벽과 붉은 단풍으로 산색이 더욱 기이했다. 오래된 삼나무와 노송나무가 뜨락을 덮어 매우 청량하니, 참으로 이름난 사찰의 승경이었다.

1리를 가서 화룡담火龍潭에 이르렀다. 따르던 승려가 말하기를 "이 못은 만폭동 팔담八潭 가운데 하나로 골짜기 입구에서 보면 만폭이 이곳에서 멈춥니다."라고 하였다. 화룡담의 넓이는 두서너 묘畝인데 소용돌이치며 깊고 푸르렀다. 옆에는 매우 큰 낚시터 같은 바위가 있고, 기이한 봉우리 하나가 그 위에 있는데 사자암獅子巖이라고 이름하였다. 일찍이 회옹晦翁[118]의 「운곡기雲谷記」를 읽어보니 "시자암豺子巖이라고 이름붙인 바

114_ 창려의 …… 있네 : 당나라 한유의 「장철에게 답하다.[答張徹]」의 내용이다.
115_ 미륵(彌勒) : 불가에서 석가모니불이 열반한 뒤 현세에 다시 출현한다는 미래불이다.
116_ 묘길상(妙吉祥) : 문수보살(文殊菩薩)을 가리킨다.
117_ 마하연(摩訶衍) : 강원도 금강산 내에 있는 사찰로, 신라시대 고승 의상(義湘)이 창건하였다. 마하연은 산스크리트어의 음사로 대승(大乘)이라 한역한다.
118_ 회옹(晦翁) : 송나라 학자 주희(朱熹, 1130~1200)를 가리킨다. 자는 원회(元晦)·중회(仲晦), 호는 회암(晦庵)이다. 북송(北宋) 여러 학자의 학설을 계승하고 차용하여 성리학을 집대성했다. 저술로 『회암선생주문공문집(晦庵先生朱文公文集)』이 있다.

위가 삐죽삐죽 우뚝하여 하늘가에 있는 것 같다."라고 하였는데, 지금 이 이름과 형상을 보니 어찌 이리도 서로 비슷한가?

다시 앞으로 1,2리쯤 가서 선담船潭·귀담龜潭을 지나 진주담眞珠潭·분설담噴雪潭·벽하담碧霞潭 세 못에 이르렀다. 매우 기이하고 빼어났는데, 저물녘이라 물빛과 바위 색을 분별할 수 없었다. 승려들이 소나무 횃불을 밝혀 길을 인도해 갔는데, 몇 개의 못과 폭포를 지나고 몇 개의 잔도와 돌다리를 건넜는지 모르겠다. 골짜기 입구에 이르러 석문을 통해 나가서 나무다리를 건너 표훈사表訓寺[119]에 들어갔다.

9월 1일. 경자. 아침에 흐리다가 늦게 갬. 아침 일찍 일어나서 다시 만폭동으로 들어갔다. 골짜기 입구에 오인봉五人峯이 있는데 우뚝 솟아 사랑할 만했다. 조금 위에 금강대金剛臺가 있는데, 우뚝하여 매우 기이했다. 속언에 전하기를 "청학靑鶴이 오인봉의 모퉁이에 깃들어 살았고, 현학玄鶴이 금강대의 꼭대기에 둥지를 틀었다."라고 한다.

금강대와 조금 가까운 곳에 매우 큰 너럭바위가 있는데 수백 명이 앉을 수 있었다. 여러 갈래로 흐르는 샘물이 좌우로 세차게 쏟아지는데, 원통 골짜기의 물이 이곳에 이르러 또한 합쳐졌다. 바위와 폭포가 매우 맑고 장대하였는데 양봉래의 큰 글씨로 쓴 초서 여덟 글자-'봉래풍악 원화동천蓬萊楓岳 元化洞天'-가 바위에 새겨져 뚜렷이 남아 있었다. 삼주가 "용이 꿈틀대고 사자가 낚아채는 듯한 필치가 거의 산세와 웅장함을 겨루려는 듯하다."고 일컬은 것은 참으로 적확한 말이었다.

두어 식경食頃 동안 거닐다가 청룡담靑龍潭·흑룡담黑龍潭 두 못을 지났다. 또 앞으로 몇 리를 가자 벽하담·분설담·진주담이 보였는데, 이 세 못은 서로 떨어져 있는 것이 각각 1백 보를 넘지 않았다. 바위에 못의

119_ 표훈사(表訓寺): 신라시대 창건된 금강산에 있는 사찰로 조선시대 복원되어 현존한다. 신라 고승 의상(義湘)의 제자인 승려 표훈(表訓)이 주지를 지냈다.

이름을 새겨 놓았는데 그 차례는 앞에 하나하나 이름을 말한 것과 같았다. 이 위의 귀담·선담·화룡담 세 못까지 아울러 헤아리면 모두 여덟 개로, 과연 승려의 말과 같았다.

삼주의 「동유기」에 이곳 여러 못을 매우 상세히 기록해 놓았는데, 못의 이름과 수가 지금 보는 것과 대략 같지 않은 점이 있다. 벽하담·진주담 같은 경우는 차례가 서로 바뀌어 있다. 형상을 묘사한 것을 찾아보면 기록한 내용에 틀린 것이 없는 듯하다. 이는 아마도 바위에 이름을 새긴 것이 근세의 일이니, 거처하는 승려가 잘못 가리킨 데에 기인하여 그러한 듯하다.

시내의 좌우 벼랑 위에 보덕굴普德窟[120]이 있어, 진주담에 앉아 바라보니 작은 암자가 경쇠를 매달아 놓은 것 같았다. 일찍이 『지리지』를 보고서 그 기이하고 교묘함이 이와 같다는 것을 알고 있었다. ─『지리지』에 "절벽에 판자를 설치하고 바깥에 구리기둥을 세워 그 위에 세 칸짜리 작은 집을 지었는데, 쇠사슬로 얽어 붙들고 바위에 못을 박아 공중에 떠 있으니 사람이 올라가면 흔들린다. 안에 불함佛函을 안치하고 주옥珠玉으로 장식하였으며, 철망을 설치하여 손으로 만지는 것을 방지하였다. 속언에 전하기를 '고려[121] 안원왕安原王[122] 때 승려 보덕이 창건한 것이다.'라고 하였다. ─ 지금 올라가 구경하지 않는 것은 마루 끝에 앉지 말라는 경계[123]가 아님은 아니지만, 제군들과 동반하여 날아오를 수가 없고 쇠한 기력 또한 족히 가련하고 한탄스러워서이다.

군술은 골짜기 입구에서 서성이더니 다시 한걸음도 나아가지 않았다. 강원 감사만이 나와 함께 서로 이끌며 내키는 대로 세 못의 바위 위에

---

[120] 보덕굴(普德窟) : 강원도 내금강에 있는 자연굴이다. 고구려의 승려 보덕(普德)이 여기에 사찰을 열었고, 이후 고려의 승려 회정(懷正)이 증축하였다.

[121] 고려 : 고구려의 오기이다.

[122] 안원왕(安原王) : ?~545. 고구려 제23대 왕으로, 재위 기간은 531~545년이다.

[123] 마루 …… 경계 : 위험한 곳에 가지 말라는 경계이다. 『사기(史記)』 「원익전(袁益傳)」에 "천금을 지닌 부귀한 집안의 아들은 앉아도 처마 끝에 가까이하지 않으며, 백금을 가진 부잣집 아들은 말 타기와 같이 위험한 일을 하지 않는다.[千金之子, 坐不垂堂, 百金之子, 不騎馬.]"라는 구절이 있다.

다리를 뻗고 앉았는데, 빼어난 정취가 한둘이 아니었다. 폭포가 벼랑 구멍으로 쏟아지고 부딪히니 맑고 투명하기가 마치 구슬과 같았으며, 날리는 물살이 바위 낭떠러지로 내뿜으며 떨어지고 세차게 흘러, 안개와 눈처럼 보이는 것이 진주담과 분설담 두 못의 경치이다. 벽하담은 못과 폭포가 높고 넓고 맑고 기이하여 앞의 못에 비해 더욱 빼어났다. 너럭바위가 평평하고 넓었는데, 맑고 매끄럽고 희고 깨끗한 것이 거의 비할 만한 데가 없었다. 선조 우암 선생이 쓴 28개 글자-"맑은 시내 흰 바위가 정취를 함께 하는데, 광풍제월 같은 이 마음 다시 별도로 전하네. 물외에서 단지 지금 질탕하게 노닐 뿐, 인간 세상 어느 곳인들 시끄럽지 아니하리?淸溪白石聊同趣, 霽月光風更別傳. 物外只今成跌宕, 人間何處不啾喧?"-가 바위에 새겨져 있었다. 선생이 이 못가의 바위에 이 시구를 써 놓은 은미한 뜻을 또한 상상할 수 있었다. 나는 강원 감사와 함께 그 옆에 이름을 썼다.

한참을 서성이다가 시냇가에 임하여 마주하고 술을 마시니 흥취가 더욱 일어나 날이 저무는 것도 알지 못했다. 바위 산봉우리와 절벽 또한 한 골짜기에서 빼어난 절경이라 할 만하니, 희고 깨끗한 중향성과 신비스럽고 빼어난 향로봉香爐峯과 같은 것들이다. 동쪽으로 올려다보고 북쪽으로 바라보아도 전혀 사람으로 하여금 싫증나지 않게 하였다. 걸어 내려가 진주담 가에 이르렀다. 제군 가운데 보덕굴에 오른 이는 매우 기이하다고 자랑하기도 하였고, 위태롭고 위험하다고 말하기도 했으니, 누가 나처럼 물가에서 쉬면서 편안하고 유쾌했겠는가?

지팡이에 나막신을 신고 나란히 옷자락을 나부끼며 티끌 세상을 한 군데도 밟지 않으니, 문득 주 부자朱夫子가 눈이 내리는 가운데 남악을 유람하며 "푸른 신발에 베버선을 신고 옥구슬을 밟고 가네.靑鞋布襪踏瓊瑤."[124]라는 구절을 읊었던 것이 기억났다. 지금 이 시내와 바위는 백설과 같을

124_ 주 부자(朱夫子)가 …… 가네 : 주 부자는 송나라 학자 주희(朱熹, 1130~1200)를 가리키며, 이 시의 제목은 「숲 사이 잔설이 때때로 떨어지자 쟁그렁 소리가 난다.[林間殘雪時落鏗然有聲]」이다.

뿐만이 아니니, 우리는 참으로 옥구슬을 밟고 있는 것이다. 다시 널찍한 큰 바위가 있는 곳에 이르니 군술이 두서넛의 노승과 가부좌를 하고 앉아 기다리고 있는데, 의태意態가 또한 한적하였다.

골짜기의 수석이 10리쯤 이어져 펼쳐있는데, 그 기이하고 아름다우며 웅대한 것이 참으로 듣던 바와 어긋나지 않았다. 봉래의 필적과 우옹의 필적이 새겨진 곳이 가장 빼어났는데, 바위가 넓어서 자리를 크게 펼쳐 놓은 것처럼 참으로 매우 장대하였다. 우묵하여 절구 같기도 하고, 술잔이나 주발 같기도 한 것 또한 모두 즐길 만했다. 어지럽게 늘어서서 험준하며 울퉁불퉁한 것은 그 형상이 한두 가지가 아니었다.

비로봉 아래 뭇 골짜기의 시내가 이리저리 흐르다가 모두 모여 바위 위로 흘렀다. 평평하고 완만한 것은 휘감아 돌면서 구불구불 흘러 속이고 감추었다가 슬그머니 옆에서 흘러나오는 듯했다. 높고 급한 것은 뛰어오를 듯 뿜어내는 듯하고, 어지러이 쏟아지며 다투어 맞부딪히는 듯했다. 얕아서 옥돌처럼 구르는 것은 패옥을 울리는 듯하고, 깊어서 고여 웅덩이가 된 것은 푸른 쪽빛과 같았다. 시내가 되고 폭포가 되고 여울이 되고 못이 되는데 그 변화를 이루 다 궁구할 수 없었다. 못의 이름이 7, 8개에 그치지 않았다. ─여덟 개의 못 이외에 관음담觀音潭·응벽담凝碧潭·청유리담靑琉璃潭·황유리담黃琉璃潭의 이름이 있다. ─ 폭포의 수도 다 알 수 없기 때문에 많다는 것으로써 총괄하여 만폭이라고 이름하였다. 이곳은 산 전체의 최대 동천이 될 만했다.

정오가 다 되어 절로 돌아왔다. 밥을 먹은 뒤 절의 뜰에서 산보하였다. 승려들이 쌓인 모래와 어지러운 자갈로 덮인 동쪽 요사채와 옛 터를 가리키며 말하기를 "절이 옛날에는 웅장하고 화려하다고 일컬어졌는데 몇 해 전 홍수에 떠내려가고 무너져 지금은 쇠잔해진 것이 이 지경에 이르렀습니다."라고 하였다. 이 절은 실로 신라의 승려 능인能仁[125]과 표훈表訓[126] 등이 창건한 것으로, 고려의 왕이 숭상하고 보호하였던 곳이며,

원나라 황제가 시주를 아주 많이 한 곳이다. 천년을 한참 지났지만 황폐
한 데까지는 이르지 않았으니, 또한 매우 다행이었다.

　절 북쪽 30리쯤에 정양사가 있는데, 그 앞쪽 산기슭이 천일대天一臺였
다. 남여를 타고 곧장 올라가니 수많은 봉우리가 진면목을 드러내었는데,
기이한 자태와 빼어난 빛깔이 하나하나 모두 볼 만하였다. 일찍이 선배
들의 말을 들었는데 이곳에 이른 사람이 "이 산은 날짜를 허비하며 찾아
다닐 필요 없이 단지 이 천일대에만 올라도 충분하다."라고 했다는데, 지
금 올라 보니 참으로 그러하였다.

　정양사에 들어가 헐성루歇惺樓에 앉았다. 지세와 시야가 매우 단정하
고 아름다웠으며, 천일대를 바라보니 더욱 빼어났다. 중향봉 절벽이 낙조

125_ 능인(能仁) : 신라시대 승려로, 의상(義湘)의 제자이다.
126_ 표훈(表訓) : 신라 경덕왕 때 승려로, 의상의 제자이다.

를 받아 더욱 하얗게 빛나, 백옥인 듯 백설인 듯 빛나며 맑게 반짝였다. 단풍나무 숲으로 둘러싸여 완연히 비단 병풍이나 수놓은 휘장과 같아서 사람의 눈을 아찔하게 하고 마음을 취하게 하여 묘사할 방법을 알지 못했다.

혈성루 옆에 육면의 누각이 있는데, 규모와 제도가 매우 기이하고 교묘하였다. 몇 길의 석불이 누각 안에 있는데 또한 볼 만했다. 절터가 산의 정맥이 되기 때문에 정양사라 이름하였다. 뒤쪽 산등성이를 방광대放光臺라 하였고, 앞의 고개를 배재拜岾라 하였다. 속언에 전하는 '담무갈曇無竭[127]이 빛을 발하자 고려의 태조太祖가 이마를 땅에 대고 절을 올렸다.'는 설은 믿기에 부족한 점이 있다. 이 산의 여러 봉우리는 모두 불경의 황망한 말과 여러 부처의 음혼淫昏한 이름을 덮어쓰고 있어서, 부끄럽고 한스러운 바가 실로 퇴도退陶가 청량산淸凉山에서 부끄러워하고 한스러워했던 바[128]와 같은 점이 있다. 그러나 이것이 선계의 빼어난 경치에 무슨 훼손하는 일이 있겠는가?

길을 가서 보현재普賢岾를 넘으면 원통동圓通洞의 수미탑須彌塔 등 여러 뛰어난 경치를 감상할 수 있었지만 겨를이 없었다. 비로봉의 경우는 실로 산의 가장 높은 봉우리이므로 더욱 올라가야 하지만, 또한 제대로 해낼 수가 없어서 매우 한스러웠다. 혈성루 안의 목판에 이름을 써 놓은 것은 또한 유점사의 산영루와 같았다. 승려가 판목을 준비해 기다리고 있어, 강원 감사는 제군들과 함께 각자 목판 하나에 이름을 쓰고 즉시 새겨 걸었다.

127_ 담무갈(曇無竭) : 담무갈보살을 말한다. 담무갈은 산스크리트어의 음사(音寫)이고 '법기(法起)'라고 한역(漢譯)하는데, 담무갈보살은 금강산에 상주하며 불법을 일으켜 전한다는 금강산의 주불(主佛)이다.

128_ 퇴도(退陶)가 …… 바 : 청량산은 경상북도 봉화군과 안동시 예안면의 경계에 있는 산이며, 퇴도(退陶)는 이황(李滉, 1501~1570)의 호이다. 이황이 청량산에 붙어 있는 불교식 이름을 한스러워한 것과 금강산의 경우가 같다는 말이다.

내가 말하기를 "이 누각에서 보이는 경치는 시가 되지 않는 것이 없는데 어찌하여 시를 지어 읊지 않고 부질없이 이런 일을 합니까? 지금 우리는 실로 주자와 장식張栻[129]이 남악을 유람할 때처럼 징계하여 끊어버리려는 약속이 있었던 것도 아니고, 강학하고 연역하는 데 겨를이 없는 것도 아닌데, 끝내 한 구절도 시를 창수함이 없는 것은 매우 졸렬합니다."라고 하자, 강원 감사가 웃으며 말하기를 "그렇습니다. 그러나 고인의 유람에는 또한 구경하느라 겨를이 없었다는 말이 있습니다. 비록 농암과 삼연의 뛰어난 글솜씨라 하더라도 그분들이 지은 유산기와 시는 산을 나간 뒤에 지은 것입니다. 그러니 지금 시가 없다고 하여 또한 무슨 해가 되겠습니까?"라고 하였다.

다시 내려가 표훈사를 지났다. 얼마 안 가서 백화암白華菴이 보였는데 길옆 평지에 있었다. 암자 뒤에 부도浮圖가 나열되어 있고, 휴정休靜[130] · 의심義諶[131] 등 여러 명승의 비석이 있는데, 곧 월사月沙[132] · 정관靜觀[133] 등 여러 명공의 글이었다.

길을 가서 명운담鳴韻潭에 이르자 세찬 여울과 깊숙한 웅덩이는 기세가 매우 기이하고 장대하였다. 또한 울연蔚淵이라고도 하였다. 천 길 가파른 절벽이 왼쪽에 임해 있었다. 이곳을 거쳐 남쪽으로 가면 영원동靈源洞을 찾을 수 있는데, 마음은 있었으나 실행에 옮기지는 않았다. 깎아지

129_ 장식(張栻) : 1133~1180. 송나라의 성리학자로 자는 경부(敬夫), 호는 남헌(南軒)이다. 이부랑(吏部郎)을 지냈다. 호굉(胡宏)으로부터 학문을 익혔으며, 주희와 학문적 논쟁을 벌였다. 저술로 『남헌집』이 있다.
130_ 휴정(休靜) : 1520~1604. 자는 현응(玄應), 호는 청허(淸虛), 본관은 완산(完山)이다. 별호는 서산대사(西山大師)이고 휴정은 법명이다. 임진왜란 때 전국에 격문을 돌려 승려들이 나라를 구하는 데 앞장서도록 하였다. 저술로 『청허당집』이 있다.
131_ 의심(義諶) : 1592~1665. 성은 유씨(柳氏), 호는 풍담, 이름은 의심, 경기도 통진(通津) 출신이다. 서산대사의 4대 제자인 편양언기의 직계 제자이다.
132_ 월사(月沙) : 이정귀(李廷龜, 1564~1635)의 호이다. 자는 성징(聖徵), 시호는 문충(文忠), 본관은 연안이다. 예조 판서 · 좌의정 등을 지냈으며, 저술로 『월사집』이 있다.
133_ 정관(靜觀) : 이단상(李端相, 1628~1669)의 호이다. 자는 유능(幼能), 시호는 문정(文貞), 본관은 연안이다. 이정귀의 손자로 부수찬 · 교리 · 지제교 등을 지냈으며, 저술로 『정관재집』이 있다.

장안사

른 절벽 가장자리 길은 점점 기울어져 위태로웠다. 나무 잔교와 돌 비탈 길은 비할 데 없이 두렵고 떨렸다. 횃불을 밝히고 거의 10리를 가서 장안 사에 도착했다. 종들이 산 밖으로부터 막 와서 기다리고 있었다.

2일. 조금 늦게 일어나 불전佛殿을 구경했는데 층층이 누각을 겹쳐 지었고 단청이 밝게 빛났다. 속언에 전하기를 "전각과 불상은 모두 중국 장인이 만든 것이다."라고 한다. 먼 옛날에 지어졌다는 것과 크고 사치스럽게 배 치해 놓은 것은 가정稼亭[134]이 지은 비문을 보면 알 수 있다.

장안사는 금강산에 들어가는 가장 첫머리에 있어 곧 도회지처럼 되었

---

[134]_가정(稼亭) : 이곡(李穀, 1298~1351)의 호이다. 자는 중보(仲父), 시호는 문효(文孝), 본관은 한산 (韓山)이다. 예문관 검열을 지냈으며, 신흥사대부로서 중국 원나라의 과거에 급제하여 이름을 알 렸고, 원나라에서 중서성 감창(中書省監倉)을 지냈다. 저술로 『가정집』이 있다.

다. 예전 승려들은 재물이 넉넉하고 상품이 모여들어 시장의 문과 같다고 들었는데, 지금 보니 요사채·행랑·부엌·욕실이 꽤 무너지고 없어져 모두 예전 모습이 없음을 상상할 수 있었다.

이 산에 들어와 모두 5일을 머물렀다. 신계사로부터 장안사까지 모두 1백여 리를 갔는데, 구경한 것은 서너 군데 큰 곳에 불과하고 바삐 지나가는 것을 면하지 못했다. 그윽하고 깊으며 험준하고 높은 곳은 모두 볼 수 없었다. 시 짓는 명서冥棲라는 승려는 끝내 만나지 못하여 깊이 슬퍼하고 한스러워하기를 마지않았다.

아침밥을 먹은 뒤 곧 출발하여 몇 리를 지나가자, 길이 평탄하고 넓어 말을 몰 수 있어서 남여에서 내렸다. 내가 탄 말이 갑자기 절뚝거려 걱정이 되었다. 5리를 가서 시내 하나를 건넜다. 마을 사람이 견여를 메고 작은 언덕을 넘었다. 정오에 신원新院에서 밥을 해 먹고, 단발령斷髮嶺[135] – 회양 땅으로 천마산天磨山에 있으며 관아와 150리 떨어져 있다. – 에 도착하니 가마꾼이 매우 많았다.

구불구불 험한 길을 10리쯤 가서 꼭대기 아래에 이르러 제사터에 마련된 대에 앉으니, 금강산의 옥 같은 봉우리가 아득히 시야에 들어와 사람으로 하여금 정신이 번쩍 들게 하고, 황홀하기가 처음 보는 것 같았다. 속세 사람이 이 고개에 올라 금강산을 바라보면 머리카락을 자르고 출가하려는 생각이 든다는 것이 참으로 이상할 게 없었다.

강원 감사가 "풍악산의 승경은 결국 들던 바만 못합니다."라고 하였는데, 내 소견은 그렇지 않았다. 예컨대 기이하고 아름다운 천석泉石은 오히려 견줄 만한 것이 있겠지만, 맑고 깨끗한 봉우리는 서로 비교할 것이

135_ 단발령(斷髮嶺) : 강원도 금강군과 창도군 사이에 있는 고개이다. 남효온(南孝溫, 1454~1492)의 「유금강산기(遊金剛山記)」에 의하면 발령(髮嶺)이라고도 한다. 고려 태조가 단발령에 올라 비로봉을 바라보고 예를 드리며 머리카락을 잘라 나뭇가지에 걸어, 불가의 세계로 들어가고자 하는 뜻을 드러내었다고 한다.

없는 듯하다. 전체를 개괄하여 논한다면, 마땅히 우리나라 산수 가운데 가장 빼어난 것이 될 텐데, 단지 우리가 대충 훑어본 것이 한스러울 뿐이다. 만약 다시 구경하면 또한 더욱 좋을 것이라고 생각한다.

잠시 쉬면서 술 한 잔을 마시고 고개를 내려갔다. 겨우 몇 보를 갔는데 일만 이천 봉우리가 어느새 보이지 않으니, 허전함이 마치 무엇인가를 잃어버린 듯했다. 20리를 가서 통구창通溝倉[136]─의 마을─금성金城 땅으로 현과 60리 떨어져 있다.─에 이르니, 밤은 2경二更[137]─이 되려 하였다.

3일. 낮과 밤에 비. 일찍 출발하여 창도역昌道驛[138]──금성 땅으로 현과 30리 떨어져 있다.─에서 점심밥을 해 먹었다.

4일. 늦게 갬. 강원 감사는 순행 길을 따라 방향을 돌려 이천伊川으로 가고자 하였다. 자유는 그의 장인을 찾아뵈려고 철원鐵原으로 향했다. 나는 홀로 군술과 함께 나란히 말을 몰고, 황생과 고생 두 사람은 걸어서 따라왔으며, 김상언 또한 동행하였다.

점심밥을 서운瑞雲─금성 땅으로 현과 30리 떨어져 있다.─에서 해 먹었다. 얼마 안 가서 골짜기가 좁아지고 길이 깊숙하며 숲의 나무 그늘이 짙었는데, 또한 시냇가에 바위가 있어 기어 올라가 쉬었다. 수십 리를 지나 상복령象腹嶺을 넘었다. 고개 아래 숲 사이에 나뭇가지를 꺾어 엮은 것이 새의 둥지처럼 허름한 집이 많았는데, 바로 곰이 그렇게 한 것이었다. 저물녘 산양역山陽驛─낭천狼川 땅으로 현과 45리 떨어져 있다.─의 마을에 투숙하였다. 봉우리와 골짜기, 바위와 시내가 대략 그으한 운치가 있었다.

5일. 새벽에 출발하여 아침밥을 낭천의 읍내에서 먹었다. 마현馬峴─낭천 땅으로 현과 30리 떨어져 있다.─을 넘고 모진母津─춘천 땅으로 관아와 40리 떨어져

136_ 통구창(通溝倉): 통구는 강원도 김화지역의 옛 지명이다. 조선시대에는 이곳에 창(倉)이 있어 지역의 산물을 모아 수입천(水入川)을 통하여 북한강을 따라 춘천에 이를 수 있었으며, 북쪽으로는 회양을 지나 철령을 넘어 관북지방으로 갈 수 있었다.

137_ 2경(二更): 밤 9시부터 11시 사이의 시간이다.

138_ 창도역(昌道驛): 강원도 김화군 창도면에 있는 역이다.

있다. -을 건너 인람역仁嵐驛의 마을-춘천 땅으로 관아와 45리 떨어져 있다. -에 묵었다.

6일. 새벽에 출발하여 20리 남짓 험한 길을 가자 문득 비옥한 들판과 넓은 습지가 보였는데, 기장을 베고 보리를 심어놓아 어지러이 풍년 빛이 들었다. 좌우를 둘러보느라 말을 타는 것이 힘든 줄도 알지 못했다. 이어서 들판 가운데를 또 20리쯤 가서 소양강昭陽江을 건넜는데, 강의 근원이 인제麟蹄의 서화瑞和[139]-에서 나왔다. 남쪽 언덕 위에 봉황산鳳凰山이 있는데, 푸른 산등성이가 솟아 있고 수많은 소나무가 덮고 있었다. 그 터와 바위와 산기슭이 물가에 임하여 펼쳐져 저절로 한 구역을 이루었고, 정자가 그 가운데 있는데 새로 중창하여 새가 날아가려는 듯하였다. 배에서 내려 올라가 구경하였는데 평평한 들판이 아득하고 긴 시내가 넘실넘실 흘러 사람의 마음과 눈이 모두 트이게 했다. 난간에 기대어 서서 현판의 여러 작품을 대략 보았다. 정자가 창건된 것은 멀리 신라 때부터였다.

5리를 가서 춘천 읍내로 들어가 아침밥을 해 먹었는데, 해가 저물려고 하였다. 관아는 봉황산 아래에 있는데 형국과 형세가 특이했다. 관동지역 한 도 가운데 강릉과 춘천이 평소 깊숙한 곳이라고 일컬어지니, 이곳이 바로 옛날의 맥국貊國이다. 일찍이 『지리지』를 보니 이곳은 풍속이 순박하고 아름답다고 했는데, 지금 보니 산천이 매우 밝고 고와서 백성과 풍물이 그와 같음이 마땅하도다. 신 장절공申壯節公[140]-의 무덤이 관아 서쪽 10리에 있다고 들어서 올라가 보고자 하였으나 그렇게 하지를 못했다. 저물녘 원창역原昌驛-춘천 땅으로 관아와 30리 떨어져 있다. -에 투숙하였다.

7일. 서둘러 아침밥을 먹고 일찍 출발했다. 점심은 홍천읍洪川邑 2리 밖 작은 주막에서 해 먹었다. 저물녘에 삼올치三兀峙를 넘었다. 호랑이가 숲

139_ 서화(瑞和) : 현 강원도 인제군 서화면 일대이다.
140_ 신 장절공(申壯節公) : 고려의 무신 신숭겸(申崇謙, ?~927)의 시호이다. 평산신씨(平山申氏)의 시조이다.

속을 지나갔는데, 사람은 미처 보기도 전에 말이 문득 귀를 쫑긋 세우며 발굽을 멈추었다. 날듯이 급히 달려 창봉蒼峯[141]_ - 횡성 땅으로 관아와 40리 떨어져 있다. - 에 투숙하였다.

8일. 늦게 비. 횡성읍 주막에서 아침밥을 먹었다. 10리쯤 가서 비를 만났다. 해질 무렵 원주의 강원 감영으로 돌아왔다.

9일. 바람이 그치고 저녁에 비. 봉황산에 올랐다. 산은 감영의 문이 서로 바라보이는 3리쯤에 있는데, 산꼭대기가 넓고 평평했으며 사방의 시야가 매우 시원하게 트여 있었다. 마침 국화가 한창 향기로워 막걸리에 띄우고 떡으로 굽기도 했다. 저녁 무렵에 파하고 돌아왔다.

10일. 서리. 원주 목사가 와서 이야기를 나누었는데 꽤 안온했다. 저녁밥을 먹은 뒤에 첨지僉知 어른이 찾아왔다. 2경에 자유가 돌아왔다.

11일. 된서리. 순찰사가 감영으로 돌아와 밤에 봉래각蓬萊閣에 모였다.

12일. 바람 기운이 조금 차갑고 눈이 치악산雉嶽山에 쌓였다. 안순지 등 여러 사람이 바다와 산을 두루 유람하고 돌아왔다.

13일. 주인이 밖으로 나오라고 했다.

14일. 밤에 완월루翫月樓에 올랐다.

15일. 밤에 비가 오고 천둥이 치고 번개가 번쩍였다.

16일. 청량淸凉의 벗 신광협申光協이 풍악산으로 향하다가 감영 아래에 이르러 해후하니 매우 기뻤다.

17일. 장대將臺에 나가 말을 타며 활쏘기하는 것을 구경했다.

18일. 봉래각에 모였다.

19일. 아침나절 잠깐 비. 주인이 밖으로 나오라고 했다.

20일. 귀석정龜石亭에 갔다. 바위가 거북 모양과 같은데, 물에 임하여 기이하고도 빼어난 경관이었다.

141_ 창봉(蒼峯) : 강원도 횡성군 공근면 창봉리이다.

21일. 잠깐 흐림. 나는 황생과 늦게 출발하여 문막文幕의 주막에 묵었다.

22일. 서리. 일찍 출발하여 흥원창興原倉¹⁴²의 마을에서 아침밥을 먹었다. 저물녘 장후원長厚院에 있는 인척 정씨의 집으로 들어갔다. 정우석鄭禹錫 군이 질정하는 바가 있어 매우 기뻐할 만했다.

23일. 늦게 출발하여 간신히 법촌法村에 도착했다.

24일. 늦게 출발하여 잠시 진천읍의 주막에서 말에게 먹이를 먹이고, 저물녘 봉암에 이르렀다. 진사 채규섭蔡奎燮·채상섭蔡商燮 등 여러 벗들이 모여 한밤중까지 이야기를 나누었다.

25일. 일찍 출발하여 승천勝川의 주막에서 점심을 해 먹고 저물어 금곡金 谷으로 들어갔다.

26일. 아침에 비, 저녁에 눈.

27일. 비와 눈이 내리고 또 바람이 붊.

28일. 출발하여 돌아왔다. 덕평德坪에서 말에게 먹이를 먹이고 저물어 갈 길葛吉에 도착했다.

29일. 일찍 출발하여 마포馬浦에서 점심을 해 먹고 저물어 집에 도착했다.

풍악산 유람이 숙원을 풀지 않은 것은 아니지만, 끝까지 찾아가 유람하지 못한 것이 여전히 한스럽다. 비록 다시 보고자 하여도 볼 수가 없어그 그리움이 끊이지 않는 곳은 바로 비로봉 정상이다. 금강산을 다녀온다음 해 9월 강원 감사가 편지를 보내오기를 "풍악산을 다시 보니 과연지난가을보다 경치가 빼어났습니다. 삼연옹의 이른바 '다시 보는 것이 처음 보는 것보다 낫다'는 말은 참으로 산수의 흥취를 얻었다 하겠습니다. 더구나 영원동과 수미탑은 지난가을에 보지 못하고 이번 유람에서 보았습니다. 또 비로봉 정상에 오르니 우암 선생의 제명이 완연히 어제 쓴 것

142_ 흥원창(興原倉) : 강원도 원주시에 있던 조창(漕倉)이다.

과 같았습니다. 우리 창주滄洲 선조의 비로봉 운으로 절구 한 수를 읊조리기를 '비로봉이 화양華陽 부자143_ 찾아오게 했는데, 일만 이천 봉우리 가운데 홀로 높고 험하네. 바위 이끼가 써놓은 이름 자 갉아먹지 않았으니, 선산仙山에 세월이 몇 번이나 지났는지 물어보네.'라고 하였습니다. 금강산에 들어가 비로봉에 오르지 않는다면 금강산을 보지 않은 것과 무슨 차이가 있겠습니까? 노선생이 기필코 여기에 제명을 한 것에 대해 그 은미한 뜻을 더욱 알 수 있습니다. 평생의 장대한 경관으로는 이보다 나은 것이 없는데, 지난가을 집사와 함께 오르지 못한 것이 한스럽습니다. 이번 유람에 또한 임치공任稚共·김군술과 동행했는데, 군술은 비로봉에 오를 수 있었지만 치공은 애초에 감히 마음을 내지 않았습니다. 다리의 힘이 없거나 담력이 없는 자는 결코 오를 수 없기 때문입니다."라고 하였다. -편지는 여기에서 그쳤다.-

나는 이 편지를 읽으며 나도 모르게 뛸 듯이 기뻤고, 멍하니 탄식하기도 하다가 이어서 구슬픈 감정이 일었다. 비로봉의 절경을 한 통의 서한에서 상상할 수 있었는데 황홀하기가 마치 함께 절정에 오른 듯했으며, 또한 이 가슴에 응어리진 것을 조금 풀 수 있었다. 만약 우리 선조의 제명이 저 높고 험한 곳 위에 있다는 것을 진작 알았더라면, 지난 가을에 어찌 기력을 다하여 찾아가지 않았겠는가? 지금에 이르러 돌이켜 생각해보니 깊이 한스러운 것이 단지 큰 볼거리를 보지 못했기 때문만은 아니다.

옛날 임인년(1662) 봄 선조께서 처음 금강산을 유람했는데 지금 120년이 되었다. 계해년(1683) 여름 다시 금강산으로 들어갔을 때는 곧 77세 때였다. 연보年譜의 임인년 조에 "산에 들어가 높고 그윽한 곳을 끝까지 찾고서 '풍악산의 맑은 기운 천 년이나 쌓였고, 봉래 바다 푸른 물결 만 길

143_ 화양(華陽) 부자 : 송시열을 가리킨다. 충청북도 괴산군 화양동 계곡에 송시열이 은거했기 때문에 이렇게 부른다.

이나 깊네.楓山灝氣千年積,　蓬海滄波萬丈深[144]-라고 읊은 구절이 있다."라고 하였다. 계해년 조에는 선조께서 찾아다니며 구경한 곳을 대략 기록해 두었는데 비로봉에 대해서는 말하지 않았으니, 그 제명은 아마도 임인년에 있었던 듯하다. 마침 올해가 임인년이 다시 돌아왔으니, 선조를 아득히 그리워하는 생각이 더욱이 또 어떠하겠는가?

---

[144]_풍악산의 …… 깊네 : 『송자대전』 권4 「풍악산을 유람하다가 윤미촌(尹美村)의 운에 차운하다.[遊楓嶽次尹美村韻]」의 구절이다.

금강산유록金剛山遊錄

이진택, 『덕봉집』권4, 「금강산유록」
고려대학교 중앙도서관 소장

덕봉 이진택

이진택李鎭宅(1738~1805)의 자는 양중養重, 호는 덕봉德峯, 본관은 경주慶州이다. 1780년 식년문과에 병과로 급제하여 병조 좌랑 · 사헌부 지평 등을 지냈다. 김상로金尚魯 · 홍계희洪啓禧가 사도세자의 사사賜死에 책임이 있다고 하여 그들의 부관참시를 주장하였다. 또한 대간으로서 사노비혁파寺奴婢革罷를 주장하였다.
채제공蔡濟恭 · 서유방徐有防 · 홍양호洪良浩 · 정약용丁若鏞 등과 교유하였다. 정조 사후 그의 정책을 지지한 서유방 등을 옹호하다가 귀양을 갔다. 저술로 『덕봉집』이 있다.

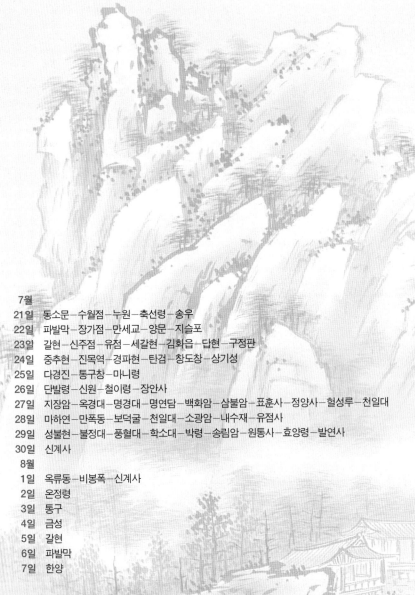

기행일정
1784년 7월 21일 ~ 8월 7일
(동행) 안경점

금강산유록*

　　나에게는 산수벽山水癖이 있어서 매양 금강산을 구경하고 싶었지만 과
거공부에 골몰하여 끝내 소원을 이루지 못했다. 갑오년(1774) 과거시험 때
문에 한양에 머물렀는데 여름에 가서 가을을 지냈다. 이때 밀성密城의 좌
랑佐郎 안경점安景漸[1] 어른이 벼슬을 그만두고 고향으로 돌아가면서 관동
關東 지역으로 길을 잡아 명승지를 구경하고자 하였지만, 함께 유람할 사
람이 없는 것을 한스러워하길래 내가 모시고 가기를 원하였다. 성균관成
均館에 있는 친지들 가운데 어떤 이는 세상 물정을 모른다고 나무라기도
하고, 어떤 이는 험하고 멀다며 겁을 주었으나 내 의지가 이미 정해져 굳
건하니 깨트릴 수 없었다. 마침내 1백 동銅을 구해 주머니 속에 간직하고
길을 떠나기로 결정했다. 때는 7월 21일(갑진)이었다. 한양에서 금강산까
지는 5백 리나 떨어져 있다고 한다.

---

*　이 자료의 번역은 한국문집총간 속94책에 실린 이진택의 『덕봉집(德峯集)』 권4 「금강산유록(金
　剛山遊錄)」을 저본으로 하였다.

[1]　안경점(安景漸) : 1722~1789. 자는 정진(正進), 호는 냉와(冷窩), 본관은 광주(廣州)이다. 성균관
　전적(成均館典籍)·예조 좌랑(禮曹佐郎) 등을 지냈으며, 저술로 『냉와집』이 있다.

아침에 동소문東小門을 나가 수월점水越店에 이르러 밥을 지어 먹었다. 잠시 누원樓院에서 쉬면서 구두로 절구 한 수를 읊었다. 의정부義正部에서 점심을 먹고, 서오랑西五浪을 지나 축선령祝仙嶺에서 쉬었는데 양주楊州와 포천抱川의 경계이다. 송우松隅로 향하고자 했는데 10리를 채 못 가서 마침 짐을 싣지 않은 말을 만나 빌려 타고자 했다. 옆에 있던 한 사람이 빌려 탈 비용으로 3전錢을 주었으나 받지 않고 나에게 타고 가라고 재촉하였다. 괴이하여 물어보니, 그가 대답하기를 "소인은 바로 송현松峴의 서徐 재상 집안의 노비입니다. 어찌 세를 받고 빌려주지 않을 수 있겠습니까?" 라고 하였다. 그의 이름을 물어보니 김만태金萬太라고 했다. 이 한 가지 일로 또한 그 집안의 법도를 알 수 있었다. 저물녘 송우에 이르러 묵었다. 이날 80리를 갔다.

22일. 맑음. 안변安邊의 관노비 임봉춘林逢春을 데리고 말도 빌렸다. 일찍 출발하여 파발막擺撥幕에 이르렀다. 잠시 장가점場街店에서 쉬었다가 만세교萬歲橋에서 아침을 먹었다. 노비 임봉춘은 곧바로 양문楊門으로 갔다. 마을 앞 작은 시내 하나를 건넜는데 곧 영평永平의 경계이다. 양문에 도착하여 백당동柏棠洞의 유정楡亭을 지났다. 굴곡천屈曲川을 경유하여 지슬포只瑟浦에 이르러 묵었다. 이날 모두 90리를 갔다.

23일. 맑음. 일찍 출발하여 마을 앞의 작은 시내를 건넜는데 곧 철원鐵原의 경계이다. 갈현葛峴에서 아침밥을 먹었다. 신주점新酒店을 지났는데 곧 김화金化의 경계이다. 유점楡店을 지나 세갈현細葛峴에 이르고 김화읍에 도착하였다. 점심때 동산同山 답현畓峴을 지나 이동二同의 구정판九亭板에 도착했다. 다리 앞 홍생洪生의 집에서 묵었다. 이날 70리를 갔다.

24일. 맑음. 다시 구정점九亭店으로 나가 아침밥을 먹었다. 중추현中樞峴을 넘어 진목역眞木驛에 이르렀는데 금성金城의 경계이다. 금성에 이르러 점심을 먹었다. 경파현鏡波峴을 넘고 탄검炭黔을 거쳐 창도창昌道倉을 지나 상기성上岐城에 도착했다. 앞쪽 주점의 작은 시내를 넘어 이춘광李春光의 집에서 묵었는데 곧 나와 같은 관향이었다. 그는 사람됨이 매우 순박하였고, 매우 정성스럽게 나를 대접했다. 족보를 꺼내 보여 주었는데 1천 리 떨어진 여행길에서 본원이 같은 사람을 만난 것은 또한 하나의 행운이다. 이날 70리를 갔다.

25일. 맑음. 관음굴觀音窟 근처의 조덕상趙德常 집에서 아침밥을 먹었다. 다경진多慶津을 건너 통구창通溝倉을 지나 정의 현감旌義縣監 전백령全柏齡의 집에 들어가 잠시 쉬면서 이야기를 나누었다. 마니령摩尼嶺 추정楸亭의 김사달金士達의 집에 이르러 묵었다. 이날 40리를 갔다. 여기서부터 거리를 나타내는 이정표의 간격이 매우 멀어 한양과 경기지역의 거리 표시에 비해 3분의 1 이상 더 떨어져 있었다.

26일. 맑음. 김사달의 집에서 아침밥을 먹고 단발령斷髮嶺[2]으로 올랐다. 멀리서 바라보아 옅은 뜬구름이 산봉우리를 가로로 둘러싸고 있는 것이 바로 금강산이다. '단발'이라고 이름 붙인 것은 세속에서는 광묘光廟[3] 때의 일이라고 전하지만 제동야담齊東野談[4]에 가깝다. 아래쪽에 마니현摩尼峴이 있고 위쪽에 단발령이 있으니, 아마도 옛날의 신사神師가 산에 들어가 수도修道하고자 했다가 이곳에 이르러 머리카락을 잘랐기 때문에 이름 붙인 것이리라. 구두로 절구 한 수를 읊었다.

　신원新院에서 철이령鐵伊嶺을 넘어 초천初川에 이르렀고, 고목을 지나 장안사長安寺[5]에 도착하였다. 장안사에 도착하기 5리 전에 주지승 해운海

---

[2]　단발령(斷髮嶺) : 강원도 금강군과 창도군 사이에 있는 고개이다. 남효온(南孝溫, 1454~1492)의 「유금강산기(遊金剛山記)」에 의하면 발령(髮嶺)이라고도 한다. 고려 태조가 단발령에 올라 비로봉을 바라보고 예를 드리며 머리카락을 잘라 나뭇가지에 걸어두고, 불가의 세계로 들어가려는 뜻을 드러내었다고 한다.

[3]　광묘(光廟) : 조선 세조(世祖)를 가리킨다.

[4]　제동야담(齊東野談) : 『맹자(孟子)』에 나오는 말로, 믿을 것이 못 되는 떠돌아다니는 이야기라는 뜻이다. 중국 제(齊)나라 동쪽지역에 사는 이들은 의를 분별하지 못하는 시골 사람들이라서 그들이 하는 말은 믿을 만하지 못하다고 하였다.

[5]　장안사(長安寺) : 강원도 회양군 장양면에 있던 사찰로, 신라 법흥왕 때 창건되었다. 고려 광종 때 불탔는데 승려 회정(懷正)이 중건하였고, 원(元)나라 순제의 왕비인 기황후도 금과 목수를 보

雲과 길 안내하는 승려 취담就譚이 골짜기 입구에서 기다리다가, 앞에서 인도하여 절에 이르렀다. 먼저 산영루山瑛樓에 올라가 앉았는데, 장경봉長慶峯·관음봉觀音峯·석가봉釋迦峯·지장봉地藏峯 등 여러 봉우리가 눈앞에 늘어서 있었다. 층암절벽이 모두 매우 기이하여 볼 만하였다. 저녁에 서쪽 방장실에서 묵었다.

27일. 가랑비. 한가로이 절 안의 고적古蹟을 구경하였다. 한 책자에 '속세의 유람객이 혹여 들어오면 반드시 우레와 비를 일으켜 속진을 씻어 내다.'라는 말이 있어, 내가 말하기를 "이 비는 속세의 더러움을 씻는 것이 아니라, 바로 머물러 정토淨土의 맑은 인연을 맺도록 하는 것이다."라고 하

내 중건하게 하였다. 자연재해와 화재로 여러 차례 중창하였으나, 6·25전쟁 때 불타버렸다.

였다. 한양을 떠나올 때부터 벌써 비가 내리려 했지만 이곳에 이르러 편안히 머무는 날 빗방울이 떨어지니, 진흙길과 빗줄기를 만나는 군색함을 면할 수 있게 되었다. 이는 하늘이 맑은 복을 우리에게 준 것이다. 이름을 써서 산영루에 걸었다. 늦게서야 잠깐 비가 개었다. 주지승으로 하여금 먼저 표훈사標訓寺에 알리게 하고, 길을 안내하는 승려와 지장암地藏菴에 올랐는데, 또한 맑고 깨끗하여 좋아할 만했다.

시내를 따라 수백 보를 가자 한 작은 동천에 큰 너럭바위가 시냇가에 널찍하게 펼쳐져 있는데 수십 사람이 앉을 만하였고, '옥경대玉鏡臺'라는 세 글자가 새겨져 있었다. 기이한 봉우리와 겹겹의 절벽이 좌우를 둘러 싸고 있는데, 한 바위 절벽이 시내의 동쪽에 매우 높이 치솟아 높이가 1백여 길은 될 만했으니, 바로 명경대明鏡臺이다. 아래로는 황천강黃泉江이 있는데, 누런 모래가 웅덩이를 가득 채우고 물빛도 모두 누렇기 때문에 황천강이라 이름을 붙인 것이다. 옥경대 위에 벌여 앉아 석벽을 올려다보고 황천강의 강물을 굽어보니 속세의 걱정이 모두 사라짐을 문득 깨닫고 즐거워 돌아가기를 잊었다.

시내 건너편에 오솔길이 있는데 바로 영원동으로 통하였다. 돌을 쌓아 문을 만들고 극락문이라 불렸는데 일명 지옥문이라고도 하였다. 대개 영암靈菴의 주변에 시왕봉十王峯이 있기 때문에 그렇게 이름을 붙인 것이라고 한다. 여기서 영원동까지는 20리 떨어져 있으며, 돌길이 험난하여 가기가 어렵고 기이한 볼거리도 없다고 하므로 지팡이를 돌려 표훈사로 향했다. 몇 리쯤 가자 수월암水月菴과 안영암安影菴이 있는데, 모두 폐허가 된 암자였다. 또 3,4리쯤 가자 명연담明淵潭이 있는데, 기이한 바위가 높이 치솟아 있고 물이 맑고 세차게 흘러, 또한 하나의 신령스러운 곳이었다. 명연담 가에 이름을 쓰려고 했지만 짐을 진 행자승이 먼저 가버려 창졸간에 붓과 먹이 없어서 쓸 수가 없었다. 몇 리를 가서 청룡암靑龍菴을 바라보았는데 바로 표훈사에 딸린 암자였다. 특별히 기이한 경치가 없다고 하여 지나치고 들어가지 않았다. 앞으로 가서 백화암白華菴에 도착하여 서산대사西山大師의 비문을 보았는데 바로 월사月沙⁶ 이 선생이 지었다. 둘러보고 난 뒤 길을 떠나 삼불암三佛巖에 이르렀다. 삼불암은 길의 오른쪽에 있는데 앞면에 세 불상을 새기고 뒷면에 53불을 새겨 또한 구경할 만하였다.

주지승이 승려 서첨曙沾과 삼불암 주변에 와서 기다리다가 함께 표훈사에 이르렀다. 능파루凌波樓에 앉았는데, 누각은 시내 위쪽에 있었다. 물결이 서로 부딪치며 소리를 냈고, 서풍이 맑고 차가워 오래 머무를 수 없어 승당僧堂으로 들어가 쉬었다. 승려가 간단한 술상을 내오고 조금 뒤에 점심밥을 내왔다. 다 먹고 나니 날씨가 맑게 개어 서둘러 정양사正陽寺로 올라갔는데 3리쯤 되었다. 또 구두로 절구 한 수를 읊었다.

헐성루歇惺樓에 올라 난간에 기대앉았는데 일만 이천 봉우리가 모두 시야에 들어왔다. 그 가운데 가장 눈에 띄는 것은 청학대靑鶴臺・오선봉五仙峯・대향로봉大香爐峯・소향로봉小香爐峯・혈망봉穴望峯・망군대望軍臺・석응봉石鷹峯・우두봉牛頭峯・백마봉白馬峯, 차일봉遮日峯・수미봉須彌峯・비로봉毗盧峯 등 여러 봉우리였다. 봉우리는 새가 날아 빙빙 도는 것 같기도 하고, 짐승이 달리다가 엎드린 것 같기도 하고, 나한羅漢⁷이 예불을 드리는 것 같기도 하고, 손자가 할아버지에게 문안을 드리는 것 같기도 했다. 기상이 천만 가지여서 다 기록할 수 없으니, 진실로 천하의 절경이라 이를 만했다.

누대 위의 현판을 하나하나 살펴보니 이러한 경치를 그려낸 자가 한 사람도 없었다. 오직 채번암蔡樊巖의 '무수히 날아오르는 모습은 온통 성

6_ 월사(月沙) : 이정귀(李廷龜, 1564~1635)의 호이다. 자는 성징(聖徵), 호는 월사・보만당(保晚堂), 시호는 문충(文忠), 본관은 연안(延安)이다. 한문4대가의 한 사람으로 우의정・좌의정 등을 지냈으며, 저술로 『월사집』이 있다.

7_ 나한(羅漢) : 부처의 제자를 말한다. 아라한(阿羅漢)이라고도 하며, 성인의 지위에 오른 자를 일컫는다.

망군대

을 내려는 듯하고, 때때로 뾰족하고 쇄세한 것은 더없이 외롭네.無數飛騰
渾欲怒, 有時尖碎不勝孤'[8]-라는 구절이 그런대로 내 마음에 조금 들었다. 법
당을 둘러보니 한 전각에 순금 불상 10여 구가 간직되어 있었다. 승려가
말하기를 "사람들이 훔쳐가기 때문에 높은 탁자에 봉안해 두었습니다."
라고 하였다. 이어서 호음湖陰 정사룡鄭士龍'[9]-이 불상을 훔쳤던 일을 매우
상세히 말하고, 또 현판의 시를 가리켜 보여 주었다. 그 현판의 시에 "정

---

[8]- 채번암(蔡樊巖)의 …… 외롭네 : 번암은 채제공(蔡濟恭, 1720~1799)의 호이다. 자는 백규(伯規),
   시호는 문숙(文肅), 본관은 평강(平康)이다. 우의정·영의정 등을 지냈으며, 저술로『번암집』이
   있다. 이 시는 채제공의 「헐성루(歇惺樓)」이다.
[9]- 정사룡(鄭士龍) : 1491~1570. 자는 운경(雲卿), 호는 호음(湖陰), 본관은 동래(東萊)이다. 대제
   학·판중추부사 등을 지냈으며, 저술로『호음잡고』가 있다.

양사 찬비 내리는 향 사르는 밤, 거원蘧瑗[10]_이 사십 평생을 그르쳤단 말 알겠네.[正陽寒雨燒香野夜, 蘧瑗方知四十非]"라고 되어 있는데, 이것은 대개 잘 못을 깨닫고 뉘우치며 지었다는 것이니, 나도 모르게 웃음이 나왔다.

한참을 고요히 앉아있으니 마음이 시원하고 깨끗하여 세간의 모든 얻고 잃음과 영욕이 전혀 가슴속에 들어오지 않고, 문득 바람을 타고 허공을 가로질러 세상일을 잊고 신선이 된 생각이 들었다. 사람이 이곳에 이르러서도 더러운 마음이 있게 된다면 그것으로 그런 사람은 그런 상태로 마칠 따름이다. 정호음이 결국 맑은 이름을 얻은 것은 어찌 이곳에서 비롯된 것이 아니겠는가?

멀리서 보니 한 암자가 숲 사이에 가려져 있는데, 이름은 은적암隱寂菴이고 지금은 머무는 승려가 없다고 한다. 조금 있다가 천일대天一臺로 향했는데, 보이는 경치가 헐성루와 차이가 없었으나 훤하게 트이고 넓은 점은 헐성루에 못 미칠 듯하였다. 열마전涅摩殿으로 내려가 묵었다.

28일. 흐림. 밥을 먹고 나서 마하연摩訶衍[11]_으로 향했다. 절 문을 나가자마자 십여 보쯤에 큰 바위가 좌우에 우뚝 솟아 있는데, 양 끝이 서로 합쳐져 저절로 동문을 이루었다. 이름이 금강문金剛門이었다. 길을 나서 몇 리를 가자 만폭동萬瀑洞이 있었다. 바위에 '봉래풍악 원화동천蓬萊楓嶽元和洞天' 여덟 글자가 새겨져 있는데, 바로 봉래蓬萊 양사언楊士彦[12]_의 글씨였다. 비바람에 닳고 씻기면서 1백 년을 지났지만 필획이 쇠갈고리처럼 힘차고 굳세며 어제 쓴 글씨처럼 꿈틀거리니, 이 늙은이의 심획心畫을 볼 수 있었다.

10_ 거원(蘧瑗) : 춘추시대 위(衛)나라 대부로, 자가 백옥(伯玉)이다. 강직한 성품이었으며, 나이 쉰 살에 49년 동안의 잘못을 깨달았다고 전해진다.

11_ 마하연(摩訶衍) : 강원도 금강산 내에 있는 사찰로 신라시대 고승 의상(義湘)이 창건하였다. 마하연은 산스크리트어의 음사로 대승(大乘)이라 한역한다.

12_ 양사언(楊士彦) : 1517~1584, 자는 응빙(應聘), 호는 봉래, 본관은 청주이다. 글씨에 뛰어나서 회양 부사를 지냈을 때 금강산 만폭동 입구에 '봉래풍악 원화동천' 여덟 글자를 새겨놓았다. 저술로 『봉래집』이 있다.

이곳에서부터 마하연에 이르기까지 7, 8리 사이에 여덟 개의 못이 있는데, 청룡담靑龍潭·흑룡담黑龍潭·벽파담碧波潭·분설담噴雪潭·진주담眞珠潭·귀담龜潭·용담龍潭·선담船潭·화룡담火龍潭이다. 벽파담과 흑룡담 사이에 또 비파담琵琶潭이 있었다. 굽이굽이 모두 맑고 깨끗하여 걸음마다 온통 신령스러운 곳이었다. 이른바 진주담이 여러 못 가운데 으뜸이었는데, 1만 섬斛의 물결이 뿜어져 나와 물굽이를 이루었다가 흩어지는 모습이 진주와 같으므로 진주담이라 부른 것이다. 진주담 가에 '천하제일명산天下第一名山'이라는 여섯 글자가 새겨져 있는데, 그야말로 이른바 '그 이름은 헛되이 얻어지지 않는다'고 한 격이었다.

진주담의 오른쪽에 보덕굴普德窟이 있는데, 돌길이 기울어져 잡고 오르는 것이 매우 어려웠다. 멀리 구리기둥을 바라보면서 갔다. 화룡담의 왼쪽에 사자봉獅子峯이 있는데, 바위의 모습이 사자와 같았으므로 그렇게 부른 것이다. 마하연에 도착해 점심을 먹었다. 표훈사까지는 10리 떨어져 있었다. 백운대白雲臺가 바위 뒤에 있어서 쇠줄을 잡고 따라 올라가는데, 승려가 올라갈 수 없다고 하므로 두 공부杜工部의 '쇠줄이 높이 드리워져 있어도 오를 수 없네.鐵鑠高垂不可攀'[13]라는 구절만 읊조리고 말았다.

앞쪽으로 혈망봉을 바라보니 바깥으로 통하는 큰 굴이 있는데, 곧바로 영원암 골짜기로 통한다고 한다. 소광암昭曠巖을 지나 내수재內水岾를 넘어 10리 떨어진 곳이 고성固城의 경계이다. 잠시 역원의 정자에서 쉬었다. 북쪽으로 중향정衆香亭을 바라보니 금강산 내산의 면목이 가려서 드러나지 않았다. 유점사楡岾寺 승려 벽청碧淸 등이 고개 위에 와서 기다리고 있었다. 이윽고 공중으로 오르는 구름 기운이 있는데, 벽청 선사가 말하기를 "저것은 바다 운기입니다. 조짐이 비가 내릴 것 같으니 속히 내려

13_ 두 공부(杜工部)의 …… 없네 : 두 공부는 두보(杜甫, 712~770)를 가리킨다. 자는 자미(子美), 호는 소릉(少陵)이다. 이 시의 제목은 「현도단의 노래를 원 은자에게 보내다.[玄都壇歌寄元逸人]」이다.

가시길 청합니다."라고 하였다. 이에 표훈사 승려는 작별하고 돌아갔다. 급히 유점사로 향했는데 몇 리를 채 가지 않아 옅은 구름이 비가 되어 삿갓을 썼다. 몇 리를 가자 비가 그쳤다.

칠보대七寶臺에 도착하니 구름과 이내가 짙게 끼어 진면목을 상상할 수 없었고, 앞쪽에 일곱 봉우리가 있으므로 칠보대라고 부른다고 했다. 8, 9리를 가자 선담이 있는데 위아래 석벽의 모양이 배와 같았다. 맑은 물결이 그곳으로 들락거리는데 깊이를 헤아릴 수 없었다. 유점사에 들어가 잠시 산영루에 앉았다가 서쪽 방장실에서 쉬었다. 승려가 와서 이 절의 옛 기록을 보여주었다. 유점사는 한漢나라 평제平帝[14]- 원시元始[15]- 4년 갑자년(AD 4년)에 창건되었으나 여러 차례 화재[16]-를 겪었다. 또한 기묘년 (1759)에서 무자년(1768)까지 10년 사이에 세 번의 화재를 겪었는데, 이제 겨우 새로 지어 공사가 절반도 채 이루어지지 않았고, 오직 법당만 비로소 단청을 마쳤다. 이곳에서 수재水岾까지는 20리 떨어져 있다.

29일. 맑음. 아침에 승려가 절 안의 옛 물건을 가져와 보여 주었는데, 앵무배鸚鵡盃[17]-, 유리대琉璃臺, 호박잔琥珀盞으로 모두 광묘光廟[18]- 때 내려준 것이었다. 또 인목왕후仁穆王后[19]-가 손수 쓴 불경이 있었는데, 화재를 면한 건 토실土室에 보관되었기 때문이다. 밥을 먹고 나서 성불현成佛峴에 오르고, 몇 리를 가서 불정대佛頂臺에 올랐다. 불정대는 박령樸嶺의 주위에 있는데 절벽이 천 길이나 되어 두려워서 굽어볼 수가 없었다. 또한 굴 하나가 아래로 통하고 있었는데 깊이를 헤아릴 수 없었다.

14_ 평제(平帝) : BC 8~AD 8. 권력이 막강했던 대사마 왕망의 추대로 황제가 되었으며, 왕망의 딸과 결혼했다가 왕망에게 독살당했다고 전해진다.

15_ 원시(元始) : 한나라 평제의 연호로 서기 1~5년까지 사용되었다.

16_ 화재 : 원문의 '회록(回祿)'은 전설 속의 불신火神을 일컫는 말로, '화재'를 의미한다.

17_ 앵무배(鸚鵡盃) : 앵무새 모양의 술잔이다.

18_ 광묘(光廟) : 조선 세조(世祖) 임금의 별칭이다.

19_ 인목왕후(仁穆王后) : 1584~1632. 조선 선조(宣祖) 임금의 계비이다. 본관은 연안(延安)이며, 영 창대군(永昌大君)을 낳았다. 광해군 때 폐서인되었다가 인조반정으로 복권되었다.

원통사圓通寺 승려 영휘永輝가 와서 기다리고 있었다. 출발하여 수백 보를 내려가자 풍혈風穴이 있었다. 승려가 말하기를 "무더운 여름에도 시원한 바람이 나옵니다."라고 하였다. 학소대鶴巢臺에 쭉 늘어앉았다. 바위가 우뚝 솟아 또한 수천 길이나 되었다. 예전에 학이 와서 깃들었으므로 학소대라는 이름을 얻었다. 그러나 멀리 바위 주변을 바라보니 새 둥지의 형상이 있었다. 아마도 야생의 황새 종류가 와서 둥지를 튼 것이 아니겠는가. 박령을 걸어 내려가는데 고개가 위태롭고 깎아지른 것이 동아줄을 아래로 드리운 것 같아서 발을 디딜 수 없었다. 어렵게 송림암松林菴에 이르니 한 승려가 맞

집선봉

이하였는데, 이름은 성백成白으로 경주慶州 출신 승려였다. 빈 골짜기에 은거한 자가 사람의 발걸음 소리를 듣고 기뻐하는 건 이런 삶을 잘 못한다는 말이리라. 승려가 석굴로 안내하여 들어갔다. 석굴의 넓이는 몇 칸의 집만 했다. 큰 바위가 지붕이 되어 위를 덮어 굴이 되었는데 굴 안에 53구의 부처를 벌여 놓았다.

원통사에 도착해 점심을 먹고 20리를 가서 효양령孝養嶺으로 올라갔다. 고갯길이 가파르고 험하여 박령과 다름이 없었다. 비록 양장羊腸[20]-처

---

[20]_ 양장(羊腸) : 양의 창자처럼 꼬불꼬불하며 좁고 험한 길을 비유한다.

럼 험한 길이라 하더라도 이보다 더하진 않을 것이다. 발연사鉢淵寺 승려 성호性浩가 고개 위에 와서 기다리고 있었다. 그가 멀리 해금강海金剛을 가리켰는데, 10여 개의 큰 바위가 바다에 우뚝 솟아 있었다. 그 모양이 금강산과 같기 때문에 해금강이라 부른다고 했다. 채운봉彩雲峯과 집선봉集仙峯은 효양령의 서북쪽에 있는데 곧 내금강의 뒤쪽이다. 산언덕을 걸어 내려가 발연사에 이르렀다. 동문에 폭포가 있는데, 바위는 희고 돌은 펼쳐져 있으며 맑은 물결이 뿜어져 나와 넓고 상쾌하여 사랑할 만했다. 마침내 어린 사미승으로 하여금 폭포 안에서 수차례 치폭馳瀑[21]-을 하도록 하니, 또한 하나의 기이한 구경거리였다. 저물어 절에 들어가 서쪽 방장실에서 묵었다. 원통사까지는 20리 떨어져 있다.

30일. 밥을 먹고 나서 곧 출발하였다. 동문에서 수십 보를 가니 바위 웅덩이가 있는데 모양이 바리때와 같았다. 절의 이름을 발연사라고 한 것은 대개 이 때문이다. 10리를 가니 신계사新溪寺 승려 궤영軌暎이 와서 기다리고 있었다. 발연사 승려는 작별을 하고 돌아갔다. 곧 신계사에 도착했는데 날이 아직 한낮이 되지 않았다. 밀성 안 좌랑 댁 하인이 사령沙嶺에서 와서 기다리고 있었다. 이날 열선당說禪堂에서 묵었다. 발연사와는 20리 떨어져 있다.

8월 1일. 밥을 먹고 나서 구룡연九龍淵으로 향하려다 잠시 정암鼎巖에 앉아 쉬었다. 옥류동玉流洞에 이르러 석굴 안에 이름을 적었다. 또 몇 리쯤 가니 비봉폭포飛鳳瀑布가 있었다. 또 7, 8리 쯤 가니 구룡연이 있었다. 한 줄기의 날아 떨어지는 폭포가 멀리 푸른 절벽에 걸려 있는데, 물이 흩어지는 것은 부서지는 구슬 같았고 물을 내뿜는 것은 날리는 눈발과 같았다. 높이는 오십 길 정도였다. 바위 위에는 '검은 절벽에 누런 길이 열리고, 푸른 하늘에 흰 무지개가 드리웠네.[玄壁開黃道, 靑天下白虹.]'라는 구절이

21_ 치폭(馳瀑) : 승려들이 폭포의 물살을 타고 내려가며 노는 놀이이다.

새겨져 있는데, 폭포를 잘 형용하였다고 이를 만했다. 물이 모여 두 개의 연못이 만들어졌으니 아래쪽 연못은 깊이가 몇 길이나 되었고, 위쪽 연못은 깊고 검고 넓어서 가까이 다가가 볼 수 없었다. 산 정상에 올라가 폭포를 바라보니 주위 둘레는 거의 몇 칸에 이르며, 모양은 가마솥과 같고, 깊이는 몇 길쯤인지 알 수 없었다. 이곳이 외산에서 제일의 장관이었다.

맑고 서늘하여 오래 머무를 수 없기에 다시 옥류동으로 내려가 점심밥을 먹었다. 골짜기가 시원하고 탁 트인 것과 못이 맑고 깨끗한 것이 내산의 팔담과 함께 서로 우열을 다툴 만했다. 옥류동에서 구룡연까지는 10리인데, 돌길과 구름다리는 조도鳥道[22]_와 다름이 없어서 한 걸음이라도 미끄러지면 곧장 구덩이로 떨어지게 되니 매우 두려웠다. 다시 열선당으로 들어가 묵었다.

2일. 가랑비. 아침밥을 먹고 나서 안경점 어른은 남쪽 지방으로 향하고, 나는 한양으로 향했다. 손을 잡고 작별했는데 그간의 정과 회포는 말로 표현할 수가 없었다. 온정령溫井嶺을 넘어 북창北倉에서 70리 떨어져 있는 김좌수金座首의 집에서 묵었는데, 매우 정성스럽게 대접해 주었다. 그에게 아들이 한 명 있는데 재예才藝와 용모가 기이한 아이라고 이를 만했다.

3일. 맑음. 통구通口의 전 정의全旌義[23]_의 집에서 묵었다. 주인은 출타 중이었지만 매우 정성스럽게 대접해 주었다. 이날 70리를 갔다.

4일. 맑음. 금성 송오응宋五應의 집에서 묵었다. 이날 80리를 갔다.

5일. 맑음. 갈현의 신점新店에서 묵었다. 이날 80리를 갔다.

6일. 맑음. 파발막把撥幕[24]_에서 묵었다. 이날 1백 리를 갔다.

7일. 비. 한양에 도착하였다. 이날 90리를 갔다. 곧장 반재泮齋의 인척 형에게 갔다. 진사 남경복南景復씨가 악수하며 놀라고 기뻐했다.

22_ 조도(鳥道) : 나는 새도 넘기 어려운 험한 길을 말한다.
23_ 전 정의(全旌義) : 앞에 나온 정의 현감 전백령을 가리킨다.
24_ 파발막(把撥幕) : 현 경기도 광주시 경안동 부근으로 파발마가 쉬는 마방이 있었다.

유금강산기遊金剛山記

강세황,『표암고』권4,「유금강산기」
출처 한국문집총간

표암 강세황

강세황姜世晃(1713~1791)의 자는 광지光之이고, 호는 표암豹菴 외에도 첨재忝齋·산향재山響齋·박암樸菴·
의산자宜山子·견암繭菴·노죽露竹·표옹豹翁·해산정海山亭·무한경루無限景樓·홍엽상서紅葉尙書가 있으
며, 본관은 진주이다.
서울에서 강현姜鋧의 3남 6녀 중 막내로 출생하였다. 8세에 시를 짓고 10여 세에 쓴 글씨를 얻어다
병풍을 만든 사람이 있을 정도로 일찍부터 뛰어난 재능을 보였다. 이익李瀷·심사정沈師正·강희언姜熙
彦 등 여러 사람과 교유하였다. 32세 때 가난으로 안산安山에 이주하여 그곳에 세거하던 이현환李玄
煥·이광한李匡煥 등 이익 집안의 남인 지식인과 교유하면서 시와 서화에 전념하였다.
61세 때 영조의 배려로 처음 벼슬길에 올라 영릉 참봉英陵參奉·사포 별제司圃別提·병조 참의·한성부
판윤 등을 두루 거쳤다. 69세 때 정조正祖 어진 제작의 감독을 맡았다. 할아버지 강백년姜栢年, 아버지
강현에 이어 71세 때 기로소耆老所에 들었다. 1785년 사행단의 부사副使로 북경을 다녀왔고, 76세 때
금강산을 유람하였다.
시·서·화 삼절三絶로 이름나 당시 화단에서 중추적 구실을 하였다. 특히 한국적인 남종문인화풍南宗
文人畵風의 정착에 크게 기여하였다. 진경산수眞景山水의 발전, 풍속화·인물화의 유행, 새로운 서양 화
법의 수용에 많은 업적을 남겼다.
그의 작품으로는 「현정승집玄亭勝集」,『첨재화보忝齋畵譜』,「지상편도池上篇圖」,「방동현재산수도倣董玄宰
山水圖」,「벽오청서도碧梧淸暑圖」,『표현연합첩豹玄聯合帖』,『표암첩豹菴帖』,『송도기행첩松都紀行帖』,「약즙
산수藥汁山水」,「삼청도三淸圖」,『풍악장유첩楓岳壯遊帖』,「피금정도披襟亭圖」,「난죽도蘭竹圖」,「묵죽팔폭
병풍墨竹八幅屛風」,「사군자병풍四君子屛風」,『임왕서첩臨王書帖』,「동기창임전인명적발董其昌臨前人名迹跋」,
「제의병祭儀屛」 및 중국 사행 때 제작한 『수역은파첩壽域恩波帖』,『영대기관첩瀛臺奇觀帖』,『사로삼기첩
槎路三奇帖』 등 다수가 전한다. 54세 때 쓴 자서전『정춘루첩靜春樓帖』에「표옹자지豹翁自誌」와 함께 수
록된 2폭의 자화상, 70세「자화상」을 비롯하여 7,8여 폭의 초상화를 남겼다. 문집으로는『표암유고』
가 있다.

기행일정
1788년 9월 13일 ~ 9월 17일
(동행) 김응환, 김홍도, 강빈, 강신, 임희양, 황규언

9월

13일   회양 관아—신창

14일   신창—장안사

15일   장안사—백화암—표훈사—만폭동—정양사—표훈사

16일   표훈사—만폭동—표훈사

17일   표훈사—회양 관아

유금강산기*

    산을 유람하는 것은 사람에게 있어 제일 고상한 일인데, 금강산 유람
이 가장 속되고 나쁜 일이 되었으니, 어째서인가? 금강산이 유람하기에
부족하다는 것이 아니고 금강산이 유독 바다와 산의 선계仙界이기 때문인
데, 신령한 풍광과 동굴과 거처는 온 나라의 명성을 크게 드날려, 아이나
아녀자도 어려서부터 귀에 익고 입에 올리지 않는 사람이 없었다. 최해崔
瀣[1]가 승려를 전송한 글[2]을 살펴보면 "거짓으로 사람들을 속여 이르기를
'이 산을 한 번 보고 나면 죽어도 지옥에 떨어지지 않는다'라고 하였다."
라고 하였으며, 또 말하기를 "내가 산을 유람하는 사대부들을 보면 비록
힘껏 그들을 말릴 순 없지만 속으로는 비루하게 여겼다."라고 하였다.

    생각건대 그 옛날 이 산은 승려들의 유혹에 속아 사람들이 온통 몰려

---

*   이 글은 한국문집총간 속집 권80에 수록된 『표암고(豹菴稿)』 권4 「유금강산기(遊金剛山記)」를
    저본으로 하였다. 이 책은 6권 3책으로 간행되었다.

1_   최해(崔瀣) : 1287~1340. 고려후기 문인으로, 자는 언명보(彦明父)·수옹(壽翁), 호는 졸옹(拙
    翁)·예산농은(猊山農隱)이다.

2_   글 : 『졸고천백(拙藁千百)』 권1 「금강산으로 유람가는 선승을 전송하는 글[送僧禪智遊金剛山序]」
    을 말한다.

들었는데, 거의 지금보다 더 심하였다. 지금은 장사치·품팔이·시골노파들의 발길이 동쪽 골짜기까지 닿는데, 저들이 어찌 이 산이 어떤 것인지를 알았겠는가. 다만 '죽어 지옥에 떨어지지 않는다'는 한 마디 말로 그들의 마음을 유혹한 것이다.

유람하는 사대부들 또한 어찌 품팔이나 시골노파들을 모두 알 것이며, 그들이 어찌 능히 산의 형태와 물의 형세 중 어떤 것이 기이하고 웅장하며, 어떤 것이 빼어나고 특출한지를 다 알았겠는가. 또한 다만 여러 사람을 따라 덩달아 가서 평생 한 번 유람한 것을 능사로 여기고, 남에게 떠벌려서 과장하기를 마치 청도淸都[3]-에 올라가 천제天帝가 사는 곳을 유람한 듯이 하니, 아직 유람해 보지 않은 자들은 부끄럽게 생각하여 마치 보통 사람들 축에도 끼지 못한다고 근심스러워 한다. 내가 미워하고 싫어하는 바는 이를 일러 '가장 속되고 나쁜 일이 이런 유람이다'라고 한 것이다.

나는 중년에 이 산을 함께 유람하자는 사람이 있어 식량과 경비까지 갖추고서 간청하기를 멈추지 않았지만, 나는 한 번도 가보려 하지 않았다. 대개 속된 것을 싫어하는 마음이 산을 좋아하는 고질병보다 심했기 때문이었다.

무신년(1788) 가을. 아들이 회양 부사가 되었다. 나는 뒤따라 가서 회양부 관아에 도착했는데, 금강산은 회양 땅이고 읍치와의 거리가 1백 30리였다. 이때 마침 찰방 김응환金應煥과 찰방 김홍도金弘道가 영동지역 아홉 군郡에서부터 명승지를 두루 유람하며 지나가는 곳마다 그 승경의 대강을 그리고 있었는데, 장차 이 산에 들어오려 했다. 나는 이에 속됨을 싫어하는 뜻으로도 산을 좋아하는 고질병을 막을 수 없었다. 이에 **9월 13일,** 관아를 떠나 두 김 군과 막내아들 빈儐·서자 신信, 임희양任希養·황규언

3_ 청도(淸都): 하늘 위에 있는 상제(上帝)의 궁궐을 뜻한다.

黃奎彦과 함께 신창新倉으로 떠났다.

그 다음날(14일). 다시 길을 떠났다. 산길에는 단풍잎이 비단처럼 알록달록 빛났는데, 바람기운이 갑자기 차가워지더니 이따금 눈발이 옷소매에 날렸다. 아들 신과 김사능金士能 —김홍도의 자이다.— 이 말 위에서 간혹 퉁소를 불고 피리를 불어 서로 화답하였다. 속담에 이르기를 "아, 오한이 나서 벌벌 떨면서도 큰 소리를 치니, 알아주는 사람이 없다."라고 하였는데, 이런 매서운 추위를 만나고도 굳이 퉁소와 피리를 불어대니, 바로 이를 이른 것이로다. 이들을 위해 한 번 웃었다.

날이 저문 뒤에야 비로소 장안사長安寺에 도착했다. 장안사는 이전엔 이름난 사찰인데 지금은 이미 쇠락하여 다리도 무너지고, 누각도 허물어졌으며, 승려들도 흩어져 가버렸다. 마치 훌륭한 대저택에 주인은 없고 쇠잔한 노복이 두어 명만 남아 서로 의지하며 지키는 꼴이어서, 매우 개탄스러웠다. 법당의 오른쪽 건물에서 숙박했는데, 인척 조카인 박황朴鎤과 창해滄海 정란鄭瀾이 왔기에, 모여서 함께 잤다.

다음날은 15일이다. 아침에 일어나 법당의 불상을 대략 훑어보았다. 이른바 사성전四聖殿 안에 십육나한소상十六羅漢塑像이 있는데, 그 교묘함이 입신入神의 경지여서 완연히 살아서 움직이는 듯하였으니, 대개 처음 보는 것이었다. 장안사는 금강산의 초입이니 바로 이 산의 문호門戶이며, 산세와 물소리가 장엄하여 범상치 않음을 이미 알고 있었다. 김응환과 김홍도가 산의 형세를 대강 그리고, 나는 사찰 뜰에 나가 앉아서 보이는 바를 그렸다. 산의 높이가 몇 백 길이나 되는지 알 수 없지만 넓고 웅장하여 장중하기가 마치 걸출한 인물이 의지하는 바 없이 우뚝 서 있는 듯했다. 상봉의 오른쪽에 큰 바위 봉우리가 있는데, 험준하고 가파르게 조각된 듯하여 다른 봉우리와 비할 바가 아니었다. 상봉의 왼쪽에는 한 조각 바위 봉우리가 겹겹으로 쌓인 산 옆에서 어렴풋이 드러나 있는데, 그 빛깔이 은을 녹여 놓은 듯하였다. 이것이 혈망봉穴望峰이라고 하였다. 금강산 전체로

보자면 이곳이 고기 한 점에 해당한다.[4]

밥을 먹고 이른바 옥경대玉鏡臺로 향했는데, 둥그런 바위 하나가 커서 마치 백 칸의 집만 했다. 그 위에 올라가 멀리 바라보니 깎아지른 절벽이 홀로 우뚝 솟아 있는데, 위가 넓고 아래가 좁아 마치 거울의 자루가 경대鏡臺에 세워져 있는 듯하였다. 이는 명경대明鏡臺이며, 받치고 있는 둥근 바위를 옥경대라고 했다. 옥경대 앞의 맑은 못이 거울과 같은데, '옥경'이라는 이름은 이 때문이리라.

이른바 황천강黃泉江·지옥문地獄門의 명칭은 모두 용렬하고 비루하기가 이를 데 없어 붓으로 기록할 것도 못 되었다. 대개 이 산의 봉우리나 골짜기 이름 등은 모두 불교 용어나 속담으로 일컬었다. 예컨대 차일遮日·백마白馬·석응石鷹이나 담무갈曇無竭·미륵彌勒·오현五賢·가섭迦葉 등의 칭호는 모두 비루함이 심하여 묻고 싶지도 않았다.

길옆에 큰 바위가 있어 우뚝 솟았는데, 위에는 세 불상을 새겼고 그 왼쪽 벽면에도 두어 개 불상을 조각했으며, 옆에도 53개의 작은 불상을 새겨 놓았다. 승려들의 설명이 황당하고 뒤섞여서 끝까지 힐난할 수 없었다. 다시 백화암白華菴을 지나는데, 암자는 벌써 비었고 겨우 승려 한 사람만이 지킨다고 했다. 암자 옆은 지세가 제법 평평하고 넓어 큰 비석 서너 개와 부도 대여섯 개가 있는데, 모두 옛날 이름난 승려들의 유적이라고 했다.

표훈사表訓寺에 들어가 잠시 쉬고 방향을 바꿔 만폭동萬瀑洞으로 향하였다. 일찍이 폭포 하나 없고 큰 골짜기만 있는데 물이 쏟아지며 부딪혀서 소리가 울렸고, 바위벽의 형세가 기묘하고 웅장하여 휘장을 둘러놓은 듯하고, 아래에는 하얀 바위가 평평하게 펼쳐놓은 듯 여기저기 벌여 있는

---

4 고기 …… 해당한다 : '고기 한 점'에 해당하는 원문의 '일련(一臠)'은 '전정일련(全鼎一臠)'의 준말로, '큰 솥에 끓인 국은 고기 한 점만 맛보아도 그 전체의 맛을 다 알 수 있다'는 말이다. 『회남자(淮南子)』 「설림훈(說林訓)」에 보인다.

데, 벽면에는 양사언楊士彦이 쓴 여덟 글자가 크게 새겨져 있었다.

날이 저물어 서둘러 정양사正陽寺로 향했다. 절은 매우 높은 곳에 있어 한 걸음 한 걸음 오르는데 남여꾼은 땀을 흘리고 숨을 헐떡였으며, 길도 매우 험하였다. 헐성루歇醒樓 앞에 이르러 남여에서 내렸다. 헐성루는 금강산의 전모全貌를 다 볼 수 있는 곳으로 이름나 있다. 재촉해 헐성루에 올라 앞쪽 난간에 기대어 보니 1만 개의 봉우리가 첩첩이 쌓여 있어 이루 다 형용할 수 없었다. 승려들이 지팡이 끝으로 가리키며 아무개 봉우리 아무개 골짜기라고 일러 주었지만, 다 분별할 수가 없었다. 다만 이 산의 동북쪽으로 가장 먼 곳에 흰 바위기둥이 화살촉처럼 꽂혀 있고 그 위에 둥근 봉우리가 덮여 있는데, 물어보지 않아도 중향성衆香城과 비로봉임을 알 수 있었다.

누각 앞은 모든 봉우리가 매우 웅장하고 기묘했지만 이는 이 산속에 늘 있는 풍광이고, 중향성 같은 봉우리는 옥 죽순이 다투어 돋아나고 서릿발 같은 칼날이 배열한 듯했다. 이는 이 산에서 제일 기묘하고 환상적인 곳이니, 우리나라에 없는 것은 물론이고 중국의 명산에서 찾더라도 다시 얻을 수 없을 것이다. 종이를 가져다 대략 눈에 보이는 바를 그리니, 날이 이미 저물었다.

서둘러 헐성루를 내려와 표훈사로 돌아가려는데, 벽에 오도자吳道子의 그림이 있다는 말을 들었다. 육각 모양의 건물 속 벽면에 비단 바탕의 불상이 있는데, 이는 일반 승려의 그림이고 필적 또한 연대가 매우 가까워 굳이 분변할 것이 없었다. 남여에 오르니 남여꾼이 말하기를 "이곳은 천일대天一臺와의 거리가 몇 걸음에 불과한데 어찌 한 번 올라가 보지 않으십니까?"라고 하므로, 이에 웃으면서 허락하였다. 길옆에 계수나무가 있다고 하여 사람을 시켜 꺾어 와서 보게 했더니 이내 잎갈나무라고 하였다. 그들의 허무맹랑함이 이와 같았다. 표훈사를 향해 가서 유숙했다.

16일. 아들 빈과 몇 사람은 방향을 꺾어 수미탑須彌塔과 원통암 등지로 갔고, 나는 피로가 심해 따라갈 수 없어 아들 신과 함께 절에 남아 쉬었다. 저녁 무렵 다시 만폭동으로 가서 빈이 돌아오기를 기다리다가 날이 저물어 곧장 절로 돌아왔다. 어두워진 뒤에야 여러 사람들이 비로소 돌아와 구경한 절경을 모두 풀어내었고, 또한 길의 험함이 심하여 남여를 타지 못하고 모두 걸어갔다가 돌아와서 피로가 극심하다고도 하였다. 내가 편히 앉아서 쉬었던 것은 진실로 잘한 일이었다. 한밤중에 두 김군이 백탑百塔에서 와서 여러 사람과 함께 표훈사에서 잤다.

17일. 우리는 곧장 관아로 돌아오고, 두 김군은 방향을 꺾어 유점사로 향하면서 여러 명승을 두루 구경하고 응당 회양부 관아로 다시 돌아오겠다고 약속하였다.

내가 산에 들어온 지 사흘에 불과하지만, 그중 표훈사에서 이틀을 숙박했고 하루는 쉬었으니, 유람한 것은 하루 이틀에 지나지 않는다. 몇 폭의 진경을 대강 그려서 돌아왔으니, 금강산을 설렁설렁 유람하기로는 응당 나만한 사람이 없을 것이다.

내가 생각건대, 산을 유람하는 사람은 순간순간 시를 짓는다. 간혹 봉우리 하나 골짜기 하나 절 하나 암자 하나를 다 끌어다 제목으로 삼아 각각 시 한 편을 짓기도 한다. 예컨대 유람의 일록日錄에서 '일만 이천 봉우리, 옥 같은 눈 비단 병풍萬二千峰, 玉雪錦障'이라고 한 시구는 모든 사람이 한 목소리로 읊지만 눈으로 볼 수는 없다. 시험 삼아 이런 시구를 읽으면 이 산을 본 적이 없는 사람에게 자신이 이 산속에 서 있는 것처럼 느끼게 할 수 있겠는가? 만약 그 모습을 비슷하게 표현하는 것이라면 유산기遊山記가 가장 낫다. 그러나 간혹 펼쳐 과장하는 것이 너무 지나쳐서 그 분량이 책을 만들고, 산에 얽힌 이야기나 속담이 거듭 보이고 반복해서 나와 사람들에게 더욱 보고 싶지 않게 한다. 다만 그림을 그리는 일만은 그나마 만분의 일이라도 형용하여 훗날 누워서 보는 자료로 삼을 만한데, 이 산이 생긴 이래로 아직 그림을 완성한 자가 없었다.

근래에 겸재謙齋 정선鄭敾[5]과 현재玄齋 심사정沈師正[6]이 평소 그림을 잘 그리기로 이름났는데, 각자 금강산을 그린 그림이 있다. 정선은 그가 평소 익힌 필법으로 마음대로 휘둘러 그렸으니, 바위의 형세나 봉우리 형태는 물론이고 똑같이 열마준법裂麻皴法[7]으로 마구 그려내었기 때문에, 진경을 그렸다는 측면에서는 아마도 더불어 논하기에 부족할 것이다. 심사정은 겸재보다 조금 낫지만 또한 높은 식견과 넓은 견문이 없다. 나는 비록 그려보고 싶지만, 필법이 생소하고 손이 떨려서 붓을 댈 수가 없었다. 육방옹陸放翁[8]이 문장을 평한 시에 말하기를 "옛사람은 보이지 않고 우리는 늙었으니, 회한을 남겨 다시 천 년을 갈까 두렵네."[9]라고 하였으니, 이 시구를 한 번 음미하면 대개 그 개탄스러움을 이기지 못할 것이라고 하였다.

5_ 정선(鄭敾) : 1676~1759. 자는 원백(元伯), 본관은 광산(光山)이고, 겸재는 그의 호이다. 조선후기에 유행한 진경산수화와 남종문인화(南宗文人畫)의 새 바람을 일으킨 문인화가이다.

6_ 심사정(沈師正) : 1707~1769. 자는 이숙(頤叔), 본관은 청송이고, 호는 현재 외에 묵선(墨禪)이 있다. 포도를 잘 그렸던 심정주(沈廷冑)의 아들이다.

7_ 열마준법(裂麻皴法) : 피마준(披麻皴)처럼 마의 올을 풀어놓은 모습으로 산과 바위의 질감을 표현하는 필법을 말한다.

8_ 육방옹(陸放翁) : 중국 송나라 때 문인 육유(陸游)를 가리킨다. 방옹은 그의 호이다.

9_ 옛사람은 …… 두렵네 : 육유의 『검남시고(劍南詩藁)』 권54 「문장(文章)」에 보인다.

05

유금강록遊金剛錄

유정문, 『수정재집』권8, 「유금강록」
계명대학교 동산도서관 소장

수정재 유정문

유정문柳鼎文(1782~1839)의 자는 이중耳仲, 호는 수정재壽靜齋, 본관은 전주全州이다. 이상정李象靖의 문인
인 할아버지 유도원柳道源과 아버지 유범휴柳範休로부터 가학을 계승하였다. 과거시험에 낙방하자 과거
를 단념하고 학문에 전념하였다. 문학과 덕망으로 혜릉 참봉惠陵參奉에 추천되었으나 병 때문에 부임
하지 못했다.
이황李滉 · 이상정의 학문에 연원을 두고 유건휴柳健休 · 유휘문柳徽文과 함께 강회를 열어 문중 자제들
의 교육에 힘쓰며, 안동 일대의 사풍을 진작하는 데에 기여하였다. 저술로 『수정재집』이 있다.

기행일정
1796년 5월 1일 ~ 6일
(동행) 남한조, 유회문

5월
1일 고성-신계사-양지대-감사굴-옥류동-비봉폭-구룡연-신계사
2일 발연-백천교-구령-유점사
3일 안문재-묘길상-소광암-마하연-만회암-만폭동-세건암-표훈사
4일 능파루-헐성루-천일대-백화암-삼불암-명연-장안사
5일 영원동-표훈사-만폭동-마하연-안문재-유점사
6일 구현-백천교-숙고촌-고성

유금강록*

우리나라의 산은 우뚝하여 높고 큰 것이 백 개로 헤아려지는데 유독 금강산이 으뜸이 된다. 고을 가운데 산이 아름다운 곳으로는 또한 고성高城만한 곳이 없다. 내가 아버지를 따라 이곳에 온 뒤로 모든 기거와 마시고 먹는 것이 금강산과 접하지 않은 적이 없었는데 어느새 1년이 되었다. 올해 여름 남손재南損齋[1] 외숙과 종형 한평寒坪[2]이 말고삐를 나란히 하고 와서 이 산을 유람하려고 하였다.

나는 이에 꿇어앉아 청하며 아뢰기를 "소자가 비록 신선과 연분이 없지만 이미 산 아래에 와 있으니 지팡이 하나와 나막신 하나면 소원을 풀 수 있습니다. 아마도 선생을 기다려 하늘이 저에게 좋은 기회를 준 것 같습니다. 소자로 하여금 선생의 자취를 뒤좇아 남은 광채를 따르게 해주

---

* 이 자료의 번역은 한국문집총간 속117책에 실린 유정문의 『수정재집(壽靜齋集)』 권8 「유금강록
(遊金剛錄)」을 저본으로 하였다.

1_ 남손재(南損齋) : 손재는 남한조(南漢朝, 1744~1809)의 호이다. 자는 종백(宗伯), 본관은 의령(宜
寧)이다. 이상정(李象靖)을 찾아가 배움을 청하였고, 벼슬에 뜻이 없어 암행어사의 천거를 받았
지만 나가지 않았다. 저술로 『손재집』이 있다.

2_ 한평(寒坪) : 유회문(柳晦文)의 호이며, 정재(定齋) 유치명(柳致明, 1777~1861)의 아버지이다.

신다면 신선에게 손을 내밀 수 있을 것입니다. 오늘 인지지락仁智之樂을 즐기는 선생의 유람³-을 따라가기를 원합니다."라고 하였더니, 두 분이 빙 그레 웃으며 허락하였다. 그리고 또 말하기를 "우리는 먼저 총석叢石을 구경하려고 하니 3,4일을 기다렸다가 우리 일행이 산에 들어가는 것을 계 산하여 산문山門⁴-에서 우리를 기다리게."라고 하였다.

이에 4일 뒤 갑진일에 동각東閣⁵-에 아뢰고 형제가 함께 말을 타고 거 의 일식一息⁶-쯤 가니, 신계사神溪寺⁷-의 승려가 남여를 가지고 동구에서 기다리고 있었다. 마침내 말에서 내려 견여를 탔다. 한 승려를 향도鄕導 로 삼아 들어갔는데 골짜기가 깊고 넓으며 천석泉石이 맑고 깨끗하여, 이 미 마음이 상쾌해짐을 느꼈다. 절에 이르러 만세루萬歲樓에서 쉬었다.

잠시 후 총석으로 갔던 두 분 행차가 뒤따라 이르러 승려에게 명하여 요사채 한 곳을 정하여 쉬도록 하였는데, 마침 그곳은 주지 묘심妙諶이 머 무는 곳이었다. 묘심이 이어서 유람하는 순서를 말했는데 산길의 막히고 꺾임에 대해 꽤 상세히 말하였다. 이날 밤 흙비가 내려 물이 불어났다.

5월 1일(을사). 여명 무렵에 더욱 흐려져서 비가 내릴 징후가 될까 염려스 러웠다. 해가 거의 장대 두 개 높이쯤 떠오르자 구름이 사라지고 안개가 흩어져 온갖 모습이 나타났다. 이에 기뻐서 묘심으로 하여금 길을 알려 달라고 하고 남여를 불러 시내를 따라 길을 갔다. 천석이 아름다움을 다 투고 산봉우리가 빼어남을 다투어, 구경하느라 거의 겨를이 없었다. 옛

3_ 인지지락(仁智之樂)을 …… 유람 : 공자(孔子)가 『논어(論語)』에서 '어진 이는 산을 좋아하고 지혜 로운 이는 물을 좋아한다'고 하였으므로, 곧 산수(山水) 사이의 유람을 말한다.

4_ 산문(山門) : 외금강의 입구를 가리킨다.

5_ 동각(東閣) : 지방 관원이 공무를 처리하는 관아이다. 여기서는 고성 군수로 있던 작자의 부친을 가리킨다.

6_ 일식(一息) : 30리를 가리킨다.

7_ 신계사(神溪寺) : 신계사(新戒寺)라고도 하며, 북한의 강원도 고성군 온정리에 있던 금강산 4대 사찰 가운데 하나이다. 신라 법흥왕 때 창건되었으며, 외금강의 절경을 에워싸고 고승을 많이 배출하였으나, 6·25전쟁으로 소실되었다.

사람이 이른바 앞을 탐하느라 뒤를 놓치고 뒤를 탐하느라 앞을 놓친다고 한 것이 마치 오늘을 위해 준비한 말 같았다. 앙지대仰止臺를 지나 감사굴監司窟에 이르자 큰 바위가 골짜기에 가로놓여 비스듬히 누워 있었다. 가운데가 뚫려 구멍이 되었는데 유람객은 이곳이 아니면 지나갈 수 없었다. 또 연주담連珠潭을 지나 옥류동玉流洞에 이르렀다. 흰 바위가 평평하게 깔려있고 물이 그 바위 위로 흘렀는데, 흩어져 펼쳐지며 졸졸 흐르는 것이 마치 백옥의 소반 위에 만 섬의 구슬을 굴리는 것과 같았다. '옥류玉流'라는 두 글자 외에는 다시 형용할 수가 없었다. 절벽 면을 살펴보니 이름을 써서 새겨놓았다.

또 앞으로 5리를 가서 만 길의 깎아지른 절벽에 작은 폭포가 날듯이 흘러내리는 것을 쳐다보았다. 가늘면서도 하나하나 또렷하여 마치 연실 같기도 하고 빗발 같기도 한 폭포를 비봉폭飛鳳瀑이라고 하였다. 폭포 아래에 또 2층의 바위 웅덩이가 있는데, 물을 받아 못이 되었다. 거울처럼 푸르고 맑아서 비단 무늬의 물고기가 헤엄을 치고 햇빛이 밑에까지 비추어 그림자가 바위 위에 비쳤다.

잠시 쉬었다가 다시 지팡이를 짚고 앞으로 갔다. 마른 등쿨을 휘어잡고 쇠사슬을 잡아당기며 벼랑에 붙어 뱀과 개미처럼 기어 골짜기가 끝나는 곳에 이르니 큰 폭포가 나왔는데 구룡연九龍淵이라고 하였다. 바위 봉우리는 웅장하게 서려 푸른 하늘에 창을 갈아낸 듯 솟았으며, 물은 봉우리 꼭대기에서 쏟아져 날리며 아래로 흐르는 것이 마치 은옥銀屋[8]이 무너지고 부서지는 것과 같았다. 폭포 아래 물을 받아들이는 곳이 오목하게 패어 돌 구덩이를 이루었는데, 고여 있는 물이 맑았으며, 깊고 푸르러 음험한 짐승이 웅크리고 있는 것 같았다. 승려가 말하기를 "가뭄이 든 해 기우제를 지낼 때 큰 돼지를 산 채로 묶어 연못에 던지면 바로 우레가

8_ 은옥(銀屋) : 파도를 형용한 말이다.

치고 비가 내리는데, 돼지를 몰아 언덕으로 내보낸 이후에야 그칩니다."
라고 하였다. 내가 남손재 외숙을 따라 못가에 이르렀는데 한기가 피부
를 찌르고 떨어지는 물방울이 얼굴에 뿌려, 정신과 뼛속이 서늘하여 오래
머무를 수가 없었다. 바위 또한 미끄러워 편안히 서 있을 수가 없어, 마
침내 서로 부축하여 내려왔다.

　너럭바위 위로 옮겨 앉아 물을 떠서 쌀가루를 타고 몇 모금 마시니
시원하여 금경金莖[9]의 이슬을 마신 것 같았다. 앉아 쉬면서 시간을 보내
다가 저녁 무렵에 신계사로 돌아왔다. 저녁 종을 치고 나자 거꾸로 선 산
그림자가 산을 덮고 문밖의 여러 봉우리가 모두 운기雲氣 속에 잠겨서 삼
키고 뱉는 것처럼 나타났다 숨었다 했는데, 이는 산속에서 아침과 저녁에
나타나는 변화이다.

2일(병오). 관아로 돌아가는 백형을 전송했다. 말을 타고 15리를 가고, 남
여를 타고 5리를 가자 골짜기 하나가 나왔다. 덩굴이 늘어져 있고 대나무
가 둘러싸고 있었다. 얼핏 물소리를 들으니 패옥이 울리는 듯하여 마음
이 즐거웠다. 남여에서 내려 걸어갔는데 흰 바위와 맑은 시내가 들어갈
수록 더욱 아름다웠다. 이어져 3층으로 된 못이 있는데 구슬을 꿰어놓은
것 같았다. 중간의 한 못은 둥글고 미끄러운 것이 바리때와 같아서 발연
鉢淵이라고 하였다. 못은 바위가 바닥에 깔려있는데 양쪽 물가에 이르러
서는 바위 밑이 말려 비스듬히 올라가 언덕이 되었다. 바위 면에 모두 물
이 흐르고 물밑은 모두 바위였다. 승려들이 벌거벗고서 위를 보고 누워
물결을 따라 내려갔는데 치폭馳瀑 놀이라고 하였다. 바위 사이에 간의대
부諫議大夫 부자가 쓴 이름이 있었다.

　골짜기를 나가자 평탄한 길이 나와서 말을 타고 백천교百川橋에 이르

9_　금경(金莖) : 하늘에서 내리는 이슬을 받기 위해 만든 구리 쟁반인 승로반(承露盤)을 지탱해 주는
　기둥인데, 길이는 20장(丈)이다.

렀다. 골짜기 입구에 총사叢祠[10]가 있는데, 승려가 말하기를 "이것은 노춘盧偆 부인의 신당神堂입니다."라고 했다. 노춘은 신라 때 고성高城의 성주城主로 어느 날 문득 승려가 되어 53불을 따라 유점사楡岾寺로 들어갔는데, 그의 부인이 쫓아갔으나 따라잡지 못하여 이곳에 남았다고 한다.

시냇가 바위 위에서 잠시 쉬었다. 조금 뒤에 유점사 승려가 남여를 메고 와서 맞이하고 종과 말을 돌려보냈는데, 13일에 다시 이 다리로 와서 기다리라고 일렀다. 구령狗嶺을 넘었는데 고갯길이 매우 험준하였다. 삼나무와 회나무가 무성하여 햇빛이 겨우 새어 들어왔다. 정상에 이르자 시원스럽게 활짝 트이고 여러 고을의 땅을 모두 내려다볼 수 있어서 매우 상쾌하였다.

유점사에 이르렀는데 절은 새로 개축하여 단청이 찬란하였다. 법당과 요사채 외에도 부엌·목욕간·행랑·헛간·누대·곳간이 양쪽 곁에 차례대로 나열되어 빽빽하게 둘러싸고 있어 건물의 구조를 다 알 수 없었다. 승려들이 필요로 하는 징·북·목어木魚[11]·법라法螺[12]·편종編鐘[13]·편경編磬[14] 등 온갖 기물이 완벽히 갖추어져 있고, 주미麈尾[15]·모독旄纛[16]·금향로·동종銅鍾 등의 물건은 모두 천 년이나 된 오래된 기물이었다. 또 매우 오래된 석탑이 있는데, 모두 12층으로 돌빛이 검푸른 색깔로 물들인 것 같았다. 불전 안에는 향나무에 천축산天竺山을 본떠 새기고 53불을 안치해 놓았는데, 기이하고 교묘하며 정치하고 화려함이 사람의 손에서 만들어져 나온 것 같지 않았다. 한 바퀴 둘러보고 산영루山映樓로 나가 앉았다. 산영루가 예전에는 시냇물 위에 걸쳐 있어 경치가 매우

10_ 총사(叢祠): 잡신을 모신 사당을 가리킨다.
11_ 목어(木魚): 나무를 깎아 잉어 모양으로 만들고 속을 파내어 불사(佛事)할 때 두드리는 기구이다.
12_ 법라(法螺): 소라 끝부분에 피리를 붙여 불교의식에 쓰는 악기이다.
13_ 편종(編鐘): 16개의 종을 나무틀에 매달고 쇠뿔 망치로 두들겨 소리를 내는 악기이다.
14_ 편경(編磬): 편종과 짝을 이루며 돌로 만들어진 타악기이다.
15_ 주미(麈尾): 말총이나 헝겊 등으로 만들어 먼지를 터는 도구이다.
16_ 모독(旄纛): 고대 제왕의 수레에 다는 소꼬리 털로 장식한 깃발이다.

빼어났는데, 지금은 시내가 다른 곳으로 흘러가고 작은 지류가 산영루 아래를 졸졸 흐를 뿐이었다.

밤에 적묵당寂默堂에서 묵었다. 주지가 절의 창건에 관한 기록을 꺼내 보여 주었다. 53불은 월지국月氏國[17]으로부터 쇠종에 걸터앉아 바위로 된 배를 노 저어 와서 안창포安昌浦에 정박한 뒤, 방향을 바꾸어 이 산으로 들어와 느릅나무 위에 머물렀다. 신라의 왕이 기이하게 여겨 집을 짓고 덮어 주려 했는데, 그로 인해 이 절을 지었기 때문에 유점사라고 하였다. 절을 새로 지은 뒤 승려들이 멀리서 물을 길어오는 것을 수고롭게 여기자, 문득 까마귀 떼가 바위를 쪼아 샘물을 끌어왔다. 그러므로 우물을 오탁정烏啄井이라 한다고 하였다. 이는 고려의 법희거사法喜居士 민지閔漬[18]가 기록한 내용이다. 남손재 외숙이 수백 자의 장편시를 지었는데 모두 황당한 전설을 깨뜨리는 내용으로 오늘의 귀감이 될 만하다.

3일(정미). 서둘러 아침밥을 먹고 금강산을 향해 앞으로 나아갔다. 숲이 우거진 산기슭이 구불구불했는데 등나무 넝쿨과 칡넝쿨이 덮고 얽혀 있어 항상 짙은 그늘 속에서 길을 갔다. 때론 큰 나무가 말라 쓰러져 있는데 계곡 길에 가로로 놓여 나뭇가지와 줄기가 땅에 닿아 있는 것이 말을 세워 놓은 듯하였다. 길을 가는 사람은 그 줄기를 따라 외나무다리로 삼았다. 여기서부터 산길이 점점 더욱 험하여 자주 엎어지고 자빠졌다. 그러나 빼어난 경관이 번갈아 나타나니 수고로움을 느끼지 못했다. 예컨대 선담船潭의 수석과 효운동曉雲洞[19]의 맑은 연못, 칠보대七寶臺[20]에서의 조

17_ 월지국(月氏國) : 북인도에 있던 나라로, 월저국(月氐國)·월지국(月支國)·월지국(月之國) 등으로 일컬어졌다.

18_ 민지(閔漬) : 1248~1326. 자는 용연(龍涎), 호는 묵헌(默軒), 법호는 법희, 본관은 여흥(驪興)이다. 세자로 있었던 충선왕을 따라 원나라에 가서 한림직학사의 벼슬을 받았다. 저술로『묵헌집』이 있다.

19_ 효운동(曉雲洞) : 강원도 외금강의 아홉 마리 용과 관련된 전설이 있는 골짜기이다. 유점사에서 쫓겨난 구룡(九龍)이 구룡연(九龍淵)으로 가기 전에 들렀다는 구룡소(九龍沼)가 있다.

20_ 칠보대(七寶臺) : 강원도 외금강의 효운동에 있는 바위이다. 경치가 기이하고 빼어나 칠보 보석에

망은 대개 모두 감상할 만했다.

안문재雁門岾에 올랐는데 이곳이 금강산 내산과 외산의 등줄기이다. 안문재에서 구령狗嶺을 내려다보니 개미집 두둑처럼 작게 보였다. 안문재가 높이 솟아 이와 같이 차이가 나지만, 다시 비로봉毘盧峯을 우러러보고 있다. 구령 위에는 당귀當歸와 오미자五味子가 많았고, 또 특이한 풀도 있었다. 합환목合歡木·용수초龍鬚草 등이 덩굴로 자라 얽히고 무성하게 땅을 덮어 하나의 큰 부들자리가 되어 있으니 깔고 앉을 만했다. 땅 또한 비옥하고 넓어 밭을 만들 수 있고 집을 지을 만했다.

조금 쉬었다가 일어나 내산으로 향했다. 협곡의 물은 여러 골짜기의 물을 모아놓은 듯 번갈아 쏟아졌다. 수석이 기이하며 장대했는데, 오직 백헌담白軒潭이 가장 아름다웠다. 묘길상妙吉祥을 지나 소광암昭曠巖에서 발을 씻었다. 다시 일어나 앞쪽으로 나아가 소나무와 계수나무 속으로 들어가니 마하연摩訶衍[21]이라는 한 작은 절이 나왔는데, 바로 이 산의 중앙이었다. 적당히 깊숙하고 적당히 트였으며, 크다고도 할 수 있고 작다고도 할 수 있는데, 조물주가 가장 정교함을 모으고 공교함을 다한 곳이었다. 선정禪定에 든 선사가 있는데 매일 솔잎 물을 마시며 손에는 한 꿰미의 염주를 쥐고 일어나지도 않고 말하지도 않은 지 이미 여러 해가 되었다고 하였다. 묘심이 달려가 앞을 향하여 막배膜拜[22]를 하니 또한 가소로웠다.

차를 마신 뒤 뒤쪽 산기슭을 따라 수백 보를 가서 만회암萬灰庵에 이르렀다. 주지가 나그네가 온 것을 보고 풀로 된 두건에 가사를 입고 합장하며 예를 행하였다. 향로 연기는 뛰어오르는 전자篆字와 같고, 맑은 경쇠 소리는 성글면서도 또렷하였다. 적막하고 고요하며 눈에 가득 쓸쓸하

견주어 불렀다.
21_ 마하연(摩訶衍) : 금강산에 있는 유점사의 말사와 의상대사(義湘大師)가 지었다고 한다.
22_ 막배(膜拜) : 무릎을 꿇고 땅에 엎드린 채 합장한 손을 이마에 대고 하는 불교식 절을 말한다.

05 유금강록遊金剛錄　**165**

여 인간 세상과 몇만 겹으로 떨어져 있는지 알 수 없었다. 조금 뒤에 남여를 불러 곧장 만폭동萬瀑洞으로 나아갔다. 만폭동은 하나의 큰 너럭바위를 바닥으로 삼고 있는데, 마치 흰 구름이 평평히 펼쳐있고 흰 담요가 겹겹이 펼쳐있는 듯이 모두 10리나 되었다. 골짜기 입구에는 또 여기저기 흩어져 있는 바위가 많았는데, 나뭇가지처럼 울퉁불퉁한 바위가 삐죽삐죽 종횡으로 어지럽게 놓여 있어, 그 모양이 마치 맹수가 장난질을 하는 것 같았다.

물은 비로봉 아래로부터 온 골짜기로 흐르다가 모두 이곳에서 모인다. 물과 돌이 서로 부딪쳐 노한 형세로 힘차게 내달리고, 백설 같은 파도와 백설 같은 물결이 진동하며 울부짖어 그 변화를 다 부렸다. 그러한 뒤에 어떤 것은 떨어져서 폭포가 되고, 어떤 것은 모여서 못이 되고, 어떤 것은 굽어지고 꺾어지고 우회하여 흘러가 물굽이 같기도 하고, 어떤 것은 소리를 내며 곧장 쏟아져 내려가 화살 같기도 하였다. 바위를 안고 둘러싸고 흘러서 패옥과 같은 것도 있고, 물가를 따라 흘러 해자垓子와 같은 것도 있으며, 넘치는 것도 있고, 합쳐진 것도 있고, 굽이진 것도 있고, 여울진 것도 있고, 돌아 흐르며 오락가락하는 것도 있었다. 펼쳐져 흐르는 것은 구름 같기도 하고, 물이 줄어든 것은 물고기 비늘 같기도 하고, 솟구치는 것은 백로 같기도 하고, 흩어지는 것은 구슬 같기도 하여, 천태만상을 다 기술할 수가 없었다. 그중에 이름이 있고 가장 아름다운 것이 모두 여덟 개였는데, 선담·귀담·청룡담·흑룡담·화룡담·벽하담·분설담·진주담이며, 진주담과 분설담이 또한 그 가운데서 빼어난 못이다.

분설담 왼쪽 절벽은 구름 너머로 치솟았는데 윗면이 뚫려 하나의 작은 굴이 이루어져 있고, 굴 안에 작은 암자를 지어 놓았다. 굴이 얕아서 건물을 다 받아들일 수 없으니, 앞쪽 기둥은 굴 밖으로 나와 있고, 걸거나 매달 곳이 없어 쇠사슬로 기둥을 잡아 바위에 부착하였다. 또 구리기둥으로 밑바닥을 지탱하여 받치고 있어서 그 형상이 마치 신선이 손바닥

위에 주궁珠宮[23]- 하나를 가지고 노는 것 같았다. 이내와 노을이 아득하여 올라갈 수 없을 듯했다. 승려가 말하기를 "옛날에 신승神僧 보덕普德[24]-이 이 암자를 창건할 적에 교룡과 귀신을 부리고 바람과 천둥을 불러 눈 깜짝 하는 사이에 집이 이미 이루어졌습니다. 그래서 자신의 이름으로 암자에 이름을 붙였다는 것이 전하는 기록입니다."라고 하였다. 나는 묘심에게 눈짓을 하여 앞서 시내를 건너도록 하여 서쪽으로 갔다. 벼랑을 기어오르고 절벽에 붙어 올랐는데 「봉선기封禪記」의 이른바 '뒷사람은 앞사람의 신발 바닥을 보고, 앞사람은 뒷사람의 정수리를 본다.'는 것이 대개 이와 근사하였다.

나무 잔교를 건너 돌계단을 지나 비로소 굴 안으로 들어갔다. 머리는 거대한 바위를 이고, 발은 끝을 알 수 없는 깊은 낭떠러지에 임하여 깊은 골짜기를 내려다보니, 단지 어두컴컴하게 검은 것만 보일 뿐이었다. 떠가는 구름이 낮게 드리워 창과 난간이 흠뻑 젖었다. 암자 위에는 또 2층 집을 지었고, 용마루에는 작은 탑을 쌓았다. 암자 안에는 석불 1구가 안치되어 있고, 옆에는 한 사祠를 설치하여 한 승려로 하여금 머물러 향과 차를 공양하게 했는데, 인정에 자못 가깝지 않았다. 그러나 처한 곳이 이미 까마득하니 눈에 보이는 것이 더욱 멀었다. 전날 허공에 있는 것처럼 우러러보던 기이한 산봉우리들은 모두 그 꼭대기를 굽어볼 수 있었다. 만폭동의 수석을 내려다보니 마치 방금 그려낸 생동감 있는 그림과 같았다. 두 분이 바야흐로 바위 위에 앉아 술을 마시니, 또한 마치 망천도輞川圖[25]- 안에서 복건幅巾을 쓰고 마주한 것을 그린 듯 느껴져 그 모습이 진경眞境인 줄도 몰랐다.

23_ 주궁(珠宮) : 아름답게 장식된 신선의 궁전을 가리킨다.
24_ 보덕(普德) : 고구려 때 승려로, 자는 지법(智法)이며 평안도 용강현(龍岡縣) 출신이다. 신라 열반종의 개조로 일컬어진다.
25_ 망천도(輞川圖) : 당나라 시인이자 화가인 왕유(王維)가 자신의 별장 주변의 자연을 그린 그림이다. 망천은 장안 근처에 있는 넓은 계곡이다.

내려가서 세건암洗巾巖에서 쉬었다. 세건암 아래에 작은 못이 있는데 관음보살觀音菩薩이 세상에 현신하여 수건을 씻은 곳이라고 한다. 구불구불 걸어가서 '봉래풍악 원화동천蓬萊楓嶽元化洞天'이라는 큰 여덟 글자를 보았는데, 양봉래楊蓬萊[26]-가 취하여 쓴 글씨였다. 은구銀鉤와 옥순玉筍[27]-이 종횡으로 살아 움직이는 것이 마치 용과 호랑이가 움켜 붙잡고서 곧장 일만 이천 봉우리와 기세를 겨루는 듯 하였으니, 참으로 명승지의 위대한 흔적이다.

동천이 끝나는 곳에 두 바위가 서로 기대어 문을 이루는데 금강문金剛門이라고 하였다. 몸을 구부리고 빠져 나가 표훈사表訓寺[28]-에 이르렀다. 표훈사는 본래 신라의 큰 절이었는데, 세월이 오래되어 무너지고 기울어져 있었다. 오직 능파루凌波樓만이 물가에 임하여 탁 트여 있었다. 능파루에 올라 서성이는 사이에 산의 해가 이미 저물었다. 남여를 메는 승려가 일어나기를 청하여, 남여를 타고 숲이 우거진 산기슭 사이로 갔다. 구불구불 빙 돌아서 거의 일사一舍[29]-쯤 가서 한 누각에 이르러 내리니, 이곳이 정양사正陽寺의 헐성루歇星樓라고 하였다. 눈을 들어 바라보니 세상에서 일컫는 일만 이천 봉우리가 모두 모습을 드러내었는데, 중향성 일대가 가장 기이하고 빼어났으며 우뚝하여 1만 송이의 연꽃이 물에서 처음 피어오른 것 같았다. 석양이 산의 정상을 비추어 옅은 햇무리가 살짝 붉게 빛났는데, 반짝이는 것이 그치지 않고 고운 자태가 이리저리 드러나 차마

26_ 양봉래(楊蓬萊) : 봉래는 양사언(楊士彦, 1517~1584)의 호이다. 자는 응빙(應聘), 본관은 청주이다. 평창(平昌)·강릉(江陵)·회양(淮陽)·안변(安邊)·철원(鐵原) 등의 수령을 지냈다. 해서(楷書)와 초서(草書)에 뛰어났으며 안평대군(安平大君)·김구(金絿)·한호(韓濩)와 함께 조선 4대 서예가로 일컬어진다. 저술로 『봉래집』이 있다.
27_ 은구(銀鉤)와 옥순(玉筍) : 초서(草書)와 전서(篆書) 등의 아름다운 서체를 비유한 표현으로, 필력이 꼿꼿하며 힘이 있고 빼어난 글씨를 말한다.
28_ 표훈사(表訓寺) : 강원도 회양군 내금강면 장연리 금강산 서쪽 만폭동(萬瀑洞)에 있는 절로 유점사(楡岾寺)의 말사다. 신라 때 승려 능인(能仁)·신림(神林)·표훈(表訓)이 지었다고 하며, 표훈이 주지를 지냈다.
29_ 일사(一舍) : 30리를 말한다.

삼불암

똑바로 볼 수가 없었다. 헐성루를 내려가 천일대天一臺에 올랐는데 또 하
나의 헐성루였다. 이윽고 어둑어둑 저무는 빛이 먼 곳에서부터 이르러
아무것도 보이지 않았으나, 그래도 차마 돌아갈 수 없었다. 이를 본 뒤에
야 앞서 유람한 곳이 이 산의 유람이 되기에 부족함을 비로소 알았다. 이
산의 형세를 사람의 몸에 비유하자면, 마하연은 가슴이고, 만폭동은 복장
腹臟이며, 헐성루는 눈이다. 어스름한 시각에 돌아와 표훈사의 만월당滿月
堂에서 묵었다. 창밖에 빗소리가 주룩주룩 내려 맑은 생각이 곱절이나 일
어났다.

4일(무신). 비에 막혀 앞으로 나아가지 못하고 산보하다가 능파루에 올랐
다. 운기가 수증기처럼 오르고 산색이 희미하게 검은 빛을 띤 것이 마치
그릇에 차려놓은 음식과 같았다. 시간이 조금 지나자 짙게 끼었던 구름
이 걷히고 햇살이 내리비치니, 급히 승려를 불러 견여를 타고 장안사長安

寺를 향하여 갔다. 바위는 더욱 희고 물은 더 세차게 흘러 경치가 더없이 선명하였다. 백화암白華菴에 들러 서산西山[30]·허백虛白·청허淸虛 세 선사의 표충비表忠碑를 구경하였다. 삼불암三佛巖 아래에서 견여를 교체하고 명연鳴淵[31]에 이르렀는데, 수석이 맑고 고와서 옥류동玉流洞과 비슷하였다.

장안사에 이르렀다. 절은 중건한 지 겨우 몇 년밖에 되지 않아 웅장하고 아름답고 화려하여 산문[32]을 빛내고 있었다. 앞쪽에 신선루神仙樓가 있는데 또한 출중하게 지어져 있었다. 다만 절터가 낮고 좁아 시원하게 트이지 못하여, 유점사의 산영루에 비하면 마땅히 자손의 항렬이 될 것이다. 이곳은 내산으로 들어가는 맨 처음 장소로, 외산의 신계사에 해당된다. 고성을 경유하여 오는 자는 먼저 신계사를 거친 뒤에 장안사로 가며, 회양淮陽을 경유하여 오는 자는 먼저 장안사를 거친 뒤에 신계사로 가는데, 장안사 이후로는 더욱 감상할 만한 곳이 없다. 열선료說禪寮에서 머물러 묵었다. 요사채의 승려가 참청參請[33]을 한창 베풀고 범패梵唄[34] 소리가 시끄러우니, 고요한 정취를 즐기는 데에 매우 방해가 되었다.

5일(기유). 일찍 일어나 장안사 문을 나가 구불구불 동쪽으로 갔다가 방향을 바꾸어 영원동靈源洞으로 들어갔다. 영원동 안에는 옥경대玉鏡臺가 있고, 옥경대 아래에는 황천강黃泉江이 흐르고, 황천강 가에는 지옥문地獄門이 있었다. 지옥문 위에는 시왕봉十王峯이 있고, 시왕봉 아래에는 명경암明鏡巖이 있는데, 승려가 가탁假託하는 말은 들을 것이 못 되었다. 영원동

30_ 서산(西山) : 휴정(淸虛, 1520~1604)을 말한다. 자는 현응(玄應), 호는 청허, 본관은 완산, 속명은 최여신(崔汝信)이다. 묘향산에 오래 머물렀기 때문에 묘향산인(妙香山人) 또는 서산대사(西山大師)로 불린다. 휴정은 법명이다.

31_ 명연(鳴淵) : 금강산의 내금강에 위치한 연못이다. 울연(鬱淵)·명담(鳴潭) 또는 물소리가 사람의 울음소리와 비슷하다고 하여 울소(鳴淵)라고도 하며, 김동이 빠져죽은 곳이라 하여 김동연(金同淵)이라고도 한다.

32_ 산문 : 내금강의 입구를 가리킨다.

33_ 참청(參請) : 예배에 참석하여 법문을 배우는 것을 말한다.

34_ 범패(梵唄) : 불교의식에 쓰이는 노래이다. 석가의 공덕을 찬미하기 위하여 주로 재(齋)를 올릴 때 사용된다.

안은 그 넓이를 헤아려 보니 1백 묘畝가 될 만했으며, 여러 봉우리가 험준하게 솟아 사면을 두르고 있었다. 단지 한 가닥 길이 바위 벼랑 사이에 비스듬히 나 있었는데 겨우 반걸음 정도를 용납하였다. 이곳이 아니면 비록 나는 새라 하더라도 들어갈 수 없으니, 참으로 천부天府[35]의 금탕金湯[36]이다. 이른바 지옥문이란 곳은 돌을 쌓아 속을 텅 비게 한 것으로 초문譙門[37]과 같았는데, 대개 상고시대에 성을 지키던 곳이다. 전설에 신라 왕자[38]가 피난한 곳이라고 하니, 이치가 혹 그럴듯하였다. 잠시 쉬었다가 영원동을 나가 남여를 되돌려 청련암靑蓮庵 옛터에 이르렀다. 새끼 곰 두 마리가 나무 끝에 거꾸로 매달려 있는데, 사람을 보고 놀라 떨어져서 수풀 속으로 달아났다. 산이 깊숙하고 험하다는 것을 알 수 있었다.

표훈사를 지나 만폭동으로 들어갔는데 물과 산의 모습이 벗을 보고 기뻐하는 것과 같았다. 바위 면을 살펴 이름을 남기고 따라온 승려로 하여금 새기도록 하였다. 잠시 마하연에 들어가서 밥을 먹고 쉬었다. 안문재鴈門岾를 넘어 산밑에서 다시 꺾어 동쪽으로 가니 석대가 있는데, 자연적으로 만들어져 우뚝하게 높이 솟아 있었다. 삼면은 모두 천 길의 가파른 절벽으로 만 길의 깊은 골짜기였다. 한 면은 바다를 굽어보며 하늘과 맞닿아 절벽이 없었다. 갈라져 나온 봉우리와 자잘한 계곡은 빼어남을 다투고 흐름을 겨루며 좌우에 늘어서 있었다. 일출봉日出峯·월출봉月出峯 두 봉우리가 웅장하게 서려 높이 솟아 우뚝하니, 마치 하늘의 기둥이 짝 지어 서 있는 듯하였다. 소자蘇子의 이른바 "대가 높은 줄을 모르고 마치 산이 뛰어올라 재빠르게 솟은 것처럼 황홀하였다."[39]라는 것은 참으로

35_ 천부(天府) : 자연적으로 이루어진 요새의 땅을 가리킨다.

36_ 금탕(金湯) : 금성탕지(金城湯池)의 줄인 말로 쇠로 만든 성과 끓는 물이 흐르는 해자를 말하는데, 견고하고 험하여 함락시킬 수 없는 성이나 요새지를 비유한다.

37_ 초문(譙門) : 문루(門樓) 아래에 있는 문이다.

38_ 신라 왕자 : 마의태자를 가리킨다. 경순왕이 고려에 항복하자 금강산에 들어가 베옷을 입고 풀뿌리·나무껍질을 먹으며 여생을 마쳤다.

39_ 소자(蘇子)의 …… 황홀하였다 : 소자는 송나라의 소식(蘇軾, 1036~1101)을 말하며, 이 내용은 소

형용을 잘하였다.

골짜기를 넘자 어디서 흘러오는 것인지 알 수 없는 폭포가 있는데, 절벽을 따라 아래로 쏟아지며 구부러져 12층이 되었다. 그 아래의 시내와 골짜기는 아득하고 어두웠으며, 또한 그 폭포가 떨어지는 곳도 헤아릴 수 없었다. 단지 요란하게 굉음을 내며 떨어지는 소리만 들릴 뿐이었다. 대는 은선대隱仙臺라 하였고, 폭포는 이름이 없이 단지 12층폭포라고 일컬어졌다. 잠시 뒤 은선대를 내려가 효운동에 이르러 또 이름을 남겼다. 유점사에 들어가 상적당尙寂堂에서 묵었다. 노승이 향반香盤을 갖추어 놓고 타경打更[40]을 하여, 고요한 밤 온 산에 몇 가락 소리가 격렬하게 울리니 깊은 성찰의 마음을 일으키기에, 충분했다.

6일(경술). 비를 맞으며 구현狗峴을 넘어 백천교에 이르자 하인이 과연 말을 가져와 기다리고 있었다. 드디어 말을 타고 숙고촌粳庫村에 이르렀다. 묘심이 말 앞에서 합장하여 절하고 돌아가니, 한편으로 슬픈 생각이 들었다. 저물어 관아에 이르렀다.

아, 우리나라 사람 가운데 이 산에 대하여 어려서부터 유람하기를 바라면서도 늙어 죽음에 이르기까지 소원을 이루지 못한 자가 얼마나 많으랴? 나처럼 총각 시절에 한 번 유람할 기회를 얻어 유람한 자는 아마도 많지 않을 것이다. 또한 외람되이 선생과 장자長者를 모시고 산수 유람을 품평하는 논의에 참여하여 들은 경우는 더욱 드물 것이다. 얻기 어려운 장쾌한 유람으로 더욱 드문 경우의 기이한 만남을 겸했으니, 참으로 기록하지 않을 수 없어 이에 대략 적는다. 귀향하는 날을 기다려서 이를 가지

식의 「능허대기(凌虛臺記)」에 나온다. 본래의 원문은 "사람 가운데 그 높은 곳에 이른 자는 황홀하여 대가 높은 줄을 모르고 산이 뛰어올라 재빠르게 솟은 것이라고 여긴다.[人之至于其上者, 怳然不知臺之高, 而以爲山之踴躍舊迅而出也.]"이다. 소식의 자는 자첨(子瞻), 호는 동파(東坡)이다. 당송팔대가의 한 사람으로, 서화에도 능하였다. 저술로 『동파전집』이 있다.

40_ 타경(打更) : 야간을 오경(五更)으로 나누고 경(更)에 이를 때마다 목탁이나 징을 두드려 시각을 알리던 것을 말한다.

고 벗들에게 자랑하고자 한다.

병진년(1796) 5월, 봉래산 작은 관아에서 쓰다.

06

동정일록東征日錄

이병운, 『면재집』 권2, 「동정일록」
연세대학교 도서관 소장

면재 이병운

이병운李秉運(1766~1841)의 자는 제가際可, 호는 면재俛齋이고, 본관은 한산韓山이다. 조부는 대산大山 이
상정李象靖이고, 부친은 홍문관 교리를 지낸 간암艮巖 이완李埦이다. 어려서 조부에게 수학하였고,
1781년부터 천사川沙 김종덕金宗德(1724~1797)의 문하에서 배웠다.
1797년(정조 21) 음직蔭職으로 혜릉 참봉惠陵參奉에 제수되었고, 이후 감공監工·사포司圃를 거쳐 1799년
별제別提·감찰監察이 되었으며, 1800년 영릉永陵의 영令을 지냈다. 순조 즉위 후 사직하고 낙향하였
다. 이후에 다시 1809년 함창 현감咸昌縣監을, 1820년에는 청안 현감淸安縣監 등을 역임하였다. 저서로
『면재집』이 있다.

기행일정
1796년 2월 8일 ~ 3월 21일
(동행) 김현규

2월

8일　한양 동소문–수유점–누원점–흘랑점

9일　흘랑점–비난현–송우점–장구점–용주서원–만세교–노파현–양문역–유정–구루천

10일　구루천–서질점–서평–기슬포–삼부연–오음현–갈우현–지경현–장림점–김화읍

11일　김화–답곡구점–구정현–도항점–금성읍–대정보현–탄금점–창두창

12일　창두창–상기성촌–하기성촌–관앙동현–통구창–도파현–마니항–신원점

13일　신원점–철이현–장안사–백천동–명연담–백화암–표훈사–정양사–표훈사

14일　표훈사–백천동–명경대–장안사

15일　장안사

16일　장안사–철이령–온정동–학정점–쇄령–한천점–조진촌

17일　조진촌–운암점–예론현–남화진–독현–장전진–양진역–고성 관아

18일　고성

19일　고성

20일　고성 관아–해산정–관아

21일　관아–대호정–관아

22일　관아–삼일포–사선정–몽천사–사자암–사선정–관아

23일　관아–해금강–입석진–관아

24일　고성

25일　고성

26일　고성

27일　고성–장전長田–주험촌

28일　주험촌–두백진–통천군–총석정–포구

29일　포구–환선정–두백진

30일　두백진–사진–독현–신계사

3월

1일   신계사

2일   신계사—감사굴—옥류동—비봉폭포—연주담—용연—신계사

3일   신계사—발연—경고—백천교—구령—승대—상대—장항—용천교—유점사

4일   유점사—오탁정—선담—반야암—명적암—유점사

5일   유점사—삼가점—외수재—금정촌—장안사—표훈사

6일   표훈사—만폭동—청호연—용서담—금강대—내원통암—만절동—자운담—태상동—청랭탄—
      적룡담—수미탑—내원통암—사자령—마하연암—백운대—마하연암

7일   마하연—묘길상—불제암—화룡담—선담—귀담—진주담—분설담—만상암—벽파담—흑룡담—
      청룡담—천일대—헐성루—명경대—장안사

8일   장안사—금정동—외수재—유점사

9일   유점사—구령—백천교—경고—고성 관아

10일 고성—해산정—관아

11일 고성

12일 고성

13일 고성—대호정—적벽—영랑호—현폭암—선암—볼기진—송도—지경촌—저도진—명파역—
      초도—열산창—운근촌—반암—죽부역—간성읍

14일 간성—공수진—가학정—오리진—괘진교암—아야귀미—청간정—건진촌—속사진—수치—
      낙산사—양양읍 관저

15일 양양—한강선—상운역—기수문—동산—남애진

16일 남애진—우석진—주을진—연곡역—사월진—사근석진—호해정—경포대—강릉읍 관저—구산
      점—굴면점—상제민원—반정점

17일 반정점—횡계관—월정가—진부창—거억흘점—모노령—태화관—사초가

18일 사초가—주진—평창읍—안현—약수—마지—아치현—주천창—갈동

19일 갈동—의림지—제천—유원—매포—담석봉—매포—만진

20일 만진—장림역—비벌령—죽령—풍기읍—영천군—초곡

21일 초곡—옹천—귀가

동정일록*

나는 어릴 때 관동의 경치가 천하의 최고라는 소문을 듣고 일찍이 오매불망 그리워하였다. 근자에 고성 군수 류범휴柳範休[1] 어르신이 동도주인東都主人[2]-이 된 일로 인해 더욱 명승을 유람할 염원을 갖게 되었다. 1796년(병진) 1월 24일 별과別科 응시 차 한양에 들어갔다가, 방향을 돌려 고성 관아로 가서 풍악산을 두루 유람할 계획을 세웠다.

2월 4일. 과거시험장에 들어가니, 임금께서 선비의 풍습이 이익을 좇는다는 것으로 교서敎書를 여러 차례 내리면서부터, 주관하는 여러 고시관이 단속을 매우 엄하게 했다. 군졸을 거느리고 과거시험장 안을 두루 다니면서 마구 붙잡아 형틀에 매거나 형조에 옮겨 가두는 데까지 이르렀다. 끝내 선비의 습속은 고쳐지지 않았는데 별 이유 없이 과거장을 파했다가, 다시 **다음날(5일)** 종장終場[3]-을 열었다. 가만히 생각해 보건대, 어제 이미

* 이 글은 연세대학교 도서관에 소장된 이병운의 『면재집』 권2 「동정일록」을 저본으로 하였다. 이 책은 1896년에 5권 3책으로 간행되었다.

1_ 류범휴(柳範休) : 1744~1823. 자는 천서(天瑞), 호는 호곡(壺谷), 본관은 전주이다. 1795년 고성 군수로 부임해 군정을 바로잡고 선정을 베풀었다.

2_ 동도주인(東都主人) : 동도는 경주의 옛 이름이니, 동도주인은 경주부윤(慶州府尹)을 말한다.

임금의 엄한 전교를 받들었는데도 과거시험장을 파하는 사태까지 이르렀고, 오늘 또 아무렇지 않게 과거장으로 들어가니, 의義를 나누는 것이 매우 심하여 황송했다. 마침내 신가愼可[4]와 함께 과거시험을 그만두기로 결의하였다.

초7일. 신가를 전송하여 고향으로 돌아가게 했다. 떠나고 머무는 때에 마음속은 종일토록 편치 않았다.

초8일. 김현규金顯奎 - 자는 노첨魯瞻이다 - 와 함께 가기로 약속했다. 김노첨이 먼저 동소문東小門을 나가 오참午站에서 서로 기다리기로 약속했다. 오후에 동문을 벗어났다. 이는 집과 고향과의 거리가 더욱 멀어지는 길이고 부모님의 문안을 받들 방법이 없으니, 근심의 실마리가 마치 삼처럼 얽혀 있음을 깊이 느꼈다.

10리를 가서 수유점水踰店에 이르니 노첨이 먼저 도착해 있었다. 함께 말을 먹이고 출발하여 20리를 가서 누원점樓院店을 지났다. 집들이 몇 리에 걸쳐 이어져 있고, 인가는 매우 번화했으며, 양쪽 가에 마을 문이 있었다. 서쪽으로 삼각산과 도봉산 등을 바라보니 아득히 기이하고 장대한데, 마치 검과 창과 깃발이 4,5리에 삼엄하게 벌여 있는 듯하였다. 저녁 무렵 흘랑점屹郞店에서 투숙했다. 동쪽으로 10여 리에 광릉光陵의 소나무와 삼나무가 멀리서 보였다.

초9일. 닭이 몇 번 울어대자 말을 먹이고 출발했다. 아직 어두워 길이 분간되지 않았고, 천천히 몇 리쯤을 가니 날이 밝았다. 비난현非難峴 - 포천 경계이다 - 을 넘어 30리를 가서 송우점松隅店에 도착해 말을 쉬게 하고 요기를 했다. 정오에 장구점場衢店에서 말을 먹였다.

대개 동문 이후로 누원을 지나 8,9리 남짓 가서 북쪽을 향해 가서야

3_ 종장(終場) : 조선시대 과거시험의 마지막 단계로, 주로 한양에 모여 한 곳에서 시험을 치렀다.
4_ 신가(愼可) : 이병운의 동생 이병원(李秉遠, 1774~1840)의 자(字)이다.

비난현에 도착했다. 동쪽으로 비난현에 간 후 다시 북쪽으로 가니, 모두 평평하고 넓은 들이었다. 큰길은 숫돌 같고, 좌우의 뭇 산은 모두 험준하고 높으며, 줄기의 끝은 또한 평이하면서 주위를 둘러싸고 있으며, 토양은 기장·조·소나무·밤나무에 적합했다. 풍토는 영남과 전혀 달랐다. 종일 날씨가 음산했고 봄추위가 서늘했다.

오참 이후로 10여 리를 가니 길 서쪽에 용주서원龍洲書院이 있었다. 다시 10리를 가서 만세교萬歲橋에 도착했다. 물 아래에 백로주白鷺洲가 있는데 양쪽 절벽이 마주하고 있으며 중간에 조그마한 바위섬이 있었다. 색깔은 푸르고 희며 소나무와 회나무가 자라고 있어 또한 감상할 만했다. 노파현盧波峴을 넘으니 북쪽에 용문산龍門山이 천 길 높이로 우뚝 서 있었다. 계곡의 석벽을 따라가니 골짜기마다 모두 휑뎅그렁하였다. 또 10리를 가서 양문역楊門驛 - 영평 경계이다 - 에 이르렀다.

비가 내려 잠시 쉬었다가 비를 무릅쓰고 출발해 10리를 가서 유정楡亭에 도착했다. 길옆은 물인데, 돌부리가 가운데를 빙 둘러 뒤섞여서 큰 웅덩이 하나와 작은 웅덩이 두 개를 이루었고, 고인 물은 온통 맑고 깊었다. 여기서부터 서북쪽으로 가니 나는 듯한 산이 협곡에 임해 있고, 바위는 모두 무겁고 컸으며, 바위 길은 험하고 미끄러워 걷기가 매우 어려웠다. 저녁 무렵 구루천九樓川에서 투숙했다.

초10일. 맑음. 날이 밝은 후 출발했다. 화적연禾積淵이 영평 팔경永平八景 중 최고라는 소문을 들었다. 서질점西質店을 경유해 서평西坪을 지나니 소나무와 회나무가 우뚝하고 푸르렀으며, 절벽을 따라 내려가니 못의 물이 검푸른 빛이었다. 못 서쪽에는 석벽이 깎아지른 듯 서 있고, 물속에는 두 개의 거북 바위가 마주하고 있었다. 다시 조금 동쪽으로 물길을 거슬러 올라가니 이른바 화적암이 있었다. 대개 서질산西質山이 이어지다가 서쪽으로 평지를 이루었고, 물을 만나서는 머리를 숙이고 그 기운을 묶어 큰 바위가 되었다. 그 바위는 동쪽으로 꺾어서 물길을 거슬러 흐르다가 파도와 부딪쳐 4,5길로 솟아올랐는데, 그 모습이 마치 이무기가 서려 있는 듯하였다. 양쪽 모서리의 가파른 바위 곁에는 몇 개의 바위 구덩이가 있었다. 좌우의 깊은 못은 둘레를 헤아릴 수 없지만 수십 경頃이 될 만했고, 기괴하고 험준함은 그 모습을 형용할 수 없었다. 도심을 벗어난 지 몇 날 되지도 않았는데 기이한 명승을 실컷 보니 문득 더러운 피가 모두 사라짐을 느꼈다.

다시 북쪽으로 길을 잡아 10리를 가서 기슬포岐瑟浦 - 철원 경계이다 - 에 도착해 말을 먹였다. 또 삼부연三釜淵이 객점의 동쪽 10리에 있다는 말을 들었는데, 이는 미수眉叟[5]의 『기언記言』에서 말한 '삼부락三釜落'이다. 재촉해 출발하여 동쪽으로 몇 리를 가서 작은 시내 하나를 건너니 골짜기 입구가 깊고 험했다. 깎아지른 절벽과 낭떠러지는 굽이굽이 절경이었다. 말을 두고 걸어서 조그만 고개 하나를 넘어 시내를 따라 들어가니, 양쪽 기슭의 바위벽이 깎아지른 듯 서 있고, 계곡물이 그 아래로 곧장 쏟아져서 폭포가 되었다. 뿜어 나와 날려서 쏟아지니 그 아래에 맑은 못을 이루었다. 좌우에는 얼음이 매달려 있는데 마치 옥을 깎고 은을 새겨놓은 듯하였다. 또 벼랑을 따라 올라가 작은 고개 하나를 넘으니, 골짜기 안이 사방으로 둘러싸여 있고 계곡물이 흘러 두 개의 조그마한 구덩이를 이루었는데, 이것이 이른바 삼부三釜였다.

다시 물길을 거슬러 몇 리쯤을 들어가니 마을이 즐비해 있었다. 좌선하듯 앉아서 한참을 있다가 걸어서 골짜기 입구를 나와 10리를 가서 오음현於音峴을 지났고, 10리를 가서 갈우현葛于峴을 지났다. 고개 위에 객점이 있었다. 다시 10리를 가서 지경현地境峴 - 김화 경계이다 - 을 지났고, 또 큰 들판을 지나 20리를 가서 장림점長林店을 지났으며, 다시 10리를 가서 김화읍金化邑 관저에 도착했다. 김화 현령 이성귀李聖龜는 죽천竹泉의 후

---

[5] 미수(眉叟) : 조선시대 허목(許穆, 1595~1682)의 호이다.

손으로, 나와는 백 세대의 정의情誼가 있었다. 사람을 시켜 문안하고 만나기를 청했다. 마침내 말을 쉬게 하고 잠시 들어가 이야기를 나누니 매우 정성스러웠다. 조금 있다가 관아를 나섰다. 어두워진 후 금성 현령이 아들과 함께 와서 이야기를 나누다가 밤이 깊어서야 끝냈다.

11일. 새벽에 비가 약간 내리더니 아침에는 음산하고 추웠다. 들어가 현령을 만나니, 현령이 노자를 넉넉히 보내주고는 출발해 회양으로 향했다. 우리도 뒤따라 출발하여 10리를 가서 답곡구점畓谷口店을 지났고, 다시 10리를 가서 구정현驅汀峴을 지나고, 또 10리를 가서 도항점道項店을 지나니, 이슬비가 자욱하게 내리고 진흙길에 무릎이 빠져 갈 길이 매우 난감했다. 길에서 땔나무를 운반하는 사람을 보았다. 나무 장비로 땔나무를 싣고 소에 멍에를 씌운 것이 마치 수레 모양과 같았는데, '장비를 써서 땔나무를 하는 자'發機樵者라고 하는 그 사람은 소를 타고 노래를 부르며 갔다.

다시 20리를 가서 작은 개울을 건넜다. 개울 옆의 긴 숲에는 무성한 버드나무가 수십 리에 이어져 있고, 길옆에는 육각형 정자가 있었다. 금성읍에 도착해 정오에 말을 먹였다. 김화 현령이 말을 전하여 이르기를 "금성 현령에게 청하여 이미 그로 하여금 사사로이 장안사 · 표훈사 · 유점사 등의 절에 통지하게 했으니, 유람 하는 일은 염려할 것이 없네."라고 했다. 저녁에 창두점昌頭店에 이르러 서로 만나기로 약속하였다. 오후에 출발해 몇 리를 가서 대정보현大亭普峴을 넘고, 다시 20리를 가서 탄금점炭黔店을 지나 조그마한 고개를 넘었으며, 또 10리를 가서 창두창昌頭倉의 관저에 투숙하였다.

김화 현령이 사람을 시켜 전령傳令 한 장을 창두창 관리에게 주었고, 사사로운 친분으로 가지고 와서 보여주었는데, 대개 금성에서의 유람을 염려하는 것이었다. 사사로이 통지하는 것이어서 혹 허술한 부분이 있으나, 다시 이를 두 번 묶고 사람을 시켜 밤새 달려서 남여가 고개를 넘으리라 생각되는 지점으로 보냈으니, 그 부지런한 마음에 감격할 만하였다. 저녁밥을 먹은 후 들어가 만나보고 이야기를 나누었다. 잠시 후 밤비가 쟁기질할 만큼 내렸다.

12일. 운무가 사방에 끼었다. 날이 밝자 김화 현령과 작별하고 몇 리를 가서 조그마한 고개를 넘었다. 상기성촌上岐城村과 하기성촌下岐城村을 지나 강을 따라 내려가니 굽이굽이 기이한 절경이었다. 관앙동현寬仰洞峴을 넘어서자 얼음길이 가팔라 말을 탈 수 없어 말에서 내렸다. 진흙탕을 만나 밟고 건너서 통구창通衢倉에 도착했다. 이곳은 창두창과의 거리가 30리이고, 남여꾼이 이미 와서 기다리고 있었다.

정오에 말을 먹인 뒤 출발하여 10리를 가서 남여를 타고 도파현刀波峴을 넘었다. 궁색한 행색은 자못 분수에 맞지 않음을 깨달았고, 고갯길은 미끄럽고 험난했다. 또 듣자 하니, 산에 들어간 후로 사방 수백 리를 가면 모두 소나 말이 통하지 않는 곳인데, 따라서 이 산에서 남여를 타는 것은 이미 옛일이 되었고, 거주하는 백성과 사찰의 승려는 요역을 면제받고 이를 생업으로 삼는다고 하였다.

20리를 가서 마니항摩尼項에 도착해 김 별감金別監 집에서 말을 쉬었고, 잠시 후 남여를 타고 단발령에 올랐다. 단발령 안팎은 모두 10리로, 높이 솟아 하늘에 닿아 있고 돌길이 매우 험한데도 남여꾼들은 선두를 다투며 빠르게 가니 마치 평지를 밟는 듯이 하였다. 고개 위에 도착해 잠깐 쉬었는데, 구름과 안개가 사방에 자욱하여 선산仙山이 지척인데도 땅에 가득 찬 흰 구름을 쓸어 줄 사람이 없으니, 한 문공韓文公의 기력이 없음을 한스러워할 뿐이었다.[6]

---

[6] 한 문공(韓文公)의 …… 뿐이었다 : 한 문공은 중국 당나라 때 문장가 한유(韓愈)를 일컫는다. 한유가 형산(衡山)을 유람할 때 안개가 자욱하여 경관을 볼 수 없게 되었는데, 제문을 지어 기도하니 그 정성에 감응하여 날씨가 개고 형산의 전경을 보게 되었다고 한다. 한유의 이 일화는 유람록에서 자주 등장하는 사례이다.

날이 저물어 신원점新院店에 투숙했다. 어두워진 후에는 비가 퍼붓는 듯이 내렸다. 이곳은 고향과의 거리가 9백 30리이고, 집을 떠나온 지 20일 만이다. 부모님의 안부가 묘연하니 흡사 태항산太行山에서 구름을 바라보던 그 마음을 금할 수 없을 뿐이었다.[7]

13일. 구름이 짙었다. 동이 트자 출발해 10리를 가서 철이현鐵伊峴을 넘고 20리를 가서 장안사 만천교滿川橋에 도착했다. 승려들이 남여를 가져와 기다리고 있었다. 길이 온통 평평하여 남여를 버리고 말을 타고서 곧장 들어가니, 승려의 요사채와 누관樓觀은 모두 새로 지었다. 절 동쪽에 신선루神仙樓가 있는데, 이 산의 가장 낮은 곳에 있고 좌우에는 바위 모서리가 빙 둘러 뾰족하게 솟아 있었으니, 이미 인간 세상이 아님을 깨달았다.

점심을 먹은 후 남여를 타고 표훈사로 올라갔다. 길옆에는 백천동百川洞이 있는데, 바로 영원동의 물이 만폭동과 수미동의 물과 합쳐서 흘러가는 곳이다. 흰 바위가 줄지어 있고, 흐르는 물은 맑고 푸르렀다. 다시 물길을 거슬러 올라가니 명연담鳴淵潭이 있고, 계곡의 폭포가 소리를 내며 맑게 흘렀다. 명연담 위에 큰 바위가 있고 유삼산석柳三山石이 있는데, 이름을 새겼다. 백화암百華庵을 지나니 암자 뒤쪽에 나옹懶翁·풍악楓岳[8]·서산西山[9] 등 세 고승의 사적비가 있었다.

다시 몇 후堠[10] 남짓 가서 표훈사를 지나고 곧장 정양사正陽寺 헐성루歇惺樓에 올랐다. 누각은 방광대放光臺 동쪽과 천일대天一臺 북쪽과 대향로봉·소향로봉 및 청학대靑鶴臺 서쪽에 있었다. 땅은 평평하게 이어져 넓

7_ 부모님의 …… 뿐이었다 : 중국 당나라 적인걸(狄仁傑)이 고향을 떠나 외지에서 벼슬할 때 태항산에 올라가 고향인 하양(河陽)을 돌아보다가 흰 구름이 피어나는 것을 보고 "우리 부모님이 사시는 집이 바로 이 구름 아래에 있다.[吾親所居, 在此雲下.]"라고 한 데에서 나왔다. 여기서는 부모님이 계신 고향을 그리워한다는 뜻이다.
8_ 풍악(楓岳) : 조선후기 승려 보인(普印, 1701~1769)의 호이다. 금강산의 내원통암(內圓通庵)에서 염불과 참선에 전념하였다.
9_ 서산(西山) : 조선시대 승병장으로, 법명은 휴정(休靜)이고 법호는 서산 외에 청허(淸虛)가 있다.
10_ 후(堠) : 돈대를 쌓아 이정을 표시한 것을 말한다.

게 둘러있고 그다지 기이하고 높지 않았으나, 이 산의 기운이 집결된 곳으로 일만 이천 봉우리가 우뚝 솟아 주렴 속으로 들어왔다. 문틈으로 동쪽을 바라보니 저녁 안개가 조금 개어 온 산이 점차 드러났다. 천지간의 기운이 와서 조회하는 형세는 마치 뭇 별이 북극성을 빙 둘러 있는 듯하고, 공중에서 불쑥 일어나 솟구쳐서 수놓은 듯 빛나더니, 하나하나 눈 안으로 들어왔다.

하늘 너머에 우뚝 솟아 쌓인 기운이 웅혼하고, 조각구름과 진눈깨비가 합쳐졌다가 열렸다 하는 것은 비로봉이다. 구름 사이에 촘촘히 모여 푸르고 괴이한 형상으로 천자가 타는 수레를 가게도 하고 붙잡기도 하는 것은 영랑재이다. 울긋불긋 옥을 깎은 듯 얼음을 조각한 듯한데 산빛이 노을 져서 맑고 밝게 서려 있는 것은 중향성이다. 상서로운 햇살과 구름 속으로 난새와 봉황이 날아오르고, 성관星冠[11]-을 쓰고 옥을 두른 듯 속되지 않고 자연스러운 것은 오선봉五仙峰이다.

바위가 우뚝하게 솟아 서로 쌓여서 내려오는 것은 꿈틀거리며 마치 규룡虯龍이 연못으로 들어가는 듯하고, 치솟은 봉우리의 꼭대기가 벌어서 올라가는 모습은 기이하게도 곰이 산으로 오르는 듯했다. 밝은 빛은 눈과 서로 맞고, 맑은 바람 소리는 귀와 서로 맞으며, 확연히 텅 비어있는 것은 정신과 서로 맞고, 소쇄하여 고요한 것은 마음과 서로 맞았다. 흐르고 흘러가는구나, 천지 기운이 쌓여 있음이여. 성대하구나, 조물주가 그 재주를 다한 것이로다.

날이 저문 후 길을 돌아가서 표훈사에 투숙하니, 문득 꿈속인 듯 맑고 서늘함을 느꼈다. 산중은 눈이 쌓이고 길이 막혀 두루 구경할 수 없었다. 또 고성 군수가 병이 들었다는 소식을 듣고 문안을 서둘렀는데, 내일 출발해 저물기 전까지 머물다가 다시 와서 명승을 찾아가기로 했다.

11_ 성관(星冠) : 도사(道士)들이 쓰는 관을 말한다.

14일. 아침에 갰다가 느지막이 흐렸다. 출발하여 장안사로 향해 가다가 백천동百川洞 입구에 도착해 잠시 쉬었다. 마침 회양부의 악공樂工 네 명이 악기를 가지고 있었다. 약속하지도 않았는데 서로 만났기에 그들로 하여금 한 곡조를 연주하게 했다. 하늘이 만나게 한 일이니 또한 스스로 나쁘지 않았다.

그래서 악공들을 데리고 명경대明鏡臺로 들어갔다. 명경대는 지장봉地藏峯 뒤쪽에 있는데, 골짜기 입구에 바위벽이 좌우로 벌여서 솟아 있었다. 한 기슭이 북쪽으로부터 내려와 비스듬히 흘러오다 우뚝 솟았는데, 높이는 수십 길丈이며 넓이는 수십 척尺이나 되었다. 그 두께는 4,5척에 불과한데, 평평하고 바르고 각이 져서 마치 돌 거울 모양과 비슷했다. 색깔은 붉으면서도 희미하게 검푸른 빛이어서 골짜기 입구에 적합하였고, 땅에 떨어질 듯 위태로웠다. 명경대 아래는 물이 고여 깊은 못이 되었는데, 바로 황천강黃川江이다.

그 남쪽에는 돌로 쌓은 작은 성문이 있었다. 세상에 전하기로는 김부金傅의 왕자가 일찍이 이 산에 거처했는데, 그때 쌓은 것이라고 한다. 잠시 후 골짜기 입구를 나와 장안사로 향했는데 악공들이 앞서 길을 인도하였다. 신선루神仙樓에서 잠깐 쉬며 한 곡조를 연주했다. 승당僧堂으로 옮겨서 악공들에게 검무劍舞를 청했더니, 열 자루의 칼을 사용해 서슬 퍼런 기운이 번쩍번쩍하여 볼 만했다. 잠시 후 그만두었다.

15일. 아침에 일어나니 눈이 몇 치寸나 쌓여 있었다. 온종일 진눈깨비가 내리고, 나그네 마음속의 수심은 더욱 무료하였다. 다만 창밖의 봉우리를 보니 옥 같은 나무숲에서 보석 같은 메아리가 울려 퍼져, 자못 마음에 꼭 드는 곳임을 느끼게 하였다.

16일. 맑음. 출발하여 다시 철이령을 넘고 10리를 가서 온정동溫井洞을 지났으며, 20리를 가서 학정점鶴汀店에 도착했다. 정오에 말을 먹였는데 갈 길이 매우 괴로웠다. 오후에 출발해 5리를 가서 쇄령碎嶺에 도착하니, 고개 서쪽은 평지이고 그 동쪽은 우뚝 솟아 험준한 만 길 벼랑이었다. 구불구불 이어서 5리를 내려가니 양쪽 바위 벼랑엔 등나무 넝쿨과 소나무·회나무가 삼대같이 빽빽하게 우거져 있고, 계곡을 따라 난 돌길은 겨우 말 한 마리가 통과할 만하며, 길 위에는 눈이 또 몇 척 깊이로 쌓여 있어, 걸어서 산을 넘고 물을 건너며 열 번 엎어지고 아홉 번을 넘어졌다.

15리 남짓을 가서 한천점寒泉店을 지나니 점점 골짜기가 넓어지는 것이 보였다. 다시 20리를 가서 운암점雲巖店에 투숙하려 했는데, 날이 저물고 사람이 드물어 가야 할 방향을 잃고 헤맸다. 다만 나무꾼들의 길을 따라 곧장 바닷가를 향했더니, 저 멀리 바닷물이 하늘에 닿아 있고 퉁소소리가 10리에 울리고 섬들은 가끔 점점이 보였다. 저물어 조진촌朝津村의 집에 도착했다. 끝내 길을 잘못 잡아 깊이 들어갔다가 운암을 지나쳐 간 것이 10리였다. 피곤함은 말로 할 수 없었다.

17일. 잠시 흐렸다가 금세 갰다. 날이 밝자 길을 떠나 다시 왔던 길을 따라 거의 10리를 가니 운암 주점酒店이 보였다. 길 왼쪽으로 수십 보 지점에 있는데, 소나무와 회나무에 가려서 자세하게 보아야 알 수 있었다. 또 5리를 가서 예론현預論峴을 넘어 남화진南華津을 지나고, 독현禿硯을 넘어 다시 20리를 가서 장전진長田津에 도착했다. 정오에 말을 먹였다. 바다는 바람이 없었지만 저절로 부딪치는 소리가 마치 벼랑을 무너뜨리고 바위가 쪼개지는 듯하였다. 듣자 하니 바다 상태가 나빠진 지 이미 몇 달이나 되었고, 어부가 배를 띄울 수 없어 돈을 주고도 고기를 살 수 없다고 하였다. 가난한 선비가 한 번 배불리 먹는 것도 또한 운수가 있어야 함을 깨달았으니, 탄식할 만했다.

출발을 재촉해 15리를 가서 양진역楊津驛을 지났고, 해질 무렵 고성 관아에 도착했다. 관아는 모두 편안했으며, 켜켜이 쌓아둔 나머지 정의情意가 한 움큼이나 되었다. 잠시 후 들어가 누이를 만났다. 천리 밖에서 서로 만나니 도리어 기쁨이 극진하면서도 서글펐다. 다만 누이가 이곳에 온

해산정

이후로 괴롭게도 온전히 편안한 적이 없다고 하니 염려스러울 뿐이었다.

18일. 머물렀다.

19일. 눈비가 내렸다. 이곳은 고향과의 거리가 1천 1백 20리이다. 고향 생각에 더욱 근심스러움을 느꼈다.

20일. 군수 어르신과 해산정海山亭에 올랐다. 정자는 봉래관蓬萊館 서쪽으로 수십 보 거리의 짧은 기슭 위에 있다. 동쪽으로는 큰 바다를 바라보고 서쪽으로는 금강산을 끌어당기고 있으며, 양쪽 언덕에는 우뚝한 절벽이 평평하게 펼쳐져 광활했다. 동쪽과 서쪽의 산꼭대기에 모두 큰 바위가 있는데 그 모습이 마치 거북이 엎드려 있는 듯하여 귀암龜巖이라고 하였다. 시를 읊조리며 시간을 보내다가 내려와 노첨魯瞻·선칙宣則과 함께 관아로 들어갔다. 객사는 봉래관이고, 동헌은 후선관候仙館이라 하였다. 관사 동쪽의 담장 안에 대나무 숲이 있고 작은 정자를 엮어 망악정望嶽亭이라 편액했다. 이지광李趾光이 군수로 재직할 때 지은 것으로 간옹艮翁[12]의 기문이 있다. 소쇄하니 맑고 상쾌함은 해산정에 못지않았다.

21일. 류씨柳氏 · 김씨金氏 두 벗과 대호정帶湖亭을 유람했다. 정자는 고성군 남산의 남쪽과 남강 가에 있었다. 강의 남쪽과 북쪽의 언덕에는 모두 수십 채의 촌집이 있어 느릅나무와 버드나무 사이로 보일 듯 말 듯 하였다. 강을 따라 조금 내려가니 1백여 보 아래에 적벽赤壁이 깎아지른 듯 서 있는데, 높이가 십여 길이었다. 노래 부르는 기생과 악공을 데리고 배를 띄워 물결을 따라 종일 노닐다가 마쳤다. 이 정자는 육지와 바다를 겸해 있어 강과 산의 빼어남이 온축되어 있고 탁 트여 절경이라 이를 만한데, 아직 세상에 이름난 적이 없다. 아마도 산수가 알아줌을 만나는 것 또한 운수가 있는 것이리라.

22일. 두 벗과 함께 삼일포三日浦를 유람하였다. 삼일포는 고성군의 북쪽 10리쯤에 있어 바다와의 거리가 10리도 되지 않으며, 푸른 벼랑의 바위벽이 사방을 빙 둘러있고 그 가운데에 호수가 있는데 사방 10리가 될 만했다. 돌섬이 점점이 물 가운데 있고, 돌섬 위에 정자를 쌓아 사선정四仙亭이라 편액하였다. 세상에 전하기로는 네 명의 신선이 와서 사흘 동안 노닐었기 때문에 이름하였다고 한다.

바라보니 초탈한 듯하여 인간세계가 아니었다. 바람과 파도가 매우 심하여 몽천사夢泉寺로 들어갔다. 절은 호수의 서쪽 언덕에 있는데, 그윽하면서도 평평하고 넓어 참으로 이른바 별천지였다. 점심을 먹은 후 바람이 고요해지자 작은 배에 악기를 싣고, 나는 두 형과 함께 다른 배를 타고 사자암獅子巖으로 거슬러 올라가 석실 아래에 정박했다. 길게 노래

---

[12] 간옹(艮翁) : 이헌경(李獻慶, 1719~1791)을 가리킨다.

하고 짧게 연주하자 그 맑은 울림이 울려 퍼지고, 바위 구멍에 물이 돌며 은은하게 메아리로 응수하니, 나도 모르게 석종산石鍾山 달밤의 그리움[13]이 있었다.

배를 돌려 서쪽으로 가서 한 바위섬에 정박했다. 절벽을 따라 올라가니 작은 비석이 하나 있는데, 깨지고 마모되어 알아볼 수 없었다. 세상에 전하기로는, 옛날에 신통력을 지닌 승려가 영동嶺東지역의 아홉 개 군에 향을 가라앉혀 두고 석가여래의 운이 끝나고 미륵부처가 나타났을 때 이 향을 사용할 것이라고 한다. 이 비는 향을 묻을 때 그 일을 기록한 것인데, 영랑永郎·술랑述郎의 이름도 쓰여 있었다. 두 낭도는 옛날 신선의 부류라고 한다.

다시 배를 돌려 사선정에 정박했다. 정자는 한 호수의 중간에 있는데 바위를 쌓아 섬을 만들었다. 늙은 소나무가 바윗부리로 자라나 구불구불 서려 짙은 그늘을 만들었고, 36개의 봉우리가 삼면을 둘러싸고 있었다. 다만 동쪽으로 바다 입구를 바라보니 칠성봉七星峯이 아득하여 마치 흰 눈이 쌓여 있는 듯하였다. 옛날에는 허백정虛白亭 홍귀달洪貴達의 시판詩板이 있었는데 지금은 부서지고 떨어져서 읽을 수 없었다. 날이 저물어 관아로 돌아왔다.

23일. 해금강을 유람했다. 해금강은 고성군의 동쪽 바다 10리쯤에 있다. 입석진立石津에서 배를 타고 5리쯤 들어가니, 산줄기가 바다로 들어가 온전한 바위산이 되어 뾰족하게 솟아 깎아지른 것이 마치 물에 침식되고 거품이 떠다니는 듯했는데, 이런 곳이 10여 군데였다. 그 사이를 오르내리니 겨우 배 한 대가 지나갈 만한데, 고깃배가 살아있는 전복을 따서 바쳤다. 배에서 내려 올라가 가파른 바위를 밟고 험준한 곳을 오르니, 참으로 천하의 기이한 경관이었다. 가부좌를 하고 앉아 술을 몇 순배나 마셨

13_ 석종산(石鍾山) …… 그리움 : 중국 송나라 문장가인 소식(蘇軾)의 「석종산기(石鍾山記)」에 보인다.

다. 그때 흰 갈매기 한 쌍이 그 위에 살고 있었는데, 가까이 가도 놀라지 않았다.

저물어 배를 돌려 육지에 올려놓았는데, 잠시 후 바람과 파도가 매우 험악해서 돌아왔다. 관아로 오는 길에서 머리를 돌려 칠성봉을 보니 아득하고 희었다. 서글픈 마음으로 돌아왔다.

25일.[14] 느지막하게 나와 고성군의 취점聚點[15]을 보았는데, 모두 물고기 대가리에 귀신 얼굴을 하고 있어 앉고 서고 앞으로 나오고 뒤로 물러서는 것을 알지 못하였다. 무얼 하는 물건들인지 모르겠지만, 이들 또한 긴급하고 환란을 당할 때를 대비하는 것이리라.

26일. 새벽에 설사 증세가 있어 산초 차를 섞어 처방했는데, 저물녘에 차도가 있었다.

27일. 아침에 비가 내리더니 저물어 갰다. 두 형과 총석정으로 출발하여 가다가 장전長田에 도착했다. 세찬 바람이 불어 일행은 모두 넘어지고 갈팡질팡했으며, 내 갓도 바람에 부딪혀 찢어졌다. 앞으로 나갈 수 없어 주험촌注驗村 집에 투숙했다. 45리를 걸었다. -통천 경계이다. - 밤새 큰바람이 불어, 걱정스러운 마음에 편히 잘 수 없었다.

28일. 바람이 잔잔해지자 출발해 두백진頭白津에 도착했다. 50리를 가서 점심을 먹고, 30리를 가서 통천군通川郡에 들러 잠깐 쉬었다. 서쪽으로 작은 고개 하나를 넘고 멀리 아득한 사이를 바라보니, 기슭 하나가 비스듬히 흘러와 바다 가운데로 들어갔고, 그 중간쯤 살짝 굽은 곳에 바위가 불쑥 솟았는데 4,5길이나 되었다. 우뚝 솟아 마치 이정표와 같았는데, 그것

---

[14] 25일 : 원문에는 '25일'로 되어 있으나 문맥상 '24일'의 오자인 듯하다. 저자가 날짜를 착각했거나 24일 고성에 그대로 머물렀으므로 기록하지 않았는지 알 수 없다. 이하 날짜는 그대로 두고 번역하였다.
[15] 취점(聚點) : 군인이 사열하고 조련하는 일을 말한다.

총석정

이 총석임을 알 수 있었다. 말을 재촉해 저물어서야 나룻가에 닿았고, 20리를 가서 촌집에 말을 맡기고 걸어서 총석정에 올랐다.

대개 높다란 제방 뒤쪽의 산기슭 하나가 동쪽으로 바다에 들어가니, 마치 용이 뛰어오르고 뱀이 달리는 듯했다. 구불구불 몇 리를 가니 정자가 중턱의 튀어나온 곳에 있는데, 앉은 땅은 원만하고 높고도 넓었다. 정자의 서북쪽에는 산 자체가 일그러지고 패여 천 길의 절벽이 되었는데, 바닷물이 부딪쳐 깎아서 이른바 '총석'이 있게 되었다. 그 가운데가 우뚝 솟아 있고 각각 육각 모형의 바위가 수십 개인데, 마치 줄로 깎아서 묶어 놓은 듯하였다. 형체는 들보와 같은데 옥을 모으고 대나무를 묶어서 합해 바위 하나가 된 것이었다. 높이가 수십 길이나 되는 것이 세 개이고, 4,5장이나 긴 것도 두세 개였다. 위쪽은 모두 칼로 자른 듯 평평하고 바르고 곧게 서 있었다. 꼭대기에서 굽어보면 육각 모양으로 봉합된 곳이 가지런하고 많아서 거북 무늬와 흡사하였다. 그 기괴하고 황홀함은 아마도 조물주가 만든 것이 아닌 듯했다. 바다에 파도가 치고 바람이 거센데 바위에 부딪혀 뿜어내는 것이 마치 옥이 부서지고 눈이 흩날리는 듯했다. 저녁 안개로 오래 있을 수 없어 내려와 포구의 집에서 묵었다.

29일. 날이 밝자 다시 환선정喚仙亭에 올랐다. 정자는 총석정 서쪽 수십 보에 있었다. 작은 돈대 위에 이른바 와총석臥叢石이 있는데, 모양은 다를 게 없지만 이는 모두 가로로 누워 있고 또 기수氣數와 조물주를 알 수 없었다. 이런 곳은 본디 지극히 기묘하여 지척 간에도 눕고 서 있는 것이 달랐다. 바람과 물이 형태를 바꾼 것이니, 하늘의 뜻은 아마도 인위적으로 그렇게 만든 듯하다. 사람을 시켜 그런 설을 찾아보게 했으나 얻지 못했다.

또 한 산을 보니 어지러이 바위가 무수히 많았는데, 육각 모형은 마치 솜씨 좋은 도공이 기묘하게 깎은 듯 크고 작고 뾰족하고 삐뚤어진 게 없었다. 대개 이 산 전체가 모두 그러하고, 특별히 흙이 덮인 곳은 볼 수 없을 뿐이었다.

배를 타고 1리 남짓 들어가니 파도가 험해 오르내릴 수 없어 배를 돌려 해안에 정박했다. 서성이며 한참을 보내다가 오후에 통천읍으로 길을 돌렸다. 선칙이 들어가 통천 군수를 만났는데, 군수가 필요한 것들을 공급해 주었다. 두백진에서 투숙했다.

30일. 종일 가랑비가 내렸다. 출발해 30리를 가서 정오에 사진沙津에서 말을 먹이고, 오후에 남여로 독현禿硯을 넘어 저물어 신계사新溪寺에서 묵었다.

3월 초1일. 종일 비 때문에 머물렀다.

초2일. 아침부터 비가 내리더니 느지막이 갰다. 남여를 타고 구룡연九龍淵으로 향하니 점점 봉우리와 계곡이 깊고 험하고 그윽해지는 것이 보였다. 등나무·소나무·회나무가 삼대처럼 무성하고 빽빽하여, 결코 사람이 사는 곳이 아니었다. 10리를 가서 감사굴監司窟에 도착했다. 큰 바위가 서로 가려주고 그 아래에 조그마한 굴이 있는데 구부리고 돌아가도 겨우 한 사람을 용납할 만하여 엎드려 기어서 갔다.

길이 험한데 눈까지 쌓여서 남여로 갈 수 없자, 승려들에게 눈을 밟게 하여 상의를 벗어들고 걸어갔다. 여기서부터 좌우의 산 모습은 모두 만 길로 바위를 쌓아놓았고 한 점의 흙도 없었다. 산 정상의 깎아지른 봉우리는 기괴하여 온갖 형태를 갖추고 있었다.

10리를 가서 옥류동玉流洞에 도착했다. 계곡 바닥의 하얀 돌은 반듯하여 패이거나 일그러진 것이 없었다. 수십 길의 계곡 물은 평평하게 흘러 마치 종이와 같더니, 위아래로 곧장 쏟아져 몇 개의 깊은 못을 이루었다.

좌우에는 어지러운 바위들이 빽빽했는데 예나 지금의 사람 이름을 써 놓아 거의 빈 곳이 없었다. 편안히 앉아 한참을 보내다가 우리는 모두 성명을 써서 승려들에게 새기게 했다. 오후에 용연龍淵으로 향했다. 5리를 가니 비봉폭포飛鳳瀑布가 있었다. 멀리서 폭포를 바라보니 고개 위에서 천 길로 곧장 쏟아졌고, 중간에 바위에 부딪혀 폭포수를 뿜어내는데 눈꽃이나 옥구슬이 알알이 날아서 떨어지는 듯 눈이 휘둥그레지게 했다.

물길을 따라 조금 내려오면 연주담連珠潭이 있다. 물길을 거슬러 5리를 올라가면 이른바 용연龍淵인데, 바로 물이 다하고 산이 궁벽한 곳이었다. 양쪽 언덕에는 바위 봉우리가 만 길 높이로 마주 보고 있었다. 가장 높은 산등성이는 약간 구불구불하여 마치 활을 당기고 있는 형상이고, 계곡물이 솟아나 폭포가 되어 벼랑을 따라 만 길 높이로 쏟아져 내렸다. 올려다보니 아득한 틈이 폭포 물이 솟아나는 곳인데 마치 한 필의 비단과 같았으니, 바로 은색 실과 옥가루를 공중에 뿌리고 발라놓은 듯하여, 쏟아지면서도 달아나지 않고 격렬하면서도 성내지 않았으니, 곧 천하의 장관이었다. 중국 여산廬山은 과연 어떠한지 모르겠다. 그 아래는 바위 구덩이인데 물이 떨어지는 곳이다. 넓이가 5,6칸쯤 되고 깊이는 헤아릴 수 없었다. 온 골짜기에 다 돌이 깔려 있는데, 깨끗하고 미끄러워 발을 디딜 수가 없었다. 저물어서야 돌아와 묵었는데, 자못 배고프고 피곤함을 느꼈다.

초3일. 출발해 신계사에서 남쪽으로 10리를 가고 다시 서남쪽으로 10리를 가서 발연鉢淵에 도착했다. 발연은 산 계곡의 반석 위에 있었다. 큰 바위가 움푹 패여 구덩이가 생겼는데, 그 모습이 발우鉢盂와 같아 이름하였으니 또한 조물주의 기묘함이 있는 곳이다.

또 1리쯤 들어가면 발연사鉢淵寺가 있는데, 지금은 폐사되어 터만 남아 있었다. 조금 위쪽에 치폭馳瀑하는 곳이 있다. 계곡의 폭포는 옥류동과 같고 가끔 구덩이가 험하기도 했다. 발연사의 옛이야기에 의하면, 거주하는 승려가 능히 폭포를 따라 앉아서 내려올 수 있었는데, 강원도 관찰사가 순시를 나올 때는 반드시 미리 이 승려를 붙잡아서 달아나지 못하게 하였고, 도착하여 반드시 놀이를 즐긴 이후에야 그만두었다. 여기는 반드시 죽을 만한 곳인데 한 백성의 목숨을 담보로 한때의 놀이로 즐겼으니, 또한 이상할 만하구나.

길을 돌려 20리를 가서 경고京庫에 도착해 점심을 먹었다. 국초에 임금이 유점사에 밭을 내려주었는데, 백성들이 수확할 때 이 창고에 보관하였다가 깨끗하게 찧어 운송했던 곳이라고 한다. 오후에 10리를 가서 백천교百川橋에 도착했다. 승려들이 대나무로 만든 남여를 가지고 와서 기다렸다.

여기서부터 사람과 말을 돌려보내고 남여를 타고 구령狗嶺에 도착했다. 구령의 길은 매우 구불구불하고 위험했다. 고갯마루에 도착하니 20리 거리였다. 종종 돌부리가 기울어져 위험한 곳은 중턱까지 걸어갔고, 승대僧臺에 도착하여 잠시 쉬었으며, 상대上臺에 도착해서도 잠깐 쉬었다. 멀리 바라보니 바닷물이 하늘에 닿아 있고 저녁 안개가 자욱하였다. 삼일포와 해금강 등은 깊고 오목하여 마치 개밋둑인 듯 구멍인 듯한데, 하나하나가 바둑판에 바둑알을 떨어뜨려 놓은 듯하였다.

고개 서쪽은 평이하게 10리를 가서 장항獐項을 넘고, 또 10리를 가서 용천교龍川橋를 지나 유점사楡岾寺에 이르렀다. 금강산 전체는 4,5백 리에 기반하고 온통 돌산인데, 발연 남쪽에서 수재水岾 서쪽은 유점사 땅의 경계이며, 또한 흙산이기도 하여 가파른 바위의 험준함이 없고, 사방 만 겹으로 빙 둘러 혼후함이 완비되어 있으니, 참으로 기이했다. 산영루山映樓는 계곡을 가로질러 지었고 홍교虹橋가 누각에 걸쳐 있었다. 그 위는 웅장하고 화려하여 볼 만했다. 밤이 된 후 피곤하여 느지막하게 돌아왔다.

초4일. 아침에 갰다가 저물어 흐렸다. 밥을 먹은 후 불전·누각·법당을 두루 살펴보니 이른바 53개 불상이 있었다. 느릅나무 뿌리를 구부리고 연결해서 굴곡지게 하고 거기에 붙여서 우뚝하게 큰 탑 모양을 하나 만들고, 이지러진 틈새로 53개의 금불상을 안치해 놓았으니, 또한 괴이하고 허탄하였다. 또 오탁정烏啄井이 있는데 바위 감실을 사용해 물을 저장하고 있었다. 새로 지은 것도 보였는데 해놓은 일들이 백배로 공교하니 완성된 집의 규모나 제도가 지극히 사치스러웠다. 오후에 다시 어실御室을 살폈는데 수를 놓은 휘장과 금색의 병풍과 임금의 수레와 화려한 일산日

傘은 모두 임금이 친히 하사한 것이었다.

저물어 남여를 타고 서북쪽으로 5리를 가니 선담船潭이 있었다. 산 계곡은 돌 웅덩이 모습인데, 마치 큰 배 안에 맑은 못을 이루고 있는 듯하였다. 깊이는 4,5길이고 넓이는 모났다. 조그만 배와 깊은 물은 감상할 만했다. 서성이며 시간을 보내다가 다시 서쪽으로 반야암般若庵에 들어갔고, 다시 서쪽으로 명적암冥寂庵에 올라 잠시 쉬었다. 이후 돌아와 유점사에 들어갔다.

초5일. 다시 내산으로 향했다. 유점사에서 서쪽으로 10리를 가서 삼가점三街店에 이르러 잠깐 쉬고 외수재外水岾에 올랐다. 대개 내수재는 아직도 눈이 길을 막아 통행할 수 없다고 했다. 고갯길의 나무는 삼대와 같고, 바위 벼리는 매우 험준했으며, 눈이 쌓이고 얼음이 층층으로 얼어있어 길을 가기가 지극히 어려웠다. 때때로 험한 곳을 만나면 남여를 두고 걸어가니 엄청 피곤하였다.

10리를 가서 고개 정상에 올랐다가 남여로 갈아타고 내려갔다. 가파른 바위를 지나고 덩굴 숲을 뚫고 가는데, 길이 모두 위는 녹았지만 아래는 얼어있어 발이 미끄러우니 걷기가 어려웠다. 왼쪽에서 끌어당기고 오른쪽에서 부축하여 겨우 15리를 내려와 금정촌金井村에 도착했다. 점심을 먹은 후 장안사에 들어가 잠깐 쉬었고, 저물어 표훈사에 투숙했다.

초6일. 아침에 흐렸다가 느지막이 갰다. 수미탑須彌塔을 향하여 5리를 가서 금강문金剛門을 지나 만폭동萬瀑洞에 도착했다. 대개 대향로봉大香鑪峯·소향로봉小香鑪峯·청학대靑鶴臺는 이 산의 가장 중앙에 위치한다. 마하연의 물이 동쪽에서 흘러오고, 수미동須彌洞의 물은 서쪽에서 흘러와 청학대 아래에서 합류해 큰 계곡을 만드는데, 쏟아져 폭포가 되고 고여서 못이 된다. 반석 위에는 양사언의 '봉래풍악 원화동천蓬萊楓嶽元和洞天' 여덟 글자가 크게 쓰여 있는데, 자획은 강건하여 힘이 있고 크기는 서까래만 하였다. 바위 위에는 고성 군수의 형제와 송화松禾 권씨 어른이 쓴 이

름이 보였다. 우리 일행도 승려들에게 서쪽 계곡 속 우뚝한 바위 위에 성
명을 새기도록 했다.

계곡을 거슬러 올라 서쪽으로 가다가 청호연靑壺淵·용서담龍西潭·금
강대金剛臺를 지나 1리를 내려가서 내원통암內圓通庵에 이르러 잠시 쉬었
다. 만절동萬折洞·자운담紫雲潭·태상동太上洞·청랭탄淸冷灘·적룡담赤龍
潭을 지나니 눈이 쌓이고 얼음이 두껍게 얼어 있었는데 위험해 지나갈 수
없었다. 나무를 헤치고 벼랑을 따라 이蝨가 걷고 개미가 달라붙은 듯 10
리를 가서 수미탑須彌塔 아래에 도착했다. 바위를 올려다보니 1백여 길로
우뚝 솟았고, 첩첩이 쌓인 돌과 층층의 바위는 그 결이 가지런하여 마치
바둑판을 쌓아 탑을 만들어놓은 듯하였다. 둘레는 1백여 아름이나 되는
데 조금 올라가 꼭대기가 좁았고 모양도 일산 덮개와 같아, 사람이 만든
것처럼 기묘하였다. 그 동쪽에는 폭포가 얼어있어 가장 기이한 경관이라
할 만했는데, 잠깐 사이 운무가 또 이를 가려버렸다.

길을 되돌려 내원통암에 이르러 점심을 먹은 후 세 개의 사자령獅子嶺
을 넘어 마하연암摩訶衍庵에 도착했다. 이 암자는 산 중의 가장 가운데에
있다. 평평하고 넓으며, 좌우의 돌부리가 천 가지로 기이하고 백 가지로
괴이했다. 뛰어오르는 듯 솟구치는 듯한 것, 앉은 듯 누운 듯한 것, 굽어
보고 올려다보는 듯한 것, 웅크린 듯한 것, 관을 쓴 듯 삿갓을 쓴 듯한
것, 도롱이에 삿갓을 쓴 듯한 것, 의관을 입고 면류관을 쓴 듯한 것이 있
었다. 머리를 떨구고 조는 듯한 것, 홀笏을 바르게 잡고 종종걸음으로 나
아가는 듯한 것, 성내다가 돌아보며 흘겨보는 듯한 것, 두 손을 맞잡고
공손히 서 있는 듯한 것, 종종걸음으로 나아와 읍을 하는 듯한 것이 있었
다. 새가 날개를 펼치고 날아오르는 듯한 것, 달리는 짐승이 귀를 늘어뜨
린 채 끌고 가는 듯한 것, 구름이 샘에서 용솟음치는 듯한 것, 파도가 부
딪쳐 뒤집히는 듯한 것도 있었다. 거동이 자연스러움은 읍하고 사양하고
나아가고 물러나는 예禮의 장소에서처럼 하고, 떨쳐 일어나 용감함은 마

치 전장에서 앉았다 일어났다 하는 모습과 같아서, 인자仁者는 인仁이라 여기고 지자智者는 지혜롭다고 여겼다. 창연한 노을이 멀리서부터 이르니 맑은 기운과 밝은 빛이 함께 하지 못하고 어두워졌다.

나는 처음엔 '금강산 전체가 모두 얼음처럼 맑고 옥처럼 깨끗하다'고 들었는데, 산에 들어와 바라보니 거의 암석이 기괴하고 우뚝하여 높고 큰 것만 같았다. 마지막에 구석구석 탐방하여 밟아보고서야 비로소 그것이 천하에 이름나서 좌우로 응수應酬하고, 크고 작은 것에 놀라며, 동쪽으로 쳐다보면 기뻐서 이만한 것이 없다고 생각되다가도, 서쪽을 굽어보면 문득 다시 서글퍼져서 갑자기 실의하게 되니 참으로 가관이었고, 또한 듣고서 추측하거나 상상으로 미칠 바가 아님을 깨닫게 되었다.

조금 쉬고 백운대白雲臺에 오르니 산은 더욱 깊고 시야는 더욱 높으며 게다가 기괴하여 헤아리기도 어려웠으니, 다 기록할 수가 없다. 서쪽으로 바라보니, 중향성이 지척에 있고 봉우리가 우뚝하고 희었다. 이를 바라보면 가없는 큰 못에 연꽃이 물속에서 피어나 꽃망울이 터지자 꽃봉오리를 머금고 있는 듯하였다. 만물은 온통 봄이어서 사람의 영혼을 맑고 아득하게 하니, 바로 조물주와 더불어 유람하면서도 그 끝을 알 수 없었다. 다만 깎아지른 절벽과 위험한 잔도는 쇠줄을 잡고 헤쳐 나갔으며, 백운대 또한 겨우 한 사람만 용납하고 좌우로는 아래로 끝이 없었으니, 결코 사람 발길이 닿을 수 있는 곳이 아니었다. 즐기는 것에 빠져 위험한 곳을 밟고 다녔는데, 이를 생각하니 모골이 송연하고 후회될 뿐이다. 저녁이 되어 마하연에 도착해 유숙했다.

초7일. 맑음. 밥을 먹은 후 묘길상을 보았다. 대개 승려들이 가파른 절벽을 깎고 갈아서 큰 원불願佛 하나를 새겨 김동거사상金同居士像이라 하였다. 높이는 열 길이나 되고, 그 곁에 윤사국尹師國[16]의 '묘길상妙吉祥' 세 글자

16_ 윤사국(尹師國) : 1728~1809. 자는 빈경(賓卿), 호는 직암(直庵)이고, 본관은 칠원이다. 1759년 문

가 크게 쓰여 있었다. 길을 돌려 불제암佛齊庵을 지나고 화룡담火龍潭·선담·귀담龜潭·진주담眞珠潭·분설담噴雪潭을 두루 보았다. 만상암萬象庵과 보덕굴이 있었다. 보덕굴은 가파른 절벽 위에 있는데, 바위 구멍을 집으로 만들고 구리기둥 수십 길을 세워 누각에 걸쳐 놓고 그 위에 보덕불상을 안치했다고 한다. 벽파담碧波潭·흑룡담黑龍潭·청룡담은 모두 골짜기 속 반석이 차례로 웅덩이를 이루고 계곡물이 굽이굽이 흘러들어 못이 되었다. 걸음을 옮길 때마다 모양이 바뀌고, 물빛은 푸르며, 바위 면은 매끄럽고 윤기 났다. 끝없이 기이한 절경과 끝없이 그윽한 정취는 다 기록할 수 없었다. 이어 다시 천일대와 헐성루에 오르니 구름과 안개가 사방에서 걷혀 만물이 앞에 다 드러났다. 이따금 빠뜨리고 지나갔던 것들을 모두 편안히 앉아서 다 보았다.

대개 마하연은 이 산의 가장 중심에 감추어져 있는데 사방에 바위 봉우리가 빙 둘러 있고, 땅도 평탄하면서 낮기 때문에 봉우리가 더욱 우뚝하였다. 헐성루는 탁 트였으면서도 주변을 제압하고 있어, 온 산의 빼어난 경관인 일만 이천 봉우리가 낱낱이 눈앞에 펼쳐있었다. 두 곳은 서로 막상막하이고 이 산의 제일 명승이다. 잠시 앉았으니 운무가 비로봉부터 점점 가리더니 마침내 산으로 내려왔다. 선칙과 다시 명경대에 들어갔다가 잠시 후 장안사에 들어갔다. 채 자리를 잡기도 전에 비가 쏟아지듯 내렸다.

초8일. 맑음. 산을 나와 금정동金井洞 입구에 도착했다. 동쪽으로 바라보니 밤안개와 조각구름이 가끔 몇 겹의 바위 봉우리 속에 있었다. 맑은 해가 막 떠올라 햇빛이 서로 비치니 마음에 드는 곳이 있었다. 외수재를 경유해 삼거리에서 점심을 먹고 유점사에 도착해 묵었다.

과에 급제하여 출사한 후 강화유수·강원도 관찰사 등을 역임하였다. 서예에 뛰어나 조정의 금보(金寶)·옥책(玉冊)은 물론 사찰이나 누관(樓觀)의 편액을 많이 썼다.

초9일. 아침에 짙은 안개가 끼었다. 조금 걷히기를 기다려 고성 관아로 향하였다. 구령狗嶺에 못 미쳐 이슬비가 자욱하게 내리고 운무가 사방에 끼었다. 백천교에 도착하니 사람과 말이 와서 기다리고 있었다. 경고에서 점심을 먹고 관아에 도착했다. 집에서 온 편지를 보니 말할 수 없이 기뻤다.

초10일. 흐림. 고성 군수 어르신은 순시하러 도착한 관찰사를 맞이하기 위해 간성으로 출발했다. 밤에 선칙 형제 및 노첨과 함께 달빛을 타고 걸어서 해산정에 올라 소요하다가 돌아왔다.

12일. 맑음. 행장行裝을 챙겨 고성 군수 어르신이 관아로 돌아오기를 기다렸다가 즉시 출발할 계획을 세웠다. 오후에 군수 어르신이 돌아왔는데 순시하는 관찰사도 뒤따라와서 부득이 또 머물렀다.

13일. 맑음. 고향 길로 출발했다. 바다와 산의 천리 너머에서 어린 누이와 작별하니, 사람 마음을 뒤숭숭하게 하여 열 걸음에 아홉 번을 뒤돌아보았다. 선칙 형제와 걸어서 대호정에 올라 잠시 쉬고는 배를 타고 적벽으로 내려가 이별했는데 한동안 아무 말이 없었다. 10리를 가서 영랑호永郎湖를 지났다. 호수 크기는 삼일포만 못했는데 그윽하고 기이한 절경은 훨씬 나았다. 그 곁에 현폭암懸瀑庵과 선암船庵 및 여타 바위가 있는데, 모두 우뚝하여 볼만했다. 다시 5리를 가서 볼기진乶機津을 지나고, 또 5리를 가서 송도松島를 지났다. 다시 10리를 가서 지경촌地境村을 지나고, 또 5리를 가서 저도진猪島津 -간성 경계이다- 을 지났으며, 다시 몇 리를 가서 정오에 명파역明波驛에서 말을 먹였다. 길은 모두 하얀 모래로 정강이까지 빠져서 말이 걷기가 매우 어려웠다. 오후에 출발하여 10리를 가서 큰 나루를 지나고, 5리를 가서 초도草島를 지났다. 다시 5리를 가서 열산창列山倉과 운근촌雲根村을 지났다. 또 20리를 가서 반암磐巖을 지나고, 다시 5리를 가서 죽부역竹府驛을 지났다. 또 5리를 가서 해가 아직 지기 전에 간성 읍杆城邑에 다다랐다.

14일. 날이 밝자 출발해 10리를 가서 공수진公須津을 지났다. 공수진 서쪽

기슭에 가학정駕鶴亭이 있었다. 정자 앞은 평평한 호수인데 10리나 되고 작은 방산舫山이 이를 둘러싸고 있었다. 한 번 올라보고 싶었으나 노첨에게 놀림을 당하여 스치듯 지나갔다. 10리를 가서 오리진五里津을 지났다. 또 5리를 가서 괘진교암掛津橋巖을 지났다. 다시 5리를 가서 아야귀미羪也龜尾를 지나니 자마석自磨石이 있다고 했다. 또 5리를 가서 청간정淸澗亭에 도착해 잠시 올랐다. 청간정은 해안에 있고 뒤쪽으로 작은 기슭이 빙 둘러서 그윽했다. 왼쪽으로는 바위 봉우리를 끼고 있었는데 높이가 높은 누각과 같았다. 정동 쪽으로는 드넓은 바다여서 멋스럽고 상쾌하고 탁 트였으니, 또한 절경이었다.

바람은 상쾌했지만 오래 머물기가 어려워 아쉬운 마음으로 내려왔다. 조그마한 계곡 하나를 지나 정오에 건진촌乾津邨에서 말을 먹이고, 출발해 20리를 가서 속사진束沙津 – 양양 경계이다 – 을 지났다. 20리를 가서 수치水峙를 지나고, 10리를 가서 낮은 고개에 올라 홍문虹門으로 들어가 낙산사洛山寺에 도착했다. 절은 해안에 있는데 용과 호랑이가 빙 둘러 있는 듯 바다 빛이 보이지 않으나 깊고 그윽하여 감상할 만했다.

동쪽으로 1마장을 가니 바닷가에 의상대義湘臺가 있고, 조금 북쪽으로 관음굴觀音窟이 있었다. 대개 바다 끝 산이 다한 곳이어서 바위 모퉁이가 바다로 들어가 우뚝 솟은 가운데 이루어져 있었다. 용도甬道[17]를 헤아릴 순 없지만 수십 보나 되었고, 그 위에 시렁을 가로놓아 불전佛殿을 만들고 보타전寶陀殿이라 편액하였다. 누각 위의 마루에는 판자 하나를 열고 닫을 수 있게 만들어 굴속을 굽어볼 수 있었다.

파도가 부딪쳐 깎이고 그 가운데는 뿜어 나와 부서지니 마치 벼랑을 무너뜨리고 바위를 쪼개는 듯하였다. 물거품이 날아서 솟구치는 것이 마치 옥을 부수고 눈을 뿌리는 듯 곧장 누각 뒤쪽까지 와서 닿았다. 웅장하

17_ 용도(甬道) : 담을 양쪽에 쌓아 올려 왕래할 수 있도록 만든 통로이다.

구나, 그 헤아릴 수 없음이여. 위험하구나, 가까이할 수 없음이여. 동쪽·남쪽·북쪽에도 푸른 바다가 끝없이 펼쳐있으니, 참으로 천하의 장관이었다. 조금 쉰 후 길을 떠나 10리를 가서 해가 지기도 전에 양양읍襄陽邑 관저에 도착했다.

15일. 새벽에 들으니, 바람 소리가 땅을 진동시켰다. 오후에 출발해 한강선漢江船에 도착했다. 5리쯤 가서 샛길을 따라 15리를 가서 상운역祥雲驛을 지나고, 10리를 가서 기수문岐水門을 지났다. 다시 10리를 가서 동산洞山을 지나고, 또 10리를 가서 남애南崖까지 1리 남짓 못 미쳐 호수가 바다에 이어져 있는데, 나루가 깊고 또 얼어있어 건널 수 없었다. 해가 지고 저물어 다시 호수 상류를 따라 가로질러 건너니, 물이 얕아서 건너기 수월했다. 초저녁에 남애진 마을에 도착했다. 창을 열고 보니, 밝은 달이 높이 떠 있고 파도가 서로 머금어서 금빛 은빛 세계를 이루고 있었는데, 사람으로 하여금 찾아가 노닐며 잠들지 못하게 하였다. 파도 또한 잠시 고요하여 상쾌한 바람이 맑게 불어오니, 더욱 한없이 기이한 구경거리라고 느낄 뿐이었다.

16일. 일찍 일어나 일출을 보았다. 옅은 구름이 점점이 깔려 있어 시원스레 보지 못한 것이 한스러웠지만, 바닷물은 가없고 붉은 수레바퀴는 찬란하게 빛났다. 햇살이 곧게 비추니 온갖 괴이함은 불을 삼킨 듯 더욱 사람으로 하여금 완상을 그칠 수 없게 하였다.

길을 떠나 20리를 가서 우석진牛石津 -강릉 경계이다-을 지나고, 5리를 가서 주을진住乙津을 지났다. 5리를 가서 신리新里를 지나고 연곡역燕谷驛을 지났다. 10리를 가서 사월진沙月津을 지나고, 5리를 가서 사근석진沙斤石津을 지났다. 10리를 가서 강릉江門 입구에 도착해 호해정湖海亭에 올랐다. 정자는 경호鏡湖의 한 모퉁이에 있는데 고요하고 평온하였다. 호해정에서 서쪽으로 5리를 가서 경포대鏡浦臺에 올랐다. 경포대는 깎아지른 기슭 위에 있고 호수는 짙푸르고 둥글고 넓었다. 경포대 앞에 정면으로 위치하며, 둘레가 수십 리인데 물가에서부터 가운데에 이르기까지 깊이는 배꼽을 넘지 않았다. 예로부터 군자호君子湖라고 일컬은 것은 이 때문이었다. 그 밖에 외로운 산이 한 점 있고, 한 일자— 모양의 평평한 호수도 있다. 그 외에도 바닷물이 평평한 그릇처럼 푸른데, 물을 가득 담으면 겨우 한 필의 비단과 같지만 넓이도 가없고 장소는 평평하고 안온하니, 경치가 맑고 아름다움은 참으로 팔경 중의 제일 명승이었다. 앉아서 오래도록 감상하다가 길을 떠나 10리를 가서 정오에 강릉읍 관저에서 말을 먹였다.

영동지역은 통천에서부터 양양에 이르기까지 큰 산과 큰 바다는 성난 기운이 서로 핍박하니, 산천은 험준하고 인가는 드물었다. 양양 이후로는 산수가 조금 평온하고, 거주하는 백성도 자못 많으며, 큰 고을도 몇 리에 걸쳐 즐비했다.

오후에 길을 나서 강김江金을 지나고, 5리를 가서 구산점丘山店을 지났다. 5리를 가서 굴면점屈面店을 지나고, 5리를 가서 상제민원上濟民院을 지났으며, 10리를 가서 반정점半程店에 투숙했다. 이 주점은 대관령 중턱에 있는데 초저녁에 달이 보였다.

출발할 처음에는 바다를 따라 동쪽으로 가서 죽서루竹西樓·망양루望洋樓·월송정越松亭 등 여러 명승을 두루 보고자 했으나, 노첨이 형세상 중도에 흩어지기는 어렵다고 말려서, 부득이 죽령竹嶺으로 길을 잡았다. 좋지 않은 상황에서 원만하게 해야 하니, 그 일이 참으로 쉽지 않았다.

17일. 일찍 일어나 일출을 보았다. 아래로 굽어보니 아직 거무스레하여 검었다. 오직 쇠잔한 산과 얕은 기슭을 보니 울룩불룩한 모습이 마치 개미두둑과 같았다. 동쪽으로 바라보니 한 곳의 바다가 일렁이더니 갑자기 바닥에서 붉은 기운이 반사되어 나도 모르게 마음에 드는 점이 있었다.

10리를 가서 고개 위에 도착했고, 5리를 가서 횡계관橫溪館을 지났으며, 30리를 가서 월정가月汀街에 도착해 정오에 말을 먹였다. 이곳은 오대산五臺山 월정사月汀寺까지 20리라고 했다. 10리를 가서 진부창珍富倉을 지나고, 10리를 가서 거억흘점去億屹店을 지났다. 물가에는 돌부리가 우뚝 솟아 대를 이루고 청심대淸心臺라고 하였다. 20리를 가서 모노령毛老嶺을 지나고, 30리를 가서 태화관大華館을 지났으며, 10리를 가서 사초가沙草街에서 투숙했다.

18일. 가랑비가 종일 내렸다. 비를 무릅쓰고 출발해 10리를 가서 방림芳林을 지나고, 10리를 가서 배로 주진舟津-평창 경계이다-을 건넜다. 10리를 가서 평창읍平昌邑을 지나고 안현鞍峴을 넘어 10리를 가서 약수藥水를 지나니 푸른 강과 푸른 절벽이 굽이굽이 볼만한 곳이 있었다. 10리를 가서 마지麻池에 도착해 정오에 말을 먹였고, 20리를 가서 배로 사천沙川-원주 경계이다-을 건넜다. 10리를 가서 아치현峨峙峴을 넘고, 10리를 가서 주천창酒泉倉 관저에 도착해 잠시 쉬었다. 5리 남짓 가서 샛길을 따라 20리를 가서 갈동葛洞에 도착해 묵었다.

19일. 새벽에 출발했는데 노첨에게 이끌려서 갔다. 10리를 가서 샛길로 의림지義林池에 들어갔다. 의림지는 제천堤川 북쪽 10리에 있다. 이곳은 산골짝 사이의 둑일 뿐 달리 볼 것이 없고, 물이 나오는 곳이 산중턱을 가로로 경계 지어 암석이 횡할 뿐이었다.

제천에 도착해 20리를 가서 유원楡院에 도착해 정오에 말을 먹였다. 30리를 가서 매포梅浦-단양 경계이다-를 지나고, 또 동남쪽을 따라 5리를 들어가 도담석봉島潭石峯으로 들어갔다. 강 가운데에서 우뚝 솟아 세 개의 봉우리가 되었다. 기이하고 가파르고 험준함은 해금강에 비해 서로 장단점이 있지만 또한 기이한 볼거리였다. 매우 배를 타고 오르내리고 싶었지만 노첨의 다그침을 받아 아쉬운 마음으로 출발했다. 길을 돌려 매포를 따라 내려가 고개 하나를 넘고, 10리를 가서 만진晚津에 숙박했다.

20일. 맑음. 새벽에 출발하여 배를 타고 만진을 건너고, 20리를 가서 장림역長林驛에서 아침밥을 먹고 노첨과 작별하였다. 비벌령飛伐嶺에서부터 수

천 리 길을 말고삐를 나란히 하다가 갑자기 작별하게 되니, 자못 서운하고 아쉬웠다. 죽령을 넘고 50리를 가서 정오에 풍기읍豐基邑에서 말을 먹였다. 30리를 가서 영천군榮川郡을 지나고, 또 10리를 가서 초곡草谷 송씨의 글방에서 묵었다.

21일. 맑음. 60리를 가서 정오에 옹천甕泉에서 말을 먹이고, 해가 지기 전에 집에 도착했다. 부모님이 무탈하여 큰 허물을 면했으니 기쁨을 말로 할 수 없었다.

동유록일기東遊錄日記

박영석, 『만취정유고』, 「동유록일기」
국립중앙도서관 소장

만취정 박영석

박영석朴永錫(1735~1801)의 자는 이극爾極, 호는 만취정晩翠亭이며, 본관은 전주이다. 서울 순화방順化坊
누각동樓閣洞(현 종로구 누상동·누하동 부근)에 살면서 학동을 가르치고, 승정원의 저보邸報를 필사해 주는
것으로 생업을 삼았다고 전한다. 가난에 개의치 않고 단정한 풍모를 잃지 않아 군자라고 불리었다.
여항시인의 시사詩社인 송석원시사松石園詩社의 회원이었으며, 장우벽張友璧·엄계흥嚴啓興·유세정庾世
貞·김낙서金洛瑞·천수경千壽慶·장혼張混 등의 여항문인과 교유하였다. 그의 손자 박응모朴應模도 시
재詩才가 있어 후에 직하사稷下社를 결성하여 왕성한 시작 활동을 하였다. 저서로 『만취정유고』가 전
한다.

기행일정
1797년 3월 20일 ~ 4월 21일
(동행) 유기, 정생, 덕봉

동유록일기[*]

1797년(정사) 3월 20일. 맑음. 유기庾璣와 함께 느지막한 아침나절에 성곽을
출발해 천천히 걸어 누원樓院에 도착했다. 해가 여전히 높이 떠 있었지만
동행을 기다리며 머물러 숙박했다.

21일. 흐림. 비가 올 기미가 있고 동행도 아직 오지 않아 잠시 도봉서원道
峯書院을 찾았는데, 경관이 매우 좋아할 만했다. 그리고는 옥천암玉泉菴에
올라갔다가 누원의 객점에 돌아와 체류하였다. 밤에 천둥과 바람이 크게
일었다.

22일. 아침에 비가 멈췄다가 저물녘에 갰는데, 여전히 바람은 불었다. 동
행이 모두 도착하자, 서호랑西戶郞으로 출발해 머물러 묵었다.

23일. 맑음. 송우점松隅店에서 점심을 해먹었다. 물가 소나무 한 그루가 있
는 언덕을 지나다가 쉬었는데, 농부가 짝지어 밭 가는 모습을 보았다. 자
형子衡[1]은 자신도 모르게 유연悠然한 생각이 일어 '밭 갈고 우물 파는 곡

---

[*] 이 자료는 한국문집총간 속집 94책 『만취정유고(晚翠亭遺稿)』에 수록된 「동유록일기」를 저본으
로 하였다. 이 책은 불분권(不分卷) 1책으로 되어 있으며, 출간 연도는 자세치 않다.
[1] 자형(子衡) : 유기의 자(字)인 듯하나 자세치 않다.

조'²를 한 번 불렀고, 유람객은 그 노래를 듣고 말을 멈춘 채 돌아갈 것을 잊었다. 저녁에 만세점萬歲店에 이르러 묵었다.

24일. 아침에 서리가 내려 음산하고 서늘했다. 야미점夜味店에서 점심을 해 먹고 가서 서자일점西自逸店에 도착했다. 날은 아직도 일렀지만, 보슬비를 만났기에 머물러 묵었다.

25일. 맑음. 조반을 먹고 출발했다. 비가 뭇 봉우리를 씻어주고 구름이 겹겹의 골짜기에서 피어올라 조화를 이뤄 마치 수묵화와 같았으니, 또 하나의 기이한 구경거리였다. 밥을 싸서 왔기에 장림점長林店에 이르러 점심으로 먹었다. 저물어 김화읍金化邑에 딸린 숙소에 들어 잤다.

26일. 맑음. 낮에 바람이 불었다. 답현점畓峴店에서 아침밥을 해 먹고 금성의 남쪽 시내에 도착해 피금정披襟亭에 올라 잠시 쉬었다. 추곡점楸谷店에 이르러 점심을 해 먹고 탄검리炭黔里에서 머물러 묵었다.

27일. 맑음. 오목점梧木店에서 아침밥을 해 먹었고, 저물어 신안점新安店에 들어 묵었다.

28일. 맑음. 광석점廣石店에서 아침밥을 해 먹고 일이 있어 회양부로 향했다. 아사라지령我思羅只嶺을 넘는데 마침 회양 부사가 출타 중이라고 하여 정생鄭生과 덕봉德鳳을 보내 관아로 편지를 전했다. 길가의 소나무 그늘에 앉으니 바람이 서늘하였다. 솔방울을 주워 불을 피우고 마을에서 술을 사와 한 잔을 마시며 '사람을 기다리기 어렵다待人難'는 곡조를 노래하였다. 두 사람이 편지를 받아왔다. 다시 광석점에 들어 숙박했다.

29일. 아침에 흐리고 잠깐 비가 내렸다. 부로지현扶老只峴 아래 객점에서 아침밥을 해 먹고 추지령秋池嶺을 넘었다. 고개 서쪽은 저 멀리 이어지다 오르막인데 그다지 험준하지 않았지만, 동쪽으로는 구불구불하여 양의

---

2 밭 …… 곡조 : 중국 요(堯) 임금 때 노인이 지었다는 「격양가(擊壤歌)」를 말하는데, 내용은 다음과 같다. "해 뜨면 일하고, 해가 지면 쉬고, 우물 파서 물 마시고, 밭을 갈아 먹고 사는데, 임금의 힘이 나에게 무슨 상관이랴.[日出而作, 日入而息, 鑿井而飮 耕田而食 帝力於我, 何有哉.]"

창자와 같은 것이 10여 리였다. 내려가 중도점中道店에서 묵었다. 밤에 비가 내렸다.

30일. 맑음. 신일촌新一村을 거쳐 은적암隱寂菴으로 향했다. 골짜기가 그윽하고 깊으며, 천석이 기이하고 빼어나서 사랑할 만했다. 아침밥을 해먹고 그대로 유숙하였다.

4월 초1일. 아침밥을 해먹고 통천현치通川縣治 내를 지나 흐르는 물가에서 복령茯笭 분말로 대강 요기를 했다. 저녁에 고저高底 주막에서 묵었다.

2일. 맑음. 아침 일찍 조반을 먹고 총석정에 올랐다가 돌아와 통천현치 객점에서 묵었다.

3일. 맑음. 양원촌養元村의 김 장의掌儀 집에서 아침밥을 해 먹었다. 저녁에는 남애점南崖店에 들어 묵었다.

4일. 맑음. 아침밥을 먹고 온정동溫井洞 시골집에 들어가 요기를 했다. 비를 무릅쓰고 신계사新溪寺에 들어가 그대로 머물러 숙박하였다. 밤에 바람이 불고 비가 내렸다.

5일. 잠깐 흐렸다가 잠깐 비가 내리더니 느지막이 갰다. 그대로 신계사에 머물며 묵었다.

6일. 맑음. 아침밥을 먹고 절 서쪽으로 25리를 가서 비봉폭飛鳳瀑을 구경하였고, 다시 5리쯤을 가서 구룡폭九龍瀑을 구경하였다. 그대로 왼쪽 봉우리의 정상에 올라 여덟 개 못을 굽어보고 동쪽으로 큰 바다를 바라보니, 모두가 평생 처음 보는 장관이었다. 신계사로 내려와 그대로 묵었다.

7일. 맑음. 아침밥을 먹고 30리를 가서 삼일폭三日瀑을 구경하였고, 다시 15리를 가서 해금강에 이르렀다. 마침 풍랑과 파도가 크게 일었는데, 또한 하나의 빼어난 경관이었다. 그대로 고성읍에 가서 머물렀다.

8일. 맑음. 백천교白川橋 객점에서 아침밥을 해 먹고 구령狗嶺을 넘어 어두워져서야 유점사에 머물러 묵었다.

9일. 맑음. 산영루에 올라 탐라의 기녀 만덕萬德을 만났다. 그대로 유숙하

만폭동

였다.

10일. 맑음. 조반을 먹고 절을 나와 서북쪽으로 3리쯤 가서 선담船潭을 구경했다. 다시 효운동曉雲洞을 지나 또 5리쯤 가서 은신대隱身臺에 올라 십이폭포를 보았다. 은신대에서 내려와 10리를 가서 안문점雁門店에 올라점심을 먹었다. 묘길상을 구경하고 마하연에 도착해 머물렀다.

11일. 맑고 바람이 불었다. 아침밥을 먹고 비로봉에 오르려는데 눈 때문에 길이 막혀 곤란해져서 오르지 못했다. 다시 백운대白雲臺에 오르려다가 또한 큰바람이 불어 그만두었다. 지나는 길에 보덕굴의 구리기둥 집을 멀리서 보았고, 여덟 개 못을 거쳐 만폭동에 이르렀다. 반석 위에 '봉래풍악 원화동천蓬萊風岳 元化洞天' 여덟 글자가 새겨져 있는데, 바로 봉래양사언楊士彦의 글씨였다. 표훈사에 들어가 점심을 먹고 백화암白華菴에이르러 묵었다.

12일. 맑음. 그대로 유숙했다.

13일. 맑음. 아침밥을 먹고 천일대에 올랐다. 정양사에서 점심을 해 먹고 헐성루에 앉았다가 백화암에서 잠시 쉬었다. 저물어 장안사에 들어가 묵었다.

14일. 맑음. 조반을 먹고 영원동에 들어가 옥경대玉鏡臺에 앉아서 명경대明鏡臺를 올려다보고 황천담黃川潭을 굽어보았다. 돌아오는 길에 지장암地藏菴에서 잠시 쉬었고, 다시 장안사에 들어가 점심을 먹고 곧바로 출발하였다. 저녁에 가목점椵木店에 들어가 묵었다. 밤에 비가 약간 내리고 바람이 세게 불었다.

15일. 맑음. 단발령을 넘어 마니현점摩尼峴店에서 아침밥을 해 먹었고, 대경진大經津을 건너 저물어서야 하기성下岐城에 이르러 유숙했다.

16일. 맑음. 탄검리에서 아침밥을 해 먹었고, 저녁에 진목점眞木店으로 들어가 묵었다.

17일. 맑음. 낮에 바람이 불었다. 답현畓峴에서 아침밥을 해 먹고 김화읍 내 운흥점雲興店의 장생蔣生 집에 도착했는데 해가 아직 일렀다. 주인이 만류하여 그대로 머물렀다.

18일. 맑음. 그대로 조반을 먹었다. 저녁에 기슬개점其膝介店에 들어가 유숙했다.

19일. 맑음. 유정리楡亭里에서 조반을 먹었고, 저녁에 장거리場巨里에 들어가 투숙했다.

20일. 맑음. 서호랑에서 아침밥을 해 먹었고, 저녁에 수유현水逾峴에 들어가 유숙했다.

21일. 맑음. 요기를 하고 돌아와 한양으로 들어갔다.

동유기東遊記

임정주, 『운호집』 권5, 「동유록」
서울대학교 규장각한국학연구원 소장

치공 임정주

임정주任靖周(1727~1796)의 자는 치공穉恭, 호는 운호雲湖, 시호는 문경文敬, 본관은 풍천이다. 아버지는 함흥 판관 임적任適이며, 형은 임성주任聖周이다.

1762년 사마시에 합격하여, 1772년 동몽교관을 거쳐 서연관으로 정조에게 학문을 강론했다. 1776년 정조가 즉위한 뒤 홍국영洪國榮의 세도정치에 밀려나 전생서 주부典牲署主簿 · 송화 현감 · 온릉령溫陵 令 · 청산 현감 등 미관말직을 지냈다.

청산 현감 때 선정이 보고되어 왕의 특명으로 중추中樞의 직함을 받았다. 평생 거경궁리居敬窮理와 존심양성存心養性에 힘썼다. 그의 학문은 형 임성주의 학통을 이어받아 이기이원론理氣二元論을 배격하고, 이기일원의 주기설主氣說을 확립하였다. 저술로 『운호집』이 있다.

기행일정
1782년 5월 2일
(동행) 김군술, 김재신

미상

동유기*

임인년(1782) 5월 2일. 나는 둘째 형[1]을 뵙기 위해 금주錦州[2]에서 동협東峽
으로 들어갔다. 더위가 가시고 가을에 이르러 어느 날 관찰사 김선지金善
之를 만나니 "금강산을 한 번 가보지 않을 수 없으니, 내가 그대를 위해
계획을 세워 보려 합니다."라고 하였다. 내가 "참으로 바라던 일입니다."
라고 했다.

드디어 가을걷이를 살피는 행차에 동행하여 동쪽으로 나갔으니, 병 때
문에 혼자서는 갈 수 없었고 게다가 함께할 만한 다른 사람도 없었다. 월
성越城에 이르러 이런 이유로 돌아왔다. 다음 달에 결국 이룰 수 있었다.

이번 유람은 산에 있어서는 대략 그 대체大體를 보았고, 위험한 봉우
리와 끊어진 절벽은 감히 가보지 못했다. 바다에 있어서는 관동팔경의

---

*   이 자료의 번역은 한국문집총간 속90책 『운호집(雲湖集)』 권5에 실린 「동유록」을 저본으로 하였
    다. 『운호집』은 6권 3책의 활자본으로 서울대학교 규장각에 소장되어 있다.
1_ 둘째 형 : 임성주(任聖周, 1711~1788)를 말한다. 자는 중사(仲思), 호는 녹문(鹿門), 본관은 풍천이
    다. 정조가 즉위한 뒤 동궁을 보도(輔導)하였고, 지방관을 지내다가 녹문에 은거하여 학문 연구
    로 여생을 보냈다. 저술로 『녹문집』이 있다.
2_ 금주(錦州) : 충청남도 금산군(錦山郡)의 옛 이름이다.

절반을 보았다. 원주原州의 청허정清虛亭, 월성의 금강정錦江亭, 홍성洪城의 범해정泛海亭, 춘천春川의 문소정聞韶亭, 고성高城의 해산정海山亭·대호정帶湖亭 등은 관동팔경의 외의 구경거리이다. 왕복한 전후의 거리를 계산해 보니 2천여 리이고, 27일이 걸렸다. 산과 바다의 뛰어난 경치를 모두 보고 평소 배우지 못한 한가하게 시를 읊조리는 일을 하여 50여 편을 지었으니, 이번 유람이 너무 심하게 소략하여 주 부자朱夫子의 웃음거리가 되지나 않을는지. 나는 이것을 두려워한다. 상사 김군술金君述이 함께 했고, 관찰사의 아들 김재신金在新-민여民汝도 따라 왔다.

임인년 9월 하순. 화천花川으로 돌아온 나그네가 기록하다.

09

풍악기楓嶽記

서영보, 『죽석관유집』책3, 「풍악기」
고려대학교 중앙도서관 소장

죽석 서영보

서영보徐榮輔(1759~1816)의 자는 경세慶世, 호는 죽석竹石·죽석관竹石館·죽석산인竹石山人·옥경산인玉磬山人·약산병리藥山病吏이고, 본관은 달성達城이다. 좌의정 서명균徐命均의 증손으로, 조부는 영의정 서지수徐志修이고, 아버지는 대제학 서유신徐有臣이다. 증조부와 조부가 모두 영의정을 지냈으며, 3대에 걸쳐 문형文衡을 배출하였고, 영조·정조·순조 때 영향력이 컸던 명문가 출신이다.

1789년(정조 13) 식년문과에 장원하여 이듬해 성절 겸 사은사聖節兼謝恩使의 서장관으로 청나라에 다녀왔다. 이후 대사성·예조 판서·대제학·호조 판서 등을 역임하였고, 58세로 세상을 떠날 때까지 관직에 있던 관료문인이다.

자하紫霞 신위申緯·극원屐園 이만수李晚秀 등과 교유하였고, 1808년 심상규沈象奎와 함께 『만기요람萬機要覽』을 편찬하였다. 문장과 글씨에 뛰어났다. 저서로는 『죽석관집』·『교초고交抄考』·『어사고풍첩御射古風帖』 등이 있다.

기행일정
1806년 9월 초
(동행) 미상

평강—금성—단발령—온정령—철이령—장안사—정양사—만폭동—수미탑—팔담—마하연—만회암—
불지암—유점사—견구—삼일호—외원통사 옛터—고성—신계사—비봉폭포—옥류동—구룡폭포—만
물초동

풍악기*

　우리나라 명산의 으뜸은 풍악산인데, 나무 중에서 단풍이 많기 때문에 그렇게 이름하였다. 또한 금강산이라고도 하고 기달산이라고도 하는데, 이 산의 발자취가 승려들에게서 나왔기 때문에 불가佛家의 용어로 덮어쓰게 되었다. 이 산은 동해 가에 임해 북쪽으로 이어지고 남쪽으로 뻗어 내려 만물초동萬物肖洞이 되고, 온정령을 넘어 비로봉이 되었다. 산줄기로 펼쳐져 변화무쌍하고, 넓고 단단하게 이어지다가 무더기로 우뚝 솟아 나란히 빼어나며, 고성에 비껴 있고 회양에 서려 있으니, 동쪽을 외산이라 하고 서쪽을 내산이라고 한다.

　그 봉우리가 우뚝 솟아 높은 것은 대개 이루 다 헤아릴 수 없는데, 비로봉이 특히 높아 남쪽을 향해 웅크리고 있다. 그 앞은 중향성이고, 넓다가도 다시 솟구쳐 망고대가 되었으며, 왼쪽은 구기연具其淵이고 오른쪽은 구룡폭포이다. 그 뒤쪽이 내수재인데, 이 산의 안팎은 여기가 경계이다.

＊　이 자료는 한국문집총간 제269집 『죽석관유집(竹石館遺集)』 책3에 수록된 「풍악기」를 저본으로 하였다. 이 책은 필사본으로 전하며, 불분권(不分卷) 8책으로 되어 있다.

동천으로 이름난 곳은 장안사 골짜기인데, 내산의 첫 번째 굽이다. 영원동靈源洞·백탑동百塔洞·백천동百川洞은 온 산의 여러 물줄기가 모이는 곳이다. 거슬러 올라가면 표훈사 골짜기인데, 큰 사찰이 그곳에 있다. 그 위쪽은 정양사 골짜기이다. 또 몇 리를 가면 왼쪽으로 청학대를, 오른쪽으로는 소향로봉을 끼고 있는데, 만폭동이라 한다.

수미수須彌水를 지나 다시 북쪽으로 올라가면 팔담八潭 골짜기와 가섭동迦葉洞이다. 중향성 아래에 있는 것은 백운동이며, 비로봉 아래에 있는 것은 원적동圓寂洞이다. 내수재를 넘어가면 효운동曉雲洞이고, 몇 리를 못 가서 선담船潭 골짜기가 있다. 또 몇 리를 가면 유점사 골짜기인데, 골짜기가 넓고 크며, 절이 빛나고 화려하다. 중내원동中內院洞은 백탑동과 더불어 서로 안팎으로 위치하는데, 망고대가 맑은 기운이 왕성해서 이를 만들어 내었다. 백천교百川橋·발연鉢淵·신계사神溪寺洞 등의 골짜기는 모두 물이 흘러나온다.

대개 이 산의 봉우리는 모두 퇴적된 하얀 바위가 겹겹으로 솟아 있고, 계곡물은 모두 옥을 씻어내듯 구슬이 부딪쳐 울리는 듯 흐르며, 그 골짜기는 구불구불 이어진다. 그윽하고 깊숙하기도 하고, 밝고 넓어 즐길 만하기도 하며, 험준하여 오를 수 없거나, 혹은 가파르고 서늘하여 오래 머물 순 없지만, 은거하여 살 만하고 신선이 살 만한 곳이기도 하였다.

금상 6년(1806, 병인)에 나는 평강平康에서 금성金城으로 가서 단발령을 넘었고, 내산을 거쳐 외산에 이르러 온정령을 넘었는데, 이 모두 7일이나 걸렸다. 처음 내가 단발령에 이르렀을 때 가을이 깊었고 조금 비가 내렸다. 관아의 아전이 말하기를 "단발령 위에서 금강산을 바라보니 구름과 안개가 자욱해서 분간할 수 없습니다."라고 말하였다. 나는 내심 '그 옛날 유韓愈가 묵묵히 기도하여 형산衡山의 구름을 개게 하고, 정직하면 감통한다고 했던 것'[1]이 생각났다. 그러나 나는 두려웠다.

30리를 가서 철이령鐵彝嶺에 이르러 뭇 봉우리를 바라보니 벌여 서서 그 모습을 드러내고 있었다. 구름이 걷히고 햇살이 비치자 속속들이 훤히 다 보여 눈이 휘둥그레졌다. 고개를 내려와 큰 계곡물을 만났고, 언덕을 따라 올라가 문득 다시 시내를 건너갔다. 대개 하나의 물인데 여러 번 건넜던 것이다.

10여 리를 가서 장안사에 도착하였으니, 이 산의 입구이다. 여기서부터 말을 두고 남여를 탔다. 올라가면 언덕이고, 걷어붙이고 건너니 시내였다. 험하게 꺾인 비탈길을 돌아 빽빽한 덤불을 밟고 가파른 골짜기에 올라서니 허공을 건너는 듯했고, 절벽을 지날 때면 어지럽고 아찔했다. 잠깐 사이에 오르락내리락하는 것이 마치 두레박에 올라탄 듯했다. 기이한 봉우리들이 빙 둘러 모였다가 번갈아 나타나 끝이 없었다. 가파르게 솟은 것은 삼엄하여 달려들 듯하고, 뾰족하게 솟은 것은 튀어나와 막아서는 듯하였다.

산이 이미 끝났나 싶으면 갑자기 모퉁이를 돌아드니, 맑은 물과 기이한 바위가 사람과 서로 약속이나 한 듯하였다. 산은 모두 온통 바위여서 틈이 많고, 그 틈에는 모두 흙이 붙어서 좋은 나무들이 자라고 있었다. 산 중턱 아래로는 큰 나무와 오래된 등나무가 뒤섞이고 첩첩이 쌓여서 무성하게 짙은 그늘을 드리웠다. 때는 9월 초인데, 붉고 노랗고 푸른 잎들이 벌여서 비단에 수를 놓은 듯 빛나고 선명하여 사람의 눈을 현혹시켰다. 내산의 여러 절과 여러 골짜기 중 내 발자취가 이른 곳과 눈으로 본 곳이 모두 그러하였다.

정양사는 중향성의 서쪽에 있으며, 그 높이가 이 산의 2/3에 위치하였다. 아래로 여러 골짜기를 굽어보면 깊어서 밑이 보이지 않는다. 그곳의 누각은 헐성루이며, 대臺는 천일대인데, 중향성과 정면으로 마주하고

1_ 한유(韓愈)가 …… 것 : 중국 당나라 때 한유는 형산에 올라 기도를 한 덕분에 운무가 걷혀 일출을 보았다고 한다.

있다. 수미봉須彌峯·가섭봉迦葉峯에서 망고대望高臺·현불재現佛岾, 그리고 비로봉과 일월봉日月峯 정상에 이르기까지 첩첩으로 쌓여서 등진 채로 촘촘하게 벌여 있고, 찬란하게 진면목을 드러내며 눈앞에 다 벌여 서서 어느 하나도 모습을 숨기지 않았다. 북동쪽과 동쪽에서부터 동남쪽에 이르기까지 20리에 걸쳐 원근과 높낮이가 서로 만 가지로 다르며, 아침저녁으로 구름과 해는 그 빛깔이 1백 가지로 변하였다. 옛날에는 그 수를 일러 일만이천 가지라고 했는데, 지금 다 셀 수 없어 그 대강을 말한다.

모난 것, 둥근 것, 예리한 것, 곧은 것, 평평한 것, 가로누운 것, 굽어보는 것, 올려다보는 것, 성글어 서로 떨어져 있는 것, 붙어서 서로 이어진 것, 내달리며 서로 좇는 듯한 것, 두 손을 모아 읍하며 서로 사양하는 듯한 것, 돌출하여 튀어나온 것, 솟구쳐 다투는 듯한 것, 달려가며 뒤도 안 돌아볼 듯한 것, 가다가 다시 돌아오는 듯한 것, 게을러 천천히 가려는 듯한 것, 급하여 마치 시간에 맞추려는 듯한 것, 성내지만 마치 살짝 노기를 띤 듯한 것, 단아하고 아름다워 마치 지조를 지키는 듯한 것, 예뻐서 마치 단장을 뽐내려는 듯한 것, 위엄 있고 근엄하여 마치 성내는 듯한 것들이, 부류마다 똑같지 않고 형태마다 각기 달랐다. 신묘한 변화가 이미 다했으니, 교력巧曆[2]이 힐난할 수도 없고 경치를 감상할 겨를도 없었다.

다시 몇 리를 가니 만폭동이었다. 팔담의 골짜기와 수미동 두 물이 모여 쏟아지고 큰 너럭바위가 이를 떠받치는데, 흩어진 물줄기가 물들이로 부딪치니 사람의 말소리가 들리지 않았다. 서쪽 골짜기에서 거슬러 올라가면 그 물길은 청호연靑壺淵·용곡담龍曲潭·만절동萬折洞·태상동太上洞·청냉뢰淸冷瀨·자운담慈雲潭·우화동羽化洞·적룡담赤龍潭·강선대降仙臺가 된다. 그 산은 청양봉靑羊峯·침향근석沈香根石·삼난석三難石인데

2_ 교력(巧曆) : 역산(曆算)에 정밀했던 사람으로, 『장자(莊子)』, 「제물론(齊物論)」에 보인다.

굽이마다 다르고 기이했다. 골짜기로 몇 리를 더 들어가면 밑에 깔린 반석과 곁에 우뚝 선 절벽인데, 그 모습은 모두 층층으로 겹쳐 있었다.

20리를 가니 수미탑須彌塔이 돌연 불쑥 솟아 있었다. 이 산의 1/10 지점에 붙어 있고, 나머지는 주위가 빙 둘러 있었다. 탑의 형태는 둥글고, 돌에 난 주름은 조각해 놓은 듯하였다. 층계가 물가로 나 있어 마치 녹아내린 액체가 흐르는 듯하고, 상류부가 하늘에 닿아 있으며, 큰 바위가 밑받침 노릇을 하는데 물이 이를 감돌아 흐른다. 가까운 곳의 바위는 대개 겹겹이 쌓여서 모나기도 둥글기도 하였다. 모난 것 중에는 정사각 모양·사다리 모양·직사각 모양이 있고, 둥근 것 중에는 완전히 둥근 모양·비스듬히 둥근 모양·타원 모양이 있으며, 모나고 둥근 것들의 다양함은 끝이 없었다.

수미탑을 지나가니 연이은 봉우리가 주위에 둘러 있는데, 봉우리마다 수려하여 교묘함과 기이함을 다투고, 영롱함이 눈 안에 들어와 번갈아 비추며, 쌓여서 탑 모양을 이룬 것은 더욱이 이루 헤아릴 수 없었다. 그러나 나무가 울창하고 오솔길조차 없어서 남여를 두고 옷을 걷어 올린 채 덤불을 헤치며 시냇물을 건너서야 물줄기가 끝나고 폭포가 된 지점에 이르렀다. 폭포 옆에 돌비탈이 있는데, 왼쪽은 영랑재이고 오른쪽은 수미봉이었다. 정양사가 멀리서 마주했었는데 이곳에 이르니 가까이 있었다. 비탈의 높이는 이 산의 6/10이 되는 지점이므로 왼쪽과 오른쪽의 봉우리에서 그 옆이 굽어 보이며, 조각하고 쪼아 새긴 흔적 중 험하고 들쭉날쭉한 것들이 구멍과 틈새에서 다 드러나 있으니, 치아가 가지런하지 않은 것과 같았다.

만폭동에서 물길을 따라 북쪽으로 올라가면 청룡담靑龍潭·세두분洗頭盆·백룡담白龍潭인데, 물이 아주 영롱하고 맑으며, 암석이 매우 희고 깨끗하였다. 다시 북쪽으로 올라가면 팔담인데, 그 이름은 흑룡담黑龍潭·비파담琵琶潭·벽하담碧霞潭·분설담噴雪潭·진주담眞珠潭·귀담龜潭·선담

船潭・화룡담火龍潭이다. 첫 번째 못부터 마지막 못까지 거리는 10여 리이다. 바위 하나가 바닥까지 이루어져 있는데, 높기도 하고 낮기도 하며, 가파르기도 하고 완만하기도 하며, 푹 패여 절구와도 같고, 깎여서 구유와도 같으며, 깎아서 홀圭 같기도 하고, 둥글어서 웅덩이 같기도 하며, 잇몸처럼 들쑥날쑥하기도 하고, 층계처럼 층져서 꺾이는 듯도 하니, 그 모습이 백 가지 천 가지였다.

물의 흐름은 굽이돌아 꺾여서 바위에 따라 형체를 드러내었다. 부딪혀 격렬하거나, 꺾어서 돌아 흐르거나, 퍼져서 흩어지거나, 휘돌아 흘러가다 고여서 못이 되었고, 아래로 떨어져 폭포가 되었다. 쏟아져 흐르는 모습은 물동이를 기운 듯하고, 넘쳐서 흐르는

진주담

모습은 연못물이 일렁이는 듯하고, 하얀 무지개가 드리운 듯도 하고, 한 필의 명주를 펼쳐 놓은 듯도 하며, 밝은 구슬을 뿌려 놓은 듯도 하였다. 그 빛깔은 맑고 푸르며, 감색을 띠면서도 검푸르며, 선약仙藥을 쌓아놓은 듯 이슬을 모아 놓은 듯했다. 그 소리는 패옥이 울리는 듯 공중에서 음악이 연주되는 듯하고, 큰 종鐘을 두드리고 우레 같은 북이 울리는 듯하였다. 정양사에서 조망했다면 산의 구경거리는 끝난 것이고, 팔담에서 노닐

었다면 수석의 볼거리는 끝난 것이다.

팔담을 다 둘러보고 몇 리 못 가서 마하연인데, 여러 사찰 중에서 작았다. 지대가 험준해질수록 계곡은 더욱 깊었으며, 혈망봉의 신령한 구멍으로 빛이 반짝거려 조망할 만했다. 절 뒤쪽의 봉우리가 가섭봉인데, 정양사 동북쪽에서 세 번째로 가파르다. 가섭봉 아래 계곡 입구가 깊고 좁아 계곡물이 양쪽 벼랑까지 닿아 있으며, 벼랑은 모두 깎아지른 듯 서 있다. 골짜기로 들어가는 사람은 옷을 걷어 올리거나 벗고서야 갈 수 있으며, 돌을 골라 밟고서 좌우로 뛰어서 건넌다. 가파른 절벽을 만나면 나무를 엮어 사다리를 만들고 몸을 직각으로 곧추세워 부여잡고 올라갔다. 기울어진 비탈을 만나면 올라갈 때는 배를 땅에 대고 기어가고, 내려갈 때는 등을 땅에 대고 뒷걸음으로 내려오는데, 시선을 집중하고 감히 뒤돌아볼 수 없었다. 골짜기 안의 뭇 봉우리는 솟구쳐서 조각해 놓은 듯한데 수미봉과 비슷하였다.

산은 가운데와 가장자리의 구분이 있으니, 비유하자면 옥 중에 박옥璞玉이 있는 것과 같다. 정양사 북쪽에서 마하연까지는 바로 옥에 해당하고, 영원동과 백천동이 오히려 박옥에서 벗어나지 못한다. 마하연을 지나면 옥이 끝나고 반대로 박옥에 가깝다.

가섭봉 동쪽에서 언덕 하나를 넘으면 만회암萬灰菴이 있었다. 그 동쪽은 백운대白雲臺이고 백운대 아래가 백운동인데 중향성의 진면목이 앞쪽에 삼엄하게 벌여 있으며, 비탈길이 좁고 위험하여 쇠줄을 잡고서야 비로소 불지암佛地菴 골짜기에 올랐다. 감로천甘露泉이 있어 물이 바위틈에서 솟아나 작은 대롱으로 받아 마시는데, 모유처럼 달고 부드러웠다. 생각건대 육우陸羽가 말한 '혜산의 유천惠山乳泉'이 이런 종류일 것이다.[3]

20리를 가서 내수재에 이르렀다. 고개를 돌려 비로봉을 바라보니 봉우리 전체가 땅에서 솟구쳐 웅장하고 걸출했으며, 이어진 산과 겹겹의 봉우리가 빽빽하게 솟아올라 빼어났으며, 무성하고도 환히 빛났다. 이곳이 내산의 등이고, 정양사에서 본 것이 그 얼굴이다.

가서 유점사에 이르렀다. 고성 군수가 편지를 보내 이르기를 "어찌 삼일호三日湖를 먼저 보지 않으십니까?"라고 하였다. 나는 그의 말을 따라 견구大邱에 올랐다. 동쪽으로 큰 바다에 임하여 맑고 푸른 물결이 하늘까지 닿아 있고, 산이 바다 가운데에 있어 구름과 파도 속에서 출렁이고 있었다. 승려가 말하기를 "이곳이 해금강입니다."라고 했다.

백천교百川橋에 이르러 다시 남여를 두고 말을 탔다. 다리는 훼손되고 옛 비석만 남았으며, 다리 동쪽에는 외원통사外圓通寺 옛터가 있었다. 그 다음의 골짜기가 발연鉢淵 하류의 두 곳인데, 정유년의 큰물에 잠긴 이후로 절은 폐사되어 더는 통하지 못한다고 하였다.

20리를 가서 고성의 들판에 이르렀다. 서쪽으로 외산을 바라보니 뭇 봉우리가 벌여 서서 우뚝하였다. 고장강顧長康⁴-이 회계會稽 산천의 아름다움을 담론하여 이르기를 "1천 개의 봉우리가 빼어남을 겨루고, 1만 줄기 골짜기는 물줄기를 다툰다."⁵-라고 했는데, 나는 이에 이 말이 사물을 묘사한 오묘함이 있음을 깨달았다. 삼일호는 영동의 여러 명승지 중 백미이다. 그 가운데에 섬이 있고, 섬 위에 사선정四仙亭이 있는데, 세상에선 신라 때 네 명의 신선이 노닐며 머문 곳이라고 일컫는다. 삼일호의 빼어남은 내가 쓴 「몽천암기夢泉菴記」⁶-에 있다.

신계사神溪寺는 구룡연九龍淵의 아래 골짜기에 있는데, 검푸른 봉우리가 비스듬히 둘러 있어 마치 가을하늘에 창을 벌여 세운 듯했다. 대개 외

4- 고장강(顧長康) : 장강은 중국 진(晉)나라 고개지(顧愷之)의 자(字)이다.
5- 1천 …… 다툰다 : 이 말은 『진서(晉書)』 「고개지전(顧愷之傳)」에 보인다.
6- 몽천암기(夢泉菴記) : 서영보의 『죽석관유집』 책3에는 「중수몽천암기(重修夢泉菴記)」로 실려 있다.

산은 흙이 많은데 이 골짜기의 봉우리는 다 드러낸 채 뾰족하게 솟은 것이 많았다. 골짜기로부터 물길을 거슬러 20리를 가니 비봉폭포와 옥류동玉流洞이 있었다. 비탈길이 가파를수록 돌은 더욱 미끄러웠고, 남여를 맨 자들이 소처럼 땀을 흘리고 숨을 헐떡거렸다. 남여에서 내려 걸어가니 다리가 시큰거려 더욱 힘이 들었다.

다시 10리를 가서 구룡폭포九龍瀑布에 이르렀다. 한 골짜기가 온통 바위이고, 큰 너럭바위를 뚫어 만들어졌는데 1만 명이 앉을 만했다. 절벽의 높이는 올려다보아야 그 꼭대기가 보이고, 사방과 밑바닥은 합쳐지는 지점조차 보이지 않았다. 폭포의 높이는 약 30길로, 두레박줄이 매달린 듯 무지개가 폭포 물을 마시는 듯 천둥이 진동하는 듯하며, 요란하게 쏟아지며 귀신과 다투는 듯하였다.

그 아래에 큰 못이 있는데 깊이는 헤아릴 수 없으며, 광채가 출렁이고 반짝거리니 황홀하여 쳐다볼 수가 없었다. 서늘한 기운이 사람의 머리칼을 쭈뼛하게 하였으니, 이곳은 신물神物이 사는 곳이리라. 폭포 옆에는 절벽이 쌍으로 솟아 있어 마치 석궐石闕의 기둥과도 같았다. 좌우로 휘감아 폭포수를 보호하니, 비록 이 골짜기에 들어온 사람이라도 그 앞에 바짝 다가가지 않으면 폭포를 볼 수 없다. 폭포는 구기폭포具其瀑布와 구룡폭포가 있는데 마치 탑에 수미탑과 백탑이 있는 것과 같으며, 이 두 가지 중에서 나는 하나를 보고 하나를 빠뜨렸으니, 지금 감히 그 우열을 가릴 수 없다.

만물초동은 온정령 북쪽에 있다. 봉래蓬萊 양사언楊士彦이 기문을 지어 그 모습이 괴이하다고 힘주어 말하고 온갖 형상을 갖추지 않음이 없었으나, 후대 사람들은 그곳을 알지 못한다. 지금 볼 수 있는 것으로는 온정령 길을 따라 올라가면 봉우리 하나가 땅에 서려 있음을 쳐다볼 수 있는데, 크기는 비로봉과 같고 작은 봉우리가 층층이 겹쳐 붙어 있으며, 색상과 모양은 중향성과 매우 비슷하나 정밀함과 섬세함은 더 나았다.

대개 봉우리의 겉모습은 아름답고 기묘하여 이미 절로 빼어나고, 봉우리 안쪽의 여러 골짜기에도 기이하고 특출함이 온축되어 있겠지만, 가마꾼에 의지하는 사람은 이를 수 있는 곳이 아니었다. 나는 점점 나이를 먹어 뜻대로 깊은 곳까지 찾아다닐 수 없었으니, 산을 떠나는 날 은근히 아쉬움이 있었다.

여러 명승을 기록할 적에는 핵심을 상세하게 쓰고 언저리는 간략하게 처리하니, 큰 것을 거론하면 작은 것은 알 만하기 때문이다. 보덕굴의 구리기둥, 묘길상의 석불, 삼일호에 붉게 쓴 옛 각자刻字, 여러 절에 시주된 보물들은 모두 훌륭한 볼거리이지만, 이는 모두 사람의 힘으로 할 수 있는 것들이니 전부 생략하였다.

원문 原文

東遊紀行

|

申光河

戊戌, 八月二十日. 余決策東遊, 告睦幼選. 幼選作序送行. 惠寰父子, 亦有序若詩. 夕就洪壽民宿.

二十一日. 從壽民, 出前街, 觀大駕從明陵回鑾. 夜還倉洞, 與渭爽兩從子, 用高適韻, 共賦別詩.

二十二日. 飯已, 自倉洞啓行, 繇壺洞, 過趙信伯. 信伯作抱川行, 許公著在信伯家. 問行, 謾曰"出東小門外." 公著歷擧貞陵孫家庄. 曰"又遠矣." 然後始知有金剛行, 大笑曰, "迂哉. 不可行且止. 今年年事, 嶺東甚荒, 淮陽·金城, 尤劇. 觀子衣, 甚薄, 嶺脊早寒, 金剛已再雪云. 子其凍且餒乎. 楓葉盡矣, 子何觀."

余曰, "此行, 已三十年不成也. 不成者, 志不決也. 今決矣, 毋多談行者." 起, 公著遂以一木瘿剞, 作瓢子者, 贐行曰, "此瓢子, 已三入金剛矣." 余笑曰, "瘿者三入, 不瘿者公著, 尙不得一入, 公著曾不如瘿者乎." 相與大笑.

遂從東小門出, 秋氣凄曠, 雲物悠揚. 蒼松白沙, 已有山林想. 久客牢愁, 出都門, 十里, 便忘之. 自此, 始金剛矣. 心仙仙, 若御風逝也.

至水踰峴, 微雨間墮, 行稍遠, 雨稍緊. 至樓院, 舗日已暝, 止宿店舍. 夜雨甚大, 溪汨汨有聲, 頗以泥行爲愁, 不能寐. 是日, 行四十里.

二十三日. 向曉雨止, 天星益光潔. 促食馬, 出店門, 已平朝矣. 仰見萬丈峰, 早霞蒙罩, 往往石角仰露. 須臾, 霞氣泮散, 日從水落山出.

霽光霜華, 透澈玲瓏, 楓葉正爛, 多黃綠色, 如九疊雲屏. 道峰益峻厲.
行四十里, 朝飯德亭店.

昔年, 大兄任漣州, 從此路, 經行道, 途間物色, 依然在眼, 忽忽有悽感
意. 大兄任漣時, 謂曰, "金剛, 吾與若願遊者, 韓去金剛, 千里, 地遐
遠, 且屈於經費, 至髮種種不作. 幸吾任漣, 漣三宿, 卽金剛矣. 歲行
盡, 春發, 登寶蓋, 迤東, 入金剛, 毋先後余作也."

明年春, 擢第, 去漣後, 任寧越, 又與約, 又不果作. 六七年間, 人事嬗
變無方. 今余後死, 獨作於三年之餘, 殆不禁淚, 潄潄下.

且念, 仲氏窮益甚, 文章益高, 喜游甚於余. 然自放於江湖上, 比衰疾
作, 不出門, 歲餘矣. 空山破屋, 傷秋吟病, 知余有此行, 挈然有不偕作
之恨, 徒以詩篇自遣. 遠不得承聆, 極歎. 遂感賦一首詩, 以見意.

飯已, 捨趣抱川路, 直北, 緣漣州路, 行三十里, 少秣樵村. 渡紫橋, 又
行十里弱, 渡大灘上, 石壁楓光爛蒸, 江心盡烘. 江得夜雨, 大漲, 色澄
渌. 風過之, 作縐, 藍光暈於楓, 忽變紅綠色, 其狀萬殊. 上下諸山, 窈
窱幽冥, 頗有丹永山水意.

行四十里, 過袈裟坪, 暮抵漣. 雨復作, 衣袂盡濕. 訪舊吏盧景植家,
少坐, 縣宰李赫胄汝華, 聞余至吏家, 卽使人訊行, 且曰"病甚, 不克就
見, 吾寧不如盧景植乎. 請見." 遂入見, 病不能禮, 然色喜曰, "何以見
過." 以金剛對, 李侯止之, 亦一如公著言. 夜深出, 宿景植. 是日, 行
九十里.

二十四日. 夜深雨作, 朝不絶. 晚少晴, 欲行, 李侯止之. 朝未飯, 尹正
言在德, 與其仲子東翰, 聞余至, 卽來見. 不見, 已三四稔矣, 甚懽喜.
飰已, 謁李侯大人丈, 丈年甚高, 肥膚充衍, 筋力康強. 其弟進士丈, 先
余自京師, 至已數日矣. 頗言山中事, 穩話竟日.

李侯出示一大龜, 睎視之, 蓋踏木老根, 擁腫糾結, 酷類巨龜. 刳中安
硯墨, 置之几案間, 足備文房淸具. 請詩以章之, 卽席賦四韻, 李侯極
賞. 晌夕, 尹正言先歸邑. 有京便, 仍附書倉洞.

二十五日. 早食發, 李侯以百銅贐行, 與景植謀, 借三百銅. 取鐵原路,
東行七里, 訪尹正言, 暫話. 過開城店, 望鄭丈彥樸山莊, 楓樹掩映, 池
水艶漾, 頗有幽趣. 鄭丈眞樸, 有古人風. 聞已作古人, 行邊, 不得一
哭, 可恨.

望寶蓋, 東北行. 寶蓋與金鶴山, 氣勢雄俊, 可長第. 赤楓蒼栝, 輝映
巖洞, 霽月流景, 益覺鮮新.

自此民俗, 大異畿郊, 語音輕授, 已有關東物色. 畬田黍粟, 爲早霜惡
風所震凌, 多白枯者, 往往有水田晚移者, 初不成穗, 穗者, 亦不熟. 大
抵金城以東, 尤酷. 嶺東多虎患, 白晝噉人, 日三數, 比小息云.

行四十里, 午飯鐵原府. 府爲關東防鎭, 北通咸吉一路. 人屋頗鉅饒,
俗狃喜賈. 行五十里, 登北寬亭. 亭故泰封王弓裔宮墟也. 異時肆虐,
大類高洋, 終至覆國. 矜傲宣淫威, 不至危亡者, 鮮矣, 豈天命云乎哉.
鉅野開豁, 萬山合沓, 眞霸王國也.

行三十里, 望見, 澄江環帶, 南厓松櫟, 落落仰霄, 可知爲亭子淵也. 訪
黃碩士尚彥家. 黃方治藥自服, 素無一面, 然問知爲余, 頗致款. 日晡,
有數客, 持網過庭, 將適江岸. 黃勸余從, 命一少年俱, 稱其家佅也.

遂步出前阜, 東南蒼壁, 環拱如張弓, 嵌空戍削, 上下可五里. 楓荔錯
色, 繡黃蒼翠, 與水波動盪, 夕光倒挿, 益奇絶. 網者, 掉小舟, 就沙嘴,
遂登舟盪槳. 江滾急善鳴, 有空靑金碧色. 壁上樵叟, 負薪, 坐石嘴,
候船, 沙岸際, 村女四五人, 浣衣濺水自嬉. 一少年, 立艄頭投網, 網如
環, 沒浪仰巨石口張之. 須臾, 擧大小魚百餘頭, 小兒輩, 拍手笑樂, 亦
淸楚, 可觀.

一村, 黃氏也. 第宅雄傑, 多京師制. 喬木長松, 隱暎村閭. 北厓最高
臨江, 有新亭, 名滄浪. 黃氏七世祖, 爲東伯, 行至江上, 時枯柿亂槲,
交覆成林, 始無居人. 公甚樂之, 遂斬木芟榛, 構小亭, 名滄浪, 遂爲晚
樓, 子孫世居之. 亭久廢, 黃濟州最彥, 與宗族謀, 合力重建云.

村據鐵原・金化・平康之縮轂. 然屬諸平康亭淵, 素有名稱, 信不虛

矣. 方諸永平金水亭, 明麗或遜, 而雄偉, 殆過之. 夜, 主人從子基敬, 來見, 已舉進士, 文秀士也. 要共宿, 遂偕往其家, 圖書碁局, 位置清整. 遂劇談, 夜分就寢.

是日, 二黃止余, 甚亦如李侯之言. 座有新從金剛來者, 琴客也. 云, "斷髮嶺, 丁酉水後, 石路剝落, 人鳥不堪行, 不如自此廻車." 余笑曰, "自余出京師時, 勸少而沮多, 吾亦不自料其必行此, 出門以爲此行決矣. 以至漣, 漣倅力止之, 過鐵原, 以爲已在海山間矣. 比至此, 又有李侯之言, 此金剛之所以難行也." 相與劇笑. 借三百銅, 充行資. 是日, 行八十里.

二十六日. 自亭淵, 發行, 行三十里, 午秣金化邑, 行五十里, 宿金城邑. 咸興韓·永興朱兩人, 先占店房, 年俱不滿三十. 眉眼明秀, 不若北方人物, 言辭亦可愛. 俱以文科出身, 任訓導, 受由下鄉云. 朱訓導善飲, 出行, 酒苦勸. 是日, 行八十里.

二十七日. 行三十里, 朝飯昌道驛, 與韓朱, 分路. 東行二十里, 踰一巨嶺, 觀音窟云. 迤行十里, 峽江澄灑. 舟人云, "是西津江, 江發麥灘, 下流入于春狼." 渡江, 行十里, 宿通溝. 是日, 行七十里.

二十八日. 行三十里, 卽斷髮嶺也. 訪梁廷澤父家, 木皮屋新構, 頗高敞, 可知其饒居也. 廷澤以武舉, 住京裏, 出入吾家數十年. 來時, 廷澤請訪其父家, 甚懇. 故自通溝, 訪知, 比到, 有老嫗防之, 甚苦. 遂訪金士達者, 卽梁隣也. 雖峽民, 醇謹能文, 以善接金剛客, 聞士大夫, 無不過士達, 多留詩而去. 以故, 陸之爲風憲云. 有少年, 應接頗款. 款已而出詩軸, 多公卿大夫名. 余亦以一詩書贈.

遂招里中人, 使之通新院. 新院通長安·表訓, 例也. 飯已, 就領路, 路峻急盤折, 亂石犖确, 馬足凌兢. 遂舍馬而輿, 夤緣至顚, 忽睹萬疊峰巒, 劍立齒列, 皓然如霜雪. 彌望已知爲金剛, 令人神迋, 如覿意中人, 不覺失聲叫奇.

迤行十餘里, 領底溪洞, 亂石參差, 色皆淨白. 土人言, "自此, 至長安,故有川石, 色不甚白, 左右多田疇. 丁酉水, 一洗塵土, 石根盡露, 石水磨軋, 而益白, 殆非前觀也." 入路傍人家, 少歇, 新院也. 有三四客, 或馬而徒. 詢之, "自內山, 還入山三日云."

西北, 行五里, 平沙長川, 縈回往復, 不勝其渡. 行者指沙川曰, "此皆美疇也, 開闢前, 不復田矣. 山民多流移者, 今夏又大水, 天不欲民居金剛山下." 歎息久之.

遂踰鐵伊嶺. 嶺小而峻甚於摩尼. 從陰下, 行線路, 馬不可足, 直從絶壁上, 推之川水中, 累蹐而立. 人緣木棧, 幷手足用力, 屢渡川. 幾五里行, 方與馬會, 凡累十涉, 日已暝, 不可抵長安. 山嘴人家火, 照水中, 男擘薪, 女舂黍, 甚有趣. 遂涉川而入, 翁嫗不嗔, 擧措極淳古. 善食馬, 夜具粟飯. 是日, 行五十里.

二十九日. 還涉長川, 水益壯, 石益奇. 凡三十渡, 始抵長安洞口. 奇峰峭壁, 左迎右揖, 令人應接不暇. 大抵厓根石色, 瑩白如新洗.

行十餘里, 杉檜挺立, 中闢康莊. 小頃, 有大川橫亘, 川邊有橋碑, 萬歲橋也. 觀碑記, 舊有橋, 圮於丁酉水, 重修於庚申, 又圮於昨年. 丁酉水, 亦可異也, 卽飛虹橋也. 橋邊有樓, 曰山映. 今橋與樓, 俱亡. 楣間, 古今人題詠, 累百板, 幷刮去, 長安失顏色矣.

寺故壯麗, 閭殿廊虛曠, 殆同破寺. 惟大雄殿, 層閣瑰奇, 金碧燦煌, 制度巧妙, 曾所未睹者也. 居僧, 方秋, 多化粮通高間, 惟老衲在耳. 水後, 諸僧多散亡云.

詢水狀, 老僧對曰, "去年八月二十五日, 朝雨微作, 東風甚力, 午後雨益, 遂如飜盆. 未夕, 四山崩落, 如天吼聲. 已而, 自萬瀑·百川以下, 洪濤汩汩, 峽爲之隘. 已而, 山映樓·飛虹橋, 一時崩坼, 已而, 表訓四房, 與諸洞庵舍, 幷木石, 滾下. 水與高峰齊, 居僧登木末避水, 夜深乃止. 朝視之, 一山如開闢, 洞壑一梳洗, 窪者丘, 突者滙, 潭瀑移易, 不可辨其舊面目. 乙亥水, 未能若是之暴也. 自新院, 至洞口, 居民渰沒者, 亦累百人云."

蓋前年水災, 殆近古所無, 八路同時發怪, 嶺東尤甚, 獷蹄至於沈邑.
今春, 余從太白下, 南至靑松而還, 良疇變作沙礫, 蕩極目風沙, 令人
一歎. 兩湖不甚, 然亦關變異之大者也.

飯已, 獨步寺門. 東北三峰, 森立如劍鋩, 勢欲壓入. 左曰地藏, 右曰
普賢, 中曰釋迦.

東行數里, 涉一大川, 路多白磐石. 行少許, 得一潭. 潭廣可數畝, 澄
綠不測. 潭旁石, 皆瑩潔平鋪, 可坐數百人, 潭曰黃川江. 右有奇巖,
累疊高聳, 曰玉鏡臺. 緣潭上, 左緣巖隙而行, 有廢城. 俗稱新羅太子
避地. 有門呀然如竇, 曰鬼門. 關俛而入, 由中而出, 有石平鋪, 有人
刻之, 曰'東京高風北地英名'八字. 峰巒巖洞, 逾出逾奇, 驟見, 令人神
魄, 驚褫.

過此以往, 有靈源·百塔諸洞. 曾聞諸韓聖賓, 二洞幽夐, 別無奇觀.
且急欲登望高臺, 徑出洞門, 由釋迦峰下, 北折, 行十里. 舊有顯佛庵,
今墟矣.

踰小嶺, 直北東, 行五里, 少憩松蘿庵. 行十里, 有峰, 劍立崒兀, 肅然有
畏敬之心, 卽望高臺也. 迤行臺北, 石磴如階級, 循級而躋, 愗前愗後,
迤左旋右, 自不覺其升高, 而俯視諸峰, 則已羼下矣. 循南石, 縫微坼,
劣容拇指, 下垂鐵綆兩條, 可十餘丈. 手綆而身俯, 綆幾而盤石承趺.

遂抱壁而東上轉, 嵌中數百武, 自頂垂鐵綆, 又可十餘丈. 聳而附, 左
手先, 右手足於壁, 右手先, 左手足於綆, 用十八九手, 已石上矣. 夷而
微仰, 又北行累十武, 又有橫木棧. 棧窮而鐵綆, 垂十餘丈, 如右而升,
不及巓. 又七八丈可鐵綆, 裊裊垂壁, 凡歷鐵綆, 四十餘丈, 則巓矣.
巓稍夷, 可數十人坐.

於是, 一萬二千峰, 如毘盧之絶頂, 可以俯也. 釋迦·普賢·地藏·白
馬·遮日諸峰, 附着若嬰兒之仰乳也. 東北多障礙, 不見海, 西南廣莫
無何. 前直穴望峰, 其穴如竇, 天光少見. 吳幼淸詩, "巖頂天團, 一竅
靑者." 正道此也.

兩僧從之, 指山曰, "春川, 清平也, 鐵原, 寶蓋也, 金化, 金鶴也." 曰, "江陵, 五臺也, 原州, 雉岳也." 指水曰, "狼川江也, 金城江也." 曰 "旌善江也, 楊溝江也." 信指曰, "悠哉. 安知然不然也."

兩僧, 橫縱往復, 履平地, 若亦足助勇, 而忘危也. 一飯頃, 從所由道, 冉冉而下, 若有隕自天者也. 遂取三日·安養庵徑, 歷鳴淵. 淵故湫深, 而石滑, 亦以危聞, 沙抛其半淺, 而底見. 徑斷, 承以木棧, 棧窮而石. 暝還長安, 宿東寮. 終夜, 百川洞水聲, 澎湃礚礚, 若凌駕枕上者然, 不成睡. 開睫視窓闥白間, 熒熒如曉月升空. 急衣而出, 星斗粲然, 珠貫而玉索也. 列峰儼立, 氣像靜默. 天影中, 石角迭出, 如拱揖者. 皎然如曙色, 諸僧鼾息相承. 有一老僧, 自起擊磬, 衆山皆響, 令人心機, 頓覺歸依. 與老僧, 略談寰中山水. 是日, 約行六七十里.

初一日. 食已, 治奴馬, 使之踰沙嶺, 邊出山外, 還到高城養眞驛, 留待行, 到新溪寺. 蓋內外山之間, 石角鐵壁, 馬不可度故也. 幷人馬去之, 身淨無累, 益覺淸快.

北行三里, 取鳴淵棧道, 憩白華庵, 觀休靜浮圖與碑碣. 自此以上, 川淸石潔, 曲曲可坐. 少焉, 抵石門, 左右刻大佛像. 左陰鏤五十三佛, 刻法精細. 右扇有蓮翁尹丈題名, 筆勢奇偉, 大勝臨紙.

表訓僧四五人來候, 踵諸僧, 抵寺. 寺頗鉅. 遂坐翫月堂. 堂水後新構, 精潔可意. 蓋毀於水者, 凡四房, 擧皆重建, 可見功力之鉅也.

午飯, 遂上天逸臺. 臺旁, 多松柏苦竹側柏, 縈紆盤屈, 地勢窈突. 大小香爐衆·香城, 尖巧神奇, 皆雪霜色. 毘盧·望高·萬二千峰, 一一呈露, 或爲虎, 或爲獅. 爲馬, 爲牛, 爲鷹, 爲鷺鷥, 爲鳳舞, 爲周彝, 爲漢鼎. 或爲大官人, 冠冕佩玉, 張拱而徐趨, 或爲封大夫, 出征旗旄節鉞劍戟刀楯, 整肅森索. 或爲牟尼, 設靈山會, 八萬四千曇无竭, 豎捧頂禮. 其殊狀異姿, 不可殫記. 久坐, 至夕. 夕光斜澈峯頂, 皆成爛銀色, 熒煌奪睛. 其奇光絶景, 益難名也.

遂北折, 行數百趾, 入寺, 卽正陽寺也. 坐歇惺樓. 樓觀大同, 臺觀若小偏. 少坐, 遂觀六面閣, 規制頗奇巧. 四壁皆佛像, 世傳吳道子手, 固知妄也. 然筆法精妙, 頗有生動意, 亦近古高手也.

有二生在, 詢之, 稍老者, 李其姓, 延五其名, 少年趙生, 名景遠, 乃歙谷倅趙榮弼之子也. 余孤行數日, 殊覺無聊, 遂與之略話, 約與明日, 游八潭‧萬瀑, 迤訪須彌.

僧指樓前一樹曰, "桂樹, 一歲再榮再枯." 折取視之, 雖非桂, 亦異木也. 日暮, 趙李宿正陽, 余還表訓.

初二日. 早朝, 二生, 自正陽下來, 共輿, 向萬瀑. 路旁, 有兩石, 上合而中呀者, 所謂金剛門也. 由門而少上, 衆流之所會, 大盤陀, 平鋪淨白, 文理甚滑膩, 容受數百人坐. 石門有'蓬萊楓嶽元和洞天'八大字, 卽楊士彦筆也. 筆力殆欲與毘盧爭雄, 眞古今絕筆, 亦蓬萊得意筆也. 稍左有'萬瀑洞'三字, 亦雄偉可觀. 曾聞白下尹尙書淳所書, 然否.

稍上, 石際, 刻'天下第一江山'六字, 旁刻金谷雲書, 而農巖無此語, 可怪. 或者, 雲書後於農記, 否. 時水甚盛, 瀑益壯, 然二水, 不由蓬萊字行, 可恨. 曾聞, 八大字, 塡以朱紅, 水流其上, 則如赤龍糾結生動, 大是奇觀.

欲窮八潭, 被二生趣, 遂捨. 以石行, 歷內圓通庵, 少憩, 東折三里, 循溪而行. 白石鱗承, 水流其上, 墜而爲瀑, 瀦以爲潭. 縈回曲折, 水皆紫金色, 泓瀨琮琤. 石面刻青壺潭. 稍上, 益奇者, 曰曲龍潭, 稍上, 又益奇者, 淸泠瀨, 曰羽化洞, 曰太上洞, 曰慈雲潭. 潭左右, 奇巖峭壁, 面面殊觀, 溪南尤奇壯. 松栝强生石隙, 亦皆峻拔. 香藤翠蔓, 交綴鉤連, 風雲水石, 迭出無方.

行八九里, 舍溪右行, 出永郎岵. 下有庵址, 僧言眞佛庵也. 由庵而一轉, 石峰獨秀, 積累如多寶塔, 色蒼白, 此須彌塔也. 塔下, 有澄湫小瀑, 上有大盤石. 石多古今親知名, 怳若見之也, 亦不無存沒之感, 人情固爾.

由石而南升, 足於石, 手於木, 側身而度. 亂石錯交, 蓋水力之所驅也.

踞石而坐, 又有兩須彌, 中者差小. 兩須彌之背, 峭峰離立, 如垂幃然, 其狀大抵多佛像. 此金剛之所同, 此又特異焉. 欲窮源而求之, 同行者, 欲亟還, 遂尋古道, 復憩圓通.

午飯, 出香爐峯下, 踰獅子項上, 至摩訶衍庵, 少坐. 戒夕飯, 東行, 由萬灰庵, 亂林中, 徑甚微. 行五里, 踰小嶺, 去衣冠, 便服, 循壁而行. 壁上垂兩條鐵鏁. 手鏁而跌石, 三聳而騰上, 稍廣. 循脊而南, 脊中甚狹, 足垂外半武, 卽虛空也. 左右視斗絶, 不測, 令人凜然, 非望高之比也. 但不視下, 則不眩, 不眩則一山脊微徑也. 使僧前導, 踵而趨, 直登其顚, 顚稍穹窿. 據木而坐, 直對衆香城. 瓊峰壁岑, 簇簇立立, 大勝正陽之望也. 正陽之望衆香, 在大小香爐之背, 皓白嶙峋而已, 不可卞離合之殊態.

登白雲, 迫而視之, 尖者竦者, 高者下者, 附者離者, 鉅者細者, 靑鶴·鶴巢·大小香爐, 各自爲峰, 不相因依. 望望高·穴望·地藏·遮日·白馬諸峰, 環拱積聚, 成一大洞府, 峰頂皆戴白, 如粉堞之旋圍. 其奇妙深奧, 包一山光景者, 非須彌·正陽之比也.

大抵, 金剛諸峰, 隨境而變觀. 釋迦地藏, 在長安望之, 雄偉峻厲, 在表訓望之, 聳拔奇峭, 在正陽, 則靈詭飛騰, 在白雲則縹緲奇秀, 屢識而屢詢, 他諸峰, 亦盡然.

余不見金剛時, 常語洪元心曰, "金剛太刻鏤, 太尖巧, 如貴人家博山銅爐, 足備耳目之玩而已, 絶無深嚴溫重, 如泰山喬岳之像. 譬之於人, 可謂一節之士, 有非成德君子." 元心亦以爲然, 今果然矣. 然其靈秀淸詭, 雖天台·雁宕·武當·匡廬, 恐不及此, 蓋天下無二金剛矣. 中國人'願生高麗'之言, 亦無怪矣.

臺之東有洞, 曰白雲洞. 舊有白雲庵, 庵廢, 久矣, 丁酉水, 已括去矣. 趙李兩生, 踵余至半脊, 忽頫下而大恐, 攀樹而立, 不敢動, 足堪一噱. 遂同攀鐵鏁而降, 至北壁下, 尋衣冠, 而還摩訶衍庵, 留宿. 明日, 謀觀毘爐峰, 趙生從之. 李生辭以脚罷, 遂下表訓寺. 約明日午後, 從毘爐下, 至萬瀑, 當自表訓, 候於八潭.

初三日. 早飯, 將登毘爐, 僧徒交謁更諫, 以爲"毘爐路徑絶險. 自水後, 石磴崩壞, 絶不可附足, 竭力以趨, 中道必反. 且毘爐始雖淸明, 無雲風, 比到山頂, 必海靄彌空, 不卞遠近. 況今日, 嵐霧蒙罩, 日未午, 天有雨, 將若之何."余笑曰,"毘爐, 一山之主也. 如入人家, 與小兒, 作禮, 不見大主人, 可乎. 余欲見毘爐者, 欲見金剛之主也. 且陰無常陰, 晴無常晴, 明者昏翳, 則安知昏翳者, 不淸明乎. 神若許我, 舒卷亦須臾耳."是日, 雲霧益窈冥, 雨若屯屯下, 雖强言以塞僧者之言, 亦不能不憂之也.

遂與趙生趣行, 取妙吉相前路, 大石壁刻劃大佛像, 狀貌颯颯, 有生動意, 亦妙觀也. 涉一川而左, 又折而北, 捫援藤蔦, 履歷川石, 行十五里, 有庵址, 卽毘盧庵舊址也. 繇庵而北, 山勢峻急, 亂磴相承, 往往滙爲潭, 懸爲瀑.

又行十餘里, 亂石堆積, 側栢蔓松, 糾結縈絡. 行者據石而聳, 其高率當臍或肩. 歷數十級, 輒一憩, 凡六七憩. 附石而上, 出指顧之間, 霍然開朗, 若始未有雲霧者然. 遂相與大笑曰,"天公解事, 登州海市, 衡嶽開雲, 神物愛此偈儻士, 古今一致." 從僧亦賀之曰,"前者淮陽府, 使必欲登覽, 艱辛徒行, 恰至下磴, 雲霧晦冥, 不見咫尺. 府使漉酒祝天, 而終不開明, 遂悵怏而返. 今而始霧而脫霽, 可見山靈之相助."

遂緣石而平行, 其陰積雪, 幾沒脛. 樹木昂藏槎枒, 色皆白. 僧言,"峰頂絶高, 山上樹木, 五月始生葉, 七月已凋落, 弱者多枯死, 所以多白木也."遂東行數百武, 有小石堆, 迺絶頂也.

眼界, 比望高, 尤爽豁. 咸吉諸州數十百里, 歷歷可指, 成津·元山·鶴浦·國島, 擧皆斗入海中. 南至五臺·大關·春狼諸山, 西至寶蓋金鶴, 遠者五六百里, 近不下數十里, 山川燦然, 如指掌. 指路僧迷甚, 不能歷擧而詳言之, 大可恨也.

東有雙峯崒立, 蓋日月出兩峰也. 少坐眺望, 餉時自頂, 迤下石磴, 還尋舊路, 回視峰頂, 已霧矣. 有若褰帷而迎客, 客出而復下帷者然, 亦可異也. 至毘盧庵前川石上, 數僧負午餉而至, 遂捯水而啜. 啜已, 還摩訶衍宿. 往還六十里.

初四日. 自磨訶衍, 東由川邊, 行數里, 有潭. 爲火龍, 水澄碧, 淵深. 由潭而行一里, 爲船潭, 潭受上潭, 橫石剜中, 狀如船. 又其下爲龜潭. 由潭而下數十武, 前後左右, 白盤陀, 齊截如斬, 狀如斛, 水益淸壯. 受上潭, 成臥瀑, 瀑散如萬斛眞珠, 曰眞珠潭. 潭下衡石, 受水而噴, 如碎雪, 曰噴雪潭. 潭旁有穹石, 如覆广, 可容十餘人. 潭左盤石, 層疊如階級, 從下仰彌高, 高可數十丈, 若不可足. 石窮而階, 階凡四十級. 級窮爲普德窟. 架窟而屋, 屋三面據石, 前柱無附麗, 承以銅柱. 柱故稱三十六丈, 用鐵索, 橫縛於石, 以受軒檻, 軒兩衡, 用鐵以承板. 遂與趙生, 入窟中, 坐前檻, 去板俯瞰, 空洞幽窈, 不可測. 惴惴粟生肌, 不可久視, 促令掩之. 屋極多數百餘年, 古人題名.

遂繇所由道而下, 李生已先坐盤石上. 由噴雪潭而下, 又爲碧霞潭. 潭中巨石, 大如屋子者. 倒靠於石, 石上古今人題名. 如蓮翁尹丈·蔡尙書名姓, 亦皆顚倒.

萬瀑洞大磐陁, 中裂, 幾容拇. 蓋前年水災, 一川巨石, 或破碎, 或漂流, 或顚倒, 非數萬人可轉移者, 輶如運毛, 可見水力之雄大也. 稍下, 有琵琶·黑龍·白龍·靑龍諸潭. 蓋萬瀑洞水石, 爲一山之最幽艶雄奇淸灑瑩潔, 殆非人世也. 雖甚俗戾人, 幾欲忘累也. 還表訓, 午飯. 二生向長安, 深覺悵然.

初五日. 朝復登天逸臺. 萬二千峰頂, 受朝晃, 白巖洞猶掩翳. 遂入寺, 少坐歇惺樓, 旋下表訓朝食. 食已, 復由萬瀑·八潭, 歷摩訶衍, 贈詩老僧. 由妙吉祥, 捨毘盧徑, 東取李許臺, 踰內水站. 磴徑犖确, 不可輿, 遂杖策而行. 有澄潭, 頗深廣, 甚有幽趣. 輿僧曰, "此白軒潭, 古有白軒者, 憩潭上, 仍名之." 豈李白軒之所名歟. 抑又有白軒者歟. 未可詳也.

行二十里, 爲水站. 嶺頗峻, 到頂, 楡站僧, 持轝候焉. 從陰道, 下東北, 石峰峻峭刺天. 僧言"是萬景臺." 行十五里, 有僧, 負午餉而來. 遂披草而坐, 臨川而食. 料取小徑, 而行七八里, 有峻石斗起, 上有小臺, 曰隱身臺. 遂捨轝而陟, 石勢奇崛, 下臨無底. 望見聲聞川十二瀑, 瀑自峰頂飛來. 凡十二層, 如掛練, 甚奇壯. 爲水災所變, 五瀑已塡埋, 今爲七瀑下流, 爲圓通洞口云. 遂降臺, 直向楡店, 行五里. 砑川中, 有巨石, 石蒼白. 聯襞如裳, 故曰裳巖. 頗雄奇, 可觀.

行五里, 爲楡店寺. 寺舊雄傑, 爲三寺之長. 累經火, 左右寮舍, 多燒燼. 佛殿安五十三佛. 刻木, 爲大楡枝幹. 糾結枝間, 安小金佛, 亦不滿五十三也. 佛前有烏銅鑪. 東有小石井, 水甚冽. 卽盧倕鳥啄井. 井南小殿, 安盧倕像. 出示鸚鵡盃 · 琥珀盞, 制甚奇妙. 皆光廟時, 宣賜云. 初六日. 甚風. 欲登萬景臺, 宿中內院. 夜, 寺僧之椋庫遺火, 山徑風大作, 火浸烈. 未曉, 邏僧警急, 寺大譟. 遂急推戶, 視之, 烈火彌天, 山木窸窣有聲, 風以之遇石呼譽, 勢不可强禁. 比曉益作, 椋庫 · 圓通 · 新溪諸僧, 冒烟焰, 挨抗谷, 大呼擊火, 聲震厓壑, 亦壯觀也. 晚益風, 不可登高, 且其高不及望高 · 毗盧. 且轝者, 不暇於救焚, 遂止之. 晚後, 得數僧, 踰朴達峙, 峙甚峻. 自嶺上, 北折五里, 登佛頂臺. 臺如獅子項, 項斷承以木. 旁翼以柴, 使行者, 不視虛也. 行二間許, 抵頂上. 望見十二瀑, 如隱身臺, 淸川白石, 宛轉如活龍.

直抵新溪寺. 自頂, 復尋嶺路, 行十餘里, 始抵嶺下. 嶺勢峻絶, 後行者, 躝前行者凶, 猿附而降. 涉一巨川, 卽十二瀑之下流. 亂磯支撑, 水縈回以下, 入新溪洞口. 歷觀松林窟, 窟篠窈, 不可測. 旁有松林庵, 庵無僧. 午抵圓通庵. 自楡店, 爲二十里.

午飯已, 踰孝養嶺, 峻如朴達峙, 路稍夷. 達嶺底, 爲鉢淵, 川石淨潔平廣. 石間凹回, 水流其中, 宛委而下, 下成潭, 潭如鉢盂, 故曰鉢淵. 淵上平鋪, 石甚白. 外山水石, 鉢淵爲九龍之亞云. 好事者, 使僧人, 爲馳瀑之戲. 是日, 日甚寒, 不可以人爲戲, 遂止之. 潭邊, 舊有鉢淵庵,前年, 爲山火所燼.

夷行二十里, 捨椋庫路, 迤北西松櫪中十里, 暝抵新溪寺. 尹進士光顔,
先余入山, 數日留此寺云. 卽尹監役東美之子也. 尹監役, 有詩名, 與
吾伯氏, 晚交甚好. 余亦一接於試圍中, 誠文人也. 其子亦佳士也. 雖
始面, 款款如舊識.

是日, 觀千佛洞而還. 千佛洞, 世所稱萬物草也. 無甚奇觀. 石色不能
白, 多物形, 亦內山之糟粕, 名太過, 不副實. 遊者嫌其名浮於實, 謬謂
曰, "此非萬物草." 繇此, 行五十里, 百井峰下, 又有眞萬物草, 人罕到
云. 明日, 與尹生, 約於九龍淵.

初七日. 早飯, 與尹生, 幷轝, 而行西十餘里, 涉川. 左右峭壁, 壨立迭
長, 川循壁, 疾徐無度, 其爲潭爲瀑者, 不可勝紀. 徒行五里, 路斷, 由
大黑石, 衡過, 石有縫竇, 可容人趾. 石勢直下, 下有深湫, 微失足, 墜
於湫, 甚危也. 俯而就木棧. 棧凡十二級, 夤緣而降. 涉川, 循南屏, 屏
樹木棧. 棧凡二十七級, 附而升.

過此而往, 磴徑木棧, 屈折崎嶇, 危五里, 磐石正白平衍, 水由石行, 瑩
澈如白玉. 石面刻玉流洞. 奇峰四擁, 如初發芙蓉, 但不如內山之白
也. 兩崖楓光, 爛殷如血漬, 恨不於萬瀑衆香觀也.

自玉流礜石而行, 斜取南屏, 五里, 有兩瀑, 直從頂, 百餘尺匹練布, 濩
散落. 下有方潭, 刻曰飛鳳·舞鳳. 兩瀑一轉, 而爲九龍淵, 淵壁積鐵,
削立如鎔灌. 水道如罌有耳, 水從罌耳, 直射如噴虹. 石湫之承瀑者,
如巨鑊虛中而翕受. 周回若車輪, 聲生於勢, 響礴巖洞, 殷殷者, 微去
而還. 還與奔湍, 颯沓而逝, 洞壑常有雷霆聲, 飛沫亂濕數十步外人
袂. 測高下, 可四五十丈, 比朴淵, 可倍之. 側臥磐石上, 仰視之, 天與
水際, 不見其外, 正所謂'銀河落九天'也. 上湫衡石, 爲下湫瀑道, 內外
受水, 水爲之磨石, 滑甚. 好事者, 往往窮衡石, 足失, 勢沈於下湫, 卒
不出. 或傳, "吳水使命修墜, 淵回旋, 已而, 水潰而出之." 理或然也.
大抵, 石氣陰寒, 水聲敲磕, 令人冷落, 少閑曠意.

回至玉流洞, 僧人具午飯, 進石上. 與尹生, 分石而就餉. 旁取微徑, 行五里, 直上獅子項, 幾六七百武, 有石成臺. 奮身而上, 上稍銳, 抱石而欹立, 流睇而矚之. 自毘盧峰, 中身窪, 成一石洞. 洞底純是白石, 石往往凹成潭. 潭如巨鑊, 鑊有耳, 水盈鑊, 從耳而墜. 上潭墜下潭, 凡八潭. 潭益大, 水益壯, 會之爲九龍淵, 可謂天下之奇觀. 僧言, "舊從毘盧陰道, 通外八潭, 有架虛橋, 橋崩已三十年, 今不可復通." 亦未可信也. 迫曛, 還新溪寺. 奴馬自養珍驛, 來俟矣.

初八日. 飯後, 欲向千佛洞, 尹生苦止之, "無甚觀云." 遂舍之, 直向高城邑, 東行二十里, 繇養珍驛.

入山十日, 常苦阻隘, 始出山外, 東海粘天無壁, 胸次頗覺爽豁, 若欲騫裳, 而涉洪波也. 但回望山中, 毘盧萬峰, 去人已遠, 三十年往來夢想者, 未免走馬一覽, 如漢武帝乍見李夫人者然, 殊覺悵然.

自養珍前路, 行十里, 抵邑中, 徑造帶湖亭. 亭在邑西. 湖岸俯視, 澄湖如鏡面, 橫帶縣前, 東入于海. 其西金剛外山, 奇峻離立. 亭望尤秀異, 亭制朴陋, 不稱於名.

遂歇馬店舍. 午飯已, 步城角數百武, 遂登海山亭. 亭在城北. 俯臨客舘, 大體如帶湖亭. 其東, 長郊平遠, 郊外環之以小山. 山斷處, 海色連空, 海上白石, 嶙峋削成奇峰, 曰七星石, 海金剛也.

其西, 楓嶽諸峰, 如龍飛鳳舞, 其北, 鑑湖·三日湖, 湖光隱映松林間, 其南, 一帶長江, 明滅林薄. 地勢高爽廣遠, 亦極幽閑. 從容回望, 均適無少偏缺. 名山鉅野, 長江大海, 城府樓居, 林薄村落, 雜然幷陳, 各得其宜, 眞可謂天下絶境. 九郡中, 當以海山亭爲第一, 信不誣矣. 北楣有朴參議師海詩. 朴與吾伯氏, 甚善. 余亦同遊白雲浮石之間, 於後一月, 沒於官. 見詩, 頗有傷悼之懷, 人情固乃爾. 尹生亦言其平生, 甚詳, 蓋非俗曰中人.

已而, 告馬食, 旣與尹生, 幷轡, 北東行十里, 抵三日湖. 湖在粤澳, 行至湖邊, 始知有湖. 湖南有巨石斗立, 石面刻'天下第一湖山'六字. 澄

湖瀿灘, 隨岸屈曲. 隔岸招夢泉庵僧, 僧操舟而至, 遂登舟. 湖邊無容
馬所, 遂幷奴, 還送邑店, 使厥明來候. 沿迴洲渚, 登丹書巖. 巖舊有
'永述徒南石行'六字, 丹書歷年歲, 不磨滅. 或傳, "丹砂所書, 後人欲
其久遠, 刻鏤塡紅. 永述古蹟, 盡之矣." 俗人事, 極可恨.
升其頂, 觀埋香碑. 高麗成宗所建, 距今, 已七百餘年, 字泐, 不可辨.
泊西厓, 觀楊蓬萊題名, 有倡義使金千鎰名, 旁書七言絶句, 詩語警爽,
筆勢遒逸, 其風流雅韻, 流映湖山, 恨不與之同遊也.
遂溯流, 觀獅子巖, 仍泊四仙亭. 亭在穹石背, 石狀如覆舟. 湖廣渺瀰,
長倍之, 環之以三十六峰. 峰皆不高不底, 不遠不近, 皆妍妙絶秀. 湖
凡十二曲, 間以微坂, 如熨斗, 紆直無常. 度洲渚間, 藻荇葭菼, 窸瑟有
響, 數隊鷗鷺, 飛鳴近人, 間有彩鳥, 立枯楂格格, 甚佳趣也. 海口七
星, 白石點綴水面, 亦奇觀也.
大較幽極絶極, 坐久, 轉覺生趣, 有如窈窕佳人, 披帷卽存, 可親不可
狎, 此四仙所以三日不去也. 向夕, 微月初生江荄際, 鱗鱗作波光, 欲
乘舸泛月.
已而, 夢泉僧, 告飯, 遂送小舸, 載飯而至, 就亭東石牀食. 旁有破碑,
乃洪太學士貴達所著遊四仙亭記也. 食已, 月光已滿江, 纖波不興, 巖
厓間, 微有汩汩聲. 三十六峰, 顯晦洲瀅間, 將迎隨意向人, 皆作拱揖
狀. 舟近遠無定向, 悠然而逝, 敗葦間大魚, 往往跳過艄頭. 舟僧持槳
打水, 魚驚不復出.
四顧, 無人響, 夢泉庵燈光, 奕奕松林間, 一兩磬聲時度. 舟中尹生, 出
橐中唐詩王孟全集, 取其江行諸作, 朗詠一遍, 繼之以楚詞九章, 有濯
淸風 · 狃寒門之意. 若使永述復來, 必拍肩相迎, 便作十旬, 不返矣.
各賦數首詩, 夜深回舟, 泊夢泉庵下. 沿松行, 數百步, 庵楚楚, 無可
觀, 僧者五六人, 鹵莽無可語者. 僧言, "登庵北石門, 觀日出."
初九日. 早起, 登石門, 稍晚, 日從小嶺上出, 失於海觀. 蓋春夏, 日從
北, 行石門, 直海, 秋冬, 景短時, 日爲小山所掩, 而寺僧, 誤以春夏者,

應之也. 復乘舟, 至亭上, 夷猶延望, 遂與尹生別. 始欲與尹生, 北出通川, 觀叢石亭, 逆行百餘里, 曠日遊衍, 歸期益遼闊.

遂決意向襄陽, 尹生直向叢石, 轉入國島. 尹, 安邊倅李崇祐之甥也. 舟馬異路, 窅然相失, 間之葭莢, 殊覺黯然. 迤行東數里, 湖上村容瀟灑, 卽鑑湖也. 楊蓬萊所居, 有楊氏子孫村, 帶長湖. 湖邊列植名梨, 梨葉赤照湖心. 蓋春時, 梨花盛開湖上, 如張素, 秋時, 梨子爛熟, 墮湖中, 村童持船, 亂入湖中, 拾之, 頗可觀云.

自鑑湖, 行十里, 復入邑中, 獨上海山亭. 縣庭菊花數枝寂歷, 借官僮折看, 買村醪, 小釃, 猶作重陽飲否. 繇縣東, 度長郊, 直邊海十里津村. 觀所謂七星石, 北迤, 行五里, 觀海金剛, 石峰大小三十六七, 錯落差參, 宛然一大小香爐.

蓋東海精英之氣, 結以爲金剛, 其扶輿之餘, 東極于海, 無所歸, 往往鬱積, 爲國島·叢石·海金剛·七星石, 南至東萊, 亦然, 亦可異也. 復向邑中, 由縣南, 舟渡南江, 江, 帶湖亭下流也. 遵海, 行十里, 沙汀馬蹄, 磔磔有聲. 登仙舟巖. 巖三面據海, 呀然如山. 世傳, "五十三佛, 自中國, 汎石船而海來, 棄船于此, 入金剛楡店." 其言誕妄, 大類如此. 行二十里, 蒼松白沙, 相間續斷, 往往游鯨, 乘波用壯, 舟杳杳, 至不見. 夜宿杆城地境浦村.

初十日. 早起, 登村西小坡, 欲看日出, 晨靄彌海, 略有赤暈, 須臾, 日已高矣. 行八十里沙汀, 過明波驛, 又行三十里, 入乾鳳寺. 寺東北方大伽儢也. 東西僧舍, 爲十四房, 中有大川, 橫跨大虹橋, 上下水碓, 幾三十座. 僧多船馬賈, 頗饒. 夜宿明月寮.

十一日. 午飯, 歷訪寶林窟庵, 庵處最高. 由明月寮, 北行十里, 轉尋鳳巖·上院·般若諸巖. 鳳庵釋大仁, 能言金剛·雪嶽之勝, 爲人亦精妙, 可與言. 夕後, 踵至, 夜話亹亹, 可聽.

十二日. 蓐飯出寺, 輿至六松亭, 可十里弱, 馬行十餘里, 抵杆城邑, 邑甚凋. 行四十里, 午秣村舍, 行十里, 登清澗亭. 亭, 杆城倉亭也. 臨巨洋, 旁有石臺, 無甚觀. 與蔚珍望洋亭, 大同.

行二十里, 澄湖當馬前, 渺瀰浸空. 大小比三日湖, 尤覺雄偉, 心知爲永郎湖, 旁無人不可問. 行五里, 宿浦村, 襄陽境也. 問之浦戶, 果永郎湖也. 日暮且風, 寒甚, 不得流觀, 可恨. 世傳, "漢將臨湖, 以爲天下第一, 臨去三日哭曰, 從此, 不復得見." 亦可爲詩家佳話, 亦在金三淵集.

十三日. 早發, 行沙二十里, 抵落山寺. 寺臨海岸名刹也. 佛舍與佛殿, 今春所燬, 東西兩寮, 方新建, 頗鉅麗寺. 舊翼祖虔禱聖嗣, 已而, 誕度祖, 光陵朝, 臨幸. 賓日樓有肅宗大王御製, 學士臣蔡彭胤, 奉教書. 賓日樓, 燬於火, 獨詩板不焚, 天章鳳藻, 亦龍象之所呵護者否. 破墻零瓦, 滿目悽愴, 若經一小劫火. 義相臺, 爲國之正東, 日出, 爲天下第一云.

覓紙, 作六言絶句一首, 不題姓名字號, 趣小僧, 飛傳本府. 府使丁法正. 法正卽使隷人, 致書曰, 雖不題姓名字號, 法正, 豈不知吾申文初也. 其來方立須. 明日, 與我, 共看日出, 毋作梨花亭寂寞客也云. 梨花亭, 寺南臺大楡樹下, 爽豁宜於海望也. 寺距府十里, 甚遠. 由松間, 夾漢水, 行過祥雲驛. 路遇崔進士昌迪, 舊要也. 甚驚喜, 風且暝, 不可班荊而語. 遂約異日, 相尋於府中, 揖鞭而別.

促馬抵邑, 約黃昏候, 入淸讌堂. 府使劇傾倒, 急索山中諸作, 諷詠賞歎. 丁新喪獨孫, 懷緒幽悲, 無以慰瀉, 見余甚喜, 豈特空谷之跫然. 促張燭具飯, 飯已, 公遑. 遂命韻, 各賦五律十五首, 不覺東方之白也.

十四日. 早拜丁同知丈. 丈時年八十一, 精力康旺, 能作大字, 筆力雄健, 不減少年. 自言, "燈下, 作蠅頭字, 眼視, 視五十前, 益明. 少時, 抱奇疾, 家貧, 不服藥, 五十後, 病日除, 六七十以後, 遂無病云." 亦可異也. 大臺之人, 類多如此. 貌甚恭, 益老德人也. 府使弟有光新, 從原州至, 亦淸淳人也. 是夜, 各賦七律十首.

十五日. 巡使李亨逵行部, 入府中, 因府使, 聞余留府中, 卽使人致問, 請與終夜賦詩. 余遂出見, 李甚款, 請見金剛詩, 亦自誦其詩六七首. 鷄三唱, 遂罷. 復曰, "歸路, 出原州, 當飭館吏, 相候焉."

李曾莅江陵府, 余自寧越, 觀刱州竹西樓, 轉至江陵, 觀鏡浦臺, 李以主人, 頗款曲, 臨瀛館, 使栗郎, 佐酒. 留一日, 相與賦詩, 吾伯氏常稱其詩. 此事, 已六七年矣. 余在京師, 謀東遊, 折簡寄意, 過金鐵時, 問之, 吏自巡營, 無關節相存云, 心訝之. 比至襄陽, 李言, "得書於橫城, 計行期, 已過, 不克助濟勝具, 爲恨."

十六日. 仍巡使行, 付書京師. 夜與府使兄弟, 登醉山樓. 樓在縣前, 前有雙池. 是夜, 月益晃. 各賦五律六七首.

十七日. 午後, 陪丁同知, 與府使兄弟·府使之子若衡, 往洛山寺, 日已曛. 少坐梨花亭, 候月出, 海極於蒼蒼, 天與無漸. 須臾, 有風肅然, 林木颯颯. 一道大鎔金, 礫礫鱗鱗, 睢睢盯盯, 先從水底微舒, 忽復渙散, 爲萬塊銀汞, 須臾, 巨月, 已離海矣.

圓滿安穩, 欣然無常采, 昇空四五丈, 光當於海. 於是, 礫礫鱗鱗者, 睢睢盯盯者, 始有定光. 上下萬里, 澄明空虛, 以星出爲天, 不知其際也. 往往波濤自動, 光與屈曲而逝, 陰敲陽磕, 寧崩礐硡, 水物戢戢, 有聲無聲, 靜而聽之, 靈詭萬殊. 夜深, 神氣沆寥, 直欲凌波而遠躐也. 與法正, 各賦五律一首·二十韻聯句, 至三更, 始宿

十八日. 早起, 登義相臺, 候日出. 曙光始平, 雲海際空, 明若有氣, 已而, 萬縷赤暈, 游散無方, 海濤受采, 動盪舂撞, 焰上照天, 雲角嶒峋, 中赤而外黃, 翠獺金支, 重重周衛, 霍然而變, 劃然而散. 已而, 大陽勝空, 萬象盡呈, 光氣之所及, 無幽不燭, 海色礦作赤銅鏡. 崔岦所謂'蜿蜿百怪皆含火, 捧出金輪黃道中'者, 正道也.

觀觀音窟. 雄石據海, 崛起狀若覆盂. 含玡嵌空, 受海之所歸, 中作波濤. 庵據石背, 佛榻下, 常有礔礰聲, 水往往爲風所激, 高與欄干等. 僧言, "義相坐東臺, 二十八日, 夜夢觀音現相, 明日, 雙竹湧石, 五龍獻珠. 遂構小庵於石上, 中安觀音像." 信誕哉.

朝飯已, 回至翠松亭, 訪崔進士少東, 謁廣淵祠, 卽東海廟也. 至漢水, 設網打魚, 一舉網, 獲鱸魚三十六尾. 大者, 崛强泥沙間, 小者, 亦跳躑

相濡以呴沫, 亦可觀也. 崔進士亦踵至, 自川上罷歸. 夜在淸讌堂, 各賦五七言律詩.

十九日. 終日雨. 各賦五七律二十首.

二十日. 終日雨. 夕, 崔進士, 衣簑而至. 終夜, 賦詩.

二十一日. 登峴山. 山太平樓西小丘也. 漢水巫山, 淨綠娟妙. 西望雪嶽崢嶸, 其最高曰, 晴峯. 夜在淸讌堂, 賦詩.

二十二日. 登太平樓. 樓頗偉鉅, 不施丹采. 李學士夢瑞, 爲府使時, 重建也. 有樓記上樑文, 文亦鉅麗. 夜在淸讌堂, 賦詩.

二十三日. 欲游雪嶽, 有雪不果. 夜在淸讌堂, 賦詩.

二十四日. 夜在淸讌堂, 賦五言古詩.

二十五日. 夜在淸讌堂, 賦五言排律.

二十六日. 夜在淸讌堂, 賦七言古詩.

二十七日. 夜在淸讌堂, 賦五六七言絶句.

二十八日. 夜在淸讌堂賦五言擬古詩

二十九日. 夜在淸讌堂, 賦五七言律詩.

三十日. 與府使, 作別, 別懷殊黯然. 府使曰, "吾與子相知, 已三十年矣. 率遇諸京師邸舍, 久不過四五日之間, 亦多俗敗. 吾間嘗出宰小白山下殷豊縣, 因之重喪去官, 不見子, 亦四五年矣. 吾與子之大兄石北翁, 得意, 遊於驪江之上, 有唱酬錄百餘篇, 亦無十日飮. 自吾哭石翁, 不作此事, 亦久矣. 不意今者吾子, 乘一款, 跋歷千山萬水, 飄然而至, 相遇於窮海雲濤之中, 跌宕酬呼, 得數十日之久. 凡岳瀆雲烟, 日月樓臺, 神仙歌舞, 鳥獸蟲魚之可驚可駭者, 與夫存亡衰樂, 交游離合, 升沈得喪, 是非順逆之或乘或除者, 擧皆發之爲文章, 以宣夫壹鬱之氣, 欲與南石永述之徒, 相羊於人物之表, 不知吾之爲子歟, 子之爲吾歟, 雖謂之吾輩極意游, 可也. 前乎吾, 爲是邦之大夫者, 不得以文初爲客也, 且前乎子, 爲金剛之遊者, 亦不得以法正爲主也. 假兩得之, 又豈可數十日之得乎. 嗟夫. 吾與子, 俱中身耳. 從今以往, 其樂, 豈可復得乎. 知不可復得, 而相送於窮溟寂寞之濱, 寧不悲哉." 余曰, "唯唯."
遂登醉山樓, 使嵏空烟度曲, 東海月佐酒. 酒三行, 乃起, 出縣門. 行
五里, 渡漢水橋, 直南行五十里, 過洞山倉, 又十里, 宿南厓民舍. 是
夜, 大雨, 客愁別懷, 劇無聊. 遂作七絶六首, 使津吏, 比明, 傳之清讌
堂主人.

十月初一日. 朝晴. 行五十里, 登江陵湖海亭, 觀人士之射會, 仍登鏡
浦臺, 皆五六年舊遊也. 內外湖, 浸空渺瀰, 葭菼鷗鷺, 宛有昔日之面
目, 有如久別情人, 重逢話舊, 悲喜交中也. 是日, 雨雪甚冷, 不堪久
坐. 遂冒雨, 抵江陵邑十里.

初二日. 朝雨乍止. 遂發行三十里, 踰大關嶺. 嶺上積雪幾三尺. 午飯
嶺脊, 行二十里, 宿橫溪驛.

初三日. 自橫溪, 行四十里, 午秣珍富驛, 行三十里, 踰毛老嶺, 二十
里, 宿太和倉.

初四日. 自太和, 踰嶺, 行五十里, 午秣雲橋驛. 行二十里, 抵原州. 傳
法正詩札於巡使. 巡使知余來到, 卽使人致問. 余遂入見, 夜賦五七言
詩. 劇談, 夜深, 乃罷.

初五日. 被留. 夜賦詩.

初六日. 晚發, 北行三十里, 訪松峴鄭進士厔－厚而－家. 在京時, 厚而
聞余有東遊曰, "歸路, 若出原州, 訪我于松峴." 余諾之故, 迤路而訪
厚而. 深謝其慇懃, 出行中一壺酒, 餽之, 厚而一飮而盡, 厚而善飮者
也. 遂贈七律詩一首, 題其壁.

問鄭進士莊所住, 相距七八里. 鄭送其侄, 致病不能造之意, 余亦行甚
忙, 不得委訪, 甚可恨也. 鄭, 詩士也, 長於余十餘年.

初七日. 發松峴, 渡安昌江, 踰兩松峙, 暮抵砥平邑. 是日, 行七十里.

初八日. 自砥邑, 踰白峙, 歷訪楊根邑宗人·進士宅權聖居, 聖居省楸,
未還. 遂抵大灘, 訪李進士鼎基君實, 致午餉. 苦晚不得留, 過月溪江,
訪馬湖丁和順器伯家, 和順之子, 適自京至. 時夜已深矣. 是日, 行九

十里.

初九日. 自馬湖, 行八十里, 抵京, 宿韓景善家.

初十日. 留倉洞, 睦幼選來見. 出示東遊詩軸, 劇談楓嶽九郡山水. 李叔昇‧尹聖玉, 亦來見.

十一日. 宿叔昇家.

十二日. 晚發. 宿果川三十里.

十三日. 行七十里, 宿中潭.

十四日. 早發, 行八十里, 宿市浦金進士垍

十五日. 行八十里, 抵方山, 宿李室家.

十六日. 晚發, 行三十里, 宿大興後溪韓室家.

十七日. 行八十里, 抵東臺. 自八月二十二日, 離京, 至十月十七日, 還家, 五十六日, 道里往返, 二千餘里云.

東遊日記

宋煥箕

金剛之勝, 鳴於天下, 遠國人亦願一見, 至發於詞章, 或有垂圖而禮之者. 生此東國, 素少韻致則已, 苟有許大勝情而終不識此山眞面, 則得無爲遠國人所笑乎? 余於山水, 殆不異游巖之膏肓, 而常恨無許椽之濟勝. 壯歲淸涼之遊, 適因宗兄宣城宰而粗償宿願. 如鷄龍·俗離, 近而莽蒼, 遠可宿舂, 而尙不得一登眺. 至於金剛, 思之渺茫, 如在萬里外, 是尤豈一筇可到哉?

庚子夏中, 對金令善之, 笑謂, "令若按節關東, 則吾當不憚爲節下客, 而作楓嶽遊也." 翌年春, 金令果爲東伯. 卽以書來要踐前言, 辭旨鄭重. 顧未能飄然遄邁, 則乃復屢致慨恨. 且以先師遺稿事, 提勉益勤, 此意, 又何可孤也? 先遣子有, 賫稿本往東營, 留俟吾行. 屬玆秋凉, 始定行期. 念獨行殊無聊, 適長文欲同遊, 可喜.

七月二十九日. 差晚離發. 黃生世英從行. 行裝無他物, 只『輿地圖』一幅藏于紙匣中. 蓋韓昌黎借『圖經』之意也. －昌黎詩云, '曲江山水聞來久, 恐不知名訪倍難. 願借圖經將入界, 每逢佳處便開看.' － 天氣淸朗, 野色寥廓. 出洞數里過, 已覺意想超然入紫雲. 與長文同行, 薄曛抵文山.

三十日. 蚤發. 秣馬西原邑店, 行至十里. 長文分路由飛鴻, 約以相遇於驪江. 夕到鳳巖, 拜姨母. 夜聽蔡松禾姨叔歷說其前春東遊時勝趣, 怳若此身已在海山間也.

八月初一日. 辛未. 暘. 早起出門, 見巖楓澗菊. 秋意將闌, 益催人佳興也. 姨叔出示其東遊酬唱, 而以爲"古來遊楓嶽者, 鮮不有錄, 而如農巖所記儘好. 後此而欲以蕪拙之辭, 摹出勝槩, 則誠難矣. 吾先人亦有「海山錄」, 錄甚詳, 余何用贅焉? 故只爲此數百句古詩, 畧記其歷覽次第. 其他諸篇, 則爲同遊所唱, 自不免強作耳. 君之今行, 必有奚囊之富, 歸過時, 可使得覽耶?」余笑曰, "不惟淺見, 亦如長者所論, 素不閒於吟詠記述, 雖欲強爲, 何可得也?"「海山錄」是鳳巖與南塘・屛溪東遊時所錄, 而頗多好說話, 不但記遊覽之勝而已. 爲行中披玩, 借賞之. 臨發訪鄭友德煥・蔡友奎燮. 行到鎭川邑下, 日已亭午. 秣馬旅店, 薄暮入法旺村. 外黨諸族相訪叙話.

初二日. 朝陰晚雨. 食後卽發. 中路遇雨, 着油衣行數十里. 歷入長厚院鄭戚家, 關雨止宿.

初三日. 夜雨. 蚤發, 迤邐向驪江. 近午抵達, 炊于邑店. 訪長文於李歙谷家. 與長文登淸心樓, 樓甚宏麗. 新經幸臨, 江山增色, 巡繞軒窓, 尙覺天香未沫. 況又瞻望二陵松栢, 撫玩先詩鏤板, 自不禁愛敬感愴交切于中, 其淸勝之趣, 有不暇論也. 大抵驪之爲邑, 居國上游, 山水之淸奇, 殆甲於圻甸. 見任元濬記文, 槩可知矣. ─任記畧云, "若州之形勝, 則有水自中原月岳, 合江原五臺之水, 流數百里而至于州北, 泓澄漫汗而爲淵. 其屹然攢靑鬵翠, 以鎭于東北, 則有龍門之山. 巍乎聳雲, 如飛如舞, 而闖于軒楹, 則有雉岳之峯. 甓寺倒影於江心, 馬巖捍水於襟喉. 北距京師再宵晝而卽達, 南通三道分岐路於邑下. 實控國家之上游, 而爲畿旬之奥區. ─ 邑村頗殷賑, 亦有鍾鼎之家. 其廛廛井落, 面勢形制, 必多可觀, 而行色悤遽, 馳過巷街, 殆不分方隅, 可恨.

沈侯定鎭, 遞官懷德纔數日, 而率其胤子婚行, 適過江上, 相逢甚喜. 會于李直輔家, 李是芝村旁孫, 曾因沈侯穪, 聞其文識不草草, 今偶成鼎話良幸. 臨別, 沈侯極致悵意, 以爲, "今吾雖解所麋, 而猶不能免治簿之撓, 顧無以相隨於名區勝賞, 亦足愧恨." 余與沈侯晚契情厚, 相期勉不淺, 從今一別, 將成落落. 回思澗閣湖亭之會, 不堪冲悵.

日將夕渡江入報恩寺. 寺在江之東鳳尾山, 卽古神勒寺. 有甓浮屠, 故俗號甓寺. 其東臺素稱奇勝, 下馬直向, 儘有好意趣. 而暝色將生, 詠

'只是近黃昏'之句, 宛然是實景也.

層巖作臺, 有上中下, 而中臺稍廣且平, 可容十餘人坐. 適有遊人環坐, 設盃盤其中, 數人與長文有雅分. 或有就余接話者, 乃澤堂後孫輩也. 水匯臺下, 俯臨澄碧, 一帶長流, 十里通望. 薄言倘佯, 良足宣暢. 臺上數碑, 可詳古蹟, 而薄曛不能讀. 惟懶翁之舍利石鍾, 憑僧手指而可見耳. 數十年前, 自興原乘舟向漢城, 過此, 而在水中央, 忽見石臺山樓隱暎於斜陽中. 怳惚仙境, 在咫尺間, 壯歲逸興, 殆不覺狂叫. 欲移泊寺下, 同舟諸人, 笑而不應. 儵忽若夢裏過, 久不能忘于懷.

今玆登臨, 依俙往時佳景, 而興趣則大不如前. 豈其眼目有高於少日知見耶? 抑或騁望有勝於臨眺趣味也. 古寺之臨江者, 吾不多見, 而扶江之皇蘭, 若無荒廢, 則可與此相埒. 其他勝槩, 能如許處, 豈易復見哉? 夜坐寺樓, 江雨飄灑, 襟韻殊覺蕭爽.

初四日. 隨僧早飯, 乘雨少歇, 發行. 過十里許, 沾濕. 踰石池・盆池二大峴, 雨勢頗緊. 掛油衣涉險川, 入安昌-原州地, 距營四十里.-倉村. 買米炊飯, 極艱辛. 如非倉底, 則雖多賣錢, 難免闕食. 已可見氓俗生理, 異於圻湖也.

冒雨而出, 復涉村前. 水漲, 深於前渡時, 幾不能渡. 自此由大路, 間經崎嶇, 行三十里餘, 踰小峴. 東望一山極高大, 微露於雲霧中. 松江樂詞'雉嶽此也.'之句, 忽不覺發於口誦也. 暮抵原州營下, 方伯迎接於外, 次子有出來.

初五日. 終風且雨. 本倅申諴來見. 向晚入營中, 軒階几席之間, 絶無鬧熱底氣, 差強人意. '關東方面'四大字, 揭在宣化堂, 卽我先祖尤菴筆云. 與長文子有宿蓬萊閣. 閣在堂北小塘中, 由罨礭入, 殊有靜趣.

初六日. 朝雨晚晴. 定舘于講武廳. 尹友應烈・柳進士德顯來見, 叙話頗穩. 取見『雲坪遺稿』新謄本, 修刪事極多, 可商.

初七日. 朝霧晝霽. 中軍李寬徵來見. 旋善守鄭日煥來訪, 講舊叙懷, 良喜. 夜會蓬萊閣, 泛舟於閣下方塘. 塘不過爲二三畝, 舟則恰受六七人. 小童蕩槳, 搖搖而行. 環小島數匝而止. 營中人甚樂, 以爲秉燭之遊, 未有勝於此也.

初八日. 午陰.

初九日. 與長文子有尹士瑞-應烈-登浮萍閣. 閣在客舘東, 塘水環繞, 郊原通曠, 殊足爲宣瀉堙鬱. 其創建在於李白洲按臬時, 而揭版諸詠, 多是名流, 亦令人喜看也. 安弘迪·趙末啓·李一中, 亦作楓嶽行, 偶成萍水會, 可喜暢叙. 移晷而罷.

畧觀營府形制, 閭巷面勢, 其所排置, 殆不如湖嶺間一雄邑. 羅代之北原小京,. 宜有城闉之鞏築, 而平原堵墻, 亦無數仞之高. 至於山川形勝, 東蟠雉嶽, 西走蟾江, 豈不美哉, 而環府峙流, 未有一曲之佳, 其樓觀之無宏麗, 不足怪也. 官厨所供, 每食, 松茸登盤, 每朝或晝, 有葛粉桑葚之饌. 此皆山裏佳味, 而他營邑所未有也.

初十日. 雨. 方伯發巡. 先向寧越, 約會于金剛山中.

十一日. 雨灑虹見. 長文以病發歸, 極可憂, 不但有悵懷也. 金進士道曾到營中, 叙阻喜甚.

十二日. 朝霧. 與子有, 治發海山行. 濟勝之具, 都從營中出, 殊非蠟屐行色, 可愧. 本倅贐以脯脩紙束, 而以病未同遊, 致恨意不已. 人皆謂金剛之遊, 由內而外, 自山而海, 方可見意趣益勝, 今吾行將不能然. 然苟能於一山一水, 着眼會心, 則縱橫經過, 無所不宜, 表裏先後, 何須論也? 安順之-弘迪-諸人, 取路洪春而去. 獨金君述-道曾-聯轡而出. 黃生乘卜馬以從, 有高生者, 隨君述來. 向東而行四十里, 午炊烏原驛村.-橫城地, 距府三十五里. - 踰檜峴, 暮投安興驛.-橫城地, 距府六十五里. - 前川水深, 騎村牛以渡.

十三日. 午陰. 早發行數十里. 肩輿踰門岾, 朝飯雲交驛村.-江陵地, 距府百九十里.- 盡日行束峽中, 崖石戛鞍, 林薄梢帽, 不能無幽欝意. 夕到芳林,-江陵地, 距府百七十里.- 川水深瀾, 村人擧籃輿擁護而渡.

止宿旅店, 聞巡使午前過去. 余之今行, 不欲爲歷路所知, 而山路店稀,不得已入驛村. 所帶營隷, 自露行色, 未免使村氓有擔舁奔走之勞, 殊覺歉然. 烏原以後, 芳林一區, 始見川原稍開. 人烟相連, 令人眼豁. 平疇沃壤, 葑菁新生, 脆葉柔芽, 有苗長意. 余笑而指之曰, "此若葉茂而根厚, 則豈不甚美, 而晩種如彼, 何望其敏成於霜露前?" 從者以爲, "是菜, 雖在霜雪中, 靑靑自茁, 根細而莖肥, 善爲沈葅, 則味甚佳, 而他處所無, 故營邑厨人, 爭先買取矣." 村人屋宇, 覆以麻稭, 障以板木, 可見峽俗勤治績麻, 嚴防猛獸也. 其板障, 則嶺東西皆然云.

十四日. 陰冷. 曉發, 朝飯大和. -江陵地, 距府百五十里. - 踰毛老峴, -江陵地, 距府百二十五里. - 行五里許, 見斷岡奇巖, 突兀馬首, 不覺聳喜. 乃控轡而下, 緣磴而右, 微迤仄滑. 脫鞋披襟, 艱抵于巓. 巖臺盤陀, 可坐而憩, 石角駢矗, 可立而倚. 十丈翠壁, 一帶晴川, 俯臨極可愛. 所恨, 實非居人碩藬之所, 徒爲行者小歇之處也. 君述在前已遠, 子有落後追至, 獨盤桓良久. 逢人問之, 則曰淸心臺, 臺之得此名, 宜矣. 五臺數峯, 嶙峋入矚, 此臺, 卽其捍門也歟. 奇哉奇哉.

暮投五臺山支麓下村民家. 聞巡使以史室奉審, 方留月精寺. 此去月精, 爲十餘里, 君述已向寺裏去矣. 主人卽一蚩氓, 供以黃粱餠. 如歲時白粳餠樣, 傍置一器淸蜜, 儘山中別味也. 環山松木, 參天蔽日. 歷路所見, 橫亘數十里, 盡是黃腸禁養矣. 關東之五臺山, -東蒲月·南麒麟·西長嶺·北象王·中智爐, 五峯環列. - 素稱亞於金剛雪岳之勝. 今夏過山之下, 而事有掣碍, 未得入月精寺, 觀金剛淵, 登臨絶頂, 撫玩諸勝, 令人極恨失. 燈下披看鳳巖海山錄, 極稱五臺之壯, 尤恨不能續先輩盛躅也.

十五日. 曉雨浥塵. 蚤發踰杻峴. 自北以後數十里, 原野蕭條, 岡麓童濯, 蓋近海地高, 獰風恒作, 嚴霜早墜而然耳. 嶺西之頻年失稔, 專由風霜災. 今秋稽事, 亦已被霜, 太半不實, 見甚愁慘.

朝飯橫溪. -江陵地, 距府六十里. - 舘中, 將迎巡行, 劇紛囂. 暫坐, 亦覺苦惱也. 籃輿踰大關嶺, 嶺之兩垂, 遠可二十餘里, 而極險峻. 嘗按『地誌』, 而槩知之, 今見之, 良然. -誌云, "在府西四十五里, 卽州之鎭山. 自女眞之長白山,縱橫邐迤, 延裊南蟠, 據東海之濱者, 不知其幾, 而此嶺最高. 有徑縵廻山腹, 凡九十九曲. 西通京都之大路也." 又云, "員泣峴在嶺之腰, 世傳, '有一員遞官江陵而還到此, 顧瞻悽然泣下, 因有此峴名.'" –

行到中半, 有芝舍, 停輿少憩. 江陵海山, 都入一眺, 如鏡浦松潭諸佳處, 行人指點, 歷歷如咫尺間, 壯哉! 及下到平易地, 回瞻嶺頭, 殆接雲霄, 實有難上之歎. 可見嶺之東西地勢高深懸殊. 橫溪人以爲地極高爽, 每冬雪深數丈云者, 果非虛語也. 嶺底盤石瀑流之勝, 傍路殊可觀.

行十里許, 捨驛路西折, 涉水而入一里約, 祗謁五峯祠, –丘山書院– 奉審影幀. 嘗見寒水齋與人書, 有曰, "江陵丘山書院, 奉先聖眞像, 只行焚香四拜之禮, 而未有俎豆之儀." 未知舊時所藏, 卽此黑綃粉繪, 而其虔奉妥享, 始在何歲也.

一川橫帶院前, 五峯環列川南. 丘壑頗幽夐, 嶺下水繞過洞門, 巖臺潭泉, 亦甚佳, 卽入洞時所渡處也. 出洞行數馬場, 暫秼驛村, 暮抵府下. 所經川原井落, 儘樂土可居矣.

十六日. 風氣稍冷. 襄陽府伯李鎭恒·蔚珍縣宰高雲瑞, 迎候巡使留府下, 來訪款叙. 李與子有已相識, 而方帶本府兼任. 有餽接之意, 乃辭却. 高是武弁, 其曾祖爲尤菴門人云, 而仍說蔚邑黨習可駭之端, 尤翁影堂重新之由, 其慕賢興學之誠, 良可嘉歎.

飯後, 步出門巷外稍爽塏處, 覽觀形制, 儘奧區巨府也. 此地本濊國, –一云鐵國又蕦國. – 漢元封中, 討右渠定四郡時, 爲臨屯, 而地連靺鞨. 嘗怪『後漢書』多稱其美俗, –如云少嗜慾少寇盜. 同姓不昏. 種麻養蚕之類. – 今見山川, 甚佳. 羅麗之置小京, 我朝之爲大都護, 豈無以哉? 未知靑春敬老之會遺俗, 尙存否也. –舊俗敬老, 每值艮[1]-辰, 請年七十以上會于勝地, 以慰之, 名曰靑春敬老會. –

差晚, 與子有往松潭書院, 祗拜奉審. 適値享事隔宵, 多士入齋. 獲詳

1_ '간(艮)'은 '량(良)'으로 교감한다.

舊蹟, 可幸. 齋中儀節, 畧有與湖中校院異者. 牲俎已陳于祠內卓上,
典監之員, 獨處中門側小廳, 不出門外一步, 此可見虔享一端. 但供士
之饌, ﹣所謂沐浴床﹣ 方進, 而無序坐之儀, 殊欠整肅矣. 奉玩師任堂手畵
諸帖, 其點畵活動如新. 而作屛或作軸, 我先祖曁遂菴・丈巖所撰諸
文, 俱寫在其中, 可謂絕寶也.

院在府南二十里, 而洞壑幽邃, 溪潭淸澈, 長岸疎松, 蒼老可愛. 薄暮
還到府下, 巡使才入臨瀛舘, 不能無喧擾相及.

飯後, 乘月馳往鏡浦臺, 黃生步隨, 子有獨留邑底. 臺距府十里而近.
月中登臨, 湖光眞如鏡矣. 亭閣寬敞, 坐至夜深, 引壺自酌. 殊覺神氣
淸爽. 臺傍無村, 艱尋守臺人於隔一岡數百步許, 宿斗屋中.

十七日. 憁颺壁蝎, 侵觸達宵. 泄證忽作, 氣頗憊損, 欲觀日出, 强起
登臺. 稍晚且霧, 未能快覩可歎. 浦之周數十里, 水淨且平. 不深不淺,
纔沒人肩背, 四面中央如一. 西岸有岡麓, 作臺亭在其上, 東口有江門
橋, 橋外竹島. 島北有白沙可五里, 沙外滄溟, 渺茫無際, 儘湖海絕勝
處也. 亭壁有小龕, 藏兩朝御製詩帖, 鎖閉不得玩. 鏡水無風, 正好舟
遊, 而病未果, 殊觖. 海雲亭主人沈焹及沈煥・沈燁諸人來訪, 仍餉以
小饌.

向夕, 病氣稍勝, 移住海雲亭, 不但以主人意甚厚也. 亭卽沈漁村所建,
今經數百年, 雲仍尙肯構. 四壁揭版, 殆無空隙. 如皇明人淸詞健筆,
豈不可襪哉? 我先祖二詩亦在版上, 見其一詩小序, 而亭中舊蹟亦可
詳也. ﹣序曰, "嘉靖十六年丁酉, 帝遣翰林院修撰雲岡龔用卿・戶科給事中龍津吳希孟來, 頒
皇嗣誕生詔. 時漁村沈公彦光爲伴使, 爲說其鏡浦湖亭之勝, 請詩以賁之, 則雲岡不靳也. 今其
詩尙留亭壁, 于玆一百五十年矣. 漁村後孫澄靜而甫, 錄示原韻, 而要余和之. 噫, 東人之不見漢
儀, 已久也. 感古傷今, 聊以見「匪風」・「下泉」之思耳. 幸勿以外人道也." ﹣
先祖筆蹟頗不少, 褙作屛簇, 字多缺落可惜. 沈氏諸少長咸來見, 夜分
而罷. 河南祠事, 便成江鄕蠻觸, 聞來大可駭. 彼之欲陷人, 而至以尤
翁記文爲贗作者, 極不是, 而大煞沈之近年所設措, 則謬妄甚矣. 余對

諸沈言之如此, 沈亦不以爲不然.

十八日. 淸暖. 宿食得宜, 泄證快止. 早起, 往尋烏竹軒. 權正郞啓學
叔姪迎接, 出示栗谷遺墨要訣草本文券諸紙, 而『要訣』則以愚見恐非
先生手寫者. 先生平日所用一小硯, 質甚樸. 顚刻梅萼, 自令人愛玩,
匭物之爲美也. 先生外宅無嗣, 權乃先生姨母子孫, 而世守此堂, 葆護
遺物, 無間於己家先蹟, 賢者之使人尊親, 有如是矣.

軒凡六間, 先生生于其二間之室. 累經重創, 而棟樑不改云. 今其腐樓
敗壁, 恐難撑過數年. 主人方有改建意, 其綿力, 殊可念. 後岡前麓,
脊脈面勢, 蜿蟺端的, 近海數三里而霾氛自隔, 遠朝千百巒而奇秀爭
呈, 乃知大賢嶽降, 自有其地也. 庭畔竹叢, 尙有舊種. 雖未甚盛, 亦
可愛也.

還到海雲亭. 主人要得余染紙, 以補先筆缺落處, 勤懇不已, 乃強拙以
副之. 洛下人徐有陶, 適旅遊, 訪余而來, 少年佳士也. 巡節夏過亭前,
向鏡浦, 子有入來, 仍與之發行, 到浦上. 東伯迎笑曰, "山中之期尙遠,
而湖上之會偶成, 甚奇事也. 俄者不入海雲亭, 以河南祠事方在聽訟
中, 有嫌碍之端耳."

向夕, 汎舟前湖, 波平舟穩, 殊可樂. 中流見鳥巖出水, 高可一丈, 亦奇
勝. 權正郞同舟, 以爲江海之遊, 非不快壯, 而風濤可畏. 惟此湖, 深
不至滅頂, 雖有風, 實無慮. 今日舟遊, 恨不作盡日歡也.

北岸有湖海亭, 隱暎松楓間, 望之極淸絶. 昔三淵翁愛好甚而棲息久,
可認其爲眞境. 將蕩槳而回泊, 則暝色已生, 舟中人皆促行, 不得登覽
而過, 甚恨惘. 下舟東岸, 旁海而北, 差後於巡行. 行十許里, 止宿沙
月村. 驚濤洶湧於枕邊, 通昔不成寐.

十九日. 曉發. 馬上見日出, 緩驅而行. 回首暫看, 奇景不可狀. 海畔
巖石, 錯落碅砈, 殆千百形色. 一行皆未曾見, 大譁叫稱奇, 以爲雖皆
骨之峯, 未保其勝此. 大洋中亦多巨石, 波濤所激, 或出或沒, 若伏若
走. 從者爭相指, 謂長鯨露背, 亦一奇觀. 若値連弩之射則必作飮羽之

石, 令人絶倒.

到連谷, ﹣江陵地, 古縣名, 距府三十里. ﹣ 巡行將發矣. 朝飯後卽行, 午炊洞山.
﹣襄陽地, 距府四十五里. ﹣ 行二十里, 至祥雲亭. 落落翠松, 傍海夾路, 殆亘
五里. 驅馬其中, 殊覺幽勝. 望雪嶽莽蒼而不能登. 問勿緇村墟, 而未
由詳, 俱可悵恨.

捨大路, 行十五里許, 到襄陽邑底, 暫秣馬. 巡行却在後. 自此行七八
里, 有松林蒼欝, 連十里成陰, 向西而行, 不見斜暉. 林間路逕, 縱橫交
錯, 從中逶出林外, 則五峯山不數里而近矣.

洛山寺僧, 以籃輿迎於寺之南麓下. 取坦途, 由西門入. 良久, 巡行乃
到. 府伯餉以盛饌, 又供夕飱, 其意勤至, 有不得辭却, 拙分, 終覺難安.
夜登寺樓, 觀月出. 惜老禪緩報, 未及於將出海底時也. 大海接天, 天
上海中, 渾是一片月. 與東伯久坐共翫, 淸景益可愛, 臨罷對酌一盃.

二十日. 晨興, 出坐東臺, 候日出. 見天際紅暈, 冉冉而赤, 淡雲受光,
層層如列岀火爐. 日之將出未出, 殆至六七刻之久, 而奇態萬變. 其未
出也, 海水接天, 如鴻濛未判. 及其將出, 波蕩如沸, 疑有神物出沒, 望
之使人肅敬. 既出而昇, 天高海闊, 晃朗澄廓, 仰之不覺抃躍. 嘗怪古
人論日出, 不一其狀, 今見之, 儘有難形說. 如三洲所記蹙入騰躍之
狀. 銅盤銀汞之喩. 人或有然疑, 而玄虛所謂"大明擒轡, 翔陽逸駭, 彨
沙礐石, 蕩潏島濱"者. 特說奇壯耳. 竊謂「虞書」'寅賓'等語, 固爲測候
者設, 而凡觀出日, 宜皆有以致敬. 豈可徒作壯觀去也? 嵎夷乃今之登
萊間, 爲中國極東表, 而我國在其東萬里外.

其見日出處, 甚廣, 洛山以最勝稱, 今日之觀, 不亦壯哉? 日三竿, 往
觀觀音窟. 窟在寺之東里許, 其高可建百尺之竿, 其大可容萬斛之舟.
海濤常出入, 爲不測之壑. 盤洳激成, 訇匉相匜. 小菴跨其上, 坐在房
裏, 常如聞雷皷聲. 臨牕俯窺, 懍若崩墜.

窟南數十步許, 有義相臺, 登臨少頃而還. 世傳新羅義相法師建此寺,
殿上安栴檀觀音一軀, 歷代崇奉, 頗有靈異云. 至如高麗僧益莊之記,

尤怪誕不足信也. 寺中堂寮極精緻. 法殿之右, 有一殿, 奉安世祖·睿宗兩聖位牌, 事體極未安, 誠不知其何昂也.

晚發晝站清澗亭. －杆城地, 距郡四十里. － 亭在驛路傍, 臨海極敞豁, 罟有巖崴之奇. 扁額乃尤翁筆云. 所經驛站, 皆有舘, 如湖中院舍. 此亭便作舘, 有寮有樓, －樓名萬景. － 連筡爲宏構矣.

行三十里許, 山麓周遭成谷. 谷中有潭曰仙遊. 小岡斗起, 半入潭心. 岡頭作層臺小亭, 寄於臺上, 誠奇妙處也.

暮入杆城邑. 邑有城, 小如堵墻, 村屋皆重簷. 蓋防饕風虐雪衝敗侵壞之患, 濱海諸郡皆然云.

二十一日. 蚤發, 朝飯烈山, －杆城地, 距郡三十五里. － 午炊明波. －杆城地. 距郡五十五里. － 行至高城界. 海岸沙色如雪. 戛然有鳴聲於人足馬蹄間, 人或以爲錚錚如金磬響. 杆之南二十里地亦然, 卽所謂鳴沙. 古人詩'寒沙策策趁人鳴'者, 是也. 『綱目』'突厥默啜寇鳴沙.' 註,'此地, 人馬行沙有聲, 異於餘沙, 故曰鳴沙.' 嘗讀至此, 心竊異之. 以爲何其與我國之關東鳴沙甚相似也.

沙中有海棠, 羅生路畔, 想春時沙暖花明, 景趣益佳也. 長路幷海, 高浪蕩岸. 其瀰礰呀呷之際, 人馬辟易之狀, 極可觀. 木華所謂輕塵不飛, 餘波獨涌者, 豈指此歟? 大抵西海之隨月生潮, 東海之無風自波. 似是一理, 而終不可究也.

黃昏, 憩路傍村舍, 問前站, 尙餘二十里. 村人執炬前導而行. 歷路佳處, 無異睡裏過, 過掛鍾巖而未能觀, 可歎. 五十三佛懸鍾之說, 固不足信, 而千丈峯頭奇巖之勝, 曾所聳聞矣. 二更, 渡南江入高城. 本守李侯復永, 已知吾行, 定下處以待, 卽出見, 可謂一面如舊. 宿公廨食官厨, 不無不安心, 而亦不辭之.

二十二日. 早起, 與君述子有, 將往觀海金剛, 權遵自衙中出見, 罟說海遊之勝, 仍與同往. 出東門行十里, 到海岸. 見石峯嵯峨, 環列於海濤中, 儘一皆骨也. 乘船入二石對峙之口, 如尋逶壑, 已臟佳趣.

東伯先我而至, 登坐峯之中臺, 俯視舟中而戲曰, "高下相懸矣." 余笑謂, "昔我先祖, 與市南諸公, 舟遊於黃山羅巖之下, 或在舟中, 或坐巖上, 相戲笑, 亦有如今日事. 各賦詩以見志, 今吾只當誦先祖詩而答之耳." -詩云, '病宜舟臥健宜山, 高下休論物我間. 若於上面終能透, 行止分爭摠亦閒.' - 乃下舟登臺, 共酌一小盃. 相與躋攀而徜徉, 其巖嶽之奇形詭色, 有不能名狀. 白香山「太湖石記」云, "三山五岳, 百洞千壑, 覼縷簇縮, 盡在其中." 正此類之謂也.

自此而南數喚許, 有七星峯. 去岸不遠, 森列錯落, 望之如雪堆玉立. 蕩槳而過, 殊覺奇勝. 風濤不興, 鱗甲可數, 而繁采揚華, 萬色隱鮮, 亦足觀也. 又蛤之狀, 初見甚奇, 同舟諸少, 爭取蛤剝食, 以爲味甚佳矣. 日晏罷歸. 歷上帶湖亭. 亭在江頭小岡, 城府偪隔, 流湍暎帶, 頗有淸曠之勝. 坐翫有頃, 還館次.

朝食登盤者, 多是海物, 而江瑤柱之屬. 色潔味淡, 非如西海魚腥觸鼻逆胃也. 飯後, 與權生步出. 過衙門百許步, 登海山亭.

前臨南江, 如襟帶, 北望楓岳, 如咫尺. 大海在東, 不十里而近. 所謂七星石者, 歷歷可指, 點點可愛. 大抵邑居環以巖麓, 蕭然若村落, 其稱蓬萊仙府, 誠宜. 府之有斯亭, 尤增勝槩.

扁額卽我先祖筆, 而字體頗大. 先祖遊楓岳詩, 亦鏤板以揭矣. 舊亭頗宏麗, 兼作客舘, 實爲遊宴之所, 有一愛錢者, 作吏, 苦其供接, 公然毀撤. 後來者, 復建而小其制. 人皆傳說而恨之.

日高舂, 發往三日浦. 浦在郡北, 周遭可十餘里. 中有小島突兀, 蒼石盤陀, 四仙亭在其上, 三十六峯環列岸外. 昔有四仙 -新羅時人述郎·南郎·永郎·安詳.- 遊此, 而三日不返. 浦與亭得名, 蓋以是也. 東伯已先到, 與本守, 待我至. 乃棹舟直抵于亭. 怳惚若身在畵圖裏, 眞可謂仙區別界也. 俄而襄陽府伯來會, 亦有他數三佩符人, 縱不無紛華之端, 顧何損幽夐之趣哉?

亭南小石峯甚奇, 舟泊其下, 攀厓而上. 見石面, 有丹書'述郎徒南石

行'六字. 嘗覽三洲「「東遊記」, 有曰"世傳四仙所書, 字畫尙不泐, 惟
'徒'·'行'二字稍漫漶, 而細視亦可辨." 今見其點畫多殆不成字樣. 蓋
近世何許人, 嫌其將就磨滅, 妄加補刻, 以致失眞, 令人惋惜.

峯有短碣, 剝落無字, 卽彌勒埋香碑也. -『地誌』云, "元至大二年, 存撫使金天皓
等, 與僧志如, 埋香木于沿海各官, 誌其地與條數, 堅於丹書之傍." -

移舟北岸, 入夢泉菴. 對亭而坐, 更覺淸絶. 回到亭中, 忽聞簫歌起於船
頭, 亦自可喜. 臨去, 移席石上, 傾樽松下, 神思益佳, 恨不作一日留也.
行十里已曛黑, 投宿桂月村. 村中人甫弱冠者, 來見, 自謂以懷宋流寓,
而其言不甚明.

二十三日. 大霜. 蚤發到養珍. -高城地, 古縣名. 距郡二十五里. - 巡行已發去,
子有儦就, 直向新溪寺. 乃令黃生同往, 率二隷獨行. 高城隷亦從. 朝
飯成直村. 村人稱校生者, 進鷄酒之饌. 想是村會所出, 亦厚俗也.

行到甕遷. -通川地, 東俗謂棧爲遷. - 少憩遷之南頭雙印巖. 昔高城郡守沈
廷老·通川郡守沈廷耉兄弟, 同時佩符, 相會于此, 後人傳誦爲美事,
巖以此得名. 其刻而識之, 則在近年矣. 遷長數百步, 步步竦身而過.
蓋石山枕海, 鑿山通路, 僅容一馬蹄, 碧濤在下, 舂撞雷激. 臨之悸懍,
足心酸澀. 諺傳倭寇道此, 官軍擊之, 盡淪入于海, 亦名倭淪遷.

午秣朝珍. -通川地, 古縣名. 距郡五十里. - 行過數里, 有二石對立, 人行由其
間, 若門, 行人謂之門巖. 歷觀鬻塩, 其潤下作醎之理, 誠有足以默覬.
顧愷之恨張融「海賦」不道塩, 今觀海而不觀此, 則亦豈非所恨?

夜入通川邑底. 自高城至通川, 實楓岳之背, 其上嶄崱險絶, 李稼亭記
說信矣. 宿食旅店. 巡使出來暫話, 聞君述亦已自養珍入新溪. 逢李進
士奎運, 始聞朝珍有先生臺. 李卽酒城戚屬, 年前流寓此境, 雖是初面,
亦可驚喜. 臺有碑, 遇岡炎之焚, 久倒榛莽中. 李戚相議於舊守及今高
城守, 出力復豎云.

二十四日. 終風微雨. 侵晨而出, 東北行二十里, 到叢石亭. 獨坐亭前
巖臺, 默究造化之妙, 殆不覺手舞足蹈. 奇乎壯哉. 決非巧匠所能琢

成, 豈是拙筆所可模狀. 其外面奇形, 三洲翁所記儘說得盡矣. —三洲記

有云, "長巒斗折入海, 嶐然圓峙, 舊亭其上, 今廢. 前有大石柱四, 離立水中, 高皆十丈以上, 曰四仙峰. 峰皆束數十小石柱爲體, 石皆方直六面, 其束皆整比如櫛, 類用繩尺刀鉅爲之者. 不獨四峰者然耳, 其環亭數里, 縱橫顚倒而散布者, 亦無不然. 計其伏於土中者, 累累皆是, 有能以海濤蕩滌滁雪, 空岸土而盡出之, 則不知當爲幾千百叢石. 造物之巧, 何以至此? 奇哉奇哉." —

亭後數十武許, 有短碣委地, 數字僅可識. 世傳四仙來遊, 而其徒立石誌之云.

西厓又有小亭, 將頹圮, 可惜. 風濤大作, 不得汎舟叢石下, 至于金幗窟, 甚恨. 小醉復臨臺, 笑謂傍人曰, "米芾若拜如許石丈, 則豈有遭彈哉?" 風飇甚冷. 不能久坐. 還到邑底. 飯後卽發.

遵來時路, 行十五里許, 有松林. 昨薄暮徑由林外相望處, 今見其綿亘十數里. 蒼翠與海色相接, 儘如三洲所記. 惟昔之短稚弱者, 已經百歲, 宜多虬枝鐵榦, 而却不然, 豈或已作大廈棟樑歟. 原野之濶遠, 實江陵以後始見. 見其秔稻茂秀, 可知非瘠土, 而其不實有甚於橫溪. 野色青空, 白死者十居八九. 寔由廣斥之壤, 風損尤易也. 揣想民情, 行路傷惻. 署被霏沾, 行過一舍, 川水大漲, 橋梁盡壞, 傍近村人迎護而渡. 皆謂夜雨大注於金剛山側.

暮抵朝珍, 巡行先已到, 稅良久矣. 避舘中紛囂, 討處稍僻. 主人王姓有班名, 問知先生臺, 相望甚邇, 雨且暮, 未登觀. 夜無寐, 主人署說風土習俗, 蔀屋生涯, 極艱楚, 有葛屨履霜之歎. 歲寒時, 雪墮如篩, 頃刻間堆積, 與簷頭齊, 封塞門逕, 難容掃除. 人皆爲屨如簣, 着繫曳出, 踏築屢回, 便成氷路, 以通往來. 雪消後, 弊屨多掛林梢云.

二十五日. 乍露. 早起登先生臺, 在舘之東岡, 壇除爲臺. 傍有古松可十圍, 豈亦當時樹木猶在歟. 碑在臺上, 芝村李公撰陰記, 遺躅事實, 此可詳也. —記曰, "上之元年乙卯夏, 尤菴宋先生之自德源移配長鬐也. 路由通川, 阻水滯朝珍村. 愛其山水淸奇, 築小臺而登覽焉. 後四十一年乙酉, 余偶過而得之, 名之曰先生臺. 於是, 郡守黃侯鎭, 與邑中人士, 謀欲立碑其上, 未及就而逝. 今郡守沈侯廷耆慨然嘆曰, '此吾責也.' 遂樹一小石. 刻之曰, '通川朝珍村先生臺碑', 屬余記之. 余不獲辭, 略識本末, 仍係以

銘." - 向無李戚相逢說及, 則其終不知而過矣.

飯後, 卽發輿度甕遷, 懍悸有甚於步過. 東伯鋪席雙印巖下, 坐待頗久. 余笑曰, "我行故遲遲, 令何必欲敗我閑趣耶?" 答謂我, "豈是况人者. 今無一官人隨, 只彼幕裨, 亦兄相親人耳, 有何撓惱之端? 試思昨日之遊, 我無老兄, 則極沒趣味, 兄亦獨往, 則豈多興致? 吾兩人之有此勝事於如此勝處, 實不偶爾."

乃相視而笑, 對酌數盃, 所話只評論山水而已, 倘可免坡仙大白之浮也. 巖巒聳翠, 岸沙如雪, 銀濤蕩漾坐席之側. 鷗鳴鷺浴, 或去人丈餘而不驚避. 使人蕭爽有出塵之標. 午秣成直村.

暮入金剛山, 緇徒持籃輿待于嶺下. 行五里約, 抵新溪寺. 東伯已到, 稅有頃, 而君述子有在坐. 安順之諸人, 纔自內山來, 如期相會, 亦可喜. 高城使君來話.

二十六日. 朝霧夕雨. 蚤起開牖, 玉峯森立, 銀瀑交輝, 楓林環繞, 成一紅錦步障. 不移頤步, 而已覺有奇趣. 食後, 與東伯携諸君出. 輿僧皆云, "此去九龍淵三十里而遠, 恐犯昏暮." 君述子有, 昨已往觀, 憚未復作, 亦可恨歎.

循澗而北, 連行邃壑攢樹中, 緣厓涉水. 間又有度橋者, 不知爲幾折. 危棧險嶝, 所不能擔輿處, 亦不止數. 曲行數十里, 到玉流洞, 洞府稍寬, 盤石潭瀑, 皓潔幽夐. 十餘人, 或盤桓或盤礴. 石甚膩滑, 或有傾跌而爲之絶倒者. 余以爲此豈可戲笑處, 須相告戒, 愼勿放過. 有頃環坐大巖上, 共飫酒饌.

捨輿携杖, 緣流而西數百步. 又折而北渡矼. 循東崖過數里, 西峯懸厓不知幾千尺, 瀑從其顚下墜. 飛舞夭蟜, 如散絲如垂練. 被風橫吹, 則霏微若飄烟噴霧, 卽所謂飛鳳瀑也. 憇坐對看, 殊爲奇勝. 棧路轉險, 攀躋極艱, 不翅倍蓰於玉流以前. 渴甚酌泉巖竇, 調飲五味膏.

緣磴臨壑, 若將跌墜者. 又數里許折而西. 俯降數丈餘, 度石澗, 躡數十級木梯而升. 又循厓而北, 徑仄泥滑, 艱危無比. 東伯服千翼垂廣帶. 步屨輕健. 其脚力膽氣, 亦吾所不及也.

僧言, "舊有鐵索掛着巖壁. 人得攀引懸空而過, 精力少者, 眩悸不能行. 邇來鑿石容磴以經度. 縛木爲梯以登降. 由是攀援之愁, 不至甚矣."

得一石臺正對九龍瀑布. 小歇進臨于磐. 諸人相扶將而下, 就盤陀稍平處, 去淵瀑十許步而坐. 我先祖尤翁筆刻在其傍. - '怒瀑中瀉, 使人眩精.' 八字. - 點畫漫漶, 數字殆不能辨, 可惜. 峯頭微垂若重霤, 承以百尋翠壁, 懸瀑如長川, 直下落深淵中. 適雨餘水益壯, 響若搥防巋岸, 使人神駭. 不覺高聲誦石曼卿詩'玉虹垂地色, 銀漢落天聲'之句也. 淵在一壑上盡頭, 黝碧深不測, 疑閟神物. 其畔白石, 凝滑如脂膏, 令人立不定武. 臨之, 易爲怒瀑聲所迷, 不可近也. 諸君皆知其然而猶阽臨, 一少年未免蹉躓石上, 危哉.

自此而下, 爲深潭爲驚湍者, 殆非可一二數. 其八淵以上, 從後岡可尋云, 而自下望之, 邈然不可梯也. 日斜風勁, 徜徉不能久, 回到飛鳳瀑下. 更看亦好. 以古人詩文觀之則九龍瀑可擬廬山, 飛鳳瀑可比鴈宕, - 李孝光記鴈宕瀑, 有云, '渟渟如蒼烟, 乍大乍小, 忽被風逆射, 盤旋久不下.' - 未知前後來遊者, 論此二瀑, 或有如是看否也.

復憩玉流石上, 傾壺共飲. 意態極淸幽, 渾忘筇屐之勞. 忽林飈起而岜雲暗. 促僧肩輿行里餘, 零雨颯颯, 石瀨跳濺, 楓露亂滴, 益助人佳趣. 未及寺三四里, 松炬迎導, 黃昏到寺. 一行不甚被沾濕, 坐中人以爲, "亭午霧霽天朗, 孰謂夕雨忽至?" 高城李使君笑曰, "從前作龍淵遊者, 鮮不遇雨, 終非尋常事." 余忽記去秋遊南嶽歷龍湫, 而亦窘驟雨, 兩番事, 甚可異也.

鳳巖『海山錄』錄, 其與南塘·屛溪, 入龍淵時事, 甚詳. 三丈進止, 有不同, 其畏愼之道, 勇進之意, 自露於善戲中, 氣像槩可想. 吾輩今日事, 只是老者懦弱, 少者輕銳耳, 良足慚憐.

此山有一谷, 名萬物草. 謂其奇狀極備, 若草出萬物也. 余有往尋意, 招僧問其經由遠近. 李使君以爲萬物草之聞於世者, 蓋自近世, 而人

多傳稱. 尤爲好名者所取. 吾亦初聞, 意其謂別天地. 及見之, 全無可
稱. 凡物之名, 浮于實, 有如是矣. 或云, "萬物草深深未易見, 此則假
耳." 是說亦涉荒唐, 誠不可知也.

二十七日. 雨. 連有行邁登臨之勞, 今關雨山裏, 得一日靜坐, 亦愜人
意也. 高城守以都會試官徑出去, 恨甚.

歙谷宰·祥雲丞來見, 坐話頗久, 語及山水之勝. 余笑謂丞曰, "東人
稱漢拏山爲瀛洲, 智異山爲方丈, 金剛山爲蓬萊. 今子自瀛洲歷方丈
至蓬萊, 如此壯遊, 殆無與儔." 渠頗有自大底意, 蓋丞是濟州人, 歙宰
卽永同人洪光一. 夙有文名, 以其所吟若干律示之. 向晚少晴, 與東伯
散步梵殿階塔間, 寺後觀音峯, 差可看.

二十八日. 僕馬出送山外, 俾待于長安寺, 與君述子有飯後卽發. 金生
相彦同行, 黃生高生步隨. 西南行二十里, 入鉢淵. 洞口有盤石, 受激
湍處, 窪然成坎, 如釜而大, 作一深泓. 小而如鉢盂者, 亦多, 鉢淵之
名, 得非以此歟? 下輿跂臨, 意趣殊佳.

少頃到寺. 寺後大巖上, 立新羅眞表律師碑, 此寺卽師所創也. 佛宇重
建, 粗成未完, 菴寮亦只一老屋. 惟峯巒洞壑, 幽夐甚勝. 步出觀水石.
槩有上中下三臺. 下臺, 卽洞口盤石, 是已. 中臺, 盤石橫斜膩滑, 瀑流
極淸駛. 忽一僧裸體展脚而坐石瀑上, 遂自隨流就下, 疾於馳走. 遇坎
而止, 如甌臾之流丸, 翻身而出, 如盤渦之浴鳧, 其狀甚怪, 名以馳瀑.
余笑曰, "是何足以供遊客之翫?" 老禪在傍, 以爲"昔律師踰嶺往徠, 供
養其親, 欲自驗其誠孝淺深, 持羹盂走石上, 羹不覆. 後人慕效之, 遂
成此戲云." 其言雖不足信, 亦可見彝倫之不可殄滅. 彼釋氏之敎. 果
何帛哉.

尋向上臺去, 巖石益奇. 有楊蓬萊筆'蓬萊島'三字刻在巖面, 畫勁鑴深,
石苔不蝕, 奇哉. 巖畔林梢得獼猴桃, 手摘以啖, 亦覺有味也.

東南行, 由孝養峙, 肩輿極艱危, 至巓停坐. 大海在履底, 海山亭·三
日浦, 宛復臨觀. 僧言, "此嶺之得名, 以律師事也." 纔下嶺傍小溪, 行

犖确礐礧中里餘. 折而西又一里約, 到圓通寺. 山雄谷邃, 楓林可愛. 但水石無甚奇勝, 菴舍亦無可觀.

東伯自新溪由稄庫, 已到楡岾, 揀送健僧堅輿, 蓋慮朴達險嶺, 致有顚沛也. 午飯後, 循石厓折而北, 入松林窟. 窟有二, 一窟不甚寬, 列置羅漢十二. 一窟覆以大磐, 方平如板, 傍壁齊整如屏障. 卽一广屋, 可坐數十人, 可立八尺身. 北隅安五十三佛, 西壁下有泉, 稱甘露水. 小菴在其側, 正對佛頂臺. 境甚幽靜, 高禪所宜捿, 適菴僧不在, 可恨.

由菴而下數十步, 又折而西. 澗石齒齒, 不可以擔昇度, 捨輿而步, 靠人擁護涉澗. 無何抵朴達嶺下以輿行. 登登益峻絶, 直若空懸臨危, 甚悸欲下輿, 則緇徒不肯從, 而致力愈健.

至中半卸下曰, "此風穴臺也." 穴在厓徑南, 窺之沈沈, 令人有寒懍意, 不能久立. 諸君之徒行者, 喘如吹筒, 汗如流漿. 君述子有, 亦以輿僧不健, 太半步登. 憇巖皐上, 從攢木間東望, 海色渺茫明滅. 坐久, 風力益勁, 颭人欲墜.

北去百步許, 懸厓有石臺, 可數丈, 望見若有墜. 黿棲苴胃掛臺隅, 毿而垂, 依然留啄菢之痕, 謂之鶴巢. 凡行十許里, 至上頭, 頗寬平, 作一挈場, 正是息肩歇脚處也.

諸人渴甚, 思食山果, 僧徒以爲, "每歲此時, 山葡萄之屬, 綴垂林薄間, 有不可勝食, 今秋則結實甚稀, 時晚無餘." 余笑謂諸君曰, "此亦關食數耶. 飽賞佳景, 渴飮淸泉, 斯足矣. 雖使不食, 腹猶果焉."

此去佛頂臺不數里而近, 而薄暮不得觀. 諺傳昔有佛頂和尙者說經, 龍女出巖隙聽法, 至今有穴在巖上, 其深無底云. 自此迤邐而下, 不甚艱險, 白足如飛. 行十里, 到楡岾寺.

二十九日. 蚤起, 覽觀一寺形制, 儘可稱巨刹. 老禪以爲, "僧寮禪室, 經火重建, 無復舊觀, 惟佛殿宏麗獨存." 殿內有刻木象天竺山, 安五十三金佛于衆條間. 殿前西偏有一堂, 掛盧俾影簇. 其事極恠誕, 見于高麗大士閔漬所記. −記畧曰, "五十三佛, 自月氏國, 乘鐵鍾汎海而泊安昌縣浦口, 縣宰盧偕率官屬而往, 但見小小衆跡印泥中, 樹枝皆向山西靡." 又曰, "尋鍾聲緣入洞門, 有大池, 池上有楡樹, 鐘掛于枝. 諸佛羅列池岸, 異香馥郁. 偕與官屬瞻禮, 歸奏于王, 創寺以安之, 因名曰楡岾寺. –

庭中石塔青瑩滑澤, 制度精巧, 亦被延燒, 數級豐剝, 可惜. 寺之東隅有殿, 扁以'龍船', 妥奉世祖大王位牌, 如洛山寺事, 事體重大, 誠有未安. 有小井名烏啄. 在寺後厓底, 雖舊, 不至無禽, 可見其洌寒也. 和尙出示琥珀盞·鸚鵡盃, 謂是御賜之物, 殊可禝也.

飯後出寺門, 坐山暎樓, 俯臨溪流, 甚勝. 西望小菴寄在巖厓, 白衲聯翩於紅樹間, 亦奇景也. 來遊者, 題其姓名於一如掌小板, 鑴揭楣樑間, 鱗次櫛比, 無一空處矣.

是寺, 地勢四塞, 峯壑雄深, 牛馬不能通. 居僧得穀山外, 皆運至稤庫, 春糧, 擔負而致之. 地名稤庫, 恐亦以此也.

與東伯偕發. 西北行緣溪三里, 入九淵洞, 見船潭. 巨石中陷, 形如刳木, 長可二丈, 深廣皆可一丈. 宛然壑舟自橫, 溪水淙散激射, 懸注其中, 成一澄潭. 潭水從四隅墜下, 亦爲瀑爲泓, 其格韻極瓌奇. 嘗見三洲所記, 自此以上, 水石益淸壯, 殆欲與萬瀑伯仲. 又有萬景臺在絶頂, 其爲大觀, 不下毗盧, 今皆未暇尋可恨.

旋下而東, 又折而北, 歷裳巖曉雲洞. 捨澗而行四五里, 抵隱身臺下. 下輿而徒數百步, 攀厓艱登, 穹石贔屭, 峻臺磅礴. 望大海瞰絶壑, 正對千仞石壁巉削環立, 有懸瀑從壁間瀉流, 層累相承十二級而下. 不知其所繇來, 不見其所墜止, 勢甚奇壯. 僧云, "得雨添水則十二疊連亘爲一, 尤可觀."

臺之南幾里, 有佛頂巖. 又其南幾里, 爲朴達嶺. 一岡脊起伏相連絡, 昨所經歷, 隱隱可指. 雖未登佛頂, 非所恨也. 坐良久, 甚爽豁. 從人有吹簫者, 亦堪助趣.

飮數盃微酡, 飄然步下. 過數里渡溪, 稍迤而西, 山益深樹益老. 擢本攢柯, 干霄晻旭. 其枯臥巖壑若龍顚虎倒者, 亦不知幾株, 殆與人境隔異.

行到鴈門岾. 一麓橫隔, 如門有閾, 爲內外山分界. 卽淮陽・高城境上也. 二邑官屬, 送迎巡使, 極擾聒. 獨立巖厓, 望內山諸峯, 愈見絕勝. 三洲翁之以白而峭蒼而雄爲內外山之別者, 信矣. 大抵白頭山南條, 自會寧之亐羅・漢峴, 甲山之豆里山, 蜿蟺幾千里, 而至淮陽東高城西, 爲此山, 其名有五. -金剛・皆骨・涅槃・楓岳・怾怛.- 自古傳稱峯有萬二千, 寺有一百八, 目之以三神山之一, 豈不雄偉哉?

岾下石路, 夾澗轉險, 輿坐極不穩. 憇李許臺. 此臺, 縱無見稱於前輩遊記, 而在他山水石, 恐不落第二, 如李許往跡, 何須問也? 昌黎詩有云, "泉紳拖脩白, 石劒攢高靑." 今見此山, 一泉一石, 未有不然, 異哉. 傍路巖壁, 刻成彌勒狀, 謂之妙吉, 像甚長大, 初見可愕. 上晡抵摩訶衍. 自鴈門至此凡十五里. 菴在衆香城下, 穴望・疊無竭諸峯環列於前, 正値夕陽時, 翠壁丹楓, 山色益奇. 古杉老檜, 庭陰甚淸, 儘名藍勝景也.

行一里, 至火龍潭. 從僧以爲, "此萬瀑洞八潭之一, 自洞口觀, 則萬瀑止於此矣." 潭廣數畝, 翕然深碧. 傍有石磯甚大, 一奇峯在其上, 名獅子巖. 嘗讀晦翁「雲谷記」, 有曰, "名豺子巖者, 槎牙突兀, 如在天表." 今其名狀, 一何相類也?

又前一二里, 歷船潭・龜潭, 至眞珠・噴雪・碧霞三潭, 甚奇勝, 水光石色, 薄曛不能辨. 輩僧明松炬導行, 不知歷幾潭瀑度幾棧磴, 而至洞口. 由石門出, 渡木橋, 入表訓寺.

九月初一日. 庚子. 朝陰晚暘. 早起, 復入萬瀑洞. 洞口有五人峯, 偃蹇可愛. 稍上有金剛臺, 突兀甚奇. 諺傳, "靑鶴棲峯之隈, 玄鶴巢臺之顚." 去臺稍近, 有盤陀許大石, 可坐累百人. 百道流泉, 激瀉左右, 圓通谷水至此亦合. 巖瀑甚淸壯, 楊蓬萊草書八大字,- 蓬萊楓嶽 元化洞天 - 刻石宛在. 三洲所稱"龍挐猊攫, 幾欲與嶽勢爭雄"者, 儘的確語也.

逍遙數食頃, 歷靑龍・黑龍二潭. 又前數里, 見碧霞・噴雪・眞珠, 此三潭相去, 各不踰百步. 巖刻潭名, 其第次如右所歷擧. 幷數此以上龜・船・火龍三潭, 則潭凡爲八, 果如僧言矣.

三洲「東遊記」記此諸潭甚詳, 而名與數, 與今所覩, 畧有不同, 至於碧
霞·眞珠, 第次互換. 尋究其所摸狀, 則所記恐無謬舛. 豈巖刻出於近
世, 因居僧誤指而然歟?

有普德窟在溪左石厓上, 坐珠潭瞻之, 小菴若懸磬. 嘗見『地誌』, 知其
奇巧如許. –『誌』云, "絕壁架板, 立銅柱於外, 以搆小屋三楹於其上, 拘以鐵鎖, 釘于巖石,
浮在空中, 人登則搖. 中置佛畵, 餙以珠玉, 施鐵網以防手摸. 諺傳, '高麗安原王時僧普德所
創.'" – 今不登臨者, 未必非垂堂之戒, 而不能伴諸君飛上, 衰氣亦足
憐歎.

君述盤桓谷口, 更不進一步. 獨東伯與我相將, 隨意盤礴於三潭石上,
勝趣非一. 懸泉迸觸厓竅, 瑩若珠璣, 飛湍噴灑石磩, 滾成霧雪者, 眞
珠·噴雪二潭之勝也. 碧霞潭, 潭瀑之高澗清奇, 視前潭益勝. 盤石平
廣, 其瑩膩皓潔, 殆無可比. 先祖尤菴先生所書二十八字, –"清溪白石聊
同趣, 霽月光風更別傳. 物外只今成趺宕, 人間何處不啾喧?" – 刻在石面, 先生之寫此
詩句於此潭石者, 微意亦可想也. 與東伯題名其傍.

徜徉良久, 臨流對酌, 興味愈發, 不知日之晏矣. 巖巒厓壁, 亦可擅勝一
壑, 如衆香城之皎潔, 香爐峯之靈秀. 東瞻北眺, 殊令人不厭. 步下至
珠潭畔. 諸君之登普德者, 或詫絕奇, 或說懷危, 孰如我流㥘穩快也?
笻屐聯翩, 不踐一塵土, 忽記朱夫子南嶽之遊在雪中, 有"青鞋布襪踏
瓊瑤."之句. 今此溪石, 不翅如雪色, 吾輩眞踏瓊瑤也. 復到大石盤陀
處, 君述與數三老禪, 趺坐而待, 意態亦閑適矣.

洞之水石綿亘十許里, 其奇麗雄大, 儘不悖於所聞. 而蓬萊筆與尤翁
筆所刻處最勝, 石之廣而如張大筵席者, 固甚壯. 窪而如臼如桮椀者,
亦皆可翫. 其錯列而砛矼齾齾者, 不一其狀.

毗盧峯以下衆壑之水, 交流咸會, 由石上行. 平緩者, 縈回演迤, 詭匿
側出. 高急者, 騰蹙噴薄, 亂灑爭趍. 淺而淙琤, 如鳴珮, 深而渟泓, 如
翠藍. 其爲澗爲瀑爲瀨爲潭, 有不勝窮其變. 潭之名, 不止七八. –八潭
外有觀音·凝碧·靑琉璃·黃琉璃之名. – 瀑之數, 不可盡知, 以其多而總名之曰

萬瀑. 此可爲一山之最大洞府也.

近午還寺. 飯後, 散步寺庭. 僧輩指東寮舊址, 堆沙亂礫, 以爲"寺觀舊稱壯麗, 年前爲大水所漂覆, 今殘弊至此." 此寺實新羅僧能仁·表訓等所創, 而麗王之所崇護, 元帝之所捨施極矣. 久踰千年, 而能不至荒廢, 亦已幸也.

寺北三十里許, 有正陽寺, 其前麓爲天一臺. 籃輿直上, 萬千諸峯, 眞面呈露, 奇姿秀色, 一一皆可觀. 嘗聞前輩, 或有到此, 以爲"此山不須費日窮搜, 只登此臺, 足矣." 今臨之信然.

入寺坐歇惺樓, 面勢眼界甚端好, 視臺更勝. 衆香峯壁得落照逾白, 如玉如雪, 璀璨晶熒. 環以楓林, 宛然錦屏繡帳, 使人目眩心醉, 不知所以名狀也.

樓傍有六面閣, 規制極奇巧. 數丈石佛在閣中, 亦可觀. 寺址爲山之正脉, 故名正陽. 後岡曰放光臺, 前嶺曰拜岾. 其諺傳曇無竭放光麗太祖頂禮之說, 有不足信也. 此山諸峯, 皆冒竺書荒茫之語, 諸佛淫昏之號, 其所羞恨, 實有如退陶之於淸凉山者. 然是於仙區勝槩, 有何虧損哉? 行踪普賢岾, 則圓通洞須彌塔諸勝, 可得賞, 而有未暇. 至於毗盧峯, 實山之最上頭, 尤可登, 而亦不能辦, 甚恨. 樓中木版題名, 亦如楡岾之山暎, 寺僧備版以待, 東伯與諸君各題一板, 卽刻刻揭.

余謂, "此樓所見, 無非詩者, 何不題詠而空爲此也? 今吾輩實非懲絶有約, 講繹無暇, 如朱張南嶽時, 而終未有一句唱酬者, 拙甚矣." 東伯笑曰, "然矣. 然古人遊賞, 亦有應接不暇之語. 雖以農淵鴻筆, 其記與詩, 出於出山後. 顧今無詩, 亦何傷哉?"

還下過表訓寺. 無何見白華菴, 在路傍平地. 菴後浮圖羅列, 有休靜·義諶諸名僧碑, 卽月沙·靜觀諸名公文也. 行到鳴韻潭, 迅湍深湫, 勢甚奇壯, 亦名犧淵. 千仞峭壁臨其左, 由此而南, 可尋靈源洞, 而有意未果. 懸厓之畔, 路轉傾危. 木棧石磴, 悚懍無比. 明炬而行殆十里, 抵長安寺. 僕隸輩自山外纏來待矣.

初二日. 差晚觀佛殿, 層構重禁, 金碧煒煒. 諺傳堂殿及佛像, 皆中國
工人所造. 其創設之悠遠, 排布之宏夌, 見稼亭所撰碑記而可知也. 寺
在入山最初頭, 便成都會處. 舊聞僧衆貲饒, 商貨來萃, 如市門, 今見
寮廊庖湢頗圮殘, 可想凡百無前樣矣.

入此山, 凡留五日. 自新溪, 至長安, 凡行百餘里, 所觀不過三四大處,
而不免恩恩過. 幽深峻高處, 都不得見. 韻釋冥棲者, 竟莫相遇, 深悵
恨不已.

飯後, 卽行過數里, 路坦大, 可驅馬, 乃下輿. 所騎忽蹇, 可悶. 行五里,
渡一川. 村人肩輿踰小峴. 午炊新院, 到斷髮嶺, -淮陽地, 在天磨山, 距府百
五十五里. - 輿夫甚衆.

邐迤崎嶇十許里, 抵于巔下, 坐墠臺, 金剛玉峯, 縹緲入望, 使人神聳,
怳如初見. 俗人之登此嶺, 望金剛, 思欲斷髮出世云者, 誠無怪也.

東伯以爲, "楓岳之勝, 終不若所聞." 愚見則不然. 若其泉石之奇麗,
猶有可倫, 至於峯巒之皎潔, 恐無相侔. 槩論其全體, 當爲吾東山水中
拔萃者, 只恨吾輩草草看耳. 若使更看, 亦覺愈好矣.

少憩飲一盃, 下嶺. 纔數步, 萬二千峯, 忽焉不見, 惘然如有失. 行二
十里, 至通溝倉村, -金城地, 距縣六十里. - 夜將二更.

初三日. 晝夜雨. 蚤發午炊昌道驛. -金城地, 距縣三十里. -

初四日. 晚晴. 東伯從巡路, 將轉至伊川. 子有爲訪其岳丈, 向鐵原.
獨與君述聯鑣, 黃高兩生步隨, 金生相彦亦同行.

午炊瑞雲. -金城地, 距縣三十里. - 行無何, 峽束路深, 林木陰森, 亦有澗
石, 可跂而息. 過數十里, 踰象腹嶺. 嶺底樹間, 多折枝結構, 如檜巢,
乃熊羆所爲也. 暮投山陽驛村. -狼川地. 距縣四十五里. - 峯壑巖澗, 畧有
幽趣.

初五日. 晨發, 朝飯狼川邑底. 踰馬峴, -狼川地. 距縣三十里. - 涉母津, -
春川地. 距府四十里. - 宿仁嵐驛村. -春川地. 距府四十五里. -

初六日. 曉發, 行崎嶇二十里強, 忽見膴原畇隰, 刈黍種麥, 紛然有豐歲

色. 左右顧盼, 不知鞍馬之爲勞. 連行野中又二十里約, 渡昭陽江, 江源出麟蹄之瑞和. 南岸上, 有鳳凰山, 蒼岡隆然, 萬松被之. 其趾巖麓, 臨濟開張, 自成一區, 亭在其中, 重新翬如. 下舟登觀, 平郊漠漠, 長流滾滾. 使人心眼俱開. 徙倚軒檻, 景看板上諸作. 亭之創, 遠自羅代矣.

行五里, 入春川邑底, 炊朝飯, 日將昳矣. 府在鳳山下, 局勢異常. 關東一道中, 江陵·春川, 素稱奧區, 而此卽古之貊國也. 嘗見『地誌』, 稱其風淳俗美, 今覽山川甚明麗, 民物之如許, 宜哉. 聞申壯節公家墓在府西十里, 欲歷登而未果. 暮投原昌驛. －春川地, 距府三十里. －

初七日. 蓐食發行. 午炊洪川邑二里外小店, 暮踰三兀峙, 虎行林藪中, 人未及見, 馬忽竦耳跼蹄. 疾走如飛, 投蒼峯. －橫城地. 距府四十里. －

初八日. 晚雨. 朝飯橫城邑店. 行十里許, 遇雨. 晡還抵原營.

初九日. 終風夕雨. 登鳳凰山. 山在營門相望三里許, 岡頭寬平, 四望甚敞豁. 時菊正芳, 汎醪煮糕, 向夕罷歸.

初十日. 霜. 本倅來話, 頗穩. 夕後, 僉知丈出臨. 二更, 子有歸到.

十一日. 大霜. 巡相還營, 夜會蓬萊閣.

十二日. 風氣稍寒, 雪積雉嶽. 安順之諸人, 遍遊海山而歸.

十三日. 主人令出來.

十四日. 夜登翫月樓.

十五日. 夜雨雷電.

十六日. 清凉申友光協, 向楓岳, 歷到營下, 邂逅甚喜.

十七日. 出將臺, 觀騎射.

十八日. 會蓬萊閣.

十九日. 崇朝乍雨. 主人令出來.

二十日. 往龜石亭. 巖石如龜形, 臨水奇勝.

二十一日. 乍陰. 與黃生晚發, 宿文幕店.

二十二日. 霜. 早發, 朝飯興原倉村. 暮入長厚院鄭戚家. 鄭君禹錫, 有所叩質, 殊可喜.

二十三日. 晚發, 艱到法村.

二十四日. 晏發, 暫秣鎮川邑店, 暮抵鳳巖. 蔡進士奎燮·商燮諸友會
話, 至夜分.

二十五日. 早發, 午炊勝川店, 暮入金谷.

二十六日. 朝雨夜雪.

二十七日. 雨雪且風.

二十八日. 發歸. 秣馬德坪, 暮抵葛吉.

二十九日. 早發, 午炊馬浦, 薄曛到家.

楓岳之遊, 非不遂夙願, 而尙恨未窮探. 雖欲更見, 而不可得, 其所憧
憧者, 最在毗盧上矣. 翌年季秋, 東伯有書, 以爲"楓山再見, 則果絶勝
於昨秋. 淵翁所謂再見勝於始見者, 誠得山水之趣矣. 況靈源洞·須
彌塔, 昨秋之所未見, 而今行則見之. 又上毗盧絶頂, 則尤菴先生題名,
宛然如昨日矣. 用我滄洲先祖盧峯韻, 吟一絶曰, '能使華陽夫子來, 萬
千峯上獨崔嵬. 巖苔不蝕題名字, 歲月仙山問幾回.' 蓋入金剛而不上
毗盧, 則與不見金剛奚間哉? 老先生之必於此題名者, 微意, 尤可知
矣. 平生壯觀, 莫過於此, 恨不於昨秋與執事同登也. 今行, 又與任稚
共·金君述同之, 而君述則能登毗盧, 稚共初不敢生意. 蓋無脚力無膽
氣者, 決不可登故也." -書止此.-

余覽此書, 不覺蹶然而喜, 憮然而歎, 繼之以愓然興感也. 毗盧之勝,
有以想得於尺蹏中, 怳若共登絶頂, 亦可以少抒此耿結. 若使早知我
先祖題名在彼崔嵬上, 則昨秋豈不盡氣力尋到? 到今追思, 其爲深恨,
不但以不得大觀也.

在昔壬寅春, 先祖始遊金剛, 今再周甲矣. 其再入在癸亥夏, 卽七十七
歲時也. 年譜壬寅條有云, "入山窮高極幽, 而有'楓山灝氣千年積, 蓬
海滄波萬丈深.'之句." 癸亥條署記其歷覽處, 而不言毗盧. 其題名恐
在壬寅歲. 適丁此歲之再回, 悠悠懷想, 益復如何哉?

金剛山遊錄

李鎭宅

余有山水之癖, 每欲觀金剛, 而汩沒科臼, 迄未遂願. 甲午以科事遊洛, 徂夏涉秋. 時密城安佐郎丈景漸, 罷官歸鄉, 欲取路關東, 領略形勝, 恨無與同遊者, 余願陪杖而行. 親知之在泮中者, 或以迂闊譏之, 或以險遠危之, 而此意已定, 牢不可破. 遂謀百銅, 藏在囊中, 決意啓程. 時七月二十一日甲辰也. 自京城距金剛, 五百里云矣.

朝出東小門, 至水越店, 炊飯. 暫憩樓院, 口占一絶. 午點于義正部, 過西五浪, 休祝仙嶺, 楊州抱川界也. 將向松隅, 未及十里, 適逢空馬, 欲借乘. 傍有一人, 給賞三錢, 不受, 促我乘去. 怪而問之, 則曰, "小人乃松峴徐相家奴子也. 何可受賞而不借乎?" 問其名, 則金萬太也. 卽此一事, 亦可見其家法矣. 暮抵松隅, 止宿. 是日行八十里.

二十二日. 晴. 得安邊官僮林逢春, 貰馬. 早發, 至把撥幕. 暫休場街店, 朝飯于萬歲橋. 林僮直向楊門而去. 越村前一小溪, 卽永平界也. 至楊門, 過柏棠洞楡亭. 由屈曲川, 至只瑟浦宿焉. 合行九十里.

二十三日. 晴. 早發, 渡村前小溪, 卽鐵原界也. 朝飯葛峴. 過新酒店, 卽金化界也. 歷楡店, 至細葛峴, 抵金化邑. 午點過同山畓峴, 至二同九亭板. 宿橋前洪生家. 行七十里.

二十四日. 晴. 還出九亭店朝飯. 逾中樞峴, 至眞木驛金城界也. 至金城, 午點. 踰鏡波峴, 歷炭黔, 過昌道倉, 至上岐城. 越前店小溪, 宿李春光家, 卽與余同貫也. 其人甚淳古, 待之甚款. 出見族譜, 千里客中, 適逢同源之人, 亦一幸也. 是日行七十里.

二十五日. 晴. 朝飯于觀音窟趙德常家. 渡多慶津, 過通溝倉, 入全旌
義柏齡家, 暫休敍話. 至摩尼嶺楸亭金士達家宿焉. 是日行四十里. 自
此道里甚遠, 視京畿里數, 不啻加三之一.

二十六日. 晴. 朝飯于金士達家, 上斷髮嶺. 遙望一抹浮雲, 橫繞山髻
者, 是乃金剛也. 名以'斷髮'者, 俗傳光廟時事, 而近於齊東野談. 下有
摩尼峴, 上有斷髮嶺, 意者, 古之神師, 將入山修道, 而至此斷髮, 故名
歟. 口占一絶.

自新院, 踰鐵伊嶺, 至初川, 過古木, 至長安寺. 未及五里, 住持僧海
雲·嚮道僧就譚來待洞門, 前導至寺. 先坐山暎樓, 長慶·觀音·釋
迦·地莊諸峯, 羅在眼前. 層巖絶壁, 皆奇絶可觀也. 夜宿西方丈.

二十七日. 微雨. 閑看寺中古蹟. 一冊子, 有'俗客或入, 則必興雷雨以
洗之'語, 余曰, "此雨, 非洗俗累也, 乃留結淨土清緣耳." 蓋自離京時,
已有雨意, 而及此定頓日, 雨鈴乃下, 得免泥道陰雨之窘. 是天以清福
餉我也. 題名, 揭于山暎樓. 晩後乍晴. 使住持僧, 先通于表訓寺, 與
嚮道僧, 上地莊菴, 亦蕭灑可愛也.

緣溪行數百步, 一小洞天, 有大巖盤礴溪上, 可坐數十人, 刻'玉鏡臺'
三字. 奇峯疊巘, 環擁左右, 而有一石壁, 陡絶溪東, 高可百余丈, 卽明
鏡臺也. 下有黃泉江, 黃沙滿泓, 水色皆黃故云. 列坐鏡臺上, 仰觀石
壁, 俯臨黃流, 頓覺世慮消盡, 樂而忘返.

溪之越邊, 有小路, 卽通靈源洞, 而築石成門, 名曰極樂門, 一名地獄
門. 蓋靈菴左右, 有十王峯故云. 此距靈源二十里, 而石路艱澁, 且無
奇觀云, 故回筇向表訓寺. 數里許, 有水月·安影菴, 皆廢菴也. 又數
里許, 有明淵潭, 奇巖高峙, 流水清駛, 亦一靈境也. 欲題名其上, 而路
卜先行, 倉卒無筆墨, 未果. 行數里, 望見靑龍菴, 卽表訓屬菴也. 以
別無奇勝, 故過而不入, 前至白華菴, 見西山師碑文, 卽月沙李先生所
撰也. 覽後行至三佛巖. 巖在路右, 而前刻三佛, 後刻五十三佛, 亦可
觀也.

住持僧與曙沾僧, 來待巖邊, 偕至表訓寺. 坐凌波樓, 樓在溪上. 水聲
澎湃, 西風清冷, 不可久留, 入僧堂, 休焉. 僧進小酌, 俄進午飯. 喫訖,
日氣快霽, 促上正陽寺, 可三里許. 又口占一絶.

登歇惺樓, 倚欄而坐, 一萬二千峯, 都在眼界, 而其中最著者, 靑鶴
臺・五仙峯・大香爐・小香爐・穴望峯・望軍臺・石鷹峯・牛頭・白
馬・遮日・須彌・毗盧諸峯. 或如鳥飛而翔, 或如獸走而伏, 或如羅漢
之禮佛, 或如兒孫之朝祖. 氣象萬千, 不可殫記, 眞可謂天下絶勝也.
點閱樓上懸版, 未有一人畵出此景者, 而惟蔡樊巖, '無數飛騰渾欲怒,
有時尖碎不勝孤.'之句, 差強人意. 周覽佛宇, 有一殿藏純金佛十餘.
僧云, "被人竊去, 故高卓以奉之."因言鄭湖陰士龍竊盜佛事甚詳, 而
又指示揭版. 詩曰, "正陽寒雨燒香夜, 蘧瑗方知四十非."蓋悔悟而作
也. 不覺失笑.

清坐良久, 胸襟爽朗, 凡世間一切得喪榮辱, 都不入於懷, 而便有凌虛
馭風, 遺世羽化底意思. 人之至此, 若有滓穢之心, 則其終也已矣. 鄭
之終得清名者, 豈非發軔於是耶?

遙見一菴, 掩翳於林間, 而名曰隱寂菴, 今無見在僧云. 有頃向天一臺,
所見與歇樓無異, 而通敞廣闊, 似不及焉. 下來涅摩殿宿焉.

二十八日. 陰. 食後向摩訶衍. 纔出寺門十餘步, 有大石左右斗起, 兩
頭相合, 自成洞門. 名曰金剛門. 行至數里, 有萬瀑洞. 刻'蓬萊楓岳元
化洞天'八字, 乃楊蓬萊士彦筆也. 風磨雨洗, 閱幾百年, 而筆畵遒勁鉤
索, 蜿蜒如昨日, 可見此老心畵也.

自此至摩訶衍七八里之間, 有八潭, 曰靑龍, 曰黑龍, 曰碧波, 曰噴雪,
曰眞珠, 曰龜潭, 曰龍潭, 曰船潭, 曰火龍潭. 碧波・黑龍之間, 又有琵
琶潭. 曲曲皆清新, 步步皆靈境. 而所謂眞珠潭, 冠於諸潭, 萬斛波灑,
噴薄成匯, 散如眞珠, 故云. 潭上刻'天下第一名山'六字, 儘所謂名不
虛得也.

眞珠之右, 有普德窟, 而石路傾仄, 攀躋甚艱. 遙望銅柱而行. 火龍之

左, 有獅子峯, 巖形如獅, 故云. 至摩訶衍午點. 距表訓十里. 白雲臺
在巖後, 而以鐵索緣上, 僧言不可徑上, 故咏杜工部'鐵鏁高垂不可攀'
之句, 而止焉.

前望穴望峯, 有大穴通外, 而直通于靈源菴洞天云. 歷昭曠巖, 越內水
站十里, 高城界也. 暫憩院亭. 北望衆香亭, 金剛內山面目, 掩翳不露
矣. 楡店僧碧淸等來待嶺上. 俄有雲氣騰空, 淸禪曰, "海氣也. 其兆將
雨, 請速下." 於是, 表訓僧拜辭而歸. 急向楡店, 行未數里, 微靄成雨,
乃著笠帽. 行纔數里雨止.

至七寶臺, 雲靄薈蔚, 不可想其眞面, 而前有七峯, 故曰七寶臺云. 行
八九里, 有船潭, 上下石壁, 其形如船. 淸波吞吐, 深不可測. 入寺, 少
坐山暎樓, 住歇于西方丈. 僧來示本寺古蹟. 蓋創於漢平帝元始四年
甲子, 而屢經回祿. 又自己卯至戊子十年之間, 三經火變, 而今纔草創,
未及半功, 惟法堂始訖丹艧矣. 此去水站二十里.

二十九日晴. 朝, 僧奉示寺中古物, 卽鸚鵡盃, 琉璃臺, 琥珀盞, 而皆光
廟時內賜也. 又有仁穆王后親筆佛經, 而得免於回祿者, 以其藏於土
室故也. 食後, 上成佛峴, 行數里, 登佛頂臺. 臺在樸嶺邊, 而絶壁千
仞, 凛不能俯視. 又有一穴通底, 而其深不可測.

圓通僧永輝來待. 行下數百步, 有風穴. 僧言, "盛夏則生凉風云." 橫
坐鶴巢臺. 巖之斗起, 亦數千仞. 古有鶴來巢, 故得名. 而遙望巖邊,
有鳥巢之形. 意者野鶴之屬來巢者歟. 步下樸嶺, 嶺危削如繩垂下, 不
可著足. 艱到松林菴, 有一衲迎拜, 名成白, 慶州僧也. 空谷逃形者,
聞跫而喜者, 非是之謂耶. 引入石窟, 窟之廣, 可敵數間舍. 有大巖作
蓋, 覆其上成窟, 而窟中列五十三佛.

至圓通寺午點, 二十里, 上孝養嶺. 嶺路崎嶇, 與樸嶺無異. 雖羊腸九
折, 不過於此. 鉢淵僧性浩來待嶺上. 遙指海金剛, 有十數大石突兀海
中. 狀如金剛故云. 彩雲峯·集仙峯, 在嶺之西北, 卽內金剛之背也.
步下山坂, 至鉢淵寺. 洞門有瀑布, 巖白石布, 淸波噴跳, 曠爽可愛.

遂使少沙彌馳瀑布中數次, 亦一奇觀也. 晡時入寺, 宿於西方丈. 距圓通二十里.

三十日. 飯後卽發出. 洞門數十步, 有石泓, 其狀如鉢. 寺之名鉢, 蓋以此也. 行十里, 新溪僧軌暎來待. 鉢淵僧辭歸. 卽到新溪寺, 日未午矣. 密城安佐郎家奴, 自沙嶺來待. 是日留宿說禪堂. 距鉢淵二十里.

八月初一日. 食後將向九龍淵, 暫憩坐鼎巖. 至玉流洞, 題名于石窟中. 又數里許, 有飛鳳瀑. 又七八里許, 有九龍淵. 一條飛瀑, 遙掛蒼崖, 散如碎珠, 噴如飛雪. 高可五十丈. 石上刻'玄壁開黃道, 靑天下白虹'一句, 可謂善形容矣. 水匯成二淵, 下淵深可數丈, 上淵沉黝混瀁, 不可近視. 登山巓望之, 則周回幾至數間, 而狀如釜鬵, 深則不知其幾許丈矣. 此則外山之第一壯觀也.

淸冷不可久留, 還下玉流洞午點. 洞之爽塏, 潭之淨潔, 可與內山之八潭, 相伯仲矣. 蓋自玉流洞, 至九龍淵, 十里, 而石嶝雲棧, 無異鳥道, 蹉却一足, 便入坑塹, 甚可怖也. 還入說禪堂宿焉.

初二日. 微雨. 朝飯後, 安丈向南州, 我向京城. 執手而別, 這間情懷, 不可形言. 踰溫井嶺, 宿北倉七十里金座首家, 待之甚款. 有一子, 其才藝容貌, 可謂奇童.

初三日. 晴. 宿通口全旌義家. 主人出外, 待之甚款. 行七十里.

初四日. 晴. 宿金城宋五應家. 行八十里.

初五日. 晴. 宿葛峴新店. 行八十里.

初六日. 晴. 宿把撥幕. 行一百里.

初七日. 雨. 到京城. 行九十里. 直入泮齋戚兄. 南進士景復氏, 握手驚喜矣.

遊金剛山記

姜世晃

遊山,是人間第一雅事,而遊金剛,爲第一俗惡事,何也. 非謂金剛之不足
遊也,而金剛,獨以海山仙區,靈眞窟宅,大擅一邦之名,童兒婦女,莫不
自齗齗,而慣於耳,而騰於舌. 按崔瀣送僧序,有曰"有誑誘人云,一觀是
山,死不墮惡塗." 又曰"余見士夫有遊山者,雖力不能止之,心竊鄙之."
意者,昔之此山,爲僧輩誑誘,人皆輻湊,殆有加於近日也. 今之販
夫·庸丐·野婆·村嫗,踵相躡於東峽者,彼惡知山之爲何物,而只以
'死不墮惡塗'一言,誘其衷也.

士夫之遊者,亦豈盡知傭丐村婆,其何能盡解山形水勢之何者爲奇壯,
何者爲絶特. 亦只隨衆逐隊,以平生一遊爲能事,向人誇張,有若上淸
都遊帝鄕,其未曾遊者,則歉愧,如恐不能齒於恒人. 余之所憎厭,謂
之第一俗惡事者,此也.

余於中歲,或有人,要偕遊此山者,至於備糧費,而懇請不已者,而余
不欲一往. 盖憎俗之心,有以勝於愛山之癖也.

至戊申秋,兒子拜淮陽倅. 余乃追到府衙,而山爲淮之地,距府治,爲
一百三十里. 時適有金察訪應煥·金察訪弘道,自嶺東九郡,遊歷名
勝,每於所過,圖寫其勝槩,將入是山. 余於是,不能以憎俗之意,禁遏
愛山之癖. 乃於九月十三日,離衙,與兩金及季兒僑·庶子信·任友希
養·黃君奎彦,發向新倉.

其翌日,又作行. 山路楓葉,斑爛如錦,風氣猝冷. 時有雪片,飄打衣
袂. 信兒與金士能,-弘道字- 於馬上, 或吹簫,或吸笛,相和之. 諺

曰, "呼, 寒戰栗而大號, 知我者希." 値此嚴冷, 強奏笙簫, 政謂此也.
爲之一笑.

日已暮, 始抵長安寺. 寺故名刹, 今已殘毀, 橋崩樓頹, 僧徒散亡. 有
似甲第搆無主, 只餘殘僕數人, 相依看守, 甚可慨也. 宿於法堂之右
寮, 朴戚侄鍉及鄭滄海瀾, 皆來會同宿.

翌日, 爲十五日. 朝起, 略看法堂佛像. 有所謂四聖殿中塑十六羅漢,
巧妙入神, 宛若生動, 盖所創見也. 寺爲金剛之初境, 乃一山之門戶,
而山勢泉聲, 已覺壯偉不凡. 兩金略圖形勢, 余則出坐寺庭, 摸其所
見. 山高不知幾百丈, 磅礴雄偉, 儼然如傑巨人, 特立不倚. 上峰之右,
有大石峰, 巉削雕鏤, 已非他峰之可比. 上峰之左, 有一片石峰, 微露
於疊嶂之側, 其色如鎔銀. 此爲穴望峰云. 金剛全體, 此爲一臠也.

飯訖, 向所謂玉鏡臺, 一圓石大, 如百間屋. 登其上望見, 削壁特立不
倚, 上豐而下殺, 若鏡柄之竪於鏡臺也. 此名爲明鏡臺, 所坐圓石, 名
爲玉鏡臺. 臺前澄潭若鏡, 玉鏡之稱或以此耶.

其所謂黃泉江・地獄門之稱, 皆無倫庸陋, 不足錄於筆下. 大抵, 此山
之峰名洞號類, 皆以佛號與俗談稱之. 如遮日・白馬・石鷹, 或稱曇無
竭・彌勒・五賢・迦葉等號, 皆陋甚, 不欲提問.

路傍有大石, 壁立, 上刻三佛像, 其左面, 又刻數佛, 傍又刻五十三小
佛. 僧說尨雜, 不可窮詰也. 又歷白華菴, 菴已空, 只有一僧, 守之云.
菴之傍, 地勢頗平衍, 有穹碑三四, 浮屠五六, 皆古名僧遺蹟云.

入表訓, 少歇, 轉向萬瀑洞. 未嘗有一瀑, 只有大磵, 激射作聲, 壁勢奇
壯, 若屏幛, 下有白石, 平鋪錯列, 石面刻楊士彦八大字.

趁夕景, 催向正陽寺. 寺在絶高處, 步步向上, 輿夫汗喘, 路亦甚危.
到歇醒樓前, 下輿. 樓以盡覽金剛全面, 有稱. 催上樓, 倚前欄, 則萬
峰堆疊, 不可盡狀. 僧輩以柱杖之端, 指示, 稱以某峰某洞, 皆不可辨.
惟山之東北最遠處, 白石柱攢簇, 其上有圓峰覆之, 不問而知爲衆香
城・昆盧峯也.

樓前萬峰, 雖極雄奇, 此則或是山中恒有之景, 至若衆香, 如玉筍之競
茁, 霜釰之排列. 此爲一山第一奇幻巧壞之境, 卽無論東國所無, 雖求
之中華名山, 亦不可復得也. 取片幅, 略寫眼中所見, 日已暮矣.

催下樓, 欲還表訓, 聞壁有吳道子畵. 六面閣中壁, 有絹本佛像, 乃尋
常僧輩之畵, 筆蹤亦甚新, 不足多辨也. 旣上輿, 輿夫曰, "此去天逸臺,
不過數步, 盍一登覽?" 乃笑而許之. 路側有桂樹云, 使人折來視之, 乃
益加木云. 其孟浪無稽, 如此. 仍向表訓, 留宿.

十六日. 儐兒與諸人, 轉進須彌塔·圓通菴諸處, 余則疲甚, 不能從,
只與信兒, 留歇寺中. 向夕, 復往萬瀑, 爲待儐兒之還, 而日暮, 徑還寺
中. 昏後, 諸人始還, 爲述所覽之勝, 且言路險甚, 不可以輿, 皆步而往
還, 勞憊極矣. 余之安坐休息, 誠爲得計也. 夜分, 兩金自百塔來, 與
諸人, 同宿表訓.

十七日. 吾輩直還衙中, 兩金轉向楡店, 約以遊歷諸勝, 當還向淮衙云.
余之入山, 不過三宿, 而再宿於表訓, 一日休歇, 所遊覽, 不過一兩日.
草得數幅眞境而還, 遊金剛之草草, 宜無有如余者也.

余謂遊山者, 輒有詩. 或一峯一壑, 一寺一菴, 拈以爲題, 各有一篇. 有若
行程日錄, '萬二千峰, 玉雪錦障'之句, 萬口雷同, 不堪寓目. 試讀此等
詩, 其能使未見此山者, 如身在此山中否乎. 若論髣形容, 其惟遊記, 最
勝. 然或者鋪張太過, 積成卷軸, 俚談俗說, 層見疊出, 尤令人厭看. 只
有繪畵一事, 差可形容萬一, 爲後日臥遊, 而自有此山, 未有畵成者也.
近世, 鄭謙齋·沈玄齋, 素以工畵名, 各有所畵. 鄭則以其平生所熟習
之筆法, 恣意揮麗, 毋論石勢峯形, 一例以裂麻皴法亂寫, 其於寫眞,
恐不足與論也. 沈則差勝於鄭, 而亦無高朗之識·恢廓之見. 余雖欲
寫, 筆生手澁, 不能下筆. 陸放翁論文詩曰, "前輩不見吾輩老, 恐留遺
恨又千年." 一吟此句, 蓋不勝其慨歎云.

遊金剛錄

柳鼎文

東方之山, 巍然高而大者, 以百數, 獨金剛爲宗. 郡邑之麗山者, 又莫近於高城. 自余從大人于是, 凡其起居飲食, 無不與山接, 居然一年矣. 今年夏, 損齋南叔·寒坪從兄, 幷轡而來, 將遊兹山.

余於是, 跪而請曰, "小子, 雖無分於仙靈, 旣來在山下, 一筇一屐, 便可了債. 或者有待於先生而天借其便. 使小子, 躡後塵襲餘光, 有以藉手於仙靈. 今日願從仁智先生遊." 二公微哂許諾. 且曰, "吾且先觀叢石, 差待三四日, 計我行入山, 候我於山門."

酒以越四日甲辰, 槖于東閣, 兄弟與俱, 騎行幾一息, 神溪僧持藍輿候于洞口. 遂卸鞍肩輿. 引一衲鄕導而入, 洞天邃廣, 泉石淨潔, 已覺心界灑然. 至寺憩于萬歲樓. 已而叢石兩行追到, 命僧占一寮以歇, 適住持妙諶所舍也. 諶仍言遊歷次第, 山路阻折頗詳. 是夜霾漲.

乙巳. 黎明益陰, 慮其爲雨候. 日幾兩竿, 雲消霧散, 萬狀呈露. 乃喜令諶指路, 呼輿沿溪而行. 泉石競媚, 峯巒爭抽, 殆使迎送不暇. 昔人所謂貪前失後, 貪後失前者, 若爲今日準備語也. 歷仰止臺, 至監司窟, 有大石踞壑側臥. 中穿爲竇, 遊者, 非此莫可通也. 又歷連珠潭, 到玉流洞. 白石平鋪, 水流石上, 漫布汨㶁, 若白玉盤上, 弄轉萬斛珠璣. 蓋'玉流'二字外, 更無可形容也. 窺壁面, 題名刻已.

又前行五里, 所仰見萬仞懸崖, 小瀑飛下. 細細離離, 若藕絲若雨腳者, 曰飛鳳瀑. 瀑下又有石窆二層, 受水成泓. 綠淨可鑑, 錦鱗遊泳, 日光下透, 影布石上.

少憩又策杖而前. 攀枯藤, 引鐵索, 附崖爲蛇蟻行, 至谷盡處, 得一大瀑, 曰九龍淵. 石峯雄蟠, 摩戛靑蒼, 水破峯頭, 飛流直下, 若銀屋崩碎. 瀑下受水處, 凹然成石窪, 積湫漸漸, 齋泓深碧, 凝若陰崑. 僧言, "歲旱禱雨, 生縛封豕投淵, 輒雷雨立至, 蹴豕出諸岸而後已." 余隨南叔至澤畔, 寒氣砭膚, 飛沫灑面, 神骨慘淡, 不可久留. 石且膩滑, 立不定跟, 遂扶攜而下.

離坐盤石上, 匊流和米屑呷數口, 爽然若飮金莖露也. 坐歇移晷, 乘暮還到神溪. 夕更已打, 倒景衙山, 門外數峯, 皆在雲氣中, 呑吐出沒, 此山中朝暮之變也.

丙午. 送伯氏歸衙. 騎行十五里, 輿行五里, 得一洞. 蘿薜偃亞, 竹樹環合. 乍聞水響, 若鳴環珮, 心樂之. 舍輿而步, 白石淸流, 轉入轉佳. 有潭連成三層, 若聯珠. 中一潭圓活如鉢者, 曰鉢淵. 淵以石爲底, 至兩涯卷石底, 斜起爲岸. 石面皆水, 水底皆石. 僧徒贏體仰臥, 與水俱下, 爲馳瀑之戲云. 石間有諫議大父[1]-父子題名.

出洞得坦路, 騎至百川橋. 谷口有叢祠, 僧言, "是盧偆夫人神堂." 偆新羅時爲高城城主, 一日忽作頭陀形, 隨五十三佛入楡岾, 其夫人從之不及, 仍降于此云.

少歇于溪石上. 已而楡岾僧荷輿來邀, 遂回遣僮馬, 戒以十三日更來待于此橋. 踰狗嶺, 嶺路香巇. 杉檜蔽虧, 天日僅漏. 及頂劃然開豁, 數州土壤, 皆可頫臨, 殊爽然也.

到楡岾寺, 寺新改築, 金碧煒煌. 殿寢之外, 庖湢廊廚樓臺庫庾, 序列兩旁, 櫛比繚抱, 不可窮其間架. 浮屠所需, 鐃鼓魚螺鐘磬之編, 百器備完. 麈尾旄纛金罏銅鍾等物, 皆千年舊器. 又有石塔甚久遠, 凡十二級, 石色若染靛. 佛殿內鏤香木象天竺山, 以安五十三佛, 其奇巧精麗, 不似人手分中做出也. 周覽一遭, 出坐山映樓. 樓舊跨溪水甚勝, 今溪

由他路, 只有殘流瀄瀄循樓下鳴矣.

夜宿寂默堂. 主禪出示創寺志. 五十三佛自月氏國, 跨鐵鐘, 棹石船, 來泊安昌浦, 轉入此山, 棲楡木上. 羅王異之, 作屋以蔭之, 仍起此寺, 故曰楡岾寺. 新創僧徒以遠汲爲勞, 忽有羣鳥啄巖引泉. 故井曰鳥啄云. 此高麗法喜居士閔漬所記也. 南叔作長詩累百言, 皆破荒唐, 可作今日龜鑑也.

丁未. 蓐食, 向山而前. 林麓委蛇, 藤葛蒙絡, 常在濃陰中行. 時有大樹枯落, 橫仆于谿徑, 枝榦据地, 類立馬. 行者, 因之爲弩約. 自此山路, 轉益危險, 種種顚沛. 然勝景迭出, 不覺其勞. 若船潭之水石, 曉雲之澄淵, 七寶之眺望, 大抵皆可賞也.

上鴈門岾, 此金剛內外脊脈也. 顉視狗嶺, 若培塿然. 岾之高出, 等夷如此, 而更仰視毘盧峯也. 嶺上多當歸五味子, 又有異草. 類合歡龍鬚者, 蔓生輮轊, 蔥芊蔽土, 便作一大蒲薦, 可藉而坐. 地又沃衍, 可田可屋也.

少歇而起向內山. 峽水如束衆壑交瀉. 水石奇壯, 惟白軒潭最佳. 歷妙吉祥, 濯足昭曠巖. 又起而前入松桂中, 得一小伽藍, 曰摩訶衍, 是一山中央也. 宜奧宜曠, 可大可小, 最造化鍾精逞巧處也. 有入定禪, 日飲松葉水, 手一串珠, 不起不言, 已有年云. 諶走向前膜拜, 亦可笑也. 茶罷, 從後麓行數百布武, 至萬灰庵. 主釋見客至, 草幘袈裟, 合掌爲禮. 罏烟騰篆, 淸磬疎亮. 寂寥閴靜, 滿目蕭然, 不知隔人世爲幾萬重也. 少選呼輿, 徑趣萬瀑洞. 洞以一大盤石爲底, 如白雲平鋪, 素練疊陳者, 凡十里. 洞口又多亂石, 杈枒齦齶, 齒齒然縱橫而錯置, 狀若猛獸之鬬㘎.

水自毘盧峯下, 萬壑交流, 皆會於是. 水石相搏, 怒勢奔放, 雲濤雪浪, 盪震號怒, 以盡其變. 然後或落而爲瀑, 或貯而爲潭, 或曲折迂回而行之若彎, 或砰硠直射而赴之如矢. 有抱石而懷若環玦者, 有循涯而流若城池者, 有漫者, 有束者, 有灣者, 有湍者, 有洄沿而容與者, 舒者如

雲, 蹙者如鱗, 跳者如鷺, 散者如珠, 千態萬狀, 不可殫述, 而其有名號
而最佳者, 凡八, 船也龜也靑龍也黑龍也火龍也碧霞也噴雪也眞珠也,
而珠與雪, 又其傑然者也.

噴雪左壁, 揷入雲表, 上面穿成一小窟, 窟中搆小菴. 窟淺不能容, 前
楹出窟外, 無所掛搭, 以鐵索挈楹而著于石. 又以銅柱撑承其底, 狀若
仙人掌上, 運得一箇珠宮. 烟霞杳冥, 如不可梯. 僧言, "昔有神僧普德
創此菴, 役使螭鬼, 號召風霆, 瞑目一雲而屋已就. 因以其名名菴, 所
以誌也." 余目誰使前, 亂流而西. 扴崖貼壁而上, 「封禪記」所謂後人
見前人履底, 前人見後人頂者, 蓋近之矣.

度木棧, 歷石階, 始入窟中. 頭戴巨石, 足臨無底, 頫視絶壑, 只見其窈
窈然黑而已. 行雲低拂, 窓櫳透濕. 菴上, 又築二層屋, 屋脊築小塔.
菴內安石佛一軀, 傍設一社, 令一沙門留供香茶, 殆不近人情. 然所處
旣迥, 所見愈遠. 凡奇峯異巒之前日所仰視如半空者, 皆可俯瞰其顚.
下視萬瀑水石, 若活畫新潑. 二公方坐石上飲酒, 又若輞川圖裏, 畫幅
巾相對, 不覺其爲眞境.

下憩于洗巾巖. 巖下有小澤, 云是觀音現化洗巾處也. 迤步觀'蓬萊楓
嶽元化洞天'八大字, 楊蓬萊醉墨也. 銀鉤玉筍, 縱橫活動, 如龍虎攫
挐, 直與萬二千峯爭氣勢, 眞名區偉跡也.

洞將窮, 有兩石相掩作門, 曰金剛門. 曲而出, 至表訓寺. 寺本新羅大
伽藍, 歲久圮歪. 惟凌波樓臨水敞豁. 登樓盤桓之頃, 山日已夕矣. 藍
輿僧請起, 擔行林麓間. 縈紆幾一舍, 至一樓, 卸下, 曰此正陽寺之歇
星樓也. 擧目而視, 世所稱一萬二千峯, 擧皆呈露, 衆香一帶最奇絶,
亭亭乎若芙蓉萬柄初出於水. 夕陽倒頂, 淺暈輕紅, 閃爍不定, 姿媚橫
生, 不忍正視. 下樓登天一臺, 亦一歇星樓也. 俄而蒼然暝色, 自遠而
至, 至無所見, 而猶不忍歸. 然後始知前所遊歷, 未足爲遊也. 蓋此山
形勢, 譬之人身, 摩訶其胷海也, 萬瀑其腹臟也, 歇星乃眼目也. 薄曛,
還宿表訓之滿月堂. 牕外雨聲淋浪, 淸意一倍.

戊申. 滯雨不克前, 散步上凌波樓. 雲氣餴餾, 山色微黝, 若飣餖然.
已而雲陰穿虧, 日腳下垂, 急呼僧肩輿, 向長安而行. 石益白水益駛,
景益光鮮. 歷入白華菴, 觀西山·虛白·淸虛三禪師表忠碑. 替輿于
三佛巖下, 至鳴淵, 水石淸麗, 類玉流洞.

至長安寺. 寺重新才數年, 穹窿巧麗, 輝耀山門. 前有神仙樓, 亦傑搆.
但占地湫陋欠爽塏, 視楡之山映, 當爲子孫行矣. 此是內山初入處, 猶
外山之神溪. 由高城而來者, 先神溪後長安, 由淮陽而來者, 先長安後
神溪, 長安以後, 更無可賞處. 止宿于說禪寮. 寮僧參請方張, 梵唄喧
聒, 甚妨靜趣也.

己酉. 早起出寺門, 迤邐東, 轉入靈源洞. 洞中有玉鏡臺, 臺下有黃泉
江, 江上有地獄門. 門上有十王峯, 峯下有明鏡巖, 沙門假托之說, 不
足聽. 洞中, 測其廣, 可百畝, 諸峯峻拔, 四面周遭. 只有一條路, 仄倚
石崖間, 僅容跬步. 非此, 雖飛鳥, 不能入, 眞天府金湯也. 所謂地獄
門者, 築石磘狁, 若譙門, 蓋上古城守之地也. 傳說云新羅王子避亂之
所, 理或然也. 少憩出洞, 回輿, 至靑蓮庵舊基. 有二熊兒, 倒掛樹梢,
見人驚墮, 走入林莽中. 山之深險, 可知也.

歷表訓, 入萬瀑洞, 水面山顏, 懽若故人. 窺石面留名, 令從僧刻之.
暫入摩訶攤飯. 踰鴈門, 自山腳, 更折而東有石臺, 天成突兀高撑. 三
面皆千仞峭壁, 萬丈深壑. 一面俯海粘天無壁. 支峯裔壑, 競秀爭流,
森列左右. 日月出兩峯, 雄蟠贔屓, 屹然若天柱雙揭. 蘇子所謂"不知
臺之高, 而怳若山之踴躍奮迅而出."者, 眞善形容也.

越壑有掛瀑, 不知所從來, 由壁墜下, 屈曲爲十二層. 其下澗谷冥冥,
又不測其流之所止. 只轟轟聞落水聲而已. 臺曰隱仙, 瀑無名, 只稱爲
十二層瀑. 少頃下臺至曉雲洞, 又留名. 入楡岾, 宿尙寂堂. 老宿設香
盤以打更, 萬山靜夜, 數聲激越, 足以發深省也.

庚戌. 帶雨踰狗峴, 至百川橋, 僕人果以馬候矣. 遂騎到稌庫村, 諶於
馬首又拜而去, 爲一悵然也. 晡時抵衙.

嗚呼，東人之於此山，自童幼結願，至老死，不能遂者，何限？求其能辦一遊於丱角之年如余者，蓋無多焉. 又能叨陪先生長者之後，與聞仁智題品之論，尤鮮焉. 夫以難得之壯遊，而兼尤鮮之奇遇，固不可以不記，玆用畧識之. 以俟歸鄉之日，持以詑同儕云.

丙辰仲夏，書于蓬萊小衙.

東征日錄

|

李秉運

余幼時, 聞關東山水, 爲天下最, 嘗寤寐焉. 近因高城柳丈範休, 爲東
道主人, 益有選勝之願. 丙辰正月卄四, 因別科, 入都, 爲轉向高衙, 歷
覽楓嶽之計.

二月初四日. 入場, 自上以士習奔競, 飭敎累下, 主司諸人, 申束甚酷.
將囉軍卒, 遍行場內, 至有驅摔着枷, 移因刑曹者. 末乃以士習不悛,
無端罷場, 更以翼日, 設終場. 竊念, 昨日旣承嚴敎, 至有罷場之擧, 今
又肆然入場, 分義極甚惶懍. 遂與愼可, 決意坐停.

初七日. 送愼可, 還鄕. 去留之際, 懷緖終日作惡.

初八日. 與金魯瞻顯奎, 約行. 魯瞻先出東小門, 約以相候於午站. 午
後, 步出東門. 此去家鄕, 益杳杳, 親庭安問, 無由承聞, 甚覺愁緖如麻.
十里, 到水踰店, 魯瞻已先到. 相與秣馬, 發行二十里, 過樓院店. 戶
連亘數里, 人煙極繁華, 兩邊有里門. 西望三角·道峰諸山, 縹緲奇壯,
如劍戟旗槍, 森列四五十里. 向夕投宿屹郞店. 東可十餘里, 望見光陵
松杉.

初九日. 鷄數鳴, 秣馬發行. 尙昏黑, 不辨路, 徐行數里許, 天向明. 踰
非難峴, -抱川界- 三十里, 到松隅店, 歇馬療飢. 午秣場衢店.

蓋自東門以後, 過樓院, 八九里許, 向北而行, 以後至非難峴. 東行非
難峴以後又北行, 皆平原廣野. 大路如砥, 左右諸山, 皆險崛高峻, 而
枝角, 又平易周匝. 土宜稷粟松栗. 風土與嶺南, 絶不同. 終日陰霾,
春寒惻惻.

午站後, 行十里許, 路西有龍洲書院. 又十里, 到萬歲橋. 水下有白鷺
洲, 兩壁對峙, 中有小石島. 色倉白, 松檜生之, 亦一可賞. 踰盧波峴,
北有龍門山, 特立千仞. 緣溪石壁, 谷谷皆嵂峹. 又十里, 至楊門驛. –

_{永平界}

雨作少憩, 冒雨發行, 十里, 到楡亭. 路傍臨水, 有石角, 環雜中, 成一
大坎・二小坎, 皆淳水澄泓. 自此西北行, 飛山臨峽, 峯皆重丕, 石路
崎嶇黏滑, 行事極艱. 向夕, 投宿九樓川.

初十日. 晴. 天旣明, 發行, 聞禾積淵, 爲永平八景之最. 由西質店, 過
西坪, 有松檜, 落落蒼翠, 緣崖而下, 潭水紺綠. 水西石壁削立, 水中兩
龜巖相對. 又稍東泝流而上, 得所謂禾積巖. 蓋西質山逶迤, 而西便成
平原, 遇水而低頭, 束氣爲巨石. 石東折, 而逆流衝波, 陟起四五丈, 狀
如靈虹蟠屈. 兩角巉巖傍, 有數石坎. 左右深潭, 不測周回, 可數十頃,
奇怪險崛, 不可名狀. 脫出闤闠, 未數日, 恣意奇勝, 便覺葷血都消.

復路北, 行十里, 到岐瑟浦, _{鐵原界} 秣馬. 又聞三釜淵, 在店東十里, 此
記言所謂 三釜落者. 促發, 東行數里, 渡一小溪, 洞門深險. 削壁懸
崖, 曲曲奇勝. 舍馬而徒, 踰一小項, 緣溪而入, 兩岸石壁陟斷, 溪水直
射其下, 爲懸瀑. 噴飛激湍, 下成澄潭. 左右懸氷, 如削玉鏤銀. 又緣
崖而上, 踰一小項, 洞裏環抱圓匝, 溪水流成兩小坎, 此所謂三釜者.
又泝流, 入數里許, 有村居櫛比. 打坐移時, 步出洞門, 十里, 過於音
峴, 十里, 過葛于峴. 峴上有店. 又十里, 過地境峴, _{金化界} 又過大坪, 二
十里, 過長林店, 又十里, 到金化邑邱. 主倅李聖龜, 卽竹泉後裔, 而與
我, 有百世之誼. 伻問要見. 遂歇馬, 暫入, 道情素甚款. 小間, 出舍
館. 夕後, 主倅與其子, 來話, 夜深而罷.

十一日. 曉小雨, 朝陰而寒. 入見主倅, 主倅優助行橐, 亦發向淮陽.
追後發行, 十里, 過畓谷口店, 又十里, 過驅汀峴, 又十里, 過道項店,
小雨霏微, 靑泥沒脛, 行事極間關. 道見搬柴者. 以木機載柴, 駕牛如
車樣, 名曰發機樵者, 騎牛行歌.

又二十里, 涉小川. 川邊脩林茂柳, 連亘數十里, 道傍有六稜亭. 到金
城邑, 午秣. 金化倅使, 及唱傳言, "要金城倅, 已使之, 私通長安・表
訓・楡站諸寺, 行事可無慮." 約以夕, 到昌頭店, 相見. 午後, 發行數
里, 踰大亭普峴, 又二十里, 過炭黔店, 踰小峴, 又十里, 投宿昌頭倉邱.
金化倅, 使人以傳令一張, 及倉色, 私通來示, 蓋慮金城. 私通, 或有虛
疎, 復此申束, 使罔夜馳, 送以爲肩輿踰嶺之地, 其勤念可感. 夕後, 入
見打話. 少頃, 夜雨一犂.

十二日. 雲霧四阻. 平明, 與金化倅, 作別, 行數里, 踰小嶺. 過上下岐
城村, 緣江而下, 曲曲奇勝. 踰寬仰洞峴, 氷路崢嶸, 不可以騎, 遂下
馬. 衝泥跋涉, 到通衢倉. 此去昌頭, 爲三十里, 肩輿軍, 已來待.

午秣後, 發行十里, 肩輿, 踰刀波峴. 措大行色, 頗覺非分, 而嶺路泥
險. 又聞入山以後, 周行數百里, 皆牛馬不通處, 所以此山肩輿, 已成
故事, 居民及寺僧, 除諸役, 業此云.

二十里, 到摩尼項, 歇馬金別監家, 小頃, 乘輿, 上斷髮嶺. 嶺內外, 皆
十里, 高峻接天, 石路絕險, 擔軍皆爭先疾行, 如履平地. 到嶺上, 少
憩, 雲霧四塞, 咫尺仙山, 無人掃滿地白雲, 恨無韓文公氣力耳.

薄曛, 投宿新院店. 昏後, 雨下如注. 此去家鄉, 爲九百三十里, 離家
滿二旬. 親庭安問杳然, 政不禁太行看雲之思耳.

十三日. 雲陰. 平明發行, 十里, 踰鐵伊峴, 二十里, 到長安寺滿川橋.
僧輩肩輿以待. 路皆平衍, 除卻肩輿, 駕馬直入, 僧寮樓觀, 皆新構.
寺東有神仙樓, 在一山最下處, 而左右石角, 環列尖削, 已覺非人世.
午站後, 肩輿, 上表訓寺. 路傍有百川洞, 卽靈源洞水, 與萬瀑・須彌
水, 合流處. 白石齒齒, 流水潔綠. 又泝流而上, 有鳴淵潭, 溪瀑琮琤
淸越. 潭上有巨石, 有柳三山石刻題名. 過百華庵, 庵後有懶翁・楓
岳・西山三大師事蹟碑.

又數堠許, 過表訓寺, 直上正陽寺歇惺樓. 樓在放光臺之東・天一臺之
北・大小香鑪・靑鶴臺之西. 處地平衍寬匝, 不甚奇高, 而爲一山摠會

處, 萬二千峰, 蠢蠢入簾. 戶間東望, 夕靄稍霽, 羣山漸露. 灝氣來朝
勢, 若星拱, 崒然起於莽蒼之中, 而雲蠧繡錯, 歷歷在阿睹中.

踴立天外, 積氣雄渾, 斷雲輕霏, 乍合乍開者, 毘盧峯也. 攢蠻雲間, 蒼
翠詭狀, 星軒翠輦, 或行或攬者, 永郎岾也. 縈丹繚白, 削玉鏤氷, 山光
落照, 澄晶涵凝者, 衆香城也. 瑞日祥雲, 鸞翔鳳翥, 星冠環佩, 歷落從
容者, 五仙峯也.

其嶔然相累而下者, 蜿蜿若虯龍之降于淵, 衝然角列而上者, 詭詭如熊
羆之登于山. 晶光之與目謀者, 爽籟之與耳謀者, 廓然而虛者之與神
謀者, 瀟然而靜者之與心謀者. 滶滶乎, 潮氣之積, 而洋洋乎, 造物者
之殫其技矣.

日旣暮, 復路投宿表訓寺, 便覺魂夢淸冷. 山內雪塞路阻, 無由遍觀.
且聞高城丈有患候, 急於候拜, 擬以明日發向, 留以晦前, 更來選勝.

十四日. 朝晴晚陰. 發向長安, 到百川洞口, 少憩. 適有淮陽樂工四人,
攜樂器. 不期相會, 使奏一闋. 天公會事, 亦自不惡.

因攜, 入明鏡臺. 臺在地莊峯後, 洞門石壁, 左右列聳. 一麓自北而下,
橫流陗起, 高可數十丈, 廣可數十尺. 其厚不過四五尺, 平正廉方, 恰
如石鏡樣. 色赤而微黝, 正當洞門. 危如墜壓. 臺下淳, 爲深潭, 卽黃
川江.

其南有石, 築小城門. 世傳, 金傅王子, 嘗居此山, 時所築云. 小頃, 出
洞門, 向長安, 樂工前導. 小憩神仙樓, 樂一闋. 移次僧堂, 樂工又請
爲劒舞, 用十柄刀, 寒光閃閃, 可觀. 數餉而罷.

十五日. 朝起, 雪深數寸. 盡日霏微, 客裏愁緒, 益無聊. 但見窓外石
峯, 玉樹瓊林, 琅璐生響, 頗覺有會神處.

十六日. 晴. 發行, 復踰鐵伊峴, 十餘里, 過溫井洞, 又二十里, 到鶴汀
店. 午秣, 行事甚艱. 午後發行, 五里, 到碎嶺, 嶺西, 卽平地, 而其東
陗斷坎險, 爲萬仞絶壑. 透迤, 下五里, 兩崖石壁, 藤蘿松檜, 鬱密如
麻, 緣溪石路, 僅容一馬, 而路上雪深, 又數尺, 徒步跋涉, 十顚九仆.

行十五里許, 歷寒泉店. 漸見洞天稍闊. 又二十里, 方欲投宿雲巖店, 而日暮人稀, 迷失所向. 只從發機樵路, 直向海口, 望見海水接天, 鳴籟聞十里, 島嶼往往數點. 薄曛, 抵朝津村家. 果枉道深入, 過雲巖, 且十里矣. 困憊不可言.

十七日. 乍陰乍晴. 平明發行, 更從來路, 幾十里, 見雲巖酒店. 在路左數十步, 爲松檜所遮, 諦看始認得. 又五里, 踰預論峴, 過南華津, 踰禿硯, 又二十里, 到長田津. 午秣. 海水無風, 自激聲, 如崩崖裂石. 聞海惡已數月, 漁夫不能放船, 用錢不得買魚. 貧措大一飽, 亦覺有數, 可歎.

促發, 十五里, 過楊津驛, 日晡時, 到衙. 主衙, 皆平善, 襞積之餘, 情意可掬. 少頃, 入見阿妹. 千里外相對, 還覺喜極而愴. 但渠來此以後, 苦未全安云, 可慮耳.

十八日. 留.

十九日. 雨雪. 此去家鄉, 一千一百二十里. 鄉思益覺難聊.

二十日. 與主倅丈, 登海山亭. 亭在蓬萊館西數十武短麓上. 東望大海, 西挹金剛, 兩岸陟斷, 平鋪廣闊. 東西山頂, 皆有巨石, 狀如龜伏, 名謂龜巖. 嘯咏移時而下, 與魯瞻 · 宣則, 入衙舍. 客舍曰蓬萊館, 東軒曰候仙館. 館東墻內, 有竹林, 搆小亭, 扁曰望嶽. 李趾光, 莅郡時所搆, 有艮翁記. 蕭灑清爽, 不讓海山亭.

二十一日. 與柳金二友, 遊帶湖亭. 亭在郡南山之南 · 南江之上. 江南北岸, 皆有數十村家, 隱映榆柳間. 緣江稍下, 百餘武, 有赤壁削立, 高可十餘丈. 攜歌妓 · 管絃, 泛舟沿迴, 終日而罷. 此亭兼陸海, 江山之勝, 蘊藉廣敞, 可謂絶勝, 而未曾有聞於世. 豈山水知遇, 亦有數耶.

二十二日. 與兩友, 遊三日浦. 浦在郡北十里許, 距海不十里, 而蒼崖石壁, 環抱四塞, 中有湖水, 方可十里. 石島點點, 在水中, 築亭石島上, 扁爲四仙亭. 世傳, 四仙人來, 遊三日, 故名.

望之飄然, 非塵界. 以風濤甚急, 入夢泉寺. 寺在湖水西岸, 窈窕平衍,眞所謂別天地. 午站後, 風勢靜息, 以一小舫, 載管絃 吾與二兄, 別乘一舟, 溯獅子巖, 泊石室下. 長歌短弦, 淸響瀏亮, 巖竇水回, 隱隱響應, 不覺有石鍾月夜之思.

回舟而西, 泊一石島. 緣壁而上, 有一短碑, 刓缺不可認. 世傳, 古神僧, 沈香于嶺東九郡, 以爲如來運訖, 菩薩用事時, 可用此香. 此碑, 卽埋香時, 記事者, 又有永郎述郎題名. 二郎卽古仙流云.

復回舟, 泊四仙亭. 亭在一湖中央, 而疊石爲島. 老松生石角, 屈曲陰庇, 三十六峯, 環匝三隅. 只東望海口, 七星峯縹緲, 如白雪堆. 舊有虛白洪公詩板, 而今破落, 不可讀. 日暮還衙.

二十三日. 遊海金剛. 在郡東海中十里許. 自立石津, 登舟, 入五里許, 山脈入海, 全成石山, 尖簪刻削, 如水齧泡浮, 凡十餘. 沿洄其間, 僅方一舟, 漁舟摘生鰒以進. 捨舟而登, 履巉巖, 躡崎嵌, 眞天下奇觀. 打坐酒數行, 時有白鷗一隻, 捿其上, 狎而不驚.

向夕, 回舟登陸, 小頃, 風濤極險, 因還. 衙路上, 回首, 見七星峯, 縹緲皓白. 悵然而歸.

二十五日. 晚後出, 見本郡聚點, 皆魚頭鬼面, 不識坐作進退. 爲何物不知, 此輩, 亦可爲緩急陰雨之備耶.

二十六日. 曉得泄症, 雜試椒茶, 向晚得差.

二十七日. 朝雨晚晴. 與二兄, 發叢石行, 到長田. 遇急風, 一行皆顚倒失措, 吾笠子, 爲衝風所破裂. 不得前進, 投宿注驗村家. 四十五里. 通川界 終夜大風, 愁惱不得穩睡.

二十八日. 風勢向殘, 發行, 到頭白津. 五十里, 午點, 三十里, 歷通川郡, 小憩. 西踰一小嶺, 望見縹緲間, 一麓橫流, 入海中, 而中腰微屈處, 立石梃出, 四五丈. 亭亭如華表, 認其爲叢石. 促鞭薄曛, 抵津頭, 二十里, 托馬于村家, 步登叢石亭.

蓋高堤後山一麓, 東入海中, 如龍跳蛇走. 迤行數里許, 亭在中腰突處, 處地圓滿高曠. 亭西北山體缺陷, 爲斷塹千仞, 海水衝齧, 而有所謂叢石. 特立其中, 各成六稜石, 數十枚, 如繩從鑢斷. 體可如棟, 而攢玉束竹, 合爲一石. 高可數十仞者三, 或四五丈長者數三. 上皆刀斷, 平正直立. 俯瞰其頂, 而六稜縫合處, 井井斑斑, 恰如龜文. 奇怪怳惚, 殆非造物者之所爲. 海濤風壯, 觸石噴激, 如碎玉撒雪. 夕靄不可久, 下宿津家.

二十九日. 平明, 復上喚仙亭. 亭在叢石亭西數十步. 小墩上, 有所謂臥叢石, 樣無異同, 而此皆偃然橫臥, 又不知其氣數造物. 此等處, 本極奇巧, 而咫尺之間, 臥立不同, 風水換形, 天意殆若有爲而作. 使人求其說, 而不得也. 又見一山, 亂石無數, 六稜如良工巧斷, 無大小尖歪. 蓋是此山全體, 皆然而特戴土處, 不可見耳.

乘舟, 入里許, 濤險, 不可沿洄, 回舟泊岸. 徜徉移晷, 午後, 復路通邑. 宣則入見主倅, 主倅給供億. 投宿頭白津.

三十日. 終日, 細雨. 發行三十里, 午秣沙津, 午後, 肩輿踰禿硯, 暮泊新溪寺.

三月初一日. 終日, 滯雨.

初二日. 朝雨晚晴. 肩輿, 向九龍淵, 漸見峯巒溪壑, 深險幽邃. 藤蘿松檜, 菀密如麻, 決非人煙所及處. 十里, 到監司窟. 巨石相掩, 下有小竇, 迂回僅容一人, 匍匐而行.

路險雪積, 不可以輿, 使僧輩, 踏雪, 脫上衣徒行. 自此, 左右山體, 皆累石萬丈, 無一點塵土. 山頂削峯, 奇怪百態. 十里, 到玉流洞. 澗底白石, 平偃無窪齵. 數十丈溪水, 平鋪如紙, 直射其上下, 成幾科深潭. 左右亂石齒齒, 古今人題名, 殆無空隙. 盤坐移時, 吾輩皆書姓名, 使僧輩, 刻之. 午後, 向龍淵. 五里, 有飛鳳瀑. 望見懸瀑, 自嶺上, 直射千丈, 中間觸石, 爲噴瀑, 雪花瓊珠, 箇箇飄落, 已令人駭矚.

流而稍下, 爲連珠潭. 溯流上, 五里, 有所謂龍淵, 卽源盡山窮處. 兩岸石峯, 對峙萬丈. 最上山脊, 微屈如彎弓狀, 溪水湧出, 爲懸瀑, 緣壁而射落下萬丈. 仰見縹緲間, 湧瀑疆, 似一疋鍊, 正如銀絲玉屑, 撒抹當空, 瀉而不奔, 激而不怒, 直是天下壯觀. 不知廬山果如何. 下成石坎, 水落處. 周廻可五六間許, 深不可測. 全壑皆鋪石, 潔滑, 不可着足. 薄曛還泊, 頗覺飢困.

初三日. 發行, 自新溪, 南行十里, 又西南行十里, 到鉢淵. 淵在山溪盤石上. 巨石窪然坎竇, 狀如鉢盂, 故名, 亦是造化巧處.

又入一里許, 有鉢淵寺, 今廢, 只有墟. 稍上有馳瀑處, 溪瀑如玉流洞, 而往往坎險. 鉢淵寺故事, 居僧能緣瀑坐馳, 東伯發巡時, 必預囚此僧, 俾不逃躲, 及到, 必玩戲而後已. 此是必死之地, 而辦一民命, 以快一時之娛, 亦可異也.

復路, 二十里, 到京庫, 午秣. 國初, 御賜楡岾寺田, 民收穫之際, 藏置此庫, 以爲精鑿運輸之地云. 午後, 十里, 到百川橋. 僧輩, 以筍輿, 來待. 自此, 回送人馬, 乘輿到狗嶺. 嶺路百折危險. 至嶺脊, 爲二十里. 往往石角, 傾危處, 便卽徒步中腰, 到僧臺, 小憩, 到上臺, 又小憩. 望見海水接天, 夕靄蒼茫. 三日浦·海金剛等處, 岈然洼然, 若垤若穴, 歷歷如棋盤落子.

嶺西平夷, 十里, 踰獐項, 又十里, 過龍川橋, 抵楡岾寺. 金剛一山, 盤據四五百里, 全是石山, 而自鉢淵以南, 水岾以西, 爲楡岾地界, 而又是肉山, 無巉巖崎嶇, 而周匝萬疊, 渾厚完備, 亦可異也. 山映樓, 截溪築, 虹橋駕樓. 其上宏麗, 可觀. 夕後, 困憊昏倒.

初四日. 朝晴晚陰. 食後, 周觀佛殿·樓觀·法堂, 有所謂五十三佛. 因楡木根, 拘連屈曲, 傅會穹崇, 成一巨塔樣, 安五十三金塑于虧隙處, 亦一怪誕. 又有鳥啄井, 用石龕儲水. 又見新搆, 事役百工, 成肆制造, 極奢. 午後, 又奉審御室, 繡帳金屏, 寶輦華蓋, 皆是內賜者.

向夕, 肩輿西北, 行五里, 有船潭. 山溪石坎狀, 如巨船中, 成澄潭. 深可四五丈, 廣可方. 小艇渟泓, 可賞. 盤桓移時, 又西入般若庵, 又西上冥寂庵, 小憩. 後還, 入楡寺.

初五日. 復向內山. 自楡岾寺, 西行十里, 到三街店, 少憩, 上外水岾.

蓋內水岾, 尙雪塞不通云. 嶺路樹木如麻. 石遷絶險, 積雪層氷, 行路極艱. 時遇險處, 捨輿而徒, 頗覺困憊.

十里, 到嶺上, 遞輿而下. 履巉巖, 穿藤蘿, 路皆上解下凍, 足滑難着. 左挈右扶, 僅下十五里, 到金井村. 午站後, 入長安寺, 小憩, 薄曛, 投宿表訓.

初六日. 朝陰晚晴. 向須彌塔, 五里, 過金剛門, 到萬瀑洞. 蓋大小香鑪・靑鶴臺, 最據一山之中. 摩訶水, 自東而來, 須彌水, 自西而來, 至靑鶴臺下, 合流, 爲巨澗. 懸而爲瀑, 渟而爲潭. 磐石上, 有楊蓬萊所書‘蓬萊楓嶽元和洞天’八大字, 字劃遒健, 大可如椽. 壁上, 見高城丈・兄弟及權松禾丈題名. 吾輩亦使僧輩, 刻名姓于西溪中立石上.

溯溪而西, 過靑壺淵・龍西潭・金剛臺, 下里, 到內圓通庵, 小憩. 過萬折洞・紫雲潭・太上洞・淸泠灘・赤龍潭, 積雪層氷, 危不可行. 拚木緣崖, 虱行蟻附, 十里, 到須彌塔下. 仰見巖石, 陟起百餘丈, 疊石層巖, 石理齊整, 如累棋造塔. 周圍可百餘抱, 稍上而殺頂, 又狀如傘盖, 巧如人作. 其東有懸瀑成氷, 可謂第一奇觀, 少頃, 雲霧又遮之.

復路, 到內圓通, 午站後, 踰三獅子嶺, 到摩訶衍庵. 庵在一山中腹處地. 平寬而左右石角, 千奇百怪. 躍者騰者, 坐者臥者, 俯仰者, 蹲踞者, 冠者笠者, 簑笠者, 端冕者. 垂頭而睡者, 正笏而趨者, 怒而顧眄者, 拱而立者, 趨而揖者. 飛鳥之奮翼而擧者, 走獸之垂耳而曳者, 雲之湧乎泉者, 波之激而飜者. 從容如揖讓進退之場, 奮勇如戰陳坐作之象, 仁者以爲仁, 智者以爲智. 蒼然暮色, 自遠而至, 而灝氣晶光, 不與時而晦冥.

余始聞金剛全體, 皆氷淸玉潔, 及入山而望焉, 殆若巖石之奇詭, 而崒然高大者, 末乃窮探, 而歷躡焉, 始覺其爲天下之聞, 而其左酬右應, 大驚小駭, 東盱而欣然, 以爲莫是若也, 而西眄而輒復悵然而遽失, 其眞可觀, 則又非聞而料度想像之所及矣.

少憩, 上白雲臺, 山益深, 眼益高, 尤奇怪難測, 不可殫記. 西望, 衆香城在咫尺, 峯巒矗矗皓白. 望之, 如無邊大澤, 芙蓉出水, 吐萼含英.
萬物同春, 殆令人神魂, 淸越茫洋, 直與造物者, 遊而不知其涯岸矣.
但絶壑危棧, 拚緣鐵索, 臺又僅容一人, 而左右下臨無際, 決非人跡可
到處. 耽於娛玩, 躡險屢危, 思之悚悔耳. 向夕, 到摩訶衍宿.

初七日. 晴. 食後, 觀妙吉祥. 蓋緇徒, 斲磨削壁, 刻一大願佛, 爲金同
居士像. 高可十丈, 傍有尹公-師國-妙吉祥三大字. 復路, 過佛齊庵,
歷看火龍潭·船潭·龜潭·眞珠潭·噴雪潭. 有萬象庵·普德窟. 窟
在削壁上, 巖竇坎广, 立銅柱數十丈, 駕樓, 其上置普德佛像云. 碧波
潭·黑龍潭·靑龍潭, 蓋洞裏盤石, 次第成坎, 溪水曲曲爲潭. 移步換
形, 水色蒼綠, 石面滑白細膩. 無限奇勝, 無限幽趣, 不可勝記. 仍復
登天一臺·歇惺樓, 雲霧四捲, 萬家呈露前頭. 間關經歷者, 皆安坐而
摠攬焉.

盖磨訶衍, 最在一山腹藏, 四方石峯回環, 地又平下, 故峯益尖兀. 歇
惺樓處地, 軒敞控制, 一山形勝, 萬二千峰, 歷歷在几案. 二處可相上
下, 爲此山第一名區. 坐數餉, 雲霧, 自毘盧, 漸蔽, 遂下山. 與宣則,
復入明鏡臺, 小頃, 入長安, 坐未定, 雨下如注.

初八日. 晴. 出山, 到金井洞口. 東望宿霧斷雲, 往往在石峯數疊中.
霽日初昇, 光影相射, 輾然有會神處. 由外水岾, 午站三街, 抵楡岾宿.

初九日. 朝大霧. 候小捲, 向高衙. 未及狗嶺, 小雨霏微, 雲霧四塞. 到
百川橋, 人馬已來待矣. 午站京庫, 抵衙. 得家鄕平信, 慰喜, 不可言.

初十日. 陰. 主倅丈 爲延候巡到, 發向杆城. 夜與宣則兄弟及魯瞻, 乘
月步上海山亭, 逍遙而歸.

十二日. 晴. 理行具, 待主丈還衙, 爲卽發計. 午後, 主丈歸, 而巡到,
又隨之, 不得已又留.

十三日. 晴. 發向鄕路. 海山千里外, 別穉妹, 令人心緖撩亂, 十步九
回也. 與宣則兄弟, 步上帶湖亭, 小憩, 乘舟下赤壁, 作別, 脈脈無語.
十里, 過永郎湖, 湖水大不及三日浦, 而窈窕奇勝, 殆過矣. 其傍有懸

瀑庵·船庵及其他巖石, 皆可崛可賞. 又五里, 過虰機津, 又五里, 過松島. 又十里, 過地境村, 又五里, 過猪島津,-杆城界- 又數里, 午秣明波驛. 路皆白沙沒脛, 馬步甚艱. 午後, 發行十里, 過大津, 五里, 過草島. 又五里, 過列山倉·雲根村. 又二十里, 過磐巖, 又五里, 過竹府驛. 又五里, 日未晡, 抵杆城邑.

十四日. 平明發行, 十里, 過公須津, 津西麓, 有駕鶴亭. 亭前平湖, 可十里, 有小舫山, 環之. 欲一登臨, 而爲魯瞻所戲, 遂蔓過. 行十里, 過五里津, 又五里, 過掛津橋巖. 又五里, 過莪也龜尾, 有自磨石云. 又五里, 到淸澗亭, 暫登. 亭在海岸, 而後小麓, 環抱窈窕, 左挾石峯, 高等岑樓. 正東臨無邊海洋, 蘊藉爽豁, 亦是絶景.

風爽, 難於久臨, 悵然而下. 過一小溪, 午秣乾津邨, 發行, 二十里, 過束沙津.-襄陽界- 二十里, 過水峙, 十里, 登小嶺, 入虹門, 到洛山寺. 寺在海岸, 而龍虎周匝, 不見海色, 窈窕可賞.

東行一馬場, 海頭有義湘臺. 稍北有觀音窟. 蓋海頭山盡處, 石角入海, 陟斷中成. 不測甬道, 可數十武, 橫駕其上, 爲佛殿, 扁以寶陀殿. 樓上廳一板, 使之開閉, 俯瞰窟裏.

海波衝囓, 其中噴激鎧鎓, 如崩崖裂石. 撒沫飜湧, 如碎玉噴雪, 直射至樓後. 雄乎, 其不可測, 危乎, 其不可狎. 東南北, 又滄海無邊, 眞天下壯觀. 小憩後, 發行, 十里, 日未晡, 到襄陽邑邸.

十五日. 曉聞, 風聲振地. 午後發行, 到漢江船. 五里許, 從間路, 十五里, 過祥雲驛, 十里, 過岐水門. 又十里, 過洞山, 又十里, 未及南崖里許, 有湖水連海, 津渡深且澌, 不可渡. 日落向昏, 復從湖水上流, 橫渡, 水淺利涉. 初昏, 到南崖津邨. 拓窓見, 霽月崢嶸, 海波相涵, 便成金銀世界, 令人探玩, 不欲眠. 海波又小靜, 爽籟淸越, 尤覺無限奇賞耳.

十六日. 早起, 觀日出. 微雲點綴, 恨未快覩, 而海水無邊, 紅輪炫煌. 光影直射, 百怪含火, 尤令人愛翫不已.

發行, 二十里, 過牛石津,江陵界 五里, 過住乙津. 五里, 過新里, 過燕谷驛. 十里, 過沙月津, 五里, 過沙斥石津. 十里, 到江門, 歷登湖海亭.
亭在鏡湖一隅, 而窈窕平穩. 自湖海亭, 西行五里, 登鏡浦臺. 臺在斷
麓上, 而湖水紺綠圓廣. 正當臺前面, 周廻數十里, 自渚至中央, 深不
過臍. 自古, 稱君子湖者, 以此. 其外 有孤山一點, 其外一字平湖, 又
其外海水, 積翠如平盤, 盛水僅如一匹練, 而廣又無邊, 處地平穩, 山
水明麗, 眞八景中第一名勝. 坐玩移晷, 發行十里, 午秣江陵邑邸.
嶺東, 自通川, 至襄陽, 太山大海, 怒氣相迫, 山川險崛, 煙戶稀闊. 襄
陽以後, 山水稍覺平穩, 居民亦頗稠密, 府又櫛比數里,
午後發行, 過江金, 五里, 過丘山店. 五里, 過屈面店, 五里, 過上濟民
院, 十里, 投宿半程店. 店在大關嶺中腰, 初昏觀月.
出初, 欲遵海而東, 遍觀竹西・望洋・越松諸名勝, 而爲魯瞻所尼, 勢
難中路分張, 不得已, 取路竹嶺. 缺界圓滿, 事儘不易也.
十七日. 早起, 觀日出. 俯臨下界, 尚黝然而黑. 惟見殘山短麓, 岈然
如蟻垤. 東望, 一道海泓, 忽地飜紅, 不覺有會心處.
十里, 到嶺上, 五里, 過橫溪館, 三十里, 到月汀街, 午秣. 此去五臺山
月汀寺, 爲二十里云. 十里, 過珍富倉, 十里, 過去億屹店. 臨水石角,
突兀成臺, 號淸心臺. 二十里, 過毛老嶺, 三十里, 過大華館, 十里, 投
宿沙草街.
十八日. 細雨終日, 冒雨發行, 十里, 過芳林, 十里, 船渡舟津.平昌界 十
里, 過平昌邑, 踰鞍峴, 十里, 過藥水, 綠江蒼壁, 曲曲有可觀處. 十里,
到麻池, 午秣, 二十里, 船渡沙川.原州界 十里, 踰峨峙峴, 十里, 到酒泉
倉邸, 小憩. 五里餘, 從間道, 二十里, 到葛洞宿.
十九日. 平明發行, 爲魯瞻所牽挽. 十里, 從間路, 入義林池. 池在堤
川北十里. 只是山谷間堤澤, 別無可觀, 而水開處, 橫圻山腰, 巖石嵤
谽而已.
到堤川, 行二十里, 到楡院, 午秣. 三十里, 過梅浦,丹陽界 又從東南, 入
五里, 入島潭石峯. 在江中, 陟起爲三角. 奇峭險崛, 比海金剛, 互有

長短, 亦一奇賞. 甚欲放舟沿洄, 而被魯瞻所迫, 悵然而發. 復路, 從梅浦, 下踰一峴, 十里, 投宿晚津.

二十日. 晴. 曉發, 船渡晚津, 二十里, 朝飯長林驛, 送魯瞻. 從飛伐嶺, 數千里聯鑣之餘, 遽爾分路, 殊覺悵缺. 踰竹嶺, 五十里, 午秣豐基邑. 三十里, 過榮川郡, 又十里, 投宿草谷宋書房家.

二十一日. 晴. 行六十里, 午秣甕泉, 日未晡, 到家. 親候姑免大舋, 慰喜不可言.

東遊錄日記

朴永錫

丁巳三月二十日. 晴. 與庚生瓛, 晚朝出郭, 徐步到樓院. 日猶高, 待同行, 止宿.

二十一日. 陰. 有雨意, 同行猶不來, 暫尋道峯書院, 泉石極可愛. 因上玉泉菴, 還來樓院店, 滯留. 夜大雷風.

二十二日. 朝雨歇, 晚晴猶風. 同行齊到, 仍發西戶郎, 止宿.

二十三日. 晴. 午炊松隅店. 過憩臨水孤松岸, 見野人耦耕. 子衡, 不覺悠然之想, 一唱耕鑿之曲, 行旅聽之, 駐馬忘歸. 夕至萬歲店, 止宿.

二十四日. 朝霜而陰冷. 午炊夜味店, 行到西自逸店. 日尚早, 逢微雨, 止宿.

二十五日. 晴. 仍朝飯發行. 雨洗諸峯, 雲生重壑, 渾似水墨圖, 亦一奇玩也. 裹飯而來, 至長林店, 代以午炊, 暮投金化邑底店, 止宿.

二十六日. 晴. 午風. 朝炊畓峴店, 到金城南川, 登披襟亭, 小憩. 到楸谷店, 點心, 炭黔里止宿.

二十七日. 晴. 朝炊梧木店, 暮投新安店, 止宿.

二十八日. 晴. 朝炊廣石店, 因事向淮陽府. 踰我思羅只嶺, 適值本倅之出外, 送鄭生及德鳳, 衙中傳書. 坐路傍松陰下, 風冷. 拾松鈴熱火, 沽村醪, 飲一杯, 唱待人難之曲. 兩人受書而來. 還投廣石店, 止宿.

二十九日. 朝陰乍雨. 朝炊扶老只峴下店, 踰秋池嶺. 嶺西則遠迤而上, 不甚險峻, 東則屈曲, 如羊腸者, 十許里. 下宿中道店. 夜雨.

三十日. 晴. 由新一村, 向隱寂菴. 洞府幽邃, 泉石奇絕, 可愛. 朝炊,仍留宿.

四月初一日. 因朝飯, 過通川縣治, 臨流水邊, 略以茯苓末, 療飢. 夕宿高底酒家.

二日. 晴. 蓐食, 上叢石亭, 還宿通川縣治店.

三日. 晴. 朝炊養元村金掌儀家. 夕投南崖店, 止宿.

四日. 晴. 朝食, 入溫井洞村舍, 療氣. 冒雨, 入新溪寺, 因止宿. 夜風雨.

五日. 乍陰乍雨, 晚來晴. 仍留宿新溪寺.

六日. 晴. 因朝飯, 自寺西, 行二十五里, 觀飛鳳瀑, 又行五里許, 觀九龍瀑. 仍登左峰之絶頂, 俯瞰八潭, 東望大海, 儘平生壯觀也. 下寺, 仍止宿.

七日. 晴. 因朝飯, 行三十里, 觀三日瀑, 又行十五里, 至海金剛. 適値風濤大作, 亦一勝觀也. 仍投高城邑, 留.

八日. 晴. 朝炊白川橋店, 踰狗嶺, 迫昏, 投楡店寺, 止宿.

九日. 晴. 上山映樓, 見耽羅妓萬德. 仍止宿.

十日. 晴. 早飯出寺, 行西北三里許, 觀舡潭. 還過曉雲洞, 又行五里許, 上隱身臺, 觀十二瀑. 下臺, 行十里, 上雁門店, 點心. 觀妙吉祥, 抵摩訶衍, 止宿.

十一日. 晴風. 因朝飯, 欲登毗盧, 因雪塞路, 難未果. 又欲上白雲臺, 以大風, 又止. 過路, 望普德窟銅柱閣, 歷八潭, 至萬瀑洞. 盤石上刻 '蓬萊楓岳元和洞天'八字, 乃楊逢萊士彦筆也. 入表訓, 點心, 至白華菴, 止宿.

十二日. 晴. 仍留宿.

十三日. 晴. 仍朝飯. 上天逸臺, 午炊正陽寺, 坐歇惺樓, 少憩白華菴. 暮投長安寺, 止宿.

十四日. 晴. 早食, 入靈源洞, 坐玉鏡臺, 仰見明鏡臺, 俯瞰黃川潭. 回路, 少歇地藏菴, 還入長安寺, 點心, 仍發. 夕投椵木店, 止宿. 夜小雨大風.

十五日. 晴. 踰斷髮嶺, 朝炊摩尼峴店, 渡大經津, 日曛, 到下岐城, 止宿.

十六日. 晴. 朝炊炭黔里, 夕入眞木店, 止宿.

十七日. 晴. 午風. 朝炊畓峴, 到金化邑內雲興店蔣生家, 日尙高矣.
以主人挽留, 仍止宿.

十八日. 晴. 仍朝飯. 夕投其膝介店, 止宿.

十九日. 晴. 朝飯楡亭里, 夕投場巨里, 止宿.

二十日. 晴. 朝炊西戶郎, 夕投水逾峴, 止宿.

二十一日. 晴. 療飢, 還入京.

東遊記

|

任靖周

壬寅仲夏月吉之翌. 余爲省仲氏, 自錦州入東峽. 徂暑及秋, 一日見方伯金善之曰"金剛不可不一見, 吾爲子圖之."余曰"固所願也."

遂於省斂行, 偕而東出, 蓋病不能獨行. 又無他可與俱者也. 至越城以故還. 其翌月卒成之.

是遊也, 於岳則略見其大體, 而危巒絶地, 不敢到也. 於海則得八景之半焉. 原之淸虛, 越之錦江, 洪之泛海, 春之聞韶, 高之海山·帶湖, 在其外. 計往返前後二千餘里, 爲日二十有七. 盡山海之勝, 而爲平生所未學之閑吟詠者, 且五十餘, 則是遊也, 無已太荒, 而爲朱夫子所譏歟, 余爲是瞿瞿. 金上舍君述偕, 方伯子在新民汝亦從焉.

是年之九月下澣, 花川歸客識.

楓嶽記

徐榮輔

東國名山之元, 曰楓嶽之山, 其木多楓, 故名. 亦曰金剛之山, 曰怾怛之山. 山之跡, 發自僧徒, 故冒以佛氏語. 是山, 臨于東海之上, 北迤南播, 爲萬物肖之洞, 過溫井之嶺, 爲毗盧之峯. 布條支, 窮變化, 磅礴蜿蜒; 叢抽駢秀, 橫于高城, 盤于淮陽, 東曰外山, 西曰內山.

其峯之聳然高者, 盖不可勝數也, 而毗盧特尊, 面南蟠踞. 前爲衆香之城, 彌而復竦, 爲望高之臺, 左爲具其之淵, 右爲九龍之瀑布. 其後內水之岾, 山之表裏, 於是乎界.

其洞天之著者曰, 長安寺之洞, 內山之第一曲也. 曰靈源之洞, 曰百塔之洞, 曰百川之洞, 一山衆水之所會也. 溯而上曰, 表訓寺之洞, 大伽藍, 在焉. 其上曰, 正陽寺之洞. 又數里, 左挾靑鶴之臺, 右挾小香爐之峯, 曰萬瀑之洞.

過須彌水, 又北而上, 曰八潭之洞, 曰迦葉之洞. 其在衆香之下, 曰白雲之洞, 在毗盧之下, 曰圓寂之洞. 踰內水岾, 而爲曉雲之洞, 未數里, 曰船潭之洞. 又數里, 曰楡岾寺之洞, 洞府宏敞, 佛宇瑰麗. 曰中內院之洞, 與百塔之洞, 相表裏以居, 望高之臺, 淑氣亭毓而爲此也. 曰百川橋之洞, 曰鉢淵之洞, 曰神溪寺之洞, 諸洞皆有水, 出焉.

盖其峯皆堆皚疊鏤, 其水皆漱玉鳴瑤, 其洞或曲折紆迴. 或幽森邃复, 或昭曠可樂, 或險絶不可躋, 或峭凜不可久居, 可以棲隱淪, 可以宅靈仙.

上之六年丙寅, 余自平康, 之金城, 踰斷髮之嶺, 由內山, 至于外山, 踰溫井之嶺, 凡七日而周. 始余至斷髮嶺也, 秋陰小雨. 候吏言, "嶺上望見楓嶽, 而雲霧蒙之, 不可辨." 余心念'昔韓子默禱而開衡山之雲, 自謂正直感通.'余爲是懼.

行三十里, 至鐵彘之嶺, 望諸峯, 列立呈形. 雲收日照, 森朗駭矚. 下嶺而得大溪水, 遵岸而上, 忽復涉溪. 蓋一水而屢渡也.

行十里餘, 得長安寺, 山之門戶也. 自此舍騎而輿. 陟而厓, 屬而澗. 繞廉折之磴, 躡蒙密之叢, 凌絕壑, 則度空虛, 蹋懸壁, 則發眩掉. 頃刻登降, 如附桔槔. 奇峯迴合, 迭出不窮. 巍屴者, 森然欲搏, 突兀者, 睅然若擋.

謂山已盡, 忽爾迴旋, 淸流奇石, 與人相期. 山皆純石多罅, 罅皆土附之, 嘉木生焉. 自半腰以下, 鉅木壽藤, 轇轕合沓, 蓊然深樾也. 時季秋之初, 其葉丹赭黃碧, 列繡鋪錦, 文文章章, 奪耀人目. 內山之諸寺諸洞, 余跡所至所睹, 皆然.

正陽寺, 在衆香城之西, 其高居山三之二. 下臨衆壑, 深不見底. 有樓曰歇惺, 臺曰天一, 與衆香城, 正相對. 自須彌·迦葉, 至望高之臺·現佛之岾, 而毗盧·日月之頂, 重疊附背, 森羅璀璨, 呈露面目, 悉列于前, 無一遁形. 自北東及東, 至于東南, 連延二十里, 遠近高低, 其相萬殊, 晨暮雲日, 其色百變. 古稱其數, 爲萬有二千者, 今不能悉計, 而槩而言之.

方者圓者, 銳者直者, 平者橫者, 俯者仰者, 疎而相離者, 附而相屬者, 馳驟而相逐者, 拱揖而相讓者, 突而特者, 逬而爭者, 走而不顧者, 往而復返者, 慢欲徐行者, 亟若趁期者, 頩如薄怒者, 端麗若標持者, 妍好若矜冶者, 威武若意烏者, 類類不侔, 態態各殊. 神變之所已窮, 巧曆之所不能詰, 應接之所不能暇.

又數里, 得萬瀑之洞. 八潭須彌洞水, 交會噴射, 大盤陀承之, 散流撞漖, 人語不可辨. 由西洞, 泝上, 其水則靑壺之淵·龍曲之潭·萬折之洞·太上之洞·淸冷之瀨·慈雲之潭·羽化之洞·赤龍之潭·降仙之臺. 其山則靑羊之峯・沈香根之石・三難之石, 曲曲殊異. 入洞數里, 底鋪之盤, 旁立之壁, 狀皆層疊.

行二十里, 須彌之塔, 忽爾特立. 附山十之一, 餘可周匝. 其形圓, 其 皴若雕. 其級當沿者, 若融液欲流然, 相輪界霄, 巨石以爲跗, 水遶之. 旁近之石, 大都層積, 或方或圓. 方有正方・斜方・直方, 圓有正圓・ 斜圓・楕圓, 而方圓之變, 不可勝竆也.

過此以往, 連巒周遶, 頭頭秀拔, 競巧爭奇, 琳琅觸目, 迭相暎發, 累而 爲塔者, 尤不勝其可指也. 然而樹密無蹊, 舍輿攝衣, 披榛揭流而後, 至源盡而瀑. 瀑之旁, 得石磴, 左爲永郎之岾, 右爲須彌之峯. 正陽之 遙相對者, 至此而狎矣. 磴之高, 視山十之六, 故左右之峯, 俯見旁側, 雕鏤槌鑿之跡, 崎嶇齟齬者, 悉呈窔竅, 齒齒差差如也.

由萬瀑之洞, 沿流而北, 得靑龍之潭・洗頭之盆・白龍之潭, 水極其瑩 澈, 石極其皓潔. 又北上, 爲八潭, 其名曰黑龍, 曰琵琶, 曰碧霞, 曰噴 雪, 曰眞珠, 曰龜, 曰船, 曰火龍. 首尾十許里. 一石爲之底, 或高或低, 或嶔或舒, 或掘而臼, 或刳而槽, 或削而圭, 或環而窪, 或槎牙如齟齶, 或等折如吡級, 其狀百千.

水之流者, 縈廻曲折, 因石賦形. 觸而激, 折而旋, 布而散, 泂而汨, 而 爲泓, 墜而爲溜. 騁而若甌之側, 漫而如塘之溢, 若白虹之偃, 若匹練 之拖, 若明珠之撒. 其色澄而碧, 紺而黛, 金膏之蓄而沆瀣之淳也. 其 聲佩環鳴而空樂奏, 洪鐘撞而雷鼓匐也. 蓋觀於正陽, 而山之能事, 畢 矣, 遊于八潭而水石之觀, 止矣.

八潭旣竆, 未數里, 得摩訶衍, 諸寺之小者也. 地益峻, 洞益深, 穴望之 靈竅, 玲瓏可眺. 寺之後曰, 迦葉之峯, 正陽東北之第三撚尖也. 峯之 下洞門, 窈而狹, 溪水達于兩崖, 崖皆削成. 入洞者, 揭屬乃行, 選石以 蹈, 左右跳捷. 遇陡斷, 編木爲梯, 句股竪以緣. 遇仄磴, 上者腹蒲伏, 下者背逡巡, 端睞不敢反顧. 洞中羣巒, 挺秀錯鏤, 與須彌, 相類.

夫山有中邊之別, 譬如玉之有璞. 正陽以北, 至于摩訶, 正當其玉, 靈源·百川, 猶未離乎璞也. 過摩訶, 則玉盡而反近乎璞矣.

迦葉之東, 踰一岡, 有萬灰之菴. 菴之東曰, 白雲之臺, 臺之下曰, 白雲之洞, 衆香面目, 森列于前, 而磴道狹危, 挽鐵綆, 始上佛地菴之洞. 有曰甘露之泉, 水出石罅, 承以小筧, 取以飮, 甜柔如乳. 意陸羽所云, 惠山乳泉, 其此類歟.

行二十里, 得內水之岾. 回望毗盧, 全軀聳地雄傑, 連嶂疊巚, 森挺秀拔, 離離皚皚. 此爲內山之背, 而衆香所眺, 其顔也.

行至楡岾寺. 高城宰書至, 曰"盍先觀三日湖乎." 余從其言, 登犬邱. 東臨大海, 澄碧拍天, 有山在海中, 與雲濤, 相出沒. 僧曰, "此海金剛也." 至百川橋, 復舍輿而騎. 橋毁, 只有古碑, 橋之東, 有外圓通寺古址. 其次之洞, 爲鉢淵下流二洞, 自丁酉大浸, 寺廢不復通云.

行二十里, 至高城之野. 西望外山, 羣峯羅立挺特. 顧長康談會稽山川之美曰, "千巖競秀, 萬壑爭流." 余於是乎悟其言之有肖物之妙也. 三日湖, 爲嶺東諸勝之眉目. 中有嶼, 嶼之上, 有四仙亭, 世稱新羅時四仙之所遊止也. 湖之勝, 有余所爲夢泉菴記.

神溪寺, 在九龍淵之下洞, 黛嶂横遶, 如秋空列戟. 盖外山多肉, 而玆洞之峰, 多刻露挺秀. 由洞泝流, 行二十里, 得飛鳳之瀑, 玉流之洞. 磴益危, 石益滑, 肩輿者, 汗喘如牛. 下而徒, 足酸彌窘.

又十里, 得九龍之瀑布. 一洞盖全石, 鑿成巨磐, 可坐萬人. 壁之高, 仰以後見其頂, 而四周及底, 未見縫合. 瀑之高, 可三十丈, 如綆之懸, 如霓之飮, 如霆之震, 贔屭砰磕, 戰鬪鬼神.

下有大泓, 深不可測, 光晶盪潏, 鱗鱗爍爍, 怳惚不可以目. 凄凜之氣, 灑淅人毛髮, 是爲神物之所窟宅. 瀑之側, 其壁雙聳, 如石闕之柱. 左右紆密, 以護瀑身, 雖入斯洞者, 非直當其前, 不能觀也. 瀑之有具其·九龍, 如塔之有須彌·百塔, 而之二者, 余皆得其一, 而遺其一, 今不敢甲乙.

萬物肖之洞, 在溫井嶺之北. 蓬萊楊士彦爲記, 盛言其狀詭異, 靡象不該, 後人未知其處. 今其可得以覜者, 從溫井嶺道, 上行, 可以仰見一峯蟠地, 大與毗盧等, 小峯層疊附之, 色相態貌, 大類衆香, 而精細過之. 盖峯之表也, 而瑰巧, 已自殊絶, 峯內諸洞, 定蘊奇特, 而非恃輿者, 可到也. 余漸老, 不能恣意冥搜, 出山之日, 竊有餘恨也.

所記諸勝, 詳於中, 而略於邊者, 擧其大, 而小者, 可知已. 普德窟之銅柱, 妙吉祥之石佛, 三日湖之丹書古刻, 諸寺之檀越寶器, 俱偉觀也, 而此皆人力, 可爲者, 並在所略云爾.

5쪽	『한국 근대 민속·인류학 자료대계 33 - 일본지리풍속대계』 조선편, 민속원, 2012.
22쪽	『조선금강산대관』, 1914, 국립중앙도서관 소장.
36쪽	정선, 『신묘년 풍악도첩』, 국립중앙박물관 소장.
49쪽	『조선금강산대관』, 1914, 국립중앙도서관 소장.
84쪽	『한국 근대 민속·인류학 자료대계 33 - 일본지리풍속대계』 조선편, 민속원, 2012.
94쪽	『사진엽서로 보는 근대풍경』 3, 민속원, 2009.
101쪽	『한국 근대 민속·인류학 자료대계 33 - 일본지리풍속대계』 조선편, 민속원, 2012.
112쪽	『한국 근대 민속·인류학 자료대계 33 - 일본지리풍속대계』 조선편, 민속원, 2012.
118쪽	『사진엽서로 보는 근대풍경』 3, 민속원, 2009.
121쪽	『한국 근대 민속·인류학 자료대계 33 - 일본지리풍속대계』 조선편, 민속원, 2012.
136쪽	『조선금강산대관』, 1914, 국립중앙도서관 소장.
139쪽	『한국 근대 민속·인류학 자료대계 33 - 일본지리풍속대계』 조선편, 민속원, 2012.
143쪽	『금강산』, 현대사연구소, 1931, 국립중앙도서관 소장.
169쪽	『사진엽서로 보는 근대풍경』 3, 민속원, 2009.
188쪽	『신묘년 풍악도첩』, 국립중앙박물관 소장.
192쪽	『금강산』, 현대사연구소, 1931, 국립중앙도서관 소장.
214쪽	『한국 근대 민속·인류학 자료대계 33 - 일본지리풍속대계』 조선편, 민속원, 2012.
230쪽	『사진엽서로 보는 근대풍경』 3, 민속원, 2009.

■ 사

■ 차

금강산유람록 10

초판1쇄 발행 2019년 8월 29일

엮 음 경상대학교 경남문화연구원
번 역 윤호진 · 최석기 · 황의열 · 강정화
　　　　전병철 · 이영숙 · 강동욱 · 문정우
펴낸이 홍종화

편집·디자인 오경희 · 조정화 · 오성현 · 신나래
　　　　　　김윤희 · 박선주 · 조윤주 · 최지혜
관리 박정대 · 최현수

펴낸곳 민속원
창업 홍기원
출판등록 제1990-000045호

주소 서울 마포구 토정로 25길 41(대흥동 337-25)
전화 02) 804-3320, 805-3320, 806-3320(代)
팩스 02) 802-3346
이메일 minsok1@chollian.net, minsokwon@naver.com
홈페이지 www.minsokwon.com

ISBN 978-89-285-1344-4
SET 978-89-285-0912-6　94810

ⓒ 경상대학교 경남문화연구원, 2019
ⓒ 민속원, 2019, Printed in Seoul, Korea

※ 책 값은 뒤표지에 있습니다.
※ 잘못된 책은 바꾸어 드립니다.